Ik wist het al

Kristin Harmel bij Boekerij:

Als we elkaar terugzien
Jij kan me helpen
Ik wist het al

www.boekerij.nl

Kristin Harmel

Ik wist het al

Na het verlies van haar man vindt Kate opnieuw de liefde.
Waarom is ze dan niet gelukkig?

BOEKERIJ

ISBN 978-90-225-7929-9
ISBN 978-94-023-1258-4 (e-book)
NUR 302

Oorspronkelijke titel: *The Life Intended*
Oorspronkelijke uitgever: Gallery Books
Vertaling: Daniëlle Stensen
Omslagontwerp: DPS Design & Prepress Studio
Omslagbeeld: vrouw: © Krasimira Petrova Shishkova / Trevillion Images, stadsbeeld: © Ilina Simeonova / Trevillion Images
Zetwerk: Text & Image, Assen

Voor iedereen die ooit van iemand heeft gehouden,
en diegene heeft verloren.
En voor Jason, de liefde van mijn leven.
Ik kan me een wereld zonder jou niet voorstellen.

'Muziek is de ruimte tussen de noten.'

Claude Debussy (1862-1918), Franse componist

1

Het was 23.04 uur toen Patrick op die avond bijna twaalf jaar geleden binnen kwam lopen.

Ik weet nog dat de cijfers rood en fel opgloeiden op de digitale wekker naast ons bed, ik herinner me het geluid van zijn sleutel die in het slot draaide. Ik herinner me zijn schaapachtige gezichtsuitdrukking, dat zijn namiddagstoppels bijna een echte baard waren geworden, en hoe hij daar met zijn verkreukelde overhemd in de deuropening stond. Ik herinner me nog hoe hij mijn naam zei alsof het een verontschuldiging en begroeting tegelijk was. Kate.

Ik had tijdens het wachten op zijn thuiskomst zitten luisteren naar mijn favoriete album van dat moment, *Sister Hazel's Fortress*. 'Champagne High', het vierde nummer op de cd, stond op en net voordat hij binnenkwam playbackte ik de tekst mee en bedacht dat *the million hours that we were* zo'n poëtische manier was om een leven samen te beschrijven.

Patrick en ik waren pas vier maanden getrouwd en ik kon me niet voorstellen dat we op een dag niet meer bij elkaar zouden zijn. Ik was toen achtentwintig, Patrick negenentwintig, en de jaren leken zich tot aan een eindeloze horizon voor ons uit te strekken. Ik weet nog dat ik erover nadacht dat ik een miljoen uur – iets meer dan honderd jaar – niet lang genoeg vond klinken.

Maar zoals zou blijken was onze tijd samen bijna op. Het getal dat uiteindelijk bij ons hoorde bleek slechts 15.009 te zijn.

Dat was het aantal uur dat voorbij was gegaan sinds we elkaar hadden ontmoet op een oud-en-nieuwfeest op de laatste avond van 2000, het aantal uur dat we hadden doorgebracht in de wetenschap dat we onze zielsverwant hadden gevonden, het aantal uur dat we hadden doorgebracht in de overtuiging dat we alles hadden. Maar 15.009 komt niet eens in de buurt van een miljoen.

'Liefje, het spijt me heel erg.' Patrick stommelde al verontschuldigingen makend de slaapkamer in, waar ik met opgetrokken knieën boven op ons dekbed zat en nadrukkelijk op mijn horloge keek. De opluchting dat hij veilig thuis was werd al snel verdrongen door irritatie omdat ik me door hem zorgen had gemaakt.

'Je hebt helemaal niet gebeld.' Ik wist dat ik kregelig klonk, maar daar zat ik niet mee. Het jaar ervoor hadden we, nadat mijn oom bij een jachtongeluk was gedood, elkaar beloofd dat we ons best zouden doen het elkaar te laten weten als we later zouden komen. Mijn tante had bijna twintig uur in zalige onwetendheid verkeerd over het overlijden van haar man, wat Patrick en ik schokkend hadden gevonden.

'Ik was de tijd helemaal vergeten,' zei Patrick, en hij keek weg. Zijn zwarte haar zat in de war en zijn groene ogen stonden heel bezorgd toen hij me uiteindelijk weer aankeek.

Ik keek even naar de telefoon op ons nachtkastje, de telefoon die de hele avond geen geluid had gemaakt. 'Kon je niet weg van je werk?' vroeg ik. Dat zou niet de eerste keer zijn. Patrick was risicomanagementconsultant voor een bedrijf in het centrum van de stad. Hij was jong en gretig, een van die mensen die zich altijd aanbood als er extra werk was. Dat vond ik geweldig aan hem.

'Nee, Katielee,' zei hij. Hij noemde me bij het koosnaampje dat hij al gebruikte sinds de avond dat we elkaar hadden ontmoet, toen hij mijn meisjesnaam, Kate Beale, verkeerd had verstaan toen ik die boven de herrie van de menigte uit had geschreeuwd. 'Mijn prachtige Katielee,' mompelde hij terwijl hij de kamer door liep en naast me op het bed kwam zitten. Hij streek met de rug van zijn rechterhand over mijn linkerdij en ik liet langzaam mijn benen zakken en vleide me tegen hem aan. Hij ging dichter bij me zitten en sloeg zijn arm om mijn schouders. Hij rook naar eau de cologne en sigarettenrook. 'Ik was samen met Candice,' zei hij in mijn haar. 'Ze moest me iets belangrijks vertellen.'

Ik kroop bij hem vandaan en stapte onhandig uit bed. 'Candice? Je was met Candice? Tot elf uur?'

Candice Belazar was het meisje met wie hij vóór mij iets had gehad, een barkeepster in een rokerige kroeg in het centrum. Het was een korte affaire geweest en ze hadden het twee maanden voordat wij elkaar ontmoetten uitgemaakt, maar zolang ik hem kende, was ze me al een doorn in het oog. 'Het was puur lichamelijk,' had hij me proberen uit te leggen toen hij me voor de eerste keer over haar vertelde. 'Ik zat in een sleur, en daar was ze. Ik maakte dat ik wegkwam zodra ik besefte hoe slecht we bij elkaar pasten.' Maar dat was een schrale troost.

We waren Candice een keer tegengekomen in een restaurant in Little Italy, en dat ik toen wist hoe ze eruitzag maakte het alleen maar erger. Ze was zo'n tien centimeter langer dan ik en had vlassig geblondeerd haar, holle ogen en enorme borsten die duidelijk nep waren. Ze kreeg een zelfgenoegzaam lachje op haar gezicht toen ze me van top tot teen opnam en ik had haar luid tegen haar vriend horen fluisteren dat Patrick blijkbaar geen echte vrouw meer aankon.

‘Kate, liefje, er is niets gebeurd,’ zei Patrick snel en hij stak zijn hand naar me uit. ‘Ik zou nooit iets doen wat je zou kwetsen.’

‘Waarom heb je me dan niet gebeld?’

‘Het spijt me heel erg.’ Hij haalde zijn vingers door zijn haar. ‘Daar is geen excuus voor. Maar ik zou je nooit bedriegen. Nooit. Dat weet je.’ Zijn stem brak aan het eind van de zin, maar zijn blik was even argeloos als altijd. Ik voelde mijn schouders een beetje ontspannen toen een deel van mijn verontwaardiging wegebde.

‘Tuurlijk,’ zei ik snuivend, omdat ik geen betere reactie kon bedenken. Ik wist dat hij niet loog, maar de gedachte dat ik thuis zat te wachten terwijl hij in een bar zat met zijn ex, was er niet minder pijnlijk om. Ik zou niet tegen hem zeggen dat ik het niet erg vond, want dat vond ik wel.

‘Het was fout,’ zei hij, terwijl hij zijn handpalmen omhoog draaide en zijn armen spreidde in een verontschuldigend gebaar. ‘Maar het was een zwaar gesprek en ik had niet het gevoel dat ik even weg kon om te bellen.’

‘Ja, je zou Candice eens beledigen,’ mompelde ik.

‘Kate...’ Patricks stem stierf weg.

‘Ik ga naar bed.’ Ik wist dat ik me moest laten vermurwen, dat ik tegen hem moest zeggen dat het niet erg was. Maar daar kon ik me niet toe zetten.

‘Wil je er niet over praten?’ vroeg hij.

‘Nee.’

Patrick zuchtte. ‘Kate, ik zal het je morgen allemaal uitleggen.’

Ik sloeg mijn ogen ten hemel, stormde de badkamer in en trok de deur met een klap achter me dicht. Ik knipperde tegen mijn reflectie in de spiegel en vroeg me af hoe Candice er bijna twee jaar nadat ze uit elkaar waren gegaan nog steeds in slaagde een soort macht over mijn man uit te oefenen.

Maar toen ik tien minuten later in bed kroop, voelde ik dat ik een beetje ontdooide. Patrick had me immers onmiddellijk verteld waar hij was geweest. Ik wist dat hij eerlijk was. En trouwens, hij had mij gekozen en diep vanbinnen wist ik dat hij elke dag van de rest van ons leven voor mij zou kiezen. Terwijl ik de deken over me heen trok, ebde mijn boosheid in langzame, gestage golven weg.

Ik sliep al half toen Patrick naar bed kwam. Ik draaide me met mijn rug naar hem toe, met mijn gezicht naar de muur, en na een ogenblik voelde ik dat hij zijn armen om me heen sloeg. Hij kwam dichterbij liggen, drukte zich tegen mijn rug, vervlocht zijn benen met die van mij.

Ik dacht er even over om me los te trekken, maar het was Patrick, mijn Patrick. Hij zou me morgenochtend vertellen wat er was gebeurd en dan zou ik het begrijpen. Dus even later ontspande ik me in zijn warme armen.

'Je weet dat ik je nooit pijn zou doen, Katielee,' fluisterde hij. 'Nooit. In geen miljoen jaar. Er is niets gebeurd.'

Ik deed mijn ogen dicht en ademde in. 'Ik weet het.'

Patrick kuste het holletje onder mijn linkeroor, waardoor er een rilling over mijn ruggengraat liep. 'Ik wist al voordat ik jou ontmoette...' mompelde hij, net toen ik in slaap begon te vallen.

Ik glimlachte. '... dat het voorbestemd was dat ik de jouwe zou worden,' antwoordde ik. Dat was de manier waarop we altijd 'Ik hou van jou' tegen elkaar zeiden, in onze eigen bijzondere woorden.

Ik wist dat ik me de rest van ons leven zo zou voelen.

Toen ik de volgende ochtend wakker werd, stroomde het zonlicht de slaapkamer binnen, samen met de geur van koffie en spek. Ik knipperde met mijn ogen en draaide me op mijn zij om op de wekker te kijken. Het was 6.47 uur, en Patrick was al op en maakte ontbijt voor me. Ik wist dat dit zijn manier was om zijn excuses aan te bieden, maar eerlijk gezegd had ik hem al vergeven.

'Goedemorgen,' zei ik met een hand voor mijn mond toen ik een paar minuten later gapend de keuken binnen liep. Patrick draaide zich om met een bakspaan in zijn hand, en ik barstte in lachen uit. Hij droeg een geel schort met KUS DE KOK erop over zijn witte T-shirt en zijn boxershort met daarop de woorden I LOVE NY. Hij was op blote voeten en zijn haar zat in de war van het slapen.

'*Le chef* iez tot uw dienst,' zei hij met een overdreven Frans accent, waardoor ik weer moest lachen. 'Ga zitten,' vervolgde hij, terwijl hij met zijn bakspaan naar onze minuscule keukentafel gebaarde. 'Het ontbijt wordt opgediend, *madame*.'

Met een zwierig gebaar zette hij twee borden met roerei, knapperig gebakken spek en geroosterd brood met aardbeienjam op tafel. Even later kwam hij terug met twee dampende koppen koffie, al voorzien van melk en suiker, en ging naast me zitten.

'Je had niet hoeven koken, hoor, liefje,' zei ik met een glimlach.

'*Mais oui*.' Hij kuste me op mijn wang. 'Niets dan het beste voor mijn meisje.'

Ik nam een hap van mijn eieren en toen ik opkeek zag ik dat hij met een intense blik naar me staarde. 'Wat is er?' vroeg ik met volle mond.

'Er is geen excuus voor dat ik gisteravond niet heb gebeld,' zei hij. De woorden stroomden als een waterval naar buiten. 'Ik voel me vreselijk. Het was niet de bedoeling dat je je zorgen ging maken.'

Ik nam een slok koffie en haalde toen diep adem. 'Het maakt niet uit,' zei ik.

Opluchting verspreidde zich als een zonsopgang over zijn gezicht. 'Vergeef je me?'

'Ik weet dat ik te heftig reageerde.'

'Nee, hoor, dat was niet zo,' zei hij snel. Hij nam een hap spek en ik zag zijn sterke kaak bewegen toen hij kauwde. 'Moet je horen, ik wil echt even ergens met je over praten,' zei hij. Hij knipperde een paar keer met zijn ogen en zijn gezichtsuitdrukking bezorgde me een ongemakkelijk gevoel. Hij leek bijna zenuwachtig. 'Kan ik je vanavond mee uit eten nemen? Naar dat restaurant in het Sherry-Netherland Hotel, misschien? Ik weet dat je dat fantastisch vindt.'

Ik glimlachte. 'Dat klinkt geweldig.'

'Vergeet je niet iets?' vroeg Patrick even later, terwijl ik luidruchtig op een stuk spek kauwde.

Ik keek op. 'Wat is er?'

Hij trok zijn schort strak en draaide zich om. 'Er staat KUS DE KOK.' Hij glimlachte naar me en toen ik hem in de ogen keek, knipoogde hij. 'En het is niet meer dan beleefd om de instructies van het schort op te volgen.'

Ik lachte. 'Echt waar?'

'Dat is een van de wetten van de keukenocratieën overal ter wereld.'

'Keukenocratieën?'

'Natuurlijk. Soevereine keukenstaten. Zoals deze.'

'Ik snap het,' zei ik plechtig. 'Nou, ik zou toch echt de wet niet willen overtreden, meneer.'

'Dan is het waarschijnlijk het beste om hem maar gewoon na te leven.' Hij glimlachte naar me, ging staan en stak zijn armen uit.

Ik lachte en stond op. Hij boog zijn hoofd, ik ging op mijn tenen staan en onze lippen raakten elkaar.

'Goed genoeg?' fluisterde ik na een ogenblik toen hij zijn armen stevig om me heen sloeg.

'Nog lang niet,' mompelde hij terug. Toen kuste hij me weer, waarbij hij voorzichtig mijn lippen van elkaar deed met zijn tong.

We bedreven die ochtend de liefde. Snel en gretig dronken we elkaar in. Toen ruimde ik onze ontbijtborden op terwijl hij douchte en zich klaarmaakte voor zijn werk.

'Ziet er goed uit!' zei ik bewonderend toen hij de keuken weer in kwam met pasgewassen haar, een donkergrijze pantalon en gesteven blauw overhemd aan en een grijs gestreepte das om, en ik floot naar hem.

'Ik dacht niet dat ik het op de belangrijke vergadering van vanochtend zou redden in mijn schort en boxershort,' zei hij, 'hoewel ik – zonder opscheppen – serieus heel sexy benen heb.'

Ik lachte en ging op mijn tenen staan om hem gedag te kussen. 'Veel succes met de klanten.'

'Zo belangrijk is het allemaal niet,' zei hij met een scheve glimlach, waardoor hij kuiltjes in zijn wangen kreeg. 'Ik heb de geweldigste vrouw ter wereld. Het leven is mooi.'

'Het leven is mooi,' stemde ik in. Ik kuste hem nog een keer, en deze keer was hij het die zich te snel terugtrok.

Toen ik mijn ogen opende, hield hij een zilveren dollar omhoog uit zijn opa's oude verzameling. 'Moet je horen, wil je die tot vanavond voor me bewaren?' vroeg hij.

Ik nam hem met een knikje aan. 'Waar is hij voor?' Voor Patrick was het traditie om ergens een zilveren dollar neer te gooien als hem iets moois overkwam. Je moet het geluk doorgeven, zei hij dan altijd. Dan kan iemand anders een wens doen. We hadden een zilveren dollar ergens in Central Park neergegooid op de dag dat ik was toegelaten tot mijn masteropleiding, een andere in de fontein voor het stadhuis geworpen toen Patrick vorig jaar een grote promotie kreeg en een derde in de oceaan in de buurt van zijn ouders' huis op Long Island nadat we in de lente getrouwd waren. 'Het is blijkbaar iets groots,' voegde ik eraan toe.

'Dat klopt,' beloofde hij. 'Je zult het wel zien. Ik vertel het je na het diner. We kunnen hem na het eten in de Pulitzerfontein gooien. En, Katielee?'

'Ja?'

Hij stond in de deuropening en keek me even aan. 'Ik wist al voordat ik je ontmoette...' zei hij uiteindelijk met zachte stem.

Mijn hart maakte een sprongetje. '... dat het voorbestemd was dat ik de jouwe zou worden.' Om 7.48 uur ging de deur achter hem dicht.

Ik heb hem nooit meer gezien.

Ik was mijn ochtendrondje aan het joggen toen het gebeurde. Terwijl ik in noordelijke richting over de grasstrook naast de rivier de Hudson rende en vol bewondering keek naar hoe fel en helder de hemel was na een paar dagen regen, nam een zevenendertigjarige vrouw die Gennifer Barwin heette, een toeriste uit Alabama, de laatste slok uit de fles wodka waaraan ze na een ruzie met haar vriend om drie uur 's nachts was begonnen. Terwijl ik in gedachten het hoorcollege van de vorige dag van mijn studie muziektherapie aan de New York University nog eens afspeelde, zette ze haar dochter Lianna van zeventien maanden vast in het autostoeltje in haar Toyota Corolla uit 1997. Toen ik bedacht hoeveel mazzel ik had dat Patrick me had aangemoedigd mijn baan bij de bank op te zeggen om de carrière na te streven die ik altijd had gewild, reed ze weg van de parkeerplaats bij het Starlite Motel in Hoboken.

Je moet doen wat je hart je ingeeft. Patricks stimulerende woorden weerklonken in mijn oren terwijl ik me de benen uit mijn lijf liep. *Het leven is te kort om je dromen niet te volgen, Kate.* Toen ik die ochtend omhoogkeek naar de lucht en nadacht over hoe heerlijk motiverend mijn man was, reed Gennifer Barwin slingerend door de Lincolntunnel, op weg naar Manhattan. Toen ik afsloeg in zuidelijke richting om naar huis te gaan, nam ze de afrit naar West 40th Street, waarbij ze een bord schampte toen ze van de snelweg kwam.

En terwijl ik in mezelf glimlachte, benieuwd naar wat voor succes Patrick ertoe had gebracht me die ochtend een zilveren dollar te geven, boorde Gennifer Barwin zich met 75 kilometer per uur in het rechterachterportier van de taxi waarin mijn man zat.

Een half uur later kwam ik nog nahijgend van mijn rondje de hoek om, de straat in van het appartementengebouw waar wij op de vierde verdieping woonden, en ik zag twee geüniformeerde politieagenten voor de voordeur staan.

'Mevrouw Waithman?' vroeg de jongste. Ik weet niet of het door het medelijden in zijn ogen kwam, zijn sombere gezichtsuitdrukking of de manier waarop hij mijn naam zei, maar ik wist onmiddellijk dat er iets helemaal mis was.

'Wat is er gebeurd?' vroeg ik, terwijl mijn knieën het begaven. De jonge agent ving me op voordat ik op de grond kon vallen.

'Mevrouw, we vinden het heel erg, maar uw man is vanochtend betrokken geraakt bij een ernstig auto-ongeluk,' zei hij met vlakke stem. 'Hij zat in een taxi, mevrouw. Bij Times Square.'

'Nee, dat kan niet kloppen,' wierp ik tegen, terwijl ik van de ene naar de andere agent keek. Hun gezichten werden plotseling wazig. 'Hij zit op zijn werk. Hij gaat met de metro naar zijn werk.' Maar hij had die bespreking, besefte ik onmiddellijk, die met een paar van zijn belangrijkste klanten. Hij zou een taxi hebben genomen van zijn kantoor naar dat van hen. 'O, god.'

'Mevrouw...?'

'Weet u zeker dat hij het is?' kon ik nog net uitbrengen.

'Ja, mevrouw, ik ben bang van wel.'

'Maar het gaat wel goed met hem, toch?' vroeg ik in de stilte, die vreemd zwaar aandeed. 'Het gaat toch goed met hem?'

'Mevrouw Waithman...' begon de jongste onzeker.

Ik onderbrak hem en keek naar de oudste agent, die me aan mijn vader deed denken, iemand die alles natuurlijk in orde ging maken. 'Waar is hij? In welk ziekenhuis? Kunnen jullie me brengen? Ik moet bij hem zijn.'

Doordat ze zich geen van beiden verroerden, wist ik het al voordat ze de woorden uitspraken.

'Mevrouw,' zei de oudste uiteindelijk, met waterige ogen. 'Ik moet u helaas vertellen dat uw man ter plekke dood is verklaard.'

'Nee. Absoluut niet.' Mijn antwoord kwam onmiddellijk, want het hele idee was onmogelijk. Nog geen twee uur daarvoor hadden Patrick en ik de liefde bedreven. Hij had me in zijn armen gehouden. Hij had me een afscheidskus gegeven, net als op elke andere dag. Hij was warm geweest, levend en van mij. 'Dat kan niet kloppen,' mompelde ik. 'Dat kan natuurlijk niet. Er is een fout gemaakt.'

'Mevrouw, ik vrees dat het waar is,' zei de jongste agent, die nu mijn andere elleboog vastgreep zodat ik tussen de twee mannen in hing. Ik had niet eens gemerkt dat ik viel. 'Kunnen we iemand voor u bellen?' vroeg hij zacht.

'Patrick,' antwoordde ik irrationeel. 'Patrick is mijn contactpersoon voor noodgevallen.' Het was nooit in me opgekomen dat hij het noodgeval zou kunnen zijn. Ik liet me door hen het appartement binnen brengen, waar ze me voorzichtig op de bank lieten gaan zitten. Ik gaf hun mijn mobiele telefoon en op de een of andere manier hadden ze het nummer van mijn zus Susan gevonden, want mijn verdwazing werd een half uur later onderbroken toen ze mijn voordeur binnen kwam stormen, haar haar helemaal door de war.

‘Ik ben zo snel mogelijk gekomen,’ zei ze, maar ik kon alleen maar knikken. Pas toen ik de tranen over haar gezicht zag stromen besefte ik dat ik nog niet had gehuild. ‘Mama en papa zijn de stad uit, maar Gina is onderweg.’

‘O,’ bracht ik uit.

‘Kate,’ zei ze zachtjes, terwijl ze naast me op de bank ging zitten. ‘Hoe gaat het met je? Wat kan ik voor je doen?’

Ik keek haar uitdrukkingsloos aan. Het was net alsof ze een andere taal sprak. Ik wist dat ik Patricks ouders moest bellen, zijn vrienden, een begrafenis moest regelen en alle dingen moest doen die moeten gebeuren als iemand overlijdt. Maar ik was er nog helemaal niet aan toe om toe te geven dat hij dood was. Zolang ik hier op de bank zat, de bank waar we honderden uren samen hadden doorgebracht, vol geloof in onze toekomst, kon ik mezelf ervan overtuigen dat de wereld niet tot een einde was gekomen.

Mijn hartsvriendin Gina, die haar man een jaar eerder tijdens de aanvallen op 11 september had verloren, kwam even later ook. Ze bleven met zijn tweeën bij mij en wreven in stilte over mijn rug tot lang na het moment waarop Patrick van zijn werk had moeten komen. Ik keek urenlang naar de deur, tegen beter weten in hopend dat hij erdoorheen zou komen, dat het allemaal een idiote fout zou zijn.

Maar dat was niet zo. En terwijl de klok middernacht sloeg en 19 september de eerste dag van mijn leven werd waarop Patrick niet met mij op deze aarde was, barstte ik eindelijk in huilen uit.

2

Twaalf jaar later

'Steek je handen hoog in de lucht!' zing ik vrolijk, terwijl ik op mijn gitaar tokkel en glimlach naar Max, mijn lievelingscliënt.

'Schop je voeten ook omhoog,' ga ik verder. 'Draai rond en rond! Buig voorover en raak je...'

'... schoen aan!' roept Max.

'Goed zo, Max!' Ik bedenk het ter plekke, en Max, die autisme heeft, giechelt uit volle borst, maar hij doet mee. In de hoek van mijn kantoor zit zijn moeder Joya te lachen terwijl Max weer rechtop gaat staan en op en neer begint te springen.

'Meer, juf Kate!' smeekt Max. 'Meer, meer!'

'Oké,' zeg ik plechtig tegen hem. 'Maar deze keer moet je wel meezingen. Lukt dat?'

'Ja!' roept hij en hij gooit zijn handen vrolijk en vol overgave in de lucht.

'Beloofd?' vraag ik.

'Ja!' Zijn enthousiasme is aanstekelijk en ik merk dat ik ook weer moet lachen.

'Oké, Max,' zeg ik langzaam. 'Zing met me mee, goed?'

Ik werk nu al vijf jaar als muziektherapeute, gespecialiseerd in kinderen met een aandoening, en Max was een van mijn allereerste cliëntjes. Joya is op aanraden van Max' logopediste voor het eerst naar me toe gekomen toen hij vijf was, omdat hij geen vooruitgang bij haar boekte en weigerde te praten. Geleidelijk lukte het me in onze wekelijkse sessies antwoorden van één woord los te krijgen, toen zinnen, en uiteindelijk hele gesprekken. Nu bestaan onze sessies uit zingen en dansen en samen gek doen. Aan de oppervlakte help ik hem met zijn verbale en motorische vaardigheden, maar het houdt meer in dan dat. Het gaat erom hem te helpen zich sociaal te gedragen, mensen te vertrouwen, zich open te stellen.

'Oké, Max, vul maar aan,' begin ik. Ik tokkel op de gitaar en zing: 'Ik heet Max, en ik heb...'

'... bruine haren!' roept Max giechelend. 'Ik heet Max en ik heb bruine haren!'

Ik lach. 'Dat is een goeie.' Ik speel nog een akkoord en zing: 'Ik ben zo knap dat alle meisjes naar me staren,' terwijl ik een wenkbrauw optrek.

Max krijgt een lachstuip. Ik wacht tot hij weer rechtop zit. Dan zegt hij: 'Juf Kate, dat is heel raar!'

'Raar?' roep ik zogenaamd vol ontsteltenis uit. 'Je bent zo raar als je je voelt, meneertje. Ga je nog meezingen of niet?'

'Zing het nog eens, zing het nog eens!' zegt Max.

Ik knipoog naar hem. 'Ik ben zo knap dat alle meisjes naar me staren,' herhaal ik, tokkelend op mijn gitaar.

Deze keer zingt Max het na, dus ga ik verder met de volgende regel. 'Ik ben net tien geworden; wat word ik toch...' zing ik.

'... oud!' roept hij, terwijl hij een hoge borst opzet en tien vingers opsteekt. 'Ik word oud!'

'Inderdaad, ouwe knar!' Ik tokkel verder en rond mijn geïmproviseerde couplet af. 'Maar het mooiste aan mij,' zing ik, 'is mijn hart van goud.'

Ik houd op met tokkelen en leg mijn hand op mijn hart als Max terug zingt: 'Het mooiste aan mij is mijn hart van goud!' Hij giechelt weer en slaat zijn handen voor zijn mond. 'Maar mijn hart is niet van goud!' roept hij tussen zijn vingers door. 'Dat is wéér raar!'

'Je hebt gelijk!' zeg ik tegen hem. 'Maar het betekent dat ik jou een heel, heel aardig mens vind, Max.'

Hij grijnst en gooit zijn handen in de lucht. 'Jij bent ook aardig, juf Kate.'

Ik leg mijn gitaar neer zodat ik hem kan omhelzen. Vandaag had ik hem en zijn vrolijke onschuld meer nodig dan hij mij. Maar ik wil niet dat hij dat weet. Deze sessies horen niet om mij te draaien.

'Dank je wel, juf Kate!' roept Max terwijl hij zijn armen heel hard om mijn middel slaat en zijn hoofd tegen mijn schouder drukt. 'Ik hou van je!'

'Max, je bent heel bijzonder,' antwoord ik, verbaasd dat ik tranen in mijn ogen voel prikken. 'Wees deze week lief voor je moeder, oké?'

'Oké, juf Kate!' zegt hij vrolijk. Dan stuitert hij naar Joya toe voor een knuffel.

'Dank je wel, Kate,' zegt ze met een glimlach. Ze staat op uit haar stoel en beantwoordt de innige omhelzing van haar zoon. 'Max, ga maar vast naar Dina in de wachtkamer. Ik moet nog even met juf Kate praten.'

'Oké!' stemt Max in. 'Dag, juf Kate!' roept hij terwijl hij de kamer uit rent en de deur achter zich dichtslaat.

Ik wend me tot Joya. 'Alles oké?'

Ze glimlacht. 'Ik wilde jou net hetzelfde vragen. Je lijkt vandaag niet helemaal jezelf.'

Ik schud mijn hoofd en geef mezelf een standje omdat ik mijn privéleven heb laten doorsijpelen tot in mijn werk. 'Nee, niks aan de hand, Joya,' zeg ik. 'Dank je.'

Ze doet een stap dichterbij en ik zie de twijfel in haar ogen. 'Gaat het nog steeds goed met Dan?' vraagt ze.

'Geweldig,' antwoord ik snel. Joya en ik hebben elkaar de afgelopen vijf jaar goed leren kennen. Ik weet bijvoorbeeld dat ze alleenstaande moeder is die met moeite de eindjes aan elkaar kan knopen en dat ze er alles voor overheeft om het leven van haar zoon zo normaal en makkelijk mogelijk te maken. Ze weet dat ik nog steeds worstel met het verdriet over Patricks dood bijna twaalf jaar geleden, maar dat ik eindelijk een relatie heb met een man met wie ik het serieus meen, iemand van wie iedereen om me heen vindt dat hij perfect bij me past.

'Is er dan iets anders?' vraagt ze.

'Nee hoor, er is niks,' antwoord ik te snel, te opgewekt. Ik zie iets flakkeren in haar ogen. 'Maak je maar geen zorgen om mij,' voeg ik er zo overtuigend mogelijk aan toe. 'Het komt wel goed.'

Maar nadat Joya Max bij de hand heeft genomen en met twijfel op haar gezicht is vertrokken, laat ik me op de stoel achter mijn bureau zakken en steun mijn hoofd met mijn handen. Pas na nog eens vijf minuten kan ik mezelf ertoe brengen het dossier te openen dat ik vandaag van mijn arts heb gekregen, waarin allerlei termen als 'chronische anovulatie' en 'primaire infertiliteit' staan.

Twee uur later heb ik mijn aantekeningen over de cliënten van vandaag afgerond en rijd ik zuidwaarts over 3rd Avenue naar Zidle's. Dat is de intieme bistro op de hoek van Lexington Avenue en 48th Street die afgelopen jaar het lievelingstentje van Dan en mij is geworden. We hebben om zeven uur gereserveerd en hoe dichterbij ik kom, hoe heftiger mijn hart bonkt.

Ik moet Dan het nieuws van mijn arts vertellen, dat mijn eierstokken het eigenlijk gewoon niet meer doen, maar stel dat hij dan van gedachten verandert over zijn relatie met mij? Hij is de eerste met wie ik een serieuze relatie heb sinds ik Patrick heb verloren. Ik heb eindelijk de keuze gemaakt mijn leven te verweven met dat van iemand anders. Dat moet ik niet kwijtraken. Ik kan niet weer alleen zijn.

Je weet niet wat Dan zal zeggen, houd ik mezelf voor als ik de hoek omsla naar 48th Street. We hebben het nooit echt over kinderen gehad, behalve tijdens die paar oppervlakkige gesprekjes in de periode dat we voor het eerst met elkaar uitgingen. Ik was net achtendertig geworden toen we elkaar ontmoetten, dus mijn biologische klok had misschien moeten tikken, maar vreemd genoeg hield hij zich stil. Ik dacht – ook al wist ik intellectueel gezien dat het moeilijker zou zijn zwanger te worden naarmate ik ouder werd – dat ik alle tijd van de wereld had om een beslissing te nemen over het krijgen van kinderen. Ik had zeker niet verwacht dat ik op mijn veertigste zou horen dat mijn kansen vervlogen waren. Ik weet niet eens zeker of ik wel moeder wil worden, maar ik ben wel tot het besef gekomen dat ik niet wil dat ik helemaal niets meer te kiezen heb.

Stel dat dat ook voor Dan geldt?

Ik kijk op mijn horloge als ik bij de ingang van Zidle's aankom. Ik ben al tien minuten te laat, maar ergens wil ik me gewoon omdraaien en naar huis gaan. Ik zou Dan kunnen sms'en met een excuus, kunnen zeggen dat ik nog met een cliënt bezig ben en voorstellen om eten te bestellen. Het zou me een uur extra opleveren waarin de dingen zouden blijven zoals ze zijn.

'Kate?'

Mijn idee vervliegt als Dan het restaurant uit komt, zijn voorhoofd bezorgd gefronst.

'O.' Ik dwing mezelf tot een glimlach. 'Hé.'

'Wat sta je hierbuiten nou te doen?' Hij komt naar me toe en legt een hand op mijn schouder. Ik voel me gelijk beter. Dit is Dan. Ziet er goed uit, blond, hazelnootkleurige ogen, bevriend met iedereen. Dat is Dan, die verstandig en rationeel is en van me houdt. Alles komt in orde. Hij zal me niet in de steek laten alleen maar omdat mijn eierstokken het niet meer doen.

Ik haal diep adem. 'Dan, ik moet je iets vertellen.'

Er trekt iets over zijn gezicht, maar dan glimlacht hij en hij schudt zijn hoofd. 'Kunnen we eerst naar binnen?'

'Nou...' begin ik.

'Vertel het me maar als we aan tafel zitten, oké?' Hij pakt mijn hand en draait zich zonder op antwoord te wachten om. Ik zucht en laat me mee naar binnen trekken.

'Surprise!' begroet een koor van stemmen ons op het moment dat we binnenkomen. Ik hap naar adem en doe een stap achteruit terwijl mijn ogen moeten wennen aan de gedempte verlichting in het restaurant. Het duurt even voordat ik zie dat de hal vol staat met mensen die mij zeer dierbaar zijn: mijn zus Susan en haar man Robert, hun kinderen Sammie en Calvin, mijn hartsvriendin Gina en haar man Wayne, en nog zo'n tien andere vrienden en kennissen die ik in de loop der jaren heb gemaakt. Dans broer Will is er ook, net als zijn beste vriend Stephen, en een stuk of vijf stellen met wie we soms uitgaan.

'Wat is er aan de hand?' vraag ik verward aan mijn zus, degene die me altijd weer op de rails lijkt te kunnen zetten, ook al heeft ze doorgaans tegelijkertijd ook haar oordeel klaar. Maar ze glimlacht alleen maar en wijst over mijn schouder.

In slow motion draai ik me om naar de deuropening, waar ik

stomverbaasd Dan op één knie zie zitten. Ik knipper en mijn hart bonkt. 'Vraag je me ten huwelijk?'

Hij lacht. 'Daar lijkt het wel op.' Hij haalt een ringendoosje zo blauw als het ei van een roodborstje uit zijn zak, klapt het open en houdt het omhoog. 'Kate, wil je met me trouwen?'

Onze vrienden applaudisseren en het voelt alsof de tijd stilstaat terwijl ik naar de perfecte solitaire diamant van Tiffany kijk. Een fractie van een seconde is de enige gedachte die door me heen gaat dat deze verschilt – te zeer verschilt – van de verlovingsring waarmee Patrick een aanzoek deed. Dan voel ik me ontzettend schuldig. Ik zou nu helemaal niet aan Patrick moeten denken. Wat is er met me aan de hand? Ik zou moeten bedenken of ik ja tegen Dan kan zeggen zonder dat ik hem het nieuws van de dokter heb verteld. Maar ja, ik kan geen nee zeggen met al die mensen erbij.

Natuurlijk wil ik ook geen nee zeggen, breng ik mezelf in herinnering. Dan is perfect. Hij houdt altijd de deur voor me open. Vergeet nooit alsjeblieft en dankjewel te zeggen. Hij is de man die iedere moeder als schoonzoon wenst. Mijn eigen moeder laat inderdaad geen gelegenheid voorbijgaan me eraan te herinneren dat ik zo'n geluksvogel ben dat ik hem heb gevonden. Ik had helemaal niet over een huwelijk nagedacht, maar het is de logische volgende stap, toch? Dat doen mensen als ze van elkaar houden.

'Kate?' Door Dans stem beland ik weer in de realiteit.

Ik voel dat mijn mond zich in een glimlach plooit terwijl mijn hart tekeergaat. 'Ja,' hoor ik mezelf zeggen. En dan, omdat ik weet dat dat het goede antwoord is – dat lijkt me wel duidelijk – zeg ik het nog een keer. 'Ja, natuurlijk. Ja.' Zo moet het gaan, en als ik mezelf dat voorhoud, loopt mijn hart vol liefde. 'Ja, ik wil met je trouwen, Dan,' zeg ik, en ik glimlach naar hem.

Hij joelt en springt op, trekt me in zijn armen en danst rond terwijl onze vrienden fluiten en juichen. 'Kate Waithman,' zegt hij, 'ik ga van jou de gelukkigste vrouw ter wereld maken.'

Ik lach met hem mee als hij de ring om mijn vinger doet, waar hij het licht weerkaatst en het in miljoen piepkleine sterren rondstrooit.

'Ik hou van je, Kate,' mompelt hij, terwijl hij me dicht tegen zich aan trekt. Maar ik kan hem bijna niet verstaan boven het suizende geluid in mijn oren uit.

Tijdens het uur dat volgt glimlach en lach ik, maar het voelt alsof ik in een roes verkeer terwijl onze vrienden om ons heen krioelen en verhalen over ons beiden vertellen. Ze noemen ons 'het geweldige stel', geven Dan een klap op zijn rug en kussen mij op mijn wang. Minstens vijf mensen zeggen tegen me dat ze blij zijn dat ik mijn leven weer oppak, nog eens tien vertellen me dat Dan zo'n goede partij is. Ik zie dat de serveerster achter de bar hem een paar keer wellustig aankijkt en ik ben dankbaar dat hij er zich blijkbaar niet bewust van is.

Susan is druk bezig haar twee onbesuisde kinderen in toom te houden, dus het is Gina die dicht bij me blijft terwijl Dan met zijn vrienden gaat praten. Ik weet dat ze de vreemde storm van emoties begrijpt die nu in me woedt. Ze is zes jaar na de dood van haar man Bill hertrouwd en ik weet nog dat ze me vertelde dat het leek alsof er een storm in haar woedde nadat ze ja had gezegd. Schuldgevoel dat ze verderging met haar leven. Blijdschap omdat ze weer een geliefde had gevonden. Voorzichtig optimisme over het begin van een nieuw leven. Verdriet dat ze haar oude leven definitief had afgesloten.

'Gaat het?' vraagt ze terwijl ze me een glas champagne brengt.

'Ja.' Ik glimlach. 'Dank je.'

Ze geeft me gauw een knuffel. 'Ongelooflijk dat hij het hele restaurant heeft afgehuurd zodat hij je ten overstaan van al je vrienden ten huwelijk kon vragen.' Ze grijnst en schudt haar hoofd. 'Wat een vent, hè?'

'Gina?' vraag ik, en ik pak haar arm als ze weg wil lopen. 'Denk je dat Dan nog steeds met me zou willen trouwen als ik geen kinderen kon krijgen?'

'Wat?' Ze blijft staan en kijkt me aan. 'Kate, wat is er gebeurd?'

De tranen springen me in de ogen. 'Ik had vandaag een afspraak bij de dokter.' Snel vat ik samen wat de arts me heeft verteld. 'Het is al goed, ik kan er wel mee omgaan,' voeg ik er snel aan toe als ik haar bezorgde blik zie. 'Ik maak me alleen wel zorgen om Dan.'

'O, Kate.' Ze omhelst me zwijgend. 'Maar wil hij dan kinderen?' vraagt ze na een tijdje.

Ik haal mijn schouders op en maak me los. 'Ik weet het niet. We hebben het er nooit echt over gehad.'

'Hebben jullie het er nooit over gehad?' Ze klinkt niet beschuldigend, maar het voelt evengoed alsof ik iets verkeerds heb gedaan.

'Het leek er gewoon nooit het juiste moment voor.' Het klinkt stom als ik het hardop zeg. 'En trouwens, ik had kinderen moeten krijgen met Patrick,' voeg ik er fluisterend aan toe.

In Gina's ogen verschijnt een begripvolle blik. Ze kauwt op haar onderlip en ik ken haar goed genoeg om te weten dat ze letterlijk inslikt wat ze had willen zeggen. Wat er uiteindelijk wel uit komt is: 'Wil jij kinderen?'

'Ik weet het niet. Maar ik ben er niet klaar voor om te horen dat ik ze niet kan krijgen.' Ik veeg mijn ogen af voordat ze kunnen overstromen.

'Dat zegt toch helemaal niemand,' zegt ze resoluut. 'Misschien zou je ivf kunnen doen. Of je zou een draagmoeder kunnen inhuren als je nog genoeg gezonde eitjes overhebt. Je zou zelfs een kind kunnen adopteren. Er zijn allerlei opties. Waag het niet te geloven dat je kansen verkeken zijn.'

'Dank je.' Ik glimlach zwakjes.

'Wat Dan betreft, je moet het hem wel vertellen,' zegt ze. 'Maar hij zal echt niet van gedachten veranderen. Hij houdt van je. Maak je daar vanavond maar niet druk om, goed? Geniet hier lekker van. Maar praat met hem, Kate. Je moet toch kunnen praten met je aanstaande echtgenoot.'

'Ik weet het. Dat zal ik doen. Ik had helemaal niks moeten zeggen. Het is niet erg, oké?' Voordat ze nog iets kan zeggen loop ik weg, een glimlach op mijn gezicht geplakt.

Als ik twintig minuten later Patricks moeder de deur door zie komen, stort ik uiteindelijk in.

'Kate!' roept ze, terwijl ze zich naar me toe haast. Ze omhelst me stevig. Ze ruikt, zoals altijd, naar kaneel en bloem. 'Gina heeft me uitgenodigd, ik hoop dat je het goed vindt dat ik er ben.'

'Natuurlijk!' Onze hechte band is door Patricks dood niet aangetast en we zijn zelfs nog dichter naar elkaar toe gegroeid nadat haar man, Joe, negen jaar geleden stierf. Patrick was hun enige kind en nu Joe ook weggevallen is, voel ik me verantwoordelijk voor haar. Maar het is een verantwoordelijkheid die ik prettig vind, omdat ik van haar houd als een tweede moeder. 'Wat fijn dat je er bent, Joan.'

'Ik had alleen wel op tijd willen zijn!' Ze slaat haar ogen ten hemel. 'Ik heb mijn trein gemist, niet te geloven toch? Mijn hele schema in de war.'

Joan woont in Glen Cove, een dorp op Long Island, in het huis waarin Patrick is opgegroeid. Soms maak ik me zorgen om het feit dat ze er helemaal alleen woont, omringd door het verleden. Ik moest drie weken nadat ik Patrick had begraven weg uit mijn appartement in het centrum, omdat ik de leegte in de ruimte die we hadden gedeeld niet kon verdragen. Elke keer dat ik binnenkwam, verwachtte ik half hem te zien. En trouwens, de buren klaagden over het feit dat ik soms midden op de dag in de woonkamer ging staan schreeuwen. Ik kon er niet mee ophouden. De verhuurder was maar al te blij geweest om van me af te zijn.

'Maak je maar geen zorgen,' zeg ik. 'Je bent er nu. Dat is het enige wat telt.' Stomverbaasd besef ik dat de tranen over mijn wangen rollen. 'Moet je horen, Joan, het spijt me.'

'Wat spijt je?' Ze kijkt me niet-begrijpend aan.

'Ik... Ik wil niet dat je denkt dat ik Patrick vergeet,' zeg ik snuffend terwijl ik mijn ogen afveeg. Ik ontwijk haar blik even, dan kijk ik op.

'Lieverd,' zegt ze vriendelijk, 'je mag je leven weer oppakken, hoor. Je móét je leven zelfs weer oppakken.' Ze slaat een arm om me heen. 'Zullen we even een luchtje scheppen?' Ze neemt me mee het restaurant uit en zodra we de hoek om zijn, pakt ze een tissue uit haar tas en geeft me die. 'Kate, lieverd, het is al bijna twaalf jaar geleden. Patrick zou willen dat je gelukkig was. Ik weet dat hij vanuit de hemel glimlachend naar je kijkt.'

We kijken allebei tegelijkertijd vluchtig omhoog en ik vraag me af of ze net als ik denkt dat de stad vanavond bedekt wordt door een baldakijn van wolken, die alle sterren aan het oog onttrekken. Daardoor voelt de hemel heel ver weg.

'Draag je die munt nog steeds?' vraagt ze zachtjes als ik niets zeg.

Ik knik en haal de zilveren munt onder mijn blouse vandaan. Het was het laatste wat Patrick me heeft gegeven en een paar maanden na zijn dood zocht ik een juwelier die er een gaatje in boorde, zodat ik hem aan een lange ketting kon hangen.

Ze glimlacht, nauwelijks merkbaar. 'Patrick geloofde in allerlei goede dingen in het universum,' zegt ze, terwijl ze haar hand uitsteekt en de munt aanraakt. 'Hij geloofde in liefde, mazzel en geluk, en hij zou willen dat je dat allemaal kreeg. Daar waren deze munten voor. Dat moet je goed onthouden. Hij zou willen dat je de mooist mogelijke toekomst kreeg, schat.'

'Ik zal altijd van hem blijven houden, weet je.'

'Dat weet ik,' zegt Joan, die me in haar armen neemt voor nog een warme omhelzing. 'Maar dat betekent niet dat je niet ook van iemand anders kunt houden. Het leven moet verdergaan. Je bent toch gelukkig, liefje?'

Ik knik.

'Nou, dan volg je het juiste pad,' concludeert ze. 'Zullen we weer teruggaan naar je feestje? Ik wil je verloofde graag ontmoeten.'

Nadat ik Dan heb voorgesteld aan Joan en nog een glas champagne heb gedronken, zet iemand 'Wonderful Tonight' van Eric Clapton aan in de jukebox. Glimlachend steekt Dan zijn hand naar me uit. 'Kom, we gaan dansen, mijn prachtige toekomstige bruid.'

Hij trekt me met een dramatische draai de geïmproviseerde dansvloer op en we raken al snel in een eenvoudig ritme, net als altijd.

'Pats moeder lijkt me aardig,' mompelt hij terwijl onze vrienden er ook bij komen en in paartjes op de muziek wiegen.

'Patrick,' verbeter ik hem. Dan heeft de irritante gewoonte mijn man bij een bijnaam te noemen die hij nooit heeft gehad. 'En ja, ze is geweldig. Ik heb mazzel dat ze in mijn leven is.'

'Zeker,' zegt hij. Hij zwijgt en voegt eraan toe: 'Je bent dus denk ik van plan contact met haar te blijven houden?'

Ik trek me los en kijk hem aan. 'Natuurlijk.' Als hij niets zegt, voeg ik eraan toe: 'Waarom niet?' Ik klink verdedigender dan ik wil, dus ik probeer de woorden met een glimlachje te verzachten.

Hij trekt me weer naar zich toe. 'Ik dacht alleen dat je, zodra we getrouwd zouden zijn, dat stuk van je verleden achter je zou laten. Maar ik vind het niet erg. Ze lijkt me een aardige vrouw.'

'Ze is familie, Dan. Dat zal ze altijd blijven.'

'Prima,' zegt hij snel.

Maar het voelt niet prima. Het voelt alsof Dan vindt dat ik iets verkeerd doe, waardoor ik me afvraag of dat inderdaad zo is.

Zodra het liedje afgelopen is, tikt Gina me af met in haar hand nog een glas champagne voor mij en als we van de dansvloer af lopen, giet ik hem in twee teugen naar binnen. Ze kijkt me bezorgd aan. 'Wil je erover praten?' vraagt ze als ze mijn lege glas pakt en een ober gebaart ons er nog een te brengen.

'Nee,' zeg ik. De bubbels stijgen me naar het hoofd.

'Had Dan het over Joan?' vraagt ze.

Ik knik en kijk even naar Dan, die met een paar collega's op 'YMCA' danst. Op de een of andere manier slaagt hij erin er een cool dansje van te maken. 'Ja,' zeg ik. Ik neem de moeite niet om het uit te leggen, omdat ik weet dat Gina het begrijpt.

'Je doet niets verkeerd, voor het geval je je dat afvraagt,' zegt ze. De ober komt met nog een glas champagne, waar ik langzamer van drink dan van het vorige. Ik begin nu echt licht in mijn hoofd te worden.

'Weet je het zeker?'

'Absoluut,' zegt ze resoluut. 'Joan maakt deel uit van je leven. Dat zal altijd zo blijven en daar is helemaal niets verkeerds aan.'

'Oké.'

Tijdens de uren die volgen drink ik het ene glas champagne na het andere terwijl het feestje doorgaat tot diep in de nacht. Ik dans een maffe versie van 'Call Me Maybe' met Sammie en Calvin voordat Susan hen mee naar huis neemt om hen in bed te stoppen. Rond tien uur geef ik Joan een afscheidsknuffel en zet haar in een taxi, met de opdracht me te bellen als ze veilig thuis is. En ik dans met Dan, die me dicht tegen zich aan trekt en me zegt dat hij de gelukkigste man ter wereld is.

Rond middernacht zet Dans vriend Stephen 'Sweet Child O'Mine' van Guns N' Roses aan en trekt hem weg om met een stel vrienden los te gaan op de dansvloer. Ik slenter terug naar een kruk aan de bar en terwijl ik naar het nummer luister doet het refrein me denken aan kinderen, ook al weet ik dat het niet echt over een kind gaat.

Misschien komt het door de champagne of het feit dat de wereld een beetje aanvoelt als een tollende draaimolen, maar als ik mijn hoofd neerleg, vraag ik me ineens af wat er gebeurd zou zijn als Patrick en ik meteen na onze bruiloft hadden geprobeerd een kind te krijgen. Stel dat ik zwanger was geweest voordat hij stierf, lang voor mijn eierstokken ermee opgehouden waren? Dan zou ik nu een kind van elf hebben. Dan zou ik voor altijd een stuk van Patrick bij me hebben. Spijt stroomt door me heen en knijpt mijn keel dicht.

Als het nummer is afgelopen komt Dan naar me toe en legt zijn arm om me heen. 'Ik ben ook gelukkig,' fluistert hij en het duurt heel even voordat ik besef dat ik huil en dat hij mijn tranen om mijn verlies heeft aangezien voor tranen van blijdschap.

Ik corrigeer hem niet, omdat ik ook gelukkig ben. Heel gelukkig. Er zijn zo veel mensen die nooit een tweede kans krijgen. En dus kus ik hem innig, tot Stephen en een paar andere vrienden een fluitconcert geven vanaf de andere kant van de bar. Ik maak me los en kijk hem in de ogen.

'Dank je wel,' zeg ik plechtig.

'Waarvoor?' Hij glimlacht en kust me op mijn voorhoofd.

'Dat je van me houdt,' zeg ik tegen hem. 'Dat je me het gevoel geeft dat ik bijzonder ben en dat je met me trouwt en probeert me te begrijpen en...' Mijn stem sterft weg, omdat ik vergeten ben wat ik wilde zeggen.

Lachend zegt Dan: 'Zo te zien heeft iemand hier wat te veel champagne op.' Hij helpt me te gaan staan en als ik een beetje heen en weer zwaai, besef ik dat hij gelijk heeft. 'Wat zou je ervan zeggen dat ik mijn prachtige bruid mee naar huis neem en haar in bed stop?'

'Maar ik ben nog geen bruid,' werp ik tegen, verbaasd om te horen dat mijn woorden er lallend uitkomen, alsof ze van siroop zijn gemaakt. 'Maar, ja, goed. Naar bed.'

Hij lacht weer, neemt me in zijn armen en nadat hij naar onze vrienden heeft gezwaaid, draagt hij me naar huis terwijl ik tegen zijn brede borst in slaap val.

3

De volgende ochtend, als ik tegen het zonlicht knipper, heb ik het vage gevoel dat er iets niet klopt. Er is te veel licht voor onze slaapkamer die op het westen ligt. Dan heeft er verduisteringsgordijnen opgehangen toen hij hier een half jaar geleden introk, dus de ochtenden breken doorgaans in bijna pikzwarte duisternis aan.

Waar ben ik? Ik knijp mijn ogen tot spleetjes, terwijl mijn hoofd bonkt van wat ongetwijfeld een enorme kater van de champagne is. Ik ga rechtop zitten en kijk verbaasd om me heen. Mijn ogen passen zich aan en de kamer wordt scherp. Dit is inderdaad niet ons appartement. De gordijnen voor de ramen zijn wit en gaasachtig, het bed is smal en van teak in plaats van gepolijst zwart en kingsize, en de lakens en het dekbed zijn lichtblauw en zacht in plaats van grijs en strak. De kamer komt me vreemd bekend voor, maar ik kan er niet de vinger op leggen waarom.

Heeft Dan me gisteravond om een of andere reden in het huis van een vriend naar bed gebracht? Ik doe mijn uiterste best het me te herinneren, maar het laatste wat ik nog weet is dat ik in zijn armen in slaap viel net nadat we het restaurant hadden verlaten.

‘Dan?’ roep ik aarzelend.

Ik hoor voetstappen in de hal, dan het geluid van iemand die zachtjes fluit. Weer heb ik het vreemde gevoel van bekendheid, maar het maakt me alleen maar onzeker. Dan fluit nooit. Hij heeft me zelfs op ons eerste afspraakje verteld dat hij zijn onvermogen om te kunnen fluiten een van de grootste mislukkingen in zijn leven vond. Het was de eerste keer dat hij me aan het lachen maakte.

‘Schat?’ probeer ik nog iets onzekerder.

En dan komt de fluitende persoon de hoek om en de slaapkamer in, en mijn hart blijft bijna stilstaan, omdat het Dan helemaal niet is.

Het is Patrick.

Mijn man, Patrick.

Die twaalf jaar geleden is overleden.

‘Goedemorgen,’ zegt hij met een glimlach, en het geluid van zijn lieve, bekende, diepe stem treft me als een stomp in mijn maag. Ik was er zo zeker van dat ik die nooit meer zou horen. Dit kan niet.

Terwijl ik naar hem staar, besef ik dat hij er niet helemaal hetzelfde uitziet als vroeger. Zijn donkere haar is wat dunner bij de slapen, zijn lachrimpels zijn dieper en hij is wat gezetter. Hij ziet eruit zoals ik me altijd had voorgesteld dat hij eruit zou zien als hij was blijven leven en samen met mij ouder was geworden. Zijn ogen zijn echter net zo stralend en groen en warm als ik me nog herinner, en even vergeet ik adem te halen.

‘Wat gebeurt hier?’ fluister ik uiteindelijk, maar mijn stem maakt nauwelijks geluid. Ik zie geschrokken dat er een soort waas in de kamer hangt, als het zachter worden van het licht wanneer de zon stofdeeltjes in de lucht op precies de juiste manier beschijnt. Die ragfijne ogenblikken doen me altijd denken aan elfenstof en aan wensen die uitkomen. Ik vraag me af of dat nu gebeurt, magisch en onwerkelijk.

Maar terwijl ik Patrick aanstaar, gebeurt er iets vreemds: mijn desoriëntatie begint weg te trekken. Ik kijk om me heen en besef met een schok dat ik op de een of andere manier wist dat er een ranke Dyson-stofzuiger in de hoek zou staan, dat er een Woord-van-de-Dag-kalender op het nachtkastje zou liggen en dat er een bosje gele rozen in een blauwe vaas op de ladekast zou staan.

Dit is ons oude appartement, besef ik ineens, aan Chambers Street, waar we woonden toen Patrick stierf. Het meubilair is bijna helemaal nieuw, maar ik herken de indeling, de hardhouten vloer waar ik ooit zo dol op was en de muren waartegen ik ooit heb gestompt terwijl ik me schreeuwend afvroeg hoe God mijn man had kunnen wegnemen. Ik begrijp niet wat er aan de hand is.

'Katielee? Gaat het?' vraagt Patrick bezorgd. Hij doorbreekt mijn verwarde gedachten en zorgt ervoor dat ik weer met beide benen op aarde beland.

Ik voel de tranen over mijn wangen rollen terwijl ik mijn uiterste best doe om antwoord te geven, maar het enige wat uit mijn mond komt is een betekenisloze reeks klinkers. Ergens vraag ik me af of dit een droom is, maar hoe langer ik hier ben, hoe meer ik ervan overtuigd raak dat het dat niet is. Ik heb immers nog nooit zo levendig en zo gedetailleerd gedroomd. Maar ja, als ik niet droom, welke verklaring is er dan?

Patrick gaat naast me op bed zitten. 'Je hebt blijkbaar een wildere avond gehad dan ik dacht, schat,' zegt hij grinnikend.

Dan steekt hij zijn hand uit om mijn arm te strelen, en plotseling lijkt het alsof mijn hele lichaam in brand staat. Hij voelt zo echt, en daardoor raak ik zo van slag dat ik me terugtrek en daar dan onmiddellijk spijt van heb, omdat ik er alles voor overheb om zijn handen op mijn huid te voelen.

'Wat is er, Kate?' vraagt hij, terwijl hij zijn hand optilt om mijn tranen weg te vegen. 'Wat is er aan de hand?'

'Je leeft nog!' kan ik uiteindelijk tussen de snikken door uitbrengen. Zijn hand op mijn gezicht is het enige wat ervoor zorgt dat ik niet flip. Ik heb ineens het gevoel dat als hij die weghaalt, ik gewoon door het open raam weg zal zweven, terug de realiteit in waar ik hoor.

'Natuurlijk leef ik nog,' zegt hij verbaasd.

Ik snuf en probeer het uit te leggen. 'Maar je... je bent twaalf jaar geleden overleden.' Zodra de woorden mijn mond uit zijn, wordt de hele kamer wazig. Ik steek paniekerig mijn hand uit en grijp hem vast.

'Schat, waar heb je het over?' Zijn stem komt van heel ver weg. 'Waarom zeg je dat nou?'

'Omdat...' Ik zwijg terwijl de wereld om me heen steeds waziger wordt. Ineens vraag ik me af of deze realiteit verdwijnt door mijn twijfel. Is dat niet wat er gebeurt als iemand aan de basis van een droom rammelt? Plotseling wil ik hier, waar dit ook is, heel erg graag zo lang mogelijk blijven, dus haal ik diep adem, forceer een glimlachje en zeg snel: 'Ik weet het niet. Ik weet niet wat ik net zei. Sorry. Je bent er natuurlijk gewoon.'

De kamer is onmiddellijk weer scherp – Patrick is weer scherp – en mijn hart slaat een slag over. Een paar seconden lang kijk ik verbaasd om me heen. Ik neem alles in me op. De onmogelijk blauwe lucht buiten. De felgele rozen op de ladekast. De felrode gloed van de cijfers op onze digitale wekker op het nachtkastje. Het lijkt wel alsof iemand de kleur vijftig procent omhoog heeft gedraaid, waardoor alles mooier is. Ik kijk weer naar Patrick en hoewel hij bijna lijkt te gloeien in de te zeer van kleur verzadigde kamer, ziet hij er nog steeds uit als zichzelf. Behalve dan dat hij zijn voorhoofd fronst. 'Katielee, je maakt me bang,' zegt hij. De kamer flakkert weer en ik grijp in paniek zijn hand.

'Nee, het spijt me,' zeg ik snel. 'Ik had denk ik een nachtmerrie.'

Zodra de woorden mijn mond uit zijn, merk ik dat ik uit alle macht wens dat ze waar zijn. Stel dat dit niet de droom is? Stel dat in plaats daarvan alles wat de afgelopen twaalf jaar is gebeurd het vreemde verzinsel is?

'Droomde je dat ik dood was?' Hij ziet er bezorgd uit en ik voel dat de tranen in mijn ogen springen.

'Patrick, het was het ergste wat me kan overkomen. Je kunt je niet voorstellen hoe blij ik ben dat je hier bent.'

Hij kijkt me nog een keer vreemd aan voordat hij zich van me losmaakt. 'Je doet vanochtend echt heel raar. Neem maar een ibuprofen en een kop koffie, oké?' Hij staat op en doet een stap naar de deur, en voordat ik weet wat ik doe, ga ik op mijn knieën zitten en pak in paniek zijn arm.

'Ga alsjeblieft niet weg!' gil ik. Ik ben doodsbang dat als ik hem de kamer uit laat lopen, ik hem nooit meer zal zien.

'Oké,' zegt hij langzaam. 'Wil je met me mee?'

Ik knik, wat heel dom voelt, en nadat hij me bezorgd heeft aangekeken helpt hij me uit bed. Zodra ik op mijn benen sta voel ik me duizelig en gedesoriënteerd.

Terwijl Patrick mijn hand pakt en me de slaapkamer uit leidt, kijk ik door het raam in de hal en zie dat het vervallen rouwcentrum dat er altijd stond vervangen is door een klein stukje groen met een speeltoestel, een gele glijbaan en een populier. 'Alles is anders,' mompel ik.

'Kate,' zegt Patrick met hese stem, 'wat is er aan de hand?'

Ik draai me om en kijk hem aan. Hij staat zo dichtbij dat ik bijna geen adem kan krijgen. Ik overbrug de ruimte tussen ons in en als ik hem tegen me aan voel, herinner ik me ineens hoe mijn bovenlichaam zo perfect in het plekje tussen zijn arm en zijn borst paste. Ik raak zijn gezicht aan en de stoppelbaard op zijn kaak voelt zo echt. 'Ik... Ik zou hier niet moeten zijn,' zeg ik, omdat ik niet weet hoe ik anders kan uitleggen wat er met me gebeurt. De hal flakkert en vonkt aan de randen en ik besef dat ik weer tegen het weefsel van deze wereld heb gezondigd.

'Waar zou je anders zijn?' Patrick kijkt me even aan en draait me dan zachtjes om en begint weer terug naar de slaapkamer te lopen. 'Weet je, schat,' zegt hij, 'misschien is het beter als ik jou die ibuprofen breng. Je lijkt er vanochtend niet helemaal bij te zijn. Ga maar weer even naar bed, oké?'

Ik laat me door hem terugbrengen naar de slaapkamer, omdat hij gelijk heeft; ik voel me daas en wankel op mijn benen. 'Laat me niet alleen,' mompel ik.

'Ik ben zo terug,' zegt hij terwijl hij me instopt. 'Dat beloof ik.'

'Maar je had me ook beloofd altijd bij me te blijven,' fluister ik als hij weg is. Heel even lig ik er gewoon, terwijl ik naar het plafond staar, in een poging te ontdekken wat er aan de hand is. Waarom voelt alles hier zo bekend? Hoe weet ik bijvoorbeeld dat het flesje ibuprofen dat Patrick gaat halen van het eigen merk van de drogist is, dat het op de tweede plank naast de wasbak in de badkamer staat en dat er nog maar tien pillen over zijn? Hoe weet ik dat op het boodschappenlijstje op de koelkast ibuprofen staat, pal onder melk, marshmallows, pindakaas, uien en wc-papier – allemaal in mijn handschrift? Hoe weet ik dat als ik de lamp op Patricks nachtkastje aan wil doen, dat niet zal gaan omdat gisteravond het peertje is doorgebrand? Ik haal diep adem en voor de zekerheid steek ik mijn hand uit en druk op het lichtknopje op de voet van de lamp. Er gebeurt niets en ik adem zwaar uit, ongelooflijk in de war.

Ik kan het gevoel niet van me afschudden dat ik hier echt ben, dat dit helemaal geen droom is. Maar dat slaat nergens op.

Met bonkend hart steek ik mijn hand uit naar de telefoon op mijn nachtkastje. We hebben nog steeds een vaste lijn, weet ik in een flits, omdat Patrick dat veiliger vindt, voor het geval we ooit het alarmnummer moeten bellen. Hoe weet ik dat? Ik schud mijn hoofd en bel mijn zus. Zij zal ongetwijfeld alles uitleggen.

Maar een tel later hoor ik een bandje met de mededeling dat het nummer niet bestaat. Ik hang op en probeer het opnieuw, in de veronderstelling dat ik in mijn verwarring de verkeerde knoppen heb ingedrukt, maar ik hoor hetzelfde bandje. Dan probeer ik haar mobiele telefoon, maar er staat een mannenstem op haar voicemail in plaats van de hare. Ik krijg een akelig gevoel in mijn maag. Stel dat haar iets is overkomen?

'Gaat het goed met Susan?' wil ik weten als Patrick de kamer weer in komt. Zou in deze droomwereld mijn zus kunnen zijn verwisseld met mijn man, de ene verschrikking voor de andere? 'Zeg me alsjeblieft dat het goed met haar gaat. Zeg me alsjeblieft dat ze nog leeft.'

Patrick fronst zijn voorhoofd. 'Natuurlijk leeft ze nog, liefje,' zegt hij, en de opluchting stroomt als een rivier door me heen. 'Waar heb je het over?'

'Ik probeerde haar net te bellen,' zeg ik en ik voel dat ik weer begin te trillen. Ik ratel de getallen van haar huistelefoon op, alsof ik haar daarmee kan terugbrengen.

Hij schudt zijn hoofd. 'Katielee, dat is haar oude nummer.'

Ik staar hem aan en plotseling, alsof iemand mijn geheugenbestanden aan het uploaden is, weet ik precies wat hij bedoelt. 'Ze is verhuisd,' mompel ik. 'Voor Robs baan. Elf jaar geleden.'

Patrick kijkt bezorgd. 'Natuurlijk. Naar San Diego.'

'Juist,' zeg ik langzaam. Ik weet plotseling ook dat Sammie surflessen neemt, dat Calvin drie weken geleden zijn arm heeft gebroken toen hij van zijn skateboard viel en dat ze in een klein geel huis met blauwe luiken wonen, vlak bij het strand. 'Hoe weet ik alles?' fluister ik.

Patrick komt naast me in bed liggen, slaat zijn arm om me heen en trekt me dicht tegen zich aan. 'Liefje, waar heb je het over?'

'Ik weet het niet,' mompel ik. Ik doe mijn ogen dicht en adem zijn typische houtachtige kaneelgeur in. Ik leun tegen zijn warme, stevige borst, iets waarvan ik me nooit had voorgesteld dat ik het weer zou doen. Ik hef mijn gezicht en kus hem, en het voelt zoals altijd. Zijn lippen zijn zacht en vriendelijk, en na een tel heft hij zijn hand en streelt mijn rechterwang met zijn linkerduim, zoals hij altijd deed. Hij smaakt naar tandpasta en liefde en leven, en ik proef hem gretig, hongerig, terwijl de tranen in mijn ogen prikken. Zolang ik hem kus, ben ik niet bang.

Maar dan word ik overvallen door een schuldgevoel en ik maak me los.

Bedrieg ik Dan? Ik schud de gedachte van me af. Natuurlijk niet. Dit is niet echt. Dat kan niet.

'Zeg tegen me dat je van me houdt, Patrick,' fluister ik dringend, omdat ik het hem moet horen zeggen voordat ik weer in de realiteit word teruggeworpen.

Patrick trekt zich iets terug, zodat hij me in mijn ogen kan kijken. 'Meer dan je je kunt voorstellen,' zegt hij. 'Ik hou van je, Kate. Ik wist al voordat ik je ontmoette...'

'... dat het voorbestemd was dat ik de jouwe zou worden,' mompel ik, terwijl ik de zoute tranen over mijn wangen voel biggelen.

Hij leunt voorover om me zachtjes, voorzichtig te kussen en het voelt magisch. Onze kus wordt net wat intiemer als we onderbroken worden door een stem in de deuropening.

'Papa?'

Ik draai me heel langzaam om en zie een meisje staan in een roze nachtjapon. Haar golvende kastanjebruine haar valt tot net over haar schouders en ze heeft grote groene ogen die precies de kleur van die van Patrick zijn. Ik voel iets fladderen in mijn borst.

Ze komt me onmiddellijk bekend voor en hoewel ik niet echt de herinnering te pakken krijg waardoor alles samenkomt, weet ik direct dat ze over vier weken, op 8 juli, dertien wordt. Ik weet dat ze van One Direction houdt en dat haar favoriete lid Louis is, omdat hij zo volwassen is. Ik weet dat ze dol is op tekenen en pianospelen. En ik weet dat ze vorige week een acht voor haar dictee had omdat ze de woorden 'spitsvondig' en 'expressie' verkeerd had geschreven.

'Hallo,' fluister ik.

Het meisje kijkt me bezorgd aan. 'Mama?' zegt ze voorzichtig, en iets in me barst open.

Ik draai me met wijd open ogen naar Patrick toe. 'Ben ik haar moeder?' fluister ik, maar dat ben ik natuurlijk. Ik weet het onmiddellijk en op hetzelfde moment klinkt er gezoem in mijn oren. Ik zie dat Patrick zijn mond opent om antwoord te geven, en ik voel dat hij mijn hand vastpakt, maar het licht wordt al feller en hij begint er al in over te vloeien.

'Kom terug!' roep ik, maar ik weet dat hij me niet kan horen.

Ik verlies hem uit het zicht als de kamer verdwijnt. Het laatste wat ik voel is dat zijn sterke vingers uit die van mij glippen.

4

Ik schrik wakker van mijn wekker en het kost me maar een fractie van een seconde om me het gevoel van Patricks aanraking te herinneren, warm en stevig en vol leven. Ik ga met een ruk rechtop zitten en knipper in het donker. ‘Patrick!’ roep ik, maar ik hoor alleen het gezeur van de wekker. Ik druk op de snooze-knop en in de plotselinge stilte weet ik al dat ik weer terug ben in mijn echte leven, het leven dat ik deel met Dan, waarin ik altijd weduwe zal zijn. ‘Patrick?’ herhaal ik zwak, ook al weet ik al dat hij er niet is.

Terwijl de kamer scherp wordt, verdwijnt het laatste sprankje hoop. De verduisterende gordijnen houden het meeste licht buiten en ik ben omgeven door de zijden lakens waaraan ik gewend ben geraakt.

‘Het was maar een droom,’ zeg ik hardop. ‘Een droom. Meer niet. Patrick is er niet meer.’ Maar ik kan het gevoel hoe echt het allemaal voelde niet van me af zetten. Zijn aanraking. Zijn smaak. De vreemde manier waarop alles leek te gloeien.

En ook al vervagen de details snel, ik kan het beeld van het meisje met de prachtige ogen die onmiskenbaar net zoals die van

Patrick waren niet van me afschudden. Ik kan het gevoel niet van me afzetten dat ze zo echt en zo van mij was, dat ik echt van haar hield. Mijn adem stokt in mijn keel als ik het enige woord dat ze tegen me heeft gezegd – mama – weer hoor.

Maar ik had op de een of andere manier geweten dat ze op 8 juli dertien zou worden, wat betekent dat ze slechts vier maanden nadat ik voor het eerst met Patrick naar bed was geweest geboren is. Er is geen vreemd alternatief universum waarin ze echt van mij geweest kan zijn.

'Ik ben haar moeder niet,' fluister ik, verbaasd om hoe verpletterend deze woorden zijn. 'Het was niet echt.' Ik weet dat ik irrationeel ben. Maar mijn hart bonkt nog steeds en ik zie nog steeds haar gezicht voor me in het donker.

Ik doe de lamp op het nachtkastje aan. Pal voor mijn wekker staan een glas water en een flesje paracetamol en er ligt een briefje van Dan waarop staat dat hij vroeg naar zijn werk moest, maar dat hij hoopt dat ik niet een al te grote kater heb. *Ik heb je nog nooit zo veel champagne zien drinken!* is zijn behulpzame laatste zin.

Met trillende handen schud ik twee tabletten uit het flesje tegen mijn bonkende hoofdpijn. Ik spoel ze weg, ga dan weer op mijn kussen liggen en staar naar het plafond. 'Wat gebeurt er met me?' fluister ik in de stilte.

Na een paar minuten pak ik mijn iPhone en ga naar Young-WidowTalk.com, een website waar ik af en toe heen ga, maar nooit als Dan in de buurt is. Ik typ 'levendige droom van man' in in het zoekveld en dan komen er verschillende threads omhoog. Ik begin op berichten te klikken, op zoek naar een weduwe die een bizar levendige droom heeft dat haar man op dit moment in leven is, maar het enige wat ik kan vinden zijn verhalen van vrouwen die dromen over hun echtgenoot in het verleden. Daarna zoek ik naar 'denkbeeldig kind', en 'kind dat niet bestaat', maar dat levert niets op. Ik ben blijkbaar de enige die op die manier gek aan het worden is.

Ik zucht, leg mijn telefoon neer en stap uit bed. De marmeren vloer voelt koud onder mijn voeten en dat brengt me terug in het hier en nu.

Ik ga gedachteloos door mijn afspraken van die ochtend en rond lunchtijd weet ik dat ik te afwezig ben om mijn cliënten van nut te zijn. Ik vraag Dina, de receptioniste die ik met drie andere therapeuten deel, om de afspraken voor die middag af te zeggen.

'Alles oké, Kate?' vraagt ze terwijl ze me bezorgd aankijkt. 'Je hebt je cliënten nog nooit afgezegd.'

'Ik voel me niet zo lekker,' zeg ik tegen haar. Dat is niet helemaal gelogen. Terwijl ik wacht tot ze me kan vertellen of ze iedereen heeft kunnen bereiken ga ik terug naar mijn kantoor en zoek in mijn middelste la naar de ingelijste foto van Patrick, die ik na mijn vijfde afspraakje met Dan van mijn bureau heb gehaald. Ik had toen tegen mezelf gezegd dat het tijd was om Patrick weg te stoppen. En dat had ik gedaan. Zo'n beetje.

De afgelopen twee jaar heb ik zo af en toe zijn foto gepakt en ernaar gekeken als ik het even niet meer wist. Iets in zijn kalme, zeegroene ogen zorgt er altijd voor dat de chaos in mijn hoofd oplost.

Maar vandaag wordt alles juist verwarrender als ik naar hem kijk. Op de foto is hij zo jong, in tegenstelling tot hoe hij er vannacht uitzag. Het was niet echt, houd ik mezelf voor. Dat kan niet. Maar toch strijk ik met mijn vingers langs zijn ooghoeken en bedenk hoe vertederend het was om de lachrimpels te zien die daar waren ontstaan. Ik raak zijn pikzwarte haar aan en bedenk hoe prachtig het eruitzag met die strepen grijs erin.

De intercom op mijn bureau zoemt. Ik schrik ervan.

Dina's blikkerige stem vult het kantoor. 'Ik heb iedereen kunnen bereiken, Kate. Alle afspraken voor vanmiddag zijn afgezegd.' Ze aarzelt. 'Weet je zeker dat het wel gaat? Kan ik iets voor je doen?'

'Nee, hoor, dat hoeft niet!' Geforceerd vrolijk bedank ik haar.

Even klinkt er statisch geruis. Dan zegt ze: 'Ik ga nu lunchen.'

'Oké,' antwoord ik opgewekt. 'Tot morgen, dan!'

Ik leg Patricks foto weer in mijn bureaula, onder een stapel dossiers, en pak mijn telefoon. Susan neemt op de eerste keer overgaan op.

'Ik ben vrij vanmiddag,' zeg ik tegen haar. 'Kan ik langskomen?'

'Wat is er?'

'Niets. Kan ik niet bij mijn zus langskomen zonder dat er iets mis is?'

'We hebben het er wel over als je er bent,' zegt ze resoluut, waarmee ze me laat weten dat ze me doorheeft.

Vijfentwintig minuten later word ik met een taxi voor haar herenhuis afgezet. Ze begroet me bij de deur met een glas witte wijn, dat ze me zonder iets te zeggen geeft.

'Het is pas één uur 's middags,' zeg ik, maar ik neem het glas toch aan.

'Ik hoor het aan je stem als je iets te drinken nodig hebt. En dat is nu.'

Ze loopt weg voordat ik antwoord kan geven, dus doe ik de deur achter me dicht en loop achter haar aan naar binnen terwijl ik ondertussen een slok neem. Ze heeft gelijk.

'Ha, jongens!' zeg ik als ik langs de woonkamer kom, waar Sammie en Calvin aan de televisie vastgeplakt zitten. Op het scherm geeft een tekenfilmmuis die ik nog nooit heb gezien een tekenfilmbeer les. Calvin zit te giechelen. Sammie draait zich om, grijnst en zwaait. Ik voel een plotselinge steek van verlangen naar het meisje met de groene ogen uit mijn droom.

Ik vind Susan in de keuken, waar ze met haar eigen glas wijn tegen het aanrecht geleund staat. Op het aanrecht staat een open fles chardonnay naast een schaal chips. 'En?' zegt ze zodra ik de hoek om kom. 'Vertel. Gaat het over je verloving?'

'Nee,' zeg ik onmiddellijk. Maar als ze alleen maar een wenkbrauw optrekt, sla ik mijn ogen neer en mompel: 'Het is stom. Ik had vannacht zo'n maffe droom. Ik bedoel, ik denk dat het een droom was...'

Ik laat mijn stem wegsterven en als ze niets zegt, dwing ik mezelf mijn ogen op te slaan zodat ik haar recht aan kan kijken. Ze ziet er kalm en beheerst uit. Precies hoe ik me nu zou moeten voelen. In plaats daarvan voel ik me een beetje schrikachtig, alsof ik een drugsverslaafde ben die aan het afkicken is.

'Ga verder,' zegt ze.

En dus vertel ik haar over het wakker worden naast Patrick, het horen van zijn stem, het voelen van zijn aanraking. Ik vertel haar dat zijn haar doorsprenkeld was met grijs, dat hij gezetter was, dat zijn aanraking zo pijnlijk bekend was. Ze gaat droeviger kijken terwijl ik praat en tegen de tijd dat ik klaar ben, voel ik de tranen over mijn wangen rollen.

Ze zucht, zet haar glas op het aanrecht en trekt me in haar armen. 'Het zijn gewoon de zenuwen, schat,' zegt ze met haar mond tegen mijn schouder. 'Het is nogal wat om Dans aanzoek aan te nemen. Het is heel normaal om zo'n droom te hebben.'

'Maar het voelde anders dan alle dromen die ik ooit heb gehad,' zeg ik met een klein stemmetje. 'Het voelde alsof het echt gebeurde.'

'Natuurlijk voelde het zo.' Ze laat me los en doet een stap naar achteren. 'Ik denk dat een deel van jou het gevoel heeft dat je iets verkeerd doet door verder te gaan met je leven. Maar het is de hoogste tijd, Kate. Het is goed. Patrick zou blij voor je zijn.'

Ik neem nog een aarzelende slok van mijn wijn. Ik denk erover na of ik haar zal vertellen over het meisje met de groene ogen, maar ik heb al het gevoel dat ze vindt dat ik niet helemaal goed bij mijn hoofd ben. 'Het voelde gewoon alsof ik een glimp kreeg van het leven dat ik had moeten leiden,' zeg ik in plaats daarvan.

Susan pakt stevig allebei mijn armen vast en wacht tot ik naar haar kijk. 'Dit is het leven dat je moet leiden. Hier. Nu. Het was afschuwelijk dat je Patrick hebt verloren, maar het is al heel lang geleden. Je kunt je niet elke keer dat je de kans hebt een stap vooruit te doen verliezen in gedachten, anders laat je je leven aan je voorbijgaan. Wil je dat?'

'Nee.' Ik snuf. Ik kijk heel lang naar beneden, daarna kijk ik haar in de ogen. 'Het voelde alleen of ik daar moest zijn. Ik wist dingen die ik gewoon niet had kunnen weten. Ik had het gevoel dat ik helemaal thuis was.'

'Kate, moet je jezelf nou eens horen. Het was maar een droom,' zegt ze ferm. 'Ik wil het je horen zeggen.'

'Maar...'

'Ik meen het!'

'Het was maar een droom,' herhaal ik gehoorzaam na een stilte.

Dan komt Sammie in de deuropening van de keuken staan en ik probeer snel mijn tranen te verbergen door nog een slok wijn te nemen. Daar trapt ze niet in. 'Wat is er met tante Kate?' vraagt ze aan Susan, terwijl ze een bezorgde blik op me werpt. 'Ze huilt.'

'We hadden het over je oom Patrick en daar werd tante Kate verdrietig om,' zegt Susan.

Sammie is in de war. 'Maar ik heb helemaal geen oom Patrick.'

Die woorden benemen me de adem en mijn zus duwt Sammie

snel de keuken uit. Ik hoor dat ze Sammie eraan herinnert dat ik vroeger een man had en dat ik soms heel verdrietig ben omdat hij dood is.

Even later komt Susan terug, een beetje rood aangelopen. 'Sorry, hoor,' zegt ze. 'We praten niet vaak over Patrick als de kinderen erbij zijn, omdat het verwarrend voor hen is als ze erover nadenken dat mensen doodgaan. Het was niet de bedoeling dat ze je zou kwetsen.'

'Ik ben vandaag gewoon een emotioneel wrak. Daar kan zij niets aan doen.' Ik dwing mezelf te glimlachen en probeer de sfeer te verlichten. 'Trouwens, misschien vind je het wel leuk om te horen dat jij in mijn droom in San Diego woonde. Ik wil wedden dat je een heerlijk kleurtje had. Grappig, hè?'

Susan blijft onbeweeglijk staan. 'San Diego?'

Ik knik. 'Ja, daar was je blijkbaar elf jaar geleden heen verhuisd, omdat Robert een goede baan kon krijgen. Mazzel voor jou, hè?'

Susan perst haar lippen op elkaar. 'Ik had tegen mam en pap gezegd dat ze het je niet mochten vertellen,' mompelt ze. 'Hoe lang weet je dat al?'

'Weet ik wat al?'

'Over dat aanbod voor een baan dat Robert heeft gekregen?'

Als ik haar uitdrukkingsloos aankijk, zucht ze. 'Het jaar nadat je Patrick had verloren, kreeg Robert een fantastische baan aangeboden in San Diego.'

'Echt waar?' Ik krijg kippenvel op mijn armen.

Ze knikt. 'Maar we hebben besloten hier te blijven.'

'Voor mij?' vraag ik zacht.

Susan aarzelt. 'Dat zou jij ook hebben gedaan. Maar hoe wist je dat van Californië? Van mam?'

'Nee.' Ik kijk naar mijn handen, onthutster dan ooit.

'Nou, wie heeft het je dan verteld?' vraagt Susan.

Hulpeloos haal ik mijn schouders op. Mijn hart bonkt. 'Patrick.'

Dat kan niet, toch? Het moet wel een droom zijn dat ik Patrick en het leven dat ik had kunnen hebben zo ongelooflijk gedetailleerd te zien kreeg, maar hoe had ik dan van San Diego kunnen weten?

Dat gaat door mijn gedachten als ik Susans appartement uit loop naar het metrostation aan 86th Avenue. Het is niet de droom zelf die me blijft kwellen, ook al heeft het zien van Patrick gevoelens bij me losgemaakt waarvan ik dacht dat ik ze voorgoed had weggeborgen. Wat me dwarszit is wat het betekent. En als ik informatie doorkrijg die overeenkomt met de werkelijkheid, is er dan een kans dat het iets meer is?

'Doe niet zo gestoord,' mompel ik in mezelf. Dat levert me een medelijdende blik van een voorbijganger op, die met een grote boog om me heen loopt. Gegeneerd werp ik hem een verontschuldigende glimlach toe, en ik hou mijn blik neergeslagen totdat ik het metrostation in duik.

Ik neem lijn 6, maar in plaats van uit te stappen op Grand Central, wat ik altijd doe, blijf ik zitten tot station Brooklyn Bridge-City Hall. Daarna loop ik langs Chambers Street naar het westen, naar mijn oude appartement. Ik moet het zien, al is het maar om mezelf er voor eens en voor altijd aan te herinneren dat Patrick er niet meer is, evenmin als het leven dat we lang geleden leidden.

Ik heb met opzet dit deel van Manhattan ontweken sinds ik verder naar het noorden ben verhuisd. Ik heb uitnodigingen voor verjaarsdiners in de buurt afgeslagen, taxichauffeurs via onlogische routes laten omrijden en vooral mezelf ervan overtuigd dat het prima weggestopt kon worden in een kluis, samen met al mijn andere herinneringen aan de jaren voor Patricks dood. Maar vannacht is de kluis opengegaan.

Ik kom aan bij de ingang van mijn gebouw, loop de trap op en haal diep adem, waarna ik naar rechts kijk, naar de lijst met huurders.

Mijn blik blijft hangen bij Appartement 5F, waar in blokletters P + K Waithman stond, wat zo permanent leek. Op het kaartje naast de bel staat nu Schubert.

Ondanks mezelf ben ik teleurgesteld, maar wat dacht ik nou eigenlijk? Dat Patrick niet dood was en hier een geheim leven leidde met een denkbeeldige dochter, en dat hun namen hier vol in het zicht zouden staan? Ik schud mijn hoofd. 'Doe niet zo belachelijk,' zeg ik hardop.

Maar toch kan ik me niet inhouden en ik druk op de zoemer. Als er geen reactie komt, doe ik een stap bij de deur vandaan en op dat moment zie ik dat het rouwcentrum op de hoek weg is, net als in mijn droom. Ik houd mijn adem in en loop de nauwe steeg aan de rechterkant van het gebouw in. Door de spleten in het nieuwe houten hek zie ik net een nieuw klimrek met een gele glijbaan, in de schaduw van een pezige populier.

'Dat kan niet,' mompel ik terwijl ik wegloop, de steeg uit en het afnemende zonlicht op Chambers Street in. Ik ben hier al ruim tien jaar niet meer geweest, hoe had ik dan kunnen weten van het klimrek en de boom? Hoe had ik ze in precies die opstelling en zo gedetailleerd kunnen zien? Hoe wist ik dat ze er zouden zijn?

Ik ga de trap weer op en bel weer aan bij appartement 5F, maar er komt nog steeds geen reactie. Ik verwacht half Patricks stem door de intercom te horen, trillend door het statische geruis, maar dat slaat nergens op.

Ik heb hem op een zonnige septemberochtend lang geleden begraven.

5

Ik kom om half vijf thuis en nadat ik een half uur op de bank totaal verward voor me uit heb zitten staren, sta ik op en loop naar de drankenkast in de hoek, die ik normaal gesproken nauwelijks aanraak. Ik houd van een glas wijn bij het avondeten en zo af en toe drink ik samen met Susan tijdens het happy hour een Guinness, maar ik ben nooit zo'n drinker geweest. Dus misschien kan ik mezelf als ik een paar sterke borrels neem weer in slaap brengen, terug naar de droom, terug naar Patrick. Ik wil hem zo wanhopig graag weer zien, om mezelf te bewijzen dat ik niet aan het doordraaien ben. Maar ja, dat zou iemand die gek was waarschijnlijk ook zeggen.

Ik pak Dans fles Basil Hayden's en schenk een paar slokken in een whiskyglas. De bourbon brandt als hij door mijn keel glijdt, maar ik voel het effect bijna onmiddellijk. Na een paar minuten word ik licht in het hoofd. Ik ben nog steeds klaarwakker, dus vul ik mijn glas tot bijna bovenaan, haal diep adem en drink het op.

Tien minuten later, als de kamer vager wordt, wankel ik naar de slaapkamer en ga tussen de lakens liggen, waar ik dankbaar gaap terwijl mijn hoofd begint te draaien. 'Laat me alsjeblieft wakker worden met Patrick,' mompel ik in de stilte, maar ik weet niet zeker wie ik het vraag. Aan God? Aan de bourbonfles?

Niet snel daarna val ik in slaap, en ook al slaap ik diep, ik droom niet. Als ik de volgende ochtend wakker word in mijn echte slaapkamer, met Dan naast me, ben ik diep teleurgesteld.

'Goedemorgen, schat.' Dans stem is nog dik van de slaap, hij draait zich om en trekt me naar zich toe. Hij drukt zijn neus in mijn hals en trekt zich dan terug, met een verwarde blik op zijn gezicht. 'Jemig, Kate, je ruikt naar een drankwinkel.'

'Sorry,' mompel ik. Mijn hoofd bonkt alsof ik ben overreden door een vrachtwagen. 'Ik heb gisteravond wat gedronken.'

'Alweer? Is alles wel goed?'

'Mm-mm.' Ik dwing mezelf vrolijk te glimlachen, waardoor mijn hoofd alleen maar hardnekkiger gaat bonken. Ik sta op, poets mijn tanden en neem drie paracetamol, waarna ik weer in bed kruip, in de hoop dat ik nog heel even mijn ogen kan sluiten voordat ik moet opstaan, voor het geval dat.

Maar Dan slaat zijn armen om me heen en drukt zijn lichaam tegen me aan. 'Hoe laat moet je op je werk zijn?' vraagt hij met een lage en suggestieve stem.

Mijn hoop om weer in slaap te vallen vervliegt. Ik kijk op mijn wekker. Mijn eerste afspraak is pas over anderhalf uur, dus zeg ik tegen hem: 'Ik heb wel even tijd,' omdat ik me schuldig voel dat ik de hele nacht uit alle macht heb gehoopt dat ik wakker zou worden naast een andere man.

We bedrijven langzaam de liefde en op de een of andere manier slaag ik erin totaal niet aan Patrick te denken totdat Dan opstaat om te gaan douchen. Als ik alleen ben, nog steeds met hoofdpijn, voel ik dat de tranen me in de ogen schieten. Ik veeg ze snel weg en stap uit bed om me te gaan aankleden.

Een kwartier later geven Dan en ik elkaar een afscheidskus bij de voordeur, maar als ik wil weglopen pakt hij mijn arm vast. 'Kate?' vraagt hij aarzelend. 'Is er iets? Ik heb het gevoel dat je vandaag ergens anders bent.' Ik heb hem nog niet over mijn onvruchtbaarheid verteld, maar het is nu niet het juiste moment, niet als ik op het punt sta van huis te gaan, niet nu het me nog duizelt van de gedachten aan Patrick. Ik zal het hem vanavond vertellen, na het eten, en het komt allemaal goed.

Ik haal diep adem. 'Nee, hoor. Niks aan de hand.'

Hij kijkt me in de ogen. 'Weet je het zeker? Je bent jezelf niet.'

Als ik bij kantoor aankom, pieker ik nog steeds over Dans woorden, en het feit dat hij gelijk heeft. Dina vraagt of ik me beter voel en ik mompel een excuus over misselijkheid, want ik voel me echt ziek. Dat doen drank en verwarring met je. Ze kijkt ineens heel vrolijk.

'Misschien ben je wel zwanger!' zegt ze op luide fluistertoon.

'Dat betwijfel ik,' zeg ik, terwijl ik haar blik ontwijk en mijn hand op mijn vlakke buik leg. Ik ga snel mijn kantoor in om me voor te bereiden op een lange dag waarin ik helemaal niet over mijn eigen leven hoef na te denken.

Een paar minuten over vijf ben ik net bezig mijn tas in te pakken als mijn zus mijn kantoor binnen komt lopen, met een map in haar armen en een vastberaden uitdrukking op haar gezicht.

'Wat doe jij hier nou?' vraag ik, want in de vijf jaar dat ik hier werk is ze pas één keer naar mijn kantoor gekomen. 'Is er iets met de kinderen?'

'Robert is thuis,' zegt ze. Ze steekt de map naar me toe. 'Jij en ik gaan naar Hammersmith's om je bruiloft te plannen.' Ik voel mijn hoofdpijn terugkeren als ik de map van haar aanpak.

Er staat in glitterletters BRUID op de voorkant. 'Ik heb tegen Dan gezegd dat ik vanavond zou koken.'

‘Het duurt maar een uur. Je kunt wel wat eten afhalen.’

‘Susan...’

‘Moet je horen.’ Ze klinkt opeens zakelijk. ‘Ik weet dat je helemaal de bibbers krijgt van je verloving. Dat verklaart ook de droom. Maar ik denk dat als we de bruiloft gaan plannen, je je dan beter gaat voelen. Hoe echter het voelt, hoe beter je afstand kunt nemen van het verleden. Oké?’

Ik kijk haar aan. ‘Je hebt het hier zeker met je therapeut over gehad?’ Susan gaat elke donderdagmiddag naar een therapeut, hoewel ik geen idee heb waarom. Haar leven is perfect. Waar zou zij het nou over moeten hebben?

Ze haalt haar schouders op. ‘Ze was het met me eens dat je je beter op het heden kunt richten. Doe je mee? Of moet ik in mijn eentje iets gaan drinken?’

Ik zucht. Ik kan net zo goed de gelegenheid te baat nemen om het gesprek te oefenen dat ik vanavond met Dan wil hebben over mijn onvruchtbaarheid.

En ik moet het Susan sowieso vertellen. ‘Trakteer jij?’

Tien minuten later nemen we plaats in ons gebruikelijke zitje in Hammersmith’s, de Engelse pub verderop in de straat waar we al jarenlang om de paar weken naar het happy hour gaan. Onze vaste barkeeper, Oliver, komt naar ons toe met een chardonnay voor Susan en een Guinness voor mij, maar ik doe alsof ik kokhals en bestel in plaats daarvan een Sprite.

‘Ik moet je iets vertellen,’ zeg ik zodra ze een grote slok van haar drankje heeft genomen. ‘Ik heb het Dan nog niet verteld.’

‘Wat?’ Ze lacht. ‘Je klinkt zo serieus.’

Ik kijk haar even aan. Ze heeft mijn stemming nooit echt goed kunnen inschatten, maar ik sta versteld dat ze de pijn op mijn gezicht nu niet ziet. ‘Het is ook serieus. Ik kan geen kinderen krijgen. Dat heb ik een paar dagen geleden van de dokter gehoord.

Mijn eierstokken produceren geen eitjes meer.'

'O.' Ze kijkt me een tijdje aan. 'O, wat naar om te horen.'

Deze reactie had ik niet voorzien. Ik had tranen of onmiddellijke troost verwacht. In plaats daarvan ziet ze er alleen maar verbluft uit. 'Is dat alles?' vraag ik.

'Ik wist helemaal niet dat je kinderen wilde,' zegt ze, terwijl ze mijn blik ontwijkt. 'Ik bedoel, als je aan het proberen was zwanger te worden, snap ik dat dit verschrikkelijk zou zijn. Maar je bent veertig, dus ik dacht eigenlijk...'

'Wat, dat ik geen kinderen meer mag willen?' onderbreek ik haar bits. 'Omdat ik het niet in hetzelfde tempo heb gedaan als jij?'

Ze haalt onbewogen haar schouders op. 'Nee. Ik bedoel dat het op je veertigste een beetje laat is om hierover een beslissing te nemen, nietwaar? Ik ging ervan uit dat Dan en jij de beslissing al hadden genomen. Dat hadden jullie dus niet?'

Ik kijk haar woedend aan. 'Nee. En veertig is niet oud.'

'Ik zeg niet dat het oud is, dat lijkt me wel duidelijk. Ik ben twee jaar ouder dan jij.'

'Twee jaar en tien maanden,' mompel ik.

Ze kijkt me geïrriteerd aan. 'Klopt. Maar ik heb Sammie en Calvin gekregen toen ik in de dertig was, omdat je kans dan groter is, Kate. Je kent de statistieken toch. Het is veel gezonder voor moeder en kind als je voor je veertigste kinderen krijgt.'

'Goh,' zeg ik gemaakt lief, 'het spijt me heel erg dat ik niet op tijd een relatie met Dan heb gekregen om in jouw schema van kinderen krijgen te passen.'

'Ik bedoel alleen maar dat je toen je dertig was je kop in het zand hebt gestoken en geobsedeerd was door Patrick. Kijk eens naar Gina, die is verdergegaan met haar leven, nietwaar? Als je een kind had gewild, had je de kans moeten grijpen toen je die nog had.'

Ik staar haar aan terwijl mijn borst verkrampt van boosheid. 'Zo werkt het niet, Susan. Ik kon niet gewoon met mijn vingers knippen en me weer goed voelen. Je hebt er geen idee van hoe het voelt om je man te verliezen.'

'Nee, dat klopt. Maar ik weet wel dat Dan een goeie vent is. En je zou alles helemaal overhoop kunnen gooien als je je nu druk gaat maken over vruchtbaarheid en kinderen krijgen als je dat niet eens echt wilt.'

'Hoe weet je dat ik dat niet eens echt wil?' informeer ik terwijl mijn stem een octaaf stijgt. Vanuit mijn ooghoek zie ik dat Oliver bezorgd onze kant op kijkt.

'Wil je het wel dan?' vraagt ze. 'Wil je kinderen?'

'Ja! Misschien. Ik weet het niet.' Ik kijk haar niet aan, omdat ik zeker weet dat ze die irritante ik-wist-wel-dat-ik-gelijk-had-blik in haar ogen heeft. 'Het is gewoon zo dat ik er niet aan toe ben dat die beslissing voor mij genomen wordt.'

'Kate,' zegt Susan, op een vriendelijker toon dan zonet. 'Kun je je Dan echt voorstellen als vader?'

'Natuurlijk!'

'Maar hij heeft een hekel aan mijn kinderen,' zegt ze zachtjes.

'Wat? Niet waar!'

'Oké, misschien heeft hij geen hekel aan ze. Maar hij vindt ze ook niet leuk. Hij praat alleen met ze als het echt niet anders kan.'

Ik open mijn mond om hem te verdedigen, maar ik besef dat ik me niet kan herinneren dat hij ooit meer dan een opgelaten, verplicht hallo heeft gewisseld met mijn nichtje en neefje. 'Hij voelt zich gewoon niet op zijn gemak bij hen,' zeg ik uiteindelijk. 'Hij is niet gewend aan kinderen.'

'Lieverd, hij houdt niet van kinderen,' zegt ze. 'Dus als je je zorgen maakt over hoe hij zal reageren op je nieuws, dat hoeft niet.'

'Echt waar?' vraag ik. Ik voel iets van de spanning van mijn schouders vallen. Maar tegelijkertijd vormt er zich een knoop in mijn maag.

'Ik weet absoluut zeker dat hij het geen enkel probleem vindt,' zegt ze resoluut. Ze wacht tot ik opkijk voordat ze de rest eraan toevoegt. 'Maar de vraag is: denk jij er net zo over?'

Ze wacht een halve seconde voordat ze een keer in haar handen klapt en glimlacht. 'Goed. Zullen we het nou over je bruiloft hebben?'

Ik staar haar aan. 'Meen je dat nou?'

Ze kijkt me uitdrukkingsloos aan. 'Waarom niet?'

Ik klem mijn kaken op elkaar. 'Moet je horen, lief dat je dit doet, Susan. Die bruiloftsmap is een goed idee. Maar ik moet echt met Dan praten voordat we ons helemaal op de planning gaan storten, goed? Doe de groetjes aan de kinderen.'

Ik leg een biljet van tien dollar op tafel en ben weg voor ze antwoord kan geven.

Buiten loop ik naar het centrum toe. Hoe langer ik loop, hoe slechter ik me voel. Natuurlijk, Susan snapt me niet, maar ze bedoelt het bijna altijd goed. Als ik na een tijdje mijn telefoon pak en haar bel om sorry te zeggen, neemt ze niet op. Ik wil de telefoon net wegstoppen, maar dan pak ik hem weer uit mijn tas en bel Gina.

'Hoe heb je het gedaan?' vraag ik als ze opneemt.

'Ook hallo.' Ik hoor de glimlach in haar stem. 'Oké. Ik hap wel. Hoe heb ik wat gedaan?'

'Bill achter je laten,' zeg ik zachtjes. 'Verdergaan. Met iemand anders trouwen. Een kind krijgen met iemand anders.'

'O,' zegt ze verdrietig. Zij en haar man Wayne hebben een dochtertje van drie, Madison. 'Je moet het gewoon zien als een ander leven,' zegt ze na een ogenblik. 'Misschien niet het leven dat je had moeten leiden, of zelfs maar het leven waarvan je dacht dat je het zou leiden. Maar het is nog steeds je leven, net als je vorige.'

Dit probeer ik even te verwerken. 'Mis je Bill nog?'

'Elke dag. Maar niet zo veel als vroeger.'

Ik denk erover haar te vertellen hoe levendig ik Patrick heb gezien, maar ik weet dat het gestoord klinkt. Het is waarschijnlijk ook gestoord. 'Was het een fout om ja te zeggen tegen Dan?' vraag ik haar in plaats daarvan. 'Als ik ergens nog steeds verliefd ben op Patrick?'

'Nee,' zegt ze resoluut. 'Je zult altijd van Patrick houden. En dat is prima. Je moet jezelf er alleen aan herinneren dat hij er niet meer is.'

'Maar stel dat hij er wel nog is?' fluister ik.

'Wat zei je?'

Ik aarzel. 'Ik weet denk ik niet hoe ik hem moet loslaten.'

De rest van de wandeling naar huis gebruik ik om na te denken. Het wemelt van de mensen in New York, maar als je over een drukke straat loopt voelt het bijna vredig en eenzaam aan. Ik maak geen oogcontact en praat met niemand en tegen de tijd dat ik bij ons appartement aankom, heb ik het gevoel dat ik de afgelopen twintig minuten in een geluidloze bubbel heb doorgebracht.

Als ik binnenkom zit Dan in de keuken een glas rode wijn te drinken. 'Gaat het, schat?' vraagt hij. 'Je zus belde en zei dat je van slag leek te zijn. Ze maakt zich zorgen om je.'

'Het gaat goed, hoor,' zeg ik. Ik dwing mezelf te glimlachen. 'Echt waar. Dank je wel, lieverd.'

Hij zet zijn glas op het aanrecht en loopt de keuken door om me te omhelzen. 'En? Hoe gaat het met mijn prachtige toekomstige bruid? Ik hoorde dat Susan en jij vandaag over het plannen van de bruiloft hebben gepraat?'

'Een beetje,' zeg ik, en hij glimlacht naar me.

'Hé, ik wil niet dat je er gestrest door raakt,' gaat hij verder. 'We hebben geen haast. Ik weet dat sommige bruiden zich helemaal op de details storten, maar ik wil niet nog meer op je bordje leggen. Wat kan ik voor je doen?'

'Je bent echt perfect, hè?' zeg ik met een zucht. 'Maar maak je geen zorgen. Zo'n bruid ben ik niet.'

'Nou, ik heb in elk geval vanavond voor het eten gezorgd, dus dat is weer een ding minder op je bordje,' zegt hij, en ik voel me vreselijk. Ik zou koken. De bel gaat, alsof het een toneelstuk is. 'Dat is waarschijnlijk de bezorger.'

Tien minuten later heeft Dan de tafel gedekt, twee kaarsen aangestoken en ons Chinese eten opgeschept, zodat de maaltijd eruitziet als een culinair hoogstandje.

'Alleen jij dient afhaal-lo mein op mooi servies op,' zeg ik, terwijl ik glimlachend mijn hoofd schud.

'Gezonde vegetarische lo mein,' verduidelijkt hij. Hij schenkt een glas bordeaux voor me in en geeft me een kus boven op mijn hoofd. 'Niets dan het beste voor mijn meisje.'

'Ik moet je iets vertellen,' zeg ik nadat we een paar happen hebben genomen. 'Ik ben een paar dagen geleden naar de dokter geweest.' Ik kijk aandachtig naar zijn gezicht. 'Mijn eierstokken produceren geen eitjes meer. Ik – we – kunnen geen kinderen krijgen.'

'Kate...' Hij steekt zijn hand naar me uit, maar ik ben nog niet klaar.

'Wil je nog steeds met me trouwen? Ik bedoel, ik weet dat we het hier nog niet eerder over hebben gehad, maar als dit de zaak verandert...'

Hij kijkt me even aan terwijl mijn hart in mijn keel bonkt. Dan leunt hij over tafel heen en kust me. 'Natuurlijk wil ik met je trouwen.' Hij zwijgt en voegt eraan toe: 'Het is prima. Dan zijn we gewoon met zijn tweeën. We hebben geen kinderen nodig om gelukkig te zijn.' Hij glimlacht breed, bemoedigend.

Maar mijn maag maakt salto's en ik knipper een paar keer met mijn ogen. 'We zouden ook een kind kunnen adopteren,' zeg ik aarzelend.

Hij haalt zijn schouders op. 'Schat, misschien is het ons gewoon niet gegeven ouders te zijn. Pieker er maar niet langer over. Het is niet jouw schuld.' En dan, voordat ik de kans heb om nog iets te zeggen, snijdt hij een totaal ander onderwerp aan. 'Hebben Susan en jij vandaag al iets besloten over waar de bruiloft gaat plaatsvinden?' vraagt hij. 'Je zus zei dat ze een hele klapper met ideeën had en mij leken sommige van de buitenlocaties wel mooi voor de herfst...'

Ik haal mijn schouders op en als hij verder praat, houd ik op met luisteren en richt mijn aandacht op de muur achter hem, in een poging niet te gaan huilen.

Die avond slaapt Dan vredig naast me terwijl ik naar het plafond staar, denkend aan de manier waarop Patrick en ik altijd in bed lagen. We praatten over de namen die we onze kinderen zouden geven, alle leuke dingen die we zouden gaan doen als gezin en het leven dat we naar onze volle overtuiging samen zouden opbouwen.

Voor de eerste keer merk ik dat ik me afvraag of ik al die dingen heb laten vervliegen zonder het te beseffen. Misschien is het te laat om een weg terug te vinden naar het soort leven dat ik dacht te gaan leiden. Uiteindelijk val ik in een onrustige slaap.

6

Als ik de volgende ochtend wakker word, weet ik onmiddellijk dat ik weer in mijn oude appartement ben, terug in de vreemde, veel te felle wereld die ik niet kan verklaren. Ik snak even naar adem, doe mijn ogen dicht en mompel een gebedje om dank te zeggen, ook al betekent dit misschien alleen maar dat ik aan het doordraaien ben. Als ik mijn ogen op een kiertje open, valt het zonlicht op een paar stofdeeltjes in de lucht. Ik draai mijn hoofd een beetje en zie Patrick naast me liggen.

Heel even verroer ik me niet. Ik kijk alleen maar naar hem, naar hoe zijn borst omhoogkomt en daalt. Ik weet pas dat ik huil als mijn zicht wazig wordt. Als ik rechtop ga zitten om mijn tranen weg te vegen, beweegt Patrick zich en hij rolt naar me toe.

'Goedemorgen, Katielee,' zegt hij, en het is nog steeds zijn stem, evenals zijn groene ogen met de rimpels in de hoeken en zijn brede glimlach met de iets scheefstaande ondertanden.

Ik word te zeer overweldigd door dankbaarheid om iets te kunnen uitbrengen.

Ik ga weer liggen en nestel me tegen Patrick aan, en hij slaat zijn arm om me heen. Ik streel zijn haar en zie een flink aantal grijze plukjes die er eerder niet zaten. Ik verwonder me over het verstrijken van de tijd, over de manier waarop de jaren iemand kunnen veranderen.

'Wat zou ik het geweldig hebben gevonden je ouder te zien worden,' mompel ik, terwijl ik met mijn hand zijn nog steeds stevige borstkas streel. De van kleur verzadigde kamer flakkert een beetje en mijn hart slaat een slag over. Ik zeg tegen mezelf dat ik mee moet spelen, dat ik mijn best moet doen om te geloven dat ik hier hoor. Misschien hoor ik hier immers ook. Waarom zou het me allemaal anders zo bekend voorkomen?

Patrick lacht en ik voel dat zijn lichaam trilt door het geluid. 'Zie ik er nu niet oud uit?' vraagt hij.

Ik kan niet eens een grapje terug maken, want mijn adem stokt in mijn keel. Hij trekt me naar zich toe en kust me zachtjes, waarbij hij zijn vingers door mijn haar haalt. Zijn stoppelbaard is ruw en zijn lippen zijn warm, maar pas als ik zijn tong tegen die van mij voel begin ik weer te snikken.

'Kate?' vraagt hij bezorgd, en hij laat me los. 'Wat is er aan de hand?'

Ik schud mijn hoofd, ik wil niet dat we dit ogenblik kwijtraken. Dus in plaats daarvan zeg ik: 'Dus, onze... dochter?' Ik weet niet hoe ik iets over haar moet vragen zonder het weefsel waaruit deze wereld bestaat kapot te maken, dus laat ik de woorden in de lucht hangen.

Patrick raakt mijn wang aan en werpt me een vreemde blik toe. 'Hannah? Wat is er met haar?'

Iets in me barst open. 'Hannah?' mompel ik. 'Wat een prachtige naam.'

Patrick kijkt me bezorgd aan. 'Je doet weer raar.'

De kamer vervaagt een beetje en ik zeg snel: 'Ik bedacht net wat een geluk we hebben, meer niet.'

Hij glimlacht. 'O, ik heb absoluut het meeste geluk ter wereld. Kom, mafkees, in de benen.'

Hij staat op, maar ik kan me even niet bewegen. Zijn uitlating – het idee dat hij geluk heeft – bezorgt me een steek in mijn hart. In werkelijkheid heeft hij dit allemaal niet mogen ervaren: vaderschap, het naderen van de middelbare leeftijd, het genoegen om naast iemand wakker te worden van wie je na al die jaren samen nog steeds houdt. Het maakt me allemaal diepbedroefd.

Patrick is bij het aanrecht de koffiepot aan het vullen als ik eindelijk ben opgestaan en de keuken in kom. Ik ga achter hem staan en duw mijn wang tegen zijn blote rug. Ik haal diep adem, terwijl ik wens dat ik gewoon op de pauzeknop kon drukken en hier voor altijd kon blijven.

'Sorry dat ik zo maf doe,' zeg ik als hij de kraan uitzet. 'Ik weet niet hoe ik moet uitleggen wat er met me aan de hand is. Ik heb alleen het gevoel... Het lijkt net alsof je heel lang weg bent geweest.'

Hij zet de koffiepot op het aanrecht, draait zich om en trekt me in zijn armen. 'Ik ben er altijd, liefje,' zegt hij. 'Ik ben hier altijd geweest. Maar je moet niet meer doen alsof je hier niet hoort of zo. Je jaagt me een beetje angst aan.'

'Sorry. Ik hoor hier zeker.' Terwijl ik die woorden uitspreek merk ik dat ik me stevig aan hem vastklamp, in de hoop dat ze op de een of andere manier waar kunnen zijn. De kamer wordt iets feller, iets scherper. Het treft me weer hoe verzadigd van kleur alles hier is, hoe alles hier lijkt te gloeien.

'Natuurlijk.' Hij kijkt weer gek naar me. 'Ga maar lekker ontbijten, oké? Misschien heb je alleen maar honger. Wat dacht je van knapperig spek en roereieren?'

Het mes wordt nog eens rondgedraaid in mijn hart; het is hetzelfde ontbijt dat hij voor me maakte op de ochtend dat hij stierf.

'Dat klinkt heerlijk,' lukt het me met een geforceerde glimlach uit te brengen.

'Goed.' Hij draait zich om, pakt het spek en een doos eieren uit de koelkast en koekenpannen uit de kast. Ik kijk met tranen in mijn ogen toe. Terwijl hij eieren breekt boven een kom en ze gaat kloppen, beginnen stukjes van dit leven vanuit het niets naar me toe te zweven en ik besef dat er dingen zijn die ik absoluut zeker weet. Ik weet bijvoorbeeld dat Patrick zijn oude baan in het financieel management een jaar geleden heeft opgezegd, omdat hij er geen voldoening uit haalde en ik weet dat ik hem heb gesteund om weer naar school te gaan, zoals hij mij ook had gesteund. Ik weet dat hij nu voor de burgemeester werkt op de afdeling strategische beleidsinitiatieven en dat hij in zijn vrije tijd het voortouw heeft genomen bij het opzetten van een nieuwe gemeenschapstuin op een paar blokken afstand van ons appartement, die hij de Kleine Vlindertuin noemde, omdat Hannah, die toen acht was, zo van vlinders hield. Ik weet dat hij veel minder is gaan verdienen toen hij ontslag nam, maar ik weet dat hij duizend keer gelukkiger is dan vroeger en dat hij het gevoel heeft dat hij in een positie verkeert om iets in onze stad te veranderen. Plotseling ben ik trots op mijn man.

Ik sluit mijn ogen en probeer erachter te komen wat ik over Hannah weet, maar om de een of andere reden is mijn kennis van haar veel gefragmenteerder. Ik weet stukjes en beetjes – dat ze als peuter haar rechterbeen heeft gebroken toen ze in de speeltuin was uitgegleden, dat ze er de hele kleuterschool lang van overtuigd was dat ze een fee was die nog geen vleugels had gekregen, dat ze pas in groep vier haar eerste tand ging wisselen, wat haar heel erg dwarszat omdat al haar vrienden al lang aan het wisselen waren – maar meer dan flinters kan ik me niet voor de geest halen. Terwijl Patrick een open boek is, voelt het alsof Hannah een roman is waarvan alle belangrijke hoofdstukken ontbreken.

Als ik mijn ogen weer open, lijkt het net alsof mijn gedachten Hannah hebben opgeroepen, want ze trippelt de gang door naar de keuken, in haar pyjamabroek en Mickey Mouse-T-shirt en met haar dikke, donkere haar in twee rommelige knotjes. 'Goedemorgen,' zegt ze met een glimlach naar Patrick en mij, en ik merk voor het eerst dat er iets vreemds is aan haar manier van praten, hoewel ik er niet echt de vinger op kan leggen wat precies. Zelfs in dat ene woord zijn haar klinkers langer en medeklinkers ronder dan zou moeten. Ik vraag me vaag af of ze een kleine spraakstoornis heeft, net als sommige van mijn cliënten. Er daagt iets aan de rand van mijn herinnering, iets wat ik zou moeten weten, maar ik krijg het niet te pakken.

'Goedemorgen,' zeg ik, en ik glimlach ook naar haar. Het meisje dat voor me staat is alles wat ik de afgelopen twaalf jaar zo vaak heb gewenst: een stukje van Patrick, een manier waarop hij kan voortleven. Ik knipper mijn tranen terug en voordat een van hen me kan zien huilen, sta ik snel op en doe alsof ik druk bezig ben de tafel te dekken. Met trillende handen pak ik drie borden uit de kast. Ze kletteren hard op het aanrecht, omdat ik ze niet stevig beetheb.

'Kate...?' begint Patrick, maar ik onderbreek hem.

'Nee, niks aan de hand. Ik dek even de tafel.' Maar als ik bij de la met bestek kom, die precies is waar ik wist dat hij zou zijn, tril ik en ik heb zo weinig aandacht voor wat ik eigenlijk aan het doen ben dat ik een aardappelschilmesje pak in plaats van een botermes. Het glipt door mijn trillende vingers en maakt een snee in het topje van mijn pink. 'Au!' roep ik uit als een vuurrood lint zich opent en het bloed over mijn handpalm begint te lopen.

Patrick komt naar me toe en pakt mijn hand. 'Nou, dat doet

waarschijnlijk flink pijn. Hannah, kun je alsjeblieft even een pleister pakken voor mama?' Hannah knikt en haast zich weg, en Patrick wendt zich weer tot mij. Maar ik kijk hem niet langer aan. Ik staar naar mijn bloedende hand. 'Ik heb me gesneden,' zeg ik vol ontzag.

'Ik weet het, schat.' Patrick pakt een stuk keukenpapier en drukt het voorzichtig op de snee in mijn vinger. 'Houd dat er even op, goed? Doet het pijn?'

Maar ik kan niet anders dan vol ontzag naar het bloed kijken. 'Ik heb me gesneden,' herhaal ik. Als dit een droom was, dan zou ik wakker zijn geworden als ik me had gesneden, toch? Net zoals gebeurt als je jezelf knijpt?

Hannah keert terug in de keuken en geeft een pleister aan Patrick, die hem snel openmaakt en om mijn vinger windt. 'Alsjeblieft,' zegt hij. 'Zo goed als nieuw.'

'Zo goed als nieuw,' echo ik, terwijl ik nog steeds ongelovig naar mijn hand staar. Patrick geeft me een kneepje in mijn schouder en draait zich dan met een glimlach naar Hannah. 'Goed, meissie,' zegt hij, terwijl hij een bakspaan van het aanrecht pakt en hem dramatisch in het rond zwaait. 'Wentelteefjes, of eieren met spek? Je ouweheer neemt vandaag bestellingen op.'

Hannah lacht, een prachtig geluid, en houdt haar hoofd scheef. Dan doet ze iets wat me verrast. Ze antwoordt Patrick in gebarentaal.

En wat me nog meer schokt is dat ik het begrijp. *Eieren, alsjeblieft*, gebaart ze. Dan kijkt ze naar mij en gebaart: *Wat is er? Je kijkt me zo raar aan.*

Mijn mond valt open. 'Ze is doof,' mompel ik, meer tegen mezelf dan tegen Patrick, maar hij kijkt me bevreemd aan en Hannahs gezicht betrekt. Ik hef mijn handen om terug te gebaren. Ik wil zeggen: *Er is niets, Hannah. Sorry.* Maar dan besef ik plotseling dat ik, ook al begrijp ik Hannah in de droom, geen idee heb hoe ik moet gebaren.

Ik kijk Patrick aan voor hulp, terwijl er een paniekerig gevoel in me opkomt, maar hij vervaagt al, net als de hele keuken om ons heen. 'Nee!' jammer ik. 'Ik ben nog niet klaar!'

'Kate?' Patrick doet een stap naar me toe, maar het licht dat door de ramen valt wist de kamer uit.

'Ik hou van je, Patrick! Zeg tegen Hannah dat ik ook van haar houd!' kan ik nog net zeggen voordat er een verblindende flits is en alles zwart wordt.

7

Ik word wakker met een tollend hoofd en een kloppende vinger. Het duurt een paar seconden voordat ik me de details – Patricks kus, de snee in mijn vinger, Hannahs gebarentaal – weer herinner. Ik ga rechtop zitten en hap naar adem, waardoor Dan wakker wordt.

‘Wat is er?’ vraagt hij slaapdronken, terwijl hij ook rechtop gaat zitten. Hij knippert naar me en zijn ogen gaan wijd open. ‘Kate! Wat heb je met je vinger gedaan?’

Ik kijk naar beneden en de adem stokt in mijn keel als ik besef dat ik in het topje van mijn rechterpink, die ik in mijn droom had gesneden, een bloedende snee heb. ‘O mijn god,’ is het enige wat ik kan uitbrengen.

‘Ik haal even een pleister voor je!’ Dan is het bed al uit en loopt naar de badkamer. ‘Hoe diep is die snee? Moet hij gehecht worden? Hoe heb je je in vredesnaam in je slaap kunnen snijden?’

‘Niks aan de hand,’ mompel ik, terwijl ik mijn hand omhooghoud en het bloed over mijn handpalm zie stromen. ‘Toch?’ zeg ik tegen mezelf.

Als Dan antibioticazalf en een pleister op de wond heeft gedaan en zich ervan heeft verzekerd dat die eigenlijk niet zo groot is, zakt de paniek bij hem af. Ik mompel een excuus over dat ik midden in de nacht een glas water ben gaan halen en dat ik me heb gesneden aan een mes toen ik het glas uit de vaatwasser pakte, en dat lijkt hij te slikken.

Nadat hij vertrokken is om met zijn vriend Stephen naar een honkbalwedstrijd te gaan, sms ik Gina en vraag haar of ze naar de Spoedeisende Hulp in het Bellevue wil komen.

O mijn god, wat is er aan de hand? sms't ze onmiddellijk terug.

Ik aarzel even voordat ik antwoord geef. *Er gebeurt iets vreemds met me.*

Ze sms't een hele reeks vraagtekens terug, maar als ik niet reageer, schrijft ze even later: *Onderweg. Gaat het wel goed met je?*

Ik weet het niet, antwoord ik.

Als ik een half uur later op een dokter zit te wachten, komt Gina binnengestormd. 'Kate, waar slaat dat nou op?' wil ze weten. 'Hoe kun je me nou zoiets sms'en zonder verdere verklaring? Wat is er? Is Susan er?'

Ik schud mijn hoofd. 'Susan zou het niet begrijpen.'

'Wat begrijpen? Kate, je moet me vertellen wat er aan de hand is. Je maakt me bang!'

Ik aarzel. 'Ik droom de laatste tijd over Patrick. Ik denk in elk geval dat het dromen zijn. Het kan niks anders zijn, toch? Maar in die dromen weet ik dingen die ik niet kan weten, dingen die in het echte leven waar blijken te zijn. En ze zijn zo levendig, Gina. Ik weet niet wat er met me gebeurt.'

'O.' Ik zie verdriet en bezorgdheid in haar ogen terwijl ze zich op de stoel naast me laat zakken. 'Begin maar gewoon bij het begin.'

En dat doe ik. Ik leg uit dat ik de dag na het verlovingsfeest wakker werd naast Patrick. Ik vertel haar hoe vreemd en prachtig het was om hem zo tot in detail te zien, tot aan zijn peper-en-zoutkleurige haar, zijn lachrimpels en zijn dikkere buik. Ik leg uit hoe echt hij aanvoelde: zijn aanraking, zijn bekende geur, zijn gestage hartslag.

Ik vertel haar ook over gisteravond, maar ik vertel haar niet over Hannah, omdat alles op de een of andere manier minder echt lijkt door haar aanwezigheid. Patrick heeft ooit bestaan, dus zou er misschien een mogelijkheid kunnen zijn dat hij de dunne grens tussen hemel en aarde zou kunnen overschrijden, hoe onwaarschijnlijk dat ook klinkt. Maar hoe verklaar ik Hannah, een meisje dat onmogelijk ons kind kan zijn, maar dat me 'mama' noemt?

Gina luistert zwijgend en ik zie opgelucht dat haar blik niet veroordelend is. Als ik klaar ben, kijkt ze even naar haar handen en als ze weer opkijkt, zie ik verdriet op haar gezicht. 'Ik droomde soms ook over Bill,' zegt ze. 'Niet zo levendig als jij nu beschrijft. Maar ook al waren de dromen vrij vaag, als ik hem weer eens had gezien, was ik een paar dagen van slag.' Ze zwijgt en voegt eraan toe: 'Het gaat nooit weg, hè? Zoals we ons nu voelen?'

Ik schud mijn hoofd en iets van de stress valt van mijn schouders. Als je je man hebt verloren word je lid van een club. Het is een club waarvan niemand eigenlijk lid zou willen worden, maar de gedachte dat je niet alleen bent biedt toch troost.

'Maar Kate, die dromen klinken min of meer normaal. Vind je niet?'

'Maar hoe is die snee dan in mijn vinger gekomen?' vraag ik, terwijl ik mijn verbonden pink omhooghoud.

'Wat?' Gina staart naar mijn hand.

'In die droom heb ik mezelf in mijn vinger gesneden,' vertel ik haar. 'En toen ik wakker werd, bloedde ik de lakens onder. Hoe kan dat nou?'

Ze staart me aan. 'Nou... dat kan niet. Misschien heb je midden in de nacht geslaapwandeld en je gesneden.'

'Zou ik daar niet wakker van geworden zijn?'

'Ik... ik weet het niet.' Ze zwijgt. 'Maar je wilt toch niet zeggen dat je denkt dat die dromen echt zijn?'

Ik ontwijk haar blik. 'Ik weet dat het gestoord klinkt. Maar hoe kan ik dingen dromen die ik helemaal niet weet, zoals het feit dat Robert elf jaar geleden een baan in San Diego aangeboden heeft gekregen?'

'Misschien is het toeval, of misschien heb je Susan of je moeder een keer iets horen zeggen,' zegt Gina langzaam. 'Wat de rest betreft, misschien moeten je hersens nog wennen aan de realiteit dat je op het punt staat een nieuw leven te beginnen.'

Ik haal diep adem. 'Maar stel dat het zien van Patrick me er juist aan herinnert hoe graag ik mijn oude leven terug wil?'

'Maar dat kun je niet meer krijgen, Kate,' zegt ze zachtjes. 'Dat boek is dicht. Het heeft mij heel lang gekost om dat te beseffen – echt te beseffen – maar toen het tot me was doorgedrongen, voelde alles iets beter. Misschien ben jij nog niet zover.'

De CT-scan van mijn hoofd, het neurologisch onderzoek en de bloedonderzoeken leveren allemaal niets afwijkends op en de artsen overtuigen me ervan dat ik geen tumor heb of een andere lichamelijke afwijking. Nadat ik twee hechtingen in mijn pink heb gekregen, verwijzen ze me naar de afdeling psychiatrie en na een kort gesprek met een psychiater word ik naar huis gestuurd met een recept voor slaappillen, een antidepressivum waarvan ik weet dat ik het nooit zal nemen en de verzekering dat wat ik beschrijf volslagen normaal klinkt, afgezien van de snee in mijn vinger.

'Slaapwandelen komt best vaak voor,' voegt de psychiater er schouderophalend aan toe. 'Ik weet zeker dat het dat geweest is.'

'Maar hoe kon alles zo levendig zijn?' vraag ik. 'Hoe kan het dat ik dingen weet die ik niet kán weten?'

Hij haalt zijn schouders weer op. 'Het onderbewuste werkt heel vreemd, mevrouw Waithman. Het voelt alleen maar verwarrender als je het probeert te ontrafelen. Ik zou willen voorstellen dat u wat rust neemt en dit gewoon vergeet. Dromen kunnen heel intens zijn, maar het is belangrijk om te onthouden dat ze niet echt zijn.'

Maar toch kan ik in de dagen die volgen Hannah niet uit mijn hoofd zetten. Ik werd uit die tweede droom gerukt doordat ik niet naar haar kon gebaren, en ik merk dat ik geobsedeerd raak door de vraag hoe ik met haar kan communiceren als ik weer in dat alternatieve leven wakker word. Zou ik de volgende keer langer kunnen blijven als ik gebarentaal kende, zou ik dan wat beter in het droomlandschap passen? Alleen voelt de snee in mijn vinger, die nog steeds klopt, helemaal niet als mijn onderbewuste dat spreekt.

Op maandagochtend, nadat ik het hele weekend vroeg naar bed ben gegaan en vergeefs heb geprobeerd te dromen, kom ik twintig minuten voor mijn eerste afspraak aan op kantoor en google een paar minuten naar gebarentaal. Ik leer snel hoe ik 'mama', 'papa', 'liefde', 'dochter', en 'hier' moet zeggen. En dan klik ik voordat ik me ook maar kan afvragen waar ik mee bezig ben op een popupadvertentie voor een cursus gebarentaal van achttien weken die wordt aangeboden op loopafstand van mijn kantoor.

De cursus is vorige week begonnen, maar als ik mail met de vraag of ik me nog kan aanmelden, krijg ik al snel een e-mail terug dat het niet te laat is om nog aan te haken, ik moet er woensdagavond een paar minuten voor zevenen zijn met een cheque voor het lesgeld. Die kan ik dan aan de docent geven, een man die Andrew Henson heet.

Ik zal er zijn, antwoord ik voordat ik mezelf kan ompraten en als ik op 'Versturen' klik, word ik er vrolijk van. Ik voel me ook idioot dat ik dit doe, want rationeel gezien weet ik dat Hannah niet echt kan zijn. Maar een cursus volgen is in elk geval constructiever dan overdag drinken en mezelf dwingen in slaap te vallen.

Dina drukt op de zoemer om te melden dat mijn eerste cliënt van de dag er is en ik klap snel mijn laptop dicht, alsof ik naar porno aan het kijken ben in plaats van gebarentaal.

Even later beent Leo Goldstein binnen, met donkere kringen onder zijn ogen en zijn kaken strijdlustig op elkaar geklemd. 'Oké, ik ben er,' kondigt hij aan, en hij laat zich op de bank tegenover mijn bureau vallen. 'Wat wil je dat ik doe?'

Leo ziet er vandaag bleker uit, denk ik terwijl ik naar een leunstoel naast hem loop, en als ik beter kijk, zie ik de schaduw van een blauwe plek op zijn rechteronderarm, waar hij zijn mouw omhoog heeft geschoven. De huid rond de paars wordende vlek is licht geelgroen.

'Leo, wat is er met je arm gebeurd?' vraag ik.

Hij kijkt naar beneden en fronst zijn voorhoofd, terwijl hij zijn mouw weer over de plek trekt. 'Niets,' zegt hij, en hij voegt er snel aan toe: 'Gevallen bij basketbal.'

Leo's moeder heeft hem vier maanden geleden voor het eerst naar me toe gebracht, toen hij gedragsproblemen begon te krijgen op de middelbare school, waar hij in de brugklas zit. Hij heeft vanaf het begin duidelijk gemaakt dat hij er een hekel aan had om hier te komen – en dus ook een hekel aan mij – maar oudere kinderen bieden in het begin vaak weerstand tegen therapie. Ik wist dat als ik maar lang genoeg wachtte, de kans groot was dat hij zou bijdraaien. En dat gebeurde ook.

Ook al klaagde hij altijd dat zingen voor baby's was en met

drumstokken op bongo's rammen volkomen zinloos, beetje bij beetje was hij toch uit zijn schulp gekropen. Nu hebben we een routine die lijkt te werken: hij komt verontwaardigd mijn kantoor binnengestoven, zit een paar minuten te mokken, zegt dat er niets aan de hand is en fleurt dan op als ik mijn dubbele xylofoon pak.

We spelen het vaakst nummers van The Beatles, die Leo 'retrocool' noemt. Het was zijn idee om The Beatles als thema voor onze sessies te gebruiken. Ik laat mijn cliënten zo veel mogelijk zelf bepalen, want hoe prettiger ze zich voelen bij de muziek die we spelen, hoe gemakkelijker het voor hen is om zich open te stellen.

Het was een belangrijke stap om Leo zover te krijgen dat hij de muziek zou spelen en niet alleen maar zou luisteren, want hierdoor konden we een gezamenlijke taal ontwikkelen. Soms is het bijvoorbeeld moeilijk om te zeggen dat je boos bent. Maar door op een instrument te rammen maak je dat zonder woorden ook wel duidelijk. Een soort gebarentaal, denk ik: betekenis zonder articulatie. Je moet alleen weten hoe je moet communiceren.

'Maar goed, ik heb deze week "You Can't Do That" geleerd,' zegt Leo tegen me, terwijl hij wegkijkt. 'Ik heb geoefend op de keyboardapp op mijn iPad.'

'Van het album *A Hard Day's Night*.'

'Ja. Uit 1964,' zegt hij met het gezag van iemand die toen al geboren was. 'Wil je het horen?'

'Graag.' Ik schuif wat papieren aan de kant en pak dan de houten stokjes voor de xylofoon, waar ik met opzet de tijd voor neem. 'Even over die blauwe plek: dat moet een aardig harde val zijn geweest.'

'Het stelt niets voor.' Hij klinkt nors, zijn blik schiet alle kanten op. 'Het deed niet eens pijn.'

'Was Tyler erbij?'

Hij aarzelt en als ik zie dat hij me heel even aankijkt en dan snel weer wegkijkt, weet ik dat ik gelijk heb. 'Misschien,' mompelt hij. 'Weet ik niet meer.'

'Heb je hem teruggeslagen?' vraag ik zachtjes.

Hij kijkt even naar zijn handen. 'Nee,' zegt hij uiteindelijk. 'Al zijn vrienden waren er ook.'

'Stelletje eikels,' mompel ik binnensmonds. Leo is lang en slank. Hij zal later wel imposanter worden, maar voorlopig is hij een lange lijs. En Tyler Mason, die een jaar ouder is en twintig kilo zwaarder dan Leo, plaagt hem ongenadig met zijn uiterlijk. Zijn vrienden doen ook mee, waarschijnlijk opgelucht dat zijzelf niet het mikpunt van zijn pesterijen zijn.

Tyler is ook een jongen die zichzelf kan vrijpleiten, dus toen Leo terug begon te vechten, kreeg hij het stempeltje 'probleemkind'. Om een of andere reden zagen de leraren nooit dat Tyler de eerste klap uitdeelde of zachtjes siste dat Leo een bonenstaak was. Dus bleef Tylers blazoen onbevlekt en zat Leo om de haverklap bij de directeur.

Zijn moeder had hem naar me toe gebracht op aanraden van de schoolcounselor, ze begreep maar niet waarom haar zoon zich onverklaarbaar gewelddadig was gaan gedragen. Het kostte me drie sessies om te begrijpen dat Leo niet de aanvaller was. Hij werd gepest en wilde dat niet toegeven. Toen ik het gesprek met zijn ouders aanging om de situatie uit te leggen, hadden ze al besloten hem elke week naar me toe te blijven sturen, omdat ze grote verbeteringen zagen in zijn schoolwerk en gedrag thuis.

Ik geef Leo de stokjes en hij grijnst naar me – de eerste echte glimlach sinds hij er is – en begint het nummer van The Beatles te spelen. Ik ben er zoals altijd van onder de indruk hoe goed hij is. Na een ogenblik val ik in met mijn gitaar.

'Wat betekent het nummer voor jou?' vraag ik als het nummer

uit is. Het is een van mijn grondbeginselen met Leo, hij moet me vertellen waarom hij een nummer heeft uitgekozen. Het is nog een manier om een gesprek tussen ons op gang te brengen.

'Ik weet het niet,' antwoordt hij, met zijn ogen neergeslagen.

Ik zwijg en wacht geduldig tot hij verdergaat.

'Als de zanger zegt: *Leave you flat*, denk ik aan het moment dat Tyler zei dat hij mijn gezicht plat zou slaan,' mompelt Leo uiteindelijk. 'En als de zanger zegt dat mensen hem zouden uitlachen, denk ik eraan dat ze dat soms ook bij mij doen.'

Ik knik, blij dat we een punt hebben bereikt waarop hij dat soort dingen tegen mij durft te zeggen. Natuurlijk gaat het nummer over een jongen die tegen zijn meisje zegt dat hij het gaat uitmaken als hij haar nog een keer betrapt als ze met een bepaalde jongen staat te praten, maar Leo heeft iets heel anders uit de tekst gehaald. Dat is een van de dingen die ik zo geweldig vind aan muziek; dat dezelfde woorden, dezelfde noten totaal verschillende dingen kunnen betekenen voor verschillende mensen.

'Heb je met de leraar over Tyler gepraat?' vraag ik.

Hij schudt zijn hoofd. 'Als je klikt, word je nog erger in elkaar geslagen.'

'En je vader en moeder?'

Hij geeft geen antwoord. In plaats daarvan bonkt hij een tijdje met zijn stokje op de xylofoon, waarna hij vraagt: 'Heb jij kinderen?' Ik zie dat hij naar de twee foto's van Dan en mij op mijn bureau kijkt. 'Wie is dat trouwens?' vraagt hij voordat ik kan antwoorden.

'Dat is mijn vriend.' Ik zwijg en corrigeer mezelf. 'Nou, eerlijk gezegd, mijn verloofde. En nee, ik heb geen kinderen.'

'Waarom niet?' Hij draait nu een van de stokjes rond als een baton. 'Je ziet er best oud uit. Ouder dan mijn moeder.'

Het is normaal dat kinderen tijdens de therapiesessies hun aandacht op mij richten, maar het doel van deze bezoekjes is niet om vrienden te worden, het doel is dat ze meer over zichzelf te weten komen. Ik probeer op de dunne grens te balanceren tussen eerlijk hun vragen te beantwoorden – omdat ik vind dat volwassenen de vragen van kinderen altijd serieus moeten nemen, en ik wil dat Leo het gevoel heeft dat ik zijn gevoelens respecteer – en vragen om te buigen die te persoonlijk zijn.

Ik haal mijn schouders op. 'Waarom vraag je of ik kinderen heb?'

'Ik wil het gewoon weten.'

Weer zwijg ik en ik wacht tot hij verdergaat. Stilte is vaak even effectief als geluid, als je het juist inzet. Na een tijdje gaat hij de melodie van het Beatles-nummer weer spelen, bijna afwezig. 'Ik wil wedden dat jij zou voorkomen dat iemand je kind in elkaar sloeg,' zegt hij zachtjes als hij weer ophoudt met spelen. 'Ik wil wedden dat jij het je wel zou aantrekken.'

Daarom stelde hij die vragen dus. 'Leo, wat er op school gebeurt komt niet doordat je ouders niet om je geven.'

Hij klemt zijn kaken op elkaar. 'Mijn vader zegt de hele tijd dat ik voor mezelf moet opkomen en moet terugslaan. Maar Tyler zou me helemaal verrot slaan. Of zijn vrienden zouden dat doen. Denk je dat mijn vader wil dat ik in elkaar word geslagen?'

'Absoluut niet, Leo. Hij wil je gewoon duidelijk maken dat pestkoppen iemand die zich tegen hen verzet met rust laten.'

'Nou, ik denk echt dat jij je kind niet lens zou laten staan, als je een kind had,' moppert hij. 'Ik wil wedden dat je het zou oplossen en je kind zou helpen gelukkig te zijn.'

Die avond als Dan thuiskomt sta ik bij het fornuis scampi te maken.

'Dat ruikt lekker,' zegt hij en hij komt achter me staan en stopt zijn neus in mijn nek. 'Ik vind het geweldig als je kookt, schat.'

'Trek jij even een fles wijn open? En wil je de tafel even dekken?'

'Ja, hoor.' Hij opent een fles sauvignon blanc, schenkt ons een glas in en gaat dan naar de slaapkamer om zijn pak en stropdas uit te doen. Een minuutje later hoor ik de douche lopen, wat me een beetje irriteert. Hij weet dat het eten bijna klaar is. Dat zou Patrick nooit hebben gedaan, denk ik, maar ik berisp mezelf en ban de gedachte uit. Het is niet eerlijk om mijn toekomstige man te vergelijken met mijn voormalige.

Maar terwijl ik zelf de tafel dek, mijn wijn bijvul en voor ons allebei een glas water inschenk, ontkom ik niet aan de gedachte dat dit heel anders voelt. Dan is een geweldige vent, net als Patrick was, maar eigenlijk is dat de enige overeenkomst tussen hen. Voor het eerst merk ik dat ik me afvraag of ik me zo aangetrokken voelde tot Dan gewoon omdat hij zo anders was dan Patrick. Hij is perfect en chic, een prins uit een sprookjesboek, terwijl Patrick stoer en warm en ontwapenend imperfect was.

Als ik pasta op twee borden schep en er garnalen en boterknoflooksaus bij doe, word ik even overmand door verdriet. Patrick en ik kookten altijd voor elkaar, en ik vond het heerlijk dat we een soort intimiteit in de keuken hadden. We waren een team. Als hij kookte, sneed ik de groenten of waste ik de borden af. Als ik kookte, schonk hij wijn in of dekte de tafel. We hadden een kameraadschap die heel natuurlijk aanvoelde, een soort 'dit doen we samen', die ik gewoon niet heb met Dan.

Patrick en ik communiceerden ook altijd in onze eigen soort steno. Ik zei een woord, en dan wist hij bijna altijd precies wat ik bedoelde. Dan zei hij bijvoorbeeld 'Lynn', en dan wist ik dat hij een zware dag op kantoor had gehad met zijn baas en dat hij even alleen moest zijn om om te schakelen. Ik zei: 'Vijf', en dan wist hij dat het eten over vijf minuten klaar was en dat hij ons water moest gaan inschenken. Als hij met zwoele stem 'Katielee' fluisterde, keken we elkaar altijd even aan voordat we alles uit onze handen lieten vallen en snel naar de slaapkamer gingen. Er waren duizenden woorden tussen ons die boekdelen spraken, maar ik kan geen enkel woord bedenken dat Dan en ik delen.

Ik ken de verhalen uit Dans jeugd niet eens, de dingen die hem hebben gevormd. Ik weet niet wat hij wilde worden als hij later groot was, of hoe zijn sociale leven op school was, of van welke boeken en films hij als jongen hield. Terwijl ik nog steeds de naam van Patricks beste vriend op de basisschool weet; het verhaal kan vertellen over de dag in de brugklas dat hij in een gevecht verzeild raakte toen hij een meisje verdedigde op wie hij verliefd was; en een chronologische lijst opnoemen van wat hij wilde worden, van vuilnisman tot kok tot piloot tot financieel analist.

Betekent het feit dat ik dat soort dingen niet weet over Dan dat er iets tussen ons kapot is? Of is het gewoon een logisch resultaat van het feit dat we een relatie met elkaar hebben gekregen toen we al ouder waren, op een punt in ons leven toen onze jeugd verder weg voelde?

'Hoe was je op de middelbare school?' vraag ik bijna wanhopig als Dan een paar minuten later aan tafel komt zitten. Hij draagt een pyjamabroek en een T-shirt en hij ruikt naar zeep.

Hij neemt een hap pasta en een slok wijn voordat hij antwoord geeft. 'Ik weet het niet. Hetzelfde als nu, denk ik. Waarom?'

'Ik vind eigenlijk dat ik niet zo veel over je verleden weet als ik misschien zou moeten.'

'Oké,' zegt hij, terwijl hij me vreemd aankijkt.

'Vertel er eens wat meer over,' zeg ik. Misschien kan ik met de snippers informatie die hij me geeft de gaten dichten die ik tussen ons begin te zien. 'Over je verleden, bedoel ik.'

'Je doet raar.'

'Doe me nou een plezier.'

Hij haalt zijn schouders op. 'Oké. School was nooit echt een issue. Ik deed het altijd goed. Op de basisschool voetbalde ik en op de middelbare school deed ik aan rugby, dus ik was altijd aardig populair. Ik had nooit echt problemen met de andere kinderen. Ik was ook de koning van het eindexamengala. Heb ik je dat nooit verteld?'

Ik negeer de vraag, want dat heb ik nou juist al minstens tien keer gehoord. 'Maar je moet het toch ooit moeilijk hebben gehad,' werp ik tegen. 'Dat je even werd gepest, of dat je verdrietig was, of dat je gewoon een paar slechte maanden had.'

'Nee, niet dat ik me kan herinneren.' Hij kijkt me aandachtiger aan. 'Waarom? Ben jij gepest?'

'Nee,' zeg ik, en ik wil plotseling wanhopig graag dingen vertellen. 'Maar ik heb wel moeilijke tijden gehad op school. In groep zeven, bijvoorbeeld. Ik was net naar een andere school gegaan en alle kinderen in mijn klas droegen merkkleding en werden door hun ouders in dure auto's gebracht. Ik ging met de bus en mijn favoriete outfit was een Superman-T-shirt met een stippeltjesrok, die droeg ik voortdurend. Dat jaar werd ik veel geplaagd.' Ik glimlach, het was een grappig bedoelde anekdote, maar hij kijkt alleen maar verbaasd.

'Maar waarom zou je iets blijven aantrekken waardoor je het mikpunt van grapjes werd?' vraagt Dan, die nog een hap pasta neemt.

Ik staar hem aan. 'Ik was gewoon mezelf,' zeg ik. 'En ik was pas tien. Wat wist ik nou over mode?'

'Nou ja, het zou je heel veel gedoe hebben bespaard als je gewoon had geprobeerd erbij te horen,' zegt hij schouderophalend. 'Maar misschien snap ik het gewoon niet. Waarom vertel je me dat verhaal trouwens?'

'Ik weet het niet,' zeg ik zachtjes. 'Het leek me gewoon leuk om iets meer over elkaar te weten te komen.'

Hij haalt zijn schouders op en eet verder, maar ik heb geen trek meer. Ik prik wat in mijn eten en probeer niet te denken aan het feit dat toen ik Patrick vertelde over mijn modegevoel in groep zeven en de problemen die dat opleverde, hij de dag erna uit zijn werk thuiskwam met een Superman-T-shirt voor mij. 'Om je eraan te herinneren dat je altijd jezelf moet blijven,' had hij gezegd. 'Omdat ik je de geweldigste mens ter wereld vind.'

Die avond zit Dan in de woonkamer e-mails te beantwoorden als ik de laptop meeneem naar bed en weer naar gebarentaal google. Als Dan iets na half elf naar bed gaat, komt hij net de slaapkamer binnen als ik de zin: 'Ik hou meer van je dan je je kunt voorstellen' gebaar.

'Wat doe je?' vraagt hij.

'Niets,' zeg ik, terwijl ik mijn laptop dichtklap.

'Is dat gebarentaal?' Hij knikt naar mijn handen. 'Was je aan het gebaren?'

'Eh... ja.'

'Waarom?'

'Voor een cliënt.' Terwijl ik mezelf hoor liegen, weet ik dat het te laat is om het terug te nemen.

Hij lacht. 'Je bent muziektherapeut,' zegt hij. 'Waarom zou je met een doof kind werken?'

Ik vecht tegen de irritatie die me overvalt. Er is immers geen enkele reden om te verwachten dat iemand buiten mijn werkveld weet dat dove mensen nog steeds geluid kunnen ervaren via trillingen en visuele aanwijzingen. 'Dove kinderen krijgen wel vaker muziektherapie, hoor,' zeg ik tegen hem. 'En hardhorende kinderen horen doorgaans sowieso nog wat geluid.'

Hij grinnikt. 'Zo meteen ga je me nog vertellen dat je een uitje naar de sterrenwacht gaat organiseren voor blinde kinderen.'

'Dat moet ook mogelijk zijn,' zeg ik tegen hem. 'Met braille-constellaties of zoiets. Mensen zouden geen dingen moeten missen alleen maar omdat ze een handicap hebben.'

'Maar muziek? Voor dove kinderen? Kom op nou, Kate.'

'Muziek draait niet alleen om horen met je oren.'

'Nu klink je net als zo'n geschift new-age-type.'

Ik adem langzaam uit door mijn neus. 'Nee, hoor. Ik klink gewoon als een muziektherapeut die eens iets nieuws probeert.' Maar terwijl ik het zeg, dringt tot me door dat ik helemaal niet veel weet over muziek voor dove en hardhorende kinderen.

Ik neem me voor er verder naar te kijken als ik de tijd heb. Maar ja, dat is misschien wel raar. Wat ga ik daarmee doen, vaktijdschriften napluizen op zoek naar informatie over muziektherapie voor dove kinderen zodat ik een paar liedjes op de gitaar kan uitkiezen voor als ik weer over Patrick en Hannah droom? Dat klinkt zelfs mij idioot in de oren.

8

De ingang van St. Paula's, de katholieke kerk op de hoek van 70th Street en Madison Avenue, wordt beschenen door twee fakkels die de beschaduwde trap verlichten. Als ik een van de zware houten deuren openduw, ruik ik de vage geur van wierook, die herinneringen oproept. Met Patrick ging ik bijna elke zondag naar de kerk, maar toen hij was overleden, kon ik maar niet begrijpen hoe God mijn man zomaar had kunnen wegnemen. Dus ging ik gewoon niet meer, en nu voel ik me schuldig als ik opkijk naar het kruis. 'Het spijt me,' mompel ik.

'Komt u voor de cursus gebarentaal?' hoor ik een diepe stem achter me vragen. Ik draai me verbaasd om en zie een man met een bril, een vierkante kaak en rossig haar met hier en daar wat grijs erdoorheen op een meter van me af staan, bij een open deur links van de vooringang. Als ik knik, glimlacht hij. 'Je kunt je gesprek met God voortzetten als je wilt, maar als je daarmee klaar bent: we zitten beneden in de kelder. Welkom.'

Hij wacht niet op antwoord, maar verdwijnt de trap af. Met een suf gevoel werp ik nog een blik op het kruisbeeld en loop snel achter hem aan.

In de kleine kelder van de kerk tref ik drie vrouwen en een man aan die midden in de ruimte op klapstoelen zitten. Ze kijken naar een grote flipover, waarop de rossige man van net iets opschrijft. Een van de vrouwen, zo te zien ongeveer even oud als ik, met donker, heel steil haar, knikt naar me en de man bij de flipover draait zich om als ik op een piepende stoel ga zitten.

'Jij moet Katherine Waithman zijn,' zegt hij.

'Kate,' zeg ik.

'Nou, welkom bij de cursus, Kate.' Hij legt de markeerstift die hij vast had neer, en ik zie dat hij een aantal zinnen op het papier heeft geschreven. 'Ik ben Andrew Henson, de docent. Deze mensen zijn vorige week bij mij begonnen, maar als je na de les nog een paar minuten wilt blijven, praat ik je even bij. Is dat wat?'

'Wat aardig van je. Sorry dat ik er de eerste les niet bij was.'

'Ach, je bent er nu toch?' Hij wendt zich tot de anderen en zegt: 'We wachten alleen nog op Vivian en dan gaan we beginnen, jongens.'

Hij draait zich weer om en voegt nog wat zinnen toe aan de lijst op de flipover. *Ik snap het, Ik hou van je, New York, Ik heet* en *Een fijne dag.* Hij schrijft net *Wat een weertje, hè?* op als de donkerharige vrouw haar stoel naar me toe schuift.

'Ik ben Amy,' zegt ze.

'Kate.' Ik schud haar de hand. 'Jij was hier vorige week dus wel?'

Ze knikt. 'Ik werk bij de bank en ik wilde al een tijdje de basisbeginselen van gebarentaal leren omdat we een paar vaste klanten hebben die doof zijn.'

'Wat goed van je.'

'Eerlijk gezegd is dat gelogen.' Ze haalt haar schouders op. 'Ik bedoel, ik werk wel bij een bank. Maar een vriendin van me heeft deze cursus vorig semester gedaan en ze vertelde me hoe knap de docent is. Het was me de prijs van de cursus wel waard om het met eigen ogen te zien.'

Ik glimlach en volg haar blik naar Andrew, die door een stapel papieren bladert. 'Hij is inderdaad heel knap,' zeg ik. 'Als een soort nerdy professor.'

'Ja, als Matt Damon de rol van nerdy professor speelde,' zegt ze lachend. 'Jij hebt zo te zien trouwens al iemand. Mooi zo. Minder concurrentie voor mij.'

Ik volg haar blik naar mijn linkerhand en ben bijna verrast als ik een ring aan mijn vinger zie. 'O, tuurlijk. Ik moet nog steeds aan dat ding wennen.'

'Nou, je hebt mazzel,' zegt ze. 'Daten in New York is afschuwelijk. Laat die vent niet lopen.'

Ik dwing mezelf met een ongemakkelijk gevoel om te glimlachen. Ik ben hier immers vanwege mijn vorige man, niet mijn toekomstige. 'Dat zal ik niet doen,' zeg ik toch tegen haar. Dan voeg ik er omdat het beleefd is aan toe: 'Ik weet zeker dat jouw vent ook ergens rondloopt.'

Ze kijkt naar Andrew. 'Misschien hier wel.'

We worden onderbroken doordat er een vrouw van in de zestig met knaloranje geverfd haar binnenkomt. Ze draagt een lange paarse rok, een zwarte trui en een flodderige groene sjaal die tot de grond komt. 'Sorry dat ik te laat ben!' zegt ze. Ze hijgt zelfs nog omdat ze zo snel de heeft gelopen. 'Begin maar gewoon, wacht maar niet op mij!'

Andrew glimlacht naar haar. 'Ah, Vivian,' zegt hij. Dan gebaart hij iets naar haar terwijl ze op de stoel rechts van me gaat zitten.

Ze kijkt hem niet-begrijpend aan. 'Dat betekent zeker "doe eens niet zo chaotisch, mens",' zegt ze.

Hij lacht. 'Het betekent eigenlijk "welkom bij de les".'

Ze slaakt een luide zucht van pseudo-opluchting en veegt met de rug van haar hand over haar voorhoofd. Andrew wacht met beginnen tot ze in haar reusachtige tas een notitieboekje en een pen heeft opgeduikeld.

'Dames en heren, welkom bij de tweede avond van Amerikaanse Gebarentaal voor Beginners,' zegt hij. Daarna loopt hij zwijgend door de ruimte en kijkt ons stuk voor stuk recht aan. 'Vivian, Amy, Diane, Shirley, Greg, jullie zijn afgelopen week al begonnen. Laten we onze nieuwste student, Kate, een hartelijk welkom geven.'

Ik verwacht een flauw applausje, een koor van hallo's, maar in plaats daarvan geven Vivian en Amy me allebei iets wat op een saluut lijkt, en de anderen leggen hun gestrekte, naar boven gedraaide rechterhand op hun ribbenkas. Ik kijk Andrew aan, die naar me glimlacht. 'Vivian en Amy zeiden hallo, de anderen zeiden welkom.' Hij richt zijn aandacht weer op de rest van de aanwezigen. 'Goed gedaan, jongens! Ik zie dat jullie in elk geval íéts hebben onthouden van wat ik jullie vorige week heb geleerd. Kate, wil je misschien hallo terugzeggen?'

Ik aarzel, omdat ik me een beetje maf voel, maar Vivian glimlacht bemoedigend en ik salueer zwakjes.

'Goed begin, Kate,' moedigt Andrew me aan. 'Maar je moet het gebaar vol overtuiging uitvoeren. In gebarentaal betekent aarzelen of flodderarmen, zoals ik het noem, eigenlijk dat je maar wat mompelt. Wil je dat ik je laat zien hoe je je klasgenoten bedankt omdat ze je welkom hebben geheten?'

'Eh, graag,' zeg ik.

'Kijk maar,' zegt hij. Hij doet zijn rechterhand voor zijn kin, net onder zijn lippen, en beweegt hem naar voren, bijna alsof hij me een kushand toe blaast. 'Dat is "dankjewel",' zegt hij. 'Probeer het maar.'

Ik houd mijn hand onzeker voor mijn kin, maar hij trekt een

wenkbrauw op, dus eindig ik de beweging met een vastberaden gebaar naar voren alsof ik een kushandje wegblaas.

'Mooi!' zegt hij. 'Je bent een natuurtalent. Oké, mensen, de vorige keer hebben we een aantal basiszinnen geleerd, die laat ik Kate na de les zien. Vandaag leek het me wel handig als jullie het alfabet zouden leren en proberen te onthouden, en dan sluiten we de sessie ermee af dat iedereen een zin uitkiest die ik je zal leren. Dus bedenk terwijl we vandaag bezig zijn wat je wilt kunnen zeggen.'

Hij deelt geprinte kaarten van elke letter in de Amerikaanse gebarentaal uit. Tijdens het uur dat volgt doet hij ons elke letter voor en wacht geduldig tot we hem hebben herhaald. Het zou saai moeten zijn, maar dat is het niet. Andrew maakt ons aan het lachen door gebarentaalgrapjes te maken terwijl we bezig zijn. Hij maakt bijvoorbeeld met zijn rechterhand een D en met zijn linker een U, en dan duwt hij met de D de U omver om een H te vormen. 'Dat is gebarentaal voor duh,' vertelt hij ons met een glimlach.

Hij doorspekt de les ook met uitleg waarom het zo belangrijk is om de letters te weten. 'De meeste mensen die vloeiend gebarentaal kunnen, kennen ongeveer tienduizend gebaren,' legt hij uit, 'en veel mensen kennen er veel minder. Maar het Engels heeft een kwart miljoen afzonderlijke woorden, waarvan misschien zo'n honderdvijftigduizend tegenwoordig regelmatig worden gebruikt. Moet je zien wat een enorm verschil. Dus is het belangrijk om te kunnen vingerspellen, vooral voor namen of andere eigennamen, en voor woorden die je gewoon nog niet weet. Voor beginners zoals jullie blijft vingerspellen nog wel even een reddingsboei. Als je twijfelt, spel het dan maar.'

Hij laat ons met elkaar oefenen terwijl hij buiten even een telefoontje pleegt en als ik een paar vorm met Vivian, merk ik dat ik geniet van de schoonheid van gebarentaal. Het heeft iets sierlijks om met je handen gebaren te vormen die woorden betekenen, maar tegen de tijd dat Andrew de kelder weer in komt, hebben Vivian en ik het elegante gebaren gelaten voor wat het is. We gebaren *duh* naar elkaar en giechelen als een stel bakvissen.

'Oké,' zegt Andrew, die de ruimte weer binnenkomt en ons met een geamuseerde uitdrukking op zijn gezicht aankijkt. 'Ik zie dat jullie de kunst van het *duh*-en onder de knie hebben. Zullen we afsluiten door een uitdrukking te leren die ieder van jullie zou willen zeggen? Wie wil er eerst?'

Greg, die zo te zien halverwege de twintig is, steekt zijn hand op, en als Andrew naar hem knikt, zegt hij dat hij zou willen leren: *zal ik je helpen met je boodschappen*? 'Er woont een doof meisje op de derde verdieping van mijn gebouw,' zegt hij, terwijl zijn gezicht rood aanloopt. 'Ik wil met haar leren praten.'

Andrew glimlacht en knikt. 'Probeer dit eens.' Hij wijst naar Greg, waarna hij met zijn handpalm naar zichzelf gekeerd en zijn vingers gespreid snel met de klok mee een cirkel maakt voor zijn gezicht. Daarna sluit en opent hij zijn vingers en wijst weer naar Greg. Hij laat Greg het gebaar een paar keer herhalen, en dan vraagt hij ons of we het willen proberen. 'Mooi zo,' zegt hij grijnzend als we het allemaal kunnen. 'Nu weten jullie allemaal hoe je moet gebaren: *je bent mooi*. Want dat is wat Greg volgens mij eigenlijk wil zeggen.' We grinniken allemaal en Greg wordt nog roder, maar hij glimlacht erbij. 'Maar als je het echt wil weten zal ik je laten zien hoe je jouw zin over de boodschappen moet zeggen.'

We herhalen de gebaren die hij ons voordoet, dan vraagt Amy hoe je moet zeggen: *wat kan ik voor u doen*? Daarna vraagt Shirley, een gezette vrouw met grijzend haar, hoe ze moet vragen waar het park is en Diane, die zo te zien halverwege de veertig is, wil weten hoe ze moet zeggen: *mijn neef is hardhorend*.

'O ja, mensen, volgens mij heb ik dat vorige week niet gezegd, dus ik ben blij dat Diane erover begint,' zegt Andrew. 'Zoals Diane blijkbaar al weet, is hardhorend tegenwoordig de juiste term. Vroeger zeiden we allemaal toch gehoorgestoord? In de loop der tijd is die uitdrukking in onbruik geraakt, want "gestoord" heeft natuurlijk een nare klank, alsof iemand niet goed snik is of zo. De meeste mensen met gehoorverlies vinden hardhorend een fijnere term. Dus bedankt, Diane, dat je dat ter sprake brengt. Zo moet je het zeggen: maak de letter H en laat hem naar rechts "springen", als het ware.'

Hij laat het zien. Hij doet zijn rechterwijsvinger en -middelvinger tegen elkaar, wijst ermee naar ons en maakt een boog naar rechts. Dan voegt hij eraan toe: 'Het is ook belangrijk om te weten, nu we het toch over termen en politieke correctheid hebben, dat er een verschil is tussen doof met een kleine d en Doof met een hoofdletter D. Het eerste is breder en verwijst naar het daadwerkelijke niet kunnen horen. Het tweede verwijst naar de Dovengemeenschap, een groep mensen met een gezamenlijke cultuur en taal, wat natuurlijk de taal is die we hier vandaag leren.'

We knikken allemaal en maken aantekeningen, en dan vraagt hij Vivian wat ze zou willen leren. Ze zegt tegen hem dat ze wil weten hoe ze *Live long and prosper* moet zeggen en hij laat ons het in gebarentaal zien, maar stelt dan voor dat we gewoon de Vulcangroet uit Star Trek gebruiken, waar we allemaal om moeten lachen.

Dan is het mijn beurt. 'Kate, welke zin zou jij willen leren zeggen?' vraagt Andrew.

Ik haal diep adem. 'Kun je me leren zeggen: *sorry dat ik een beetje raar deed*?' Dat wil ik tegen Hannah zeggen als ik haar ooit nog een keer zie. Het moet toch vreemd overkomen dat ik niet met haar kan communiceren en ik wil dat ze weet dat ik me daar rot over voel.

Andrew kijkt verbaasd, maar hij knikt. Ik moet naar mezelf wijzen, met mijn gesloten rechtervuist over mijn hart wrijven, dan weer naar mezelf wijzen, twee keer zachtjes met mijn duim tegen mijn wijsvinger tikken en als laatste van mijn hand bijna een klauw maken en hem voor mijn gezicht van rechts naar links bewegen terwijl ik met mijn middelvinger, ringvinger en wijsvinger op en neer wiebel.

'Goed gedaan,' zegt hij als ik de gebaren twee keer succesvol heb herhaald. 'Je leert snel. Blijf nog even hangen, oké? Dan kunnen we de les van vorige week even herhalen. Dat pak je volgens mij snel genoeg op.'

Hij sluit af met de Vulcangroet en knipoogt erbij naar Vivian. 'Tot volgende week. Zelfde tijd, zelfde plaats. Oefen in de tussentijd die letters en zinnen. Oefening baart kunst, net als bij elke andere taal.'

Ik neem afscheid van Vivian en Amy mompelt: 'Mazzel dat je nog even mag nablijven met Andrew. Misschien sla ik de les van volgende week wel over om wat tijd met hem alleen te krijgen.' Ik lach en zwaai wanneer ze de kelderdeur uit loopt.

Andrew kijkt op zijn horloge als ik me omdraai en heel even denk ik dat hij het zal afblazen omdat het al laat wordt. Maar in plaats daarvan zegt hij: 'Ik verrek van de honger. Zullen we even wat gaan eten terwijl we de les van vorige week doornemen?'

Ik aarzel. Ik weet niet meer wanneer ik voor het laatst heb gedineerd met een andere man dan Dan. En trouwens, ik wil graag naar huis, een paar drankjes te veel nemen en vroeg naar bed in de hoop dat ik weer wakker word in die onbestaanbare wereld waar Patrick nog steeds bestaat.

'Ik bijt niet, hoor.' Andrew merkt kennelijk dat ik aarzel, want hij voegt eraan toe: 'En er zijn een paar eettentjes in dit blok. We kunnen binnen een half uur klaar zijn. Ik ben gewoon bang dat ik instort als ik niet wat eet. Ik trakteer.'

Ik dwing mezelf te glimlachen. Wat ik doe slaat nergens op, dat weet ik ook wel. 'Ja, natuurlijk. Ik heb eerlijk gezegd ook erge honger. Maar ik betaal voor mezelf.'

Als ik achter hem aan de trap op loop en de vestibule van de kerk in, werp ik nog een laatste blik achterom naar het kruisbeeld boven het altaar.

'Je kunt altijd weer terugkomen,' zegt Andrew.

Ik draai me om en zie dat hij naar me kijkt. 'Kun je gedachten lezen of zo?' vraag ik.

Hij haalt zijn schouders op. 'Nee. Nee, maar ik ben zelf ook zoekende.'

Zonder nog een woord te zeggen loopt hij de voordeur van de kerk uit.

9

We belanden in een eettentje een paar deuren verderop.

'Echt, hoor,' zegt Andrew terwijl hij de deur voor me openhoudt, 'hier hebben ze de beste vette burger van heel Manhattan. Misschien wel van de hele staat New York.'

Een serveerster brengt ons naar een tafeltje en nadat we zijn gaan zitten, wuift Andrew de menukaart weg die ze hem aanbiedt. 'O, ik weet al wat ik wil.'

'En je vriendin?' vraagt de serveerster. Andrew lijkt dat amusant te vinden. 'Ik denk dat zij wel een kaart wil.'

'Ik ben zijn vriendin niet,' zeg ik tegen de serveerster, en dan voel ik me onmiddellijk rot. 'Maar ik hoorde dat de burger hier heerlijk is,' voeg ik er snel aan toe. 'Ik neem hetzelfde als hij.'

'In dat geval,' zegt Andrew, 'twee burgers, medium, beide met jullie speciale saus en een gebakken ei erbovenop. En twee cherry cola.'

'Cherry cola?' vraag ik terwijl de serveerster wegloopt.

'Je kunt niet volhouden dat het niet het lekkerste drankje ter wereld is als er echte kersensap in zit.'

Ik merk dat ik glimlach. 'Oké. Afgesproken. Maar een gebakken ei op een hamburger?'

Andrew spert dramatisch zijn ogen open. 'Heb je nog nooit een hamburger met een gebakken ei erop gegeten? Nou, Kate, dan staat je wat te wachten.'

De serveerster brengt ons twee reusachtige glazen rood getinte cola en terwijl we op ons eten wachten, geeft Andrew me een stapeltje papieren met allerlei illustraties van gebaren en begint in hoog tempo de gebarentaal uit te leggen.

'Zoals ik de anderen vorige week heb verteld, kunnen de regels van de Amerikaanse gebarentaal wat verschillen van de normale grammaticaregels in het Engels. Daarmee bedoel ik dat het lijdend voorwerp soms aan het begin van de zin staat, terwijl die in het Engels normaal gesproken na het werkwoord komt.'

'Ik ben niet meer zo goed thuis in grammaticale termen,' geef ik toe.

'Dat maakt niet uit. Een voorbeeldje dan. In het Engels zeg je: "Ik hou van hamburgers." In gebarentaal zou je je zin ook zo kunnen opbouwen, maar je kunt ook prima zeggen: "Hamburger, ik hou van", of "Hamburger, hou van ik."'

'Net zoals Yoda,' zeg ik.

'Aha, een dame die haar *Star Wars* kent! Charmant.' Hij lacht. 'Ja, een beetje zoals Yoda.'

Hij laat het zien door een kommetje te maken van zijn handen en ze twee keer horizontaal tegen elkaar te klappen, de eerste keer met zijn rechterhand bovenop, zijn linkerhand de tweede keer, bijna alsof hij een stuk vlees plet. 'Dat is *hamburger*,' zegt hij. 'En dit is *ik hou van*.' Hij kruist zijn armen voor zijn borst en wijst dan naar zichzelf.

Hij praat verder en zegt dat het bij gebarentaal heel belangrijk is om oogcontact te maken, dat men het onbeschoft vindt als je dat niet doet. 'Heel veel mensen denken dat gebarentaal alleen draait om het gebruiken van je handen,' zegt hij. 'Maar dat is niet zo. Het draait om gezichtsuitdrukkingen, bewegingen met je mond, dat soort dingen. Gezichtsuitdrukkingen zijn zelfs even belangrijk als wat je met je handen doet en waar je je gebaren plaatst. Bedenk eens dat je hardop een gesprek met mij voert. Door de klank van je stem breng je over hoe je je voelt, toch? Met gebarentaal heb je het voordeel van klank niet, dus moet je vertrouwen op visuele aanwijzingen. Maar zoals ik al tegen de anderen zei, daar leren we meer over tijdens de komende lessen.'

Hij is net bezig de vijf belangrijkste onderdelen van het gebaren uit te leggen – handvorm, plaatsing van het gebaar, de richting waarin je handpalm gekeerd is, beweging en gezichtsuitdrukking – als onze serveerster onze burgers komt brengen. 'Zullen we even pauze nemen om deze te verorberen?' vraagt hij.

Ik kijk naar mijn vette burger, die op een wit broodje ligt, met een ei, sla, uien en stukjes augurk er hoog opgestapeld en overgoten met saus die er aan de zijkanten langs druipt. 'Dat ziet er gezond uit.'

Hij trekt een wenkbrauw op. 'Iedereen weet dat de calorieën die je op woensdag binnenkrijgt niet tellen.' Hij wacht mijn reactie niet af, maar neemt een enorme hap van zijn burger en kreunt overdreven.

Ik lach en neem ook een hap. Ik snap precies wat hij bedoelt. Het is ongelooflijk lekker. 'Mijn man had dit heerlijk gevonden,' mompel ik gedachteloos.

Ik zie dat Andrew naar mijn ringvinger kijkt. 'Dan moet je hem hier een keer mee naartoe nemen.'

Mijn wangen lopen rood aan, omdat ik het over Patrick had, niet over Dan, die rood vlees heeft afgezworen. 'O, nee, ik ben niet getrouwd,' breng ik uiteindelijk uit, terwijl ik weet dat dat nergens op slaat, omdat ik degene was die over mijn man begon.

Andrew houdt zijn hoofd schuin en wacht af.

'Wat ik bedoel is dat ik verloofd ben. Ik ben niet getrouwd. Dus is hij niet mijn man.'

'Maar hij houdt van burgers,' zegt Andrew behulpzaam, alsof hij een verhaal uit een onwillig kind trekt.

'Nee,' zeg ik, met nog steeds vuurrode wangen. Ik weet dat ik zou moeten uitleggen wat ik bedoelde, dat ik de man bedoelde die ik twaalf jaar geleden had. Maar ik ken Andrew nauwelijks en ik voel me zo al volslagen belachelijk, dus breng ik een gemaakt lachje uit en zeg: 'Sorry. Lange dag.'

Hij glimlacht, hoewel ik nog steeds bezorgdheid in zijn blik bespeur. 'Ik weet hoe je je voelt. Maar geloof me, deze burgers maken alles goed. Ze zijn magisch.'

Ik glimlach terug en neem nog een grote hap, vol verwondering over hoe sappig en perfect hij is en pogend niet te denken aan de hoeveelheid vet en calorieën, waar Dan zonder twijfel op zou wijzen. Ik ben er zo op gefixeerd er niet aan te denken hoe ongezond de burger is dat ik pas merk hoe snel hij verdwijnt als ik hem bijna op heb. Ik kijk op en zie Andrew geamuseerd naar me kijken. Zijn bord is al leeg.

'Ik zei toch dat je hem heerlijk zou vinden,' zegt hij.

'Heb ik echt zo veel gegeten?!' roep ik uit, terwijl ik naar mijn handen kijk alsof zij in hun eentje verantwoordelijk zijn voor de grove overtreding van mijn voedingskundige principes. 'Wat gênant.'

'Gênant?' herhaalt hij. 'Helemaal niet. Geloof me: alleen een macho bink vindt een vrouw die goed kan eten afstotelijk. Ikzelf vind het geweldig.'

Met brandende wangen wil ik de rest van mijn burger neerleggen, maar hij leunt naar voren en zegt snel: 'Je leert pas nieuwe gebarentaal als je dat helemaal op hebt, jongedame.'

'Nou, jij bent wel een harde onderhandelaar,' zeg ik, en dan besef ik dat dat klinkt alsof ik met hem aan het flirten ben. Ik veeg snel de glimlach van mijn gezicht en schraap mijn keel. 'En, eh, waardoor ben je les gaan geven in gebarentaal? Is dat een fulltimebaan?'

'Jij eerst,' zegt hij. 'Waarom heb je je opgegeven voor de cursus?'

Ik neem nog een hap van mijn burger om tijd te winnen, omdat ik natuurlijk niet kan zeggen dat ik gebarentaal leer om te kunnen communiceren met mijn nepdochter in mijn nepdroomwereld met mijn dode man die van hamburgers houdt. Dus in plaats daarvan slik ik mijn hap door en zeg tegen hem: 'Ik ben muziektherapeut.' Ik aarzel en vervolg: 'En, eh, ik heb gehoord over ontwikkelingen in de muziektherapie voor dove kinderen, dus het leek me wel goed om er nader onderzoek naar te doen.'

Andrews gezicht gaat stralen. 'Echt waar? Wat geweldig!' Hij zwijgt. 'Oké, dit klinkt waarschijnlijk maf. Ik heb natuurlijk wel gehoord van muziektherapie, maar ik heb nog nooit een muziektherapeut ontmoet. Hoe werkt het precies?'

'Op allerlei manieren.' Ik sla mijn ogen op en zie dat hij me aandachtig aankijkt, dus ga ik verder. 'Het is moeilijk om samen te vatten en eerlijk gezegd zijn er zelfs in het veld heel veel definities van wat muziektherapie is en heel veel verschillende toepassingen ervan.' Ik breng mezelf zwijgend in herinnering dat Andrew waarschijnlijk niet geïnteresseerd is in het academische debat over de betekenis van muziektherapie. Toch probeer ik een korte introductie te geven. 'Bij muziektherapie gebruiken we eigenlijk muziek om het fysieke en emotionele welzijn van een cliënt te verbeteren – wat dat ook moge betekenen voor die specifieke cliënt. Een muziektherapeut kan dus bijvoorbeeld muziek gebruiken om een kind met een spraakgebrek te helpen. Maar in dat proces merk je, zodra hij je begint te vertrouwen, dat iets in een liedtekst wat in hem losmaakt. Misschien vertrouwt hij je een geheim toe of zegt terloops iets waardoor je beter begrijpt hoe hij in elkaar zit.'

Andrew knikt. 'Dus wat je doet is zoiets als die arts in de film *The King's Speech*?'

'Niet echt. Dat was logopedie. In de film gebruikte die arts er muziek bij, en dat wordt door logopedisten inderdaad vaak gedaan,' zeg ik. 'Muziektherapie gaat meer over het opbouwen van een relatie met een cliënt door middel van muziek en dan binnen die relatie werken aan wat de cliënt nodig heeft. Muziek kan heel veel deuren openen, zodra je dat contact hebt gelegd.'

Ik houd abrupt mijn mond, want ik voel me een beetje overdreven, maar Andrew glimlacht en knikt heftig. 'Ja!' zegt hij. 'Ik weet precies wat je bedoelt. Er zijn meer manieren om te communiceren dan alleen maar het uitspreken van woorden. Heb je op dit moment dove cliënten?'

Ik schud mijn hoofd en ontwijk zijn blik terwijl ik de laatste hap van mijn burger neem. 'Nog niet. En jij?' vraag ik. 'Hoe ben jij ertoe gekomen deze cursus te geven?'

'Ik ben eigenlijk supervisor voor een bureau dat St. Anne's Services heet,' zegt hij. 'Heb je daar wel eens van gehoord?'

'Volgens mij niet.'

'Maar je kent de ACS wel, toch? De Administration for Children's Services?'

'Pleegzorg, toch?'

'Klopt. Maar sommige kinderen met beperkingen worden naar andere bureaus gestuurd, zoals St. Anne's of New Alternatives for Children. We hebben programma's om te voldoen aan de behoeften van zowel geestelijk als lichamelijk gehandicapte kinderen. Ik ben gespecialiseerd in het werken met de dove en hardhorende kinderen die naar St. Anne's komen.'

'Deze cursus geven is dus een soort bijbaan?'

Hij knikt. 'Het leek me wel leuk om te doen. Dit is pas de tweede keer dat ik hem geef. Hoe doe ik het tot nu toe?'

'Je bent een natuurtalent,' zeg ik hem eerlijk. 'Ben je opgegroeid met gebarentaal?'

Zijn glimlach verdwijnt een fractie van een seconde. 'Mijn broertje is hardhorend geboren,' zegt hij. 'Toen hij gebarentaal begon te leren, hebben mijn ouders het mij ook geleerd. Ik kan me niet eens meer herinneren dat ik het ooit niet kende.' Hij zwijgt en zijn gezichtsuitdrukking wordt zachter. 'Het was een soort geheime taal die we kenden en waar niemand anders bij betrokken was.'

'Cool.'

Hij knipoogt. 'Heel cool. Maar genoeg over mij. Hoe ben jij muziektherapeute geworden?'

'Dat is een lang verhaal.' Ik wil niet over Patrick praten. 'Laten we maar zeggen dat iemand van wie ik houd me eraan herinnerde hoe belangrijk het was om datgene te gaan doen waar ik de meeste hartstocht voor voelde.'

Hij knikt. 'Ik zeg altijd dat het leven te kort is om je dromen niet te volgen.'

Ik slik moeizaam. 'Dat is precies wat hij ook altijd zei.'

'Hij klinkt als een geweldige vent.'

Ik glimlach verdrietig. 'Dat was hij ook.'

'Goed,' zegt Andrew na een geladen stilte. Hij schraapt zijn keel. 'Mag ik je iets vragen?'

'Ja, hoor.' Ik eet een paar patatjes en duw mijn bord weg. Ik begin misselijk te worden en ik weet niet of het komt door de enorme burger of omdat ik verdrietig word door de herinnering aan Patrick.

'Moet je horen, ik vraag het gewoon ronduit en je mag nee zeggen. Maar ik heb een paar hardhorende en dove kinderen in St. Anne's met wie ik heel graag iets nieuws zou willen proberen. Heel lieve kinderen. Ik kan je nog geen salaris aanbieden – ik heb het budget van dit jaar al opgemaakt aan cochleair implantaten voor twee van onze kinderen – maar als je met dove mensen wilt gaan werken, zou dit misschien een goed begin kunnen zijn.'

'Eh...' antwoord ik, terwijl ik probeer te bedenken hoe ik beleefd nee kan zeggen.'Oké, wacht.' Andrew neemt gas terug. 'Is dit een beetje raar? Ik probeer alleen altijd nieuwe manieren te zoeken om hen te kunnen bereiken, snap je? En daar ben je dan. Maar misschien past het niet goed bij het soort werk dat je doet.'

Ik aarzel. 'Ik denk dat het afhangt van de kinderen en van welke hulp ze nodig hebben,' zeg ik uiteindelijk. 'Hoewel muziektherapie in allerlei contexten ingezet kan worden.'

Hij glimlacht. 'Aha, net als een geheime superkracht.' Hij zwijgt en schudt zijn hoofd. 'Oké. Ik heb duidelijk te veel tijd doorgebracht met kinderen als ik van jou een stripheldin maak met een magische panfluit.'

Ik lach. 'Helaas heb ik geen idee hoe ik panfluit moet spelen.'

'Je doet mijn dromen in rook opgaan, Kate. En nou ga je me zeker ook nog vertellen dat je geen cape draagt?'

'Alleen bij speciale gelegenheden,' zeg ik met een uitgestreken gezicht, en hij lacht. Ik haal diep adem en spring in het diepe. 'Wil je me wat meer over die kinderen vertellen? Wat dacht je dat ik met ze zou kunnen doen?'

'Nou, twee van de drie hebben de cochleaire implantaten nog niet zo lang, dus ze zijn nog bezig met het hele proces van zich prettig voelen bij praten en het verwerken van spraak. Natuurlijk hebben cochleaire implantaten invloed op de manier waarop mensen muziek horen, maar als ik het goed begrepen heb, kan het nog steeds aangenaam zijn. Denk je dat ze door middel van muziektherapie misschien geholpen kunnen worden met praten en ze een beetje uit hun schulp kunnen kruipen? Of ben ik nou heel brutaal?'

Ik zwijg. 'Weet je? Ja, ik denk dat ik ze wel kan helpen, en ik wil het graag proberen,' hoor ik mezelf zeggen. 'Waarom niet?'

'Echt waar? Kate, je hebt echt geen idee wat voor een verschil je zou kunnen maken. Er is één meisje in het bijzonder dat ik gewoon niet kan bereiken, maar misschien jij wel.' Hij glimlacht en schudt zijn hoofd. 'Jemig, sorry, ik draaf weer door. Je moet eerst nog allerlei formulieren invullen, maar dat kan ik denk ik wel bespoedigen. Ik ben heel blij dat je wilt meedoen.'

'Ik doe het graag,' zeg ik tegen hem, en ik ben een beetje verbaasd als ik besef dat ik het meen.

De serveerster brengt de rekening en Andrew staat erop hem te betalen. 'Het minste wat ik kan doen, Kate,' zegt hij. 'Ik trakteer je elke week op vette burgers als je mijn kinderen wilt helpen een betere kans te krijgen op een goed leven.'

Terwijl ik mijn gegevens voor hem opschrijf, bedenk ik dat dit misschien de reden was voor mijn vreemde visioenen van Patrick en Hannah: een herinnering aan het feit dat ik nog steeds iets te bieden heb, ook al heb ik het me gemakkelijk gemaakt door plichtmatig al mijn taken te vervullen. Het is de eerste verklaring die me een fijner gevoel geeft en waardoor ik geen knoop in mijn maag krijg.

10

Ik lig al in bed als Dan die avond thuiskomt, dus de eerste kans die ik krijg om hem over Andrew te vertellen en over mijn belofte om een paar kinderen van St. Anne's te helpen is de volgende avond na het werk. Ik bel hem vanuit de trein op weg naar Joan, die ik sinds Patricks dood één keer per maand bezoek.

Hij klinkt verbluft als ik hem heb verteld over Andrews verzoek en alle formulieren die ik die middag heb ingevuld en terug gefaxt. 'Maar schatje, je hebt al zo veel te doen,' zegt hij. 'Weet je zeker dat je dit ook nog op je wilt nemen?'

'Ik denk dat ik wel wat dingen kan verschuiven zodat ik één avond per week vrijwilligerswerk kan doen.'

'Kate, ik zeg het niet graag, maar weet je zeker dat je niet voor een of andere wervingsfraude of zo bent gevallen?' Hij klinkt voorzichtig en bezorgd, wat me irriteert. 'Het klinkt bijna alsof dat St. Anne's mensen zoals Andrew op pad stuurt om vrijwilligers zoals jij te ronselen.'

'Nee, zo ging het helemaal niet!' werp ik tegen. Ik vind het vreselijk als hij tegen me praat alsof ik een kind ben, ook al weet ik dat hij het goed bedoelt. 'Het klonk logisch wat Andrew zei. Ik kan iets waarmee ik die kinderen kan helpen.'

Er volgt een langgerekt 'Oké', waarna hij er het zwijgen toe doet. 'Kate, ontgaat me hier soms iets?'

Zoals mijn obsessie voor mijn denkbeeldige dochter? denk ik schuldbewust. 'Hoe bedoel je?' vraag ik in plaats daarvan.

'Nou, je hebt ineens vanuit het niets belangstelling voor gebarentaal,' zegt hij langzaam, 'en dan maak je plannen om met een of andere maatschappelijk werker dingen te ondernemen. Ik wil alleen maar weten of ik me zorgen moet maken.'

'Dan, hoor ik dit nu echt goed?'

'Ik weet dat het maf is...' Hij laat zijn stem wegsterven en ik weet dat ik er nu bovenop moet springen en tegen hem moet zeggen dat ik begrijp waarom hij dat zegt, dat ik hem nooit zou bedriegen en dat er niets aan de hand is. Maar mijn verweren zijn op en ik heb niet veel puf om hem nu te sussen.

'Ik probeer gewoon iets wat ik volgens mij heel leuk zou vinden,' zeg ik. 'Ik zou denken dat je me daarin zou steunen, maar in plaats daarvan verdraai je het. Ik ga nu ophangen.' Ik druk op het knopje om het gesprek te beëindigen en staar uit het raam. Ik voel me boos en schuldig tegelijk: boos omdat hij denkt dat ik niet eerlijk tegen hem ben en schuldig omdat hij gelijk heeft. Twee minuten later gaat mijn telefoon weer over, maar als ik zie dat het Dan is die terugbelt, laat ik hem naar de voicemail gaan. Ik doe helemaal niets verkeerds. Ik luister het bericht dat hij heeft ingesproken af en iets van mijn woede ebt weg als ik hoor dat het een oprechte verontschuldiging is. 'Schat, het spijt me heel erg,' zegt hij. 'Soms ben ik gewoon bang dat ik je kwijtraak. Ik weet dat het stom is, ik weet dat je van me houdt. Ik hoop dat je weet hoeveel ik van jou hou.'

Ik overweeg even hem terug te sms'en, maar na een ogenblik zet ik mijn telefoon uit. Ik wil nu niet aan Dan denken.

Joan zit zoals gewoonlijk voor het station in haar zilverkleurige Volvo op me te wachten. Ik neem plaats op de bijrijdersstoel en we omhelzen elkaar onhandig over de middenconsole heen, en dan geeft ze me een kus op mijn wang, waarna ze de auto start. 'Fijn om je te zien,' zegt ze. 'Je ziet er goed uit.'

'Jij ook,' zeg ik, en ik voel de stress uit mijn schouders trekken als ze Footemill Lane in rijdt, de straat waaraan ze woont. Het is gaan schemeren en de straatlantaarns verlichten haar zilveren haren. Na 2002 is het snel van diepzwart naar peper-en-zoutkleurig gegaan en nu zijn de zwarte plukken die me altijd aan haar zoon deden denken bijna verdwenen.

'Hoe gaat het met het plannen van de bruiloft?' vraagt ze, en dan barst ze voordat ik antwoord kan geven in lachen uit. 'Sorry. Toen ik een miljoen jaar geleden met Joe verloofd was vond ik het altijd vreselijk als mensen me dat vroegen. Je hebt waarschijnlijk geen ogenblik gehad om op adem te komen sinds je verloving?'

'Niet echt,' antwoord ik, hoewel ik duidelijk wel tijd genoeg heb gehad om me op te geven voor een cursus gebarentaal en toe te zeggen vrijwilligerswerk te gaan doen.

'Nou, als je hulp nodig hebt, liefje, hoef je het alleen maar te zeggen,' zegt ze. 'Ik weet dat je moeder niet in de buurt is en...' Ze zwijgt abrupt en zucht. 'Sorry. Dit is waarschijnlijk niet gepast, hè? Je wilt natuurlijk niet dat je voormalige schoonmoeder je helpt met het plannen van je bruiloft.'

'Joan, je bent nog steeds mijn schoonmoeder,' zeg ik. 'Dat zul je altijd blijven. En ik wil graag dat je helpt.'

We stoppen voor haar huis, het huis waarin Patrick is opgegroeid, en Joan zegt dat ik even op de veranda kan wachten terwijl zij binnen ijsthee voor ons pakt. 'Het avondeten zit al in de slowcooker, maar ik wilde lekker buiten gaan zitten om bij te kletsen. Het is zo'n mooie avond.'

‘Kan ik je ergens mee helpen?’ vraag ik.

‘O, nee hoor, ik ben zo terug.’ De hordeur slaat achter haar dicht en ik ga op de Adirondackstoel zitten en doe mijn ogen dicht. Het geluid van applaus zweeft naar me toe vanaf het honkbalveld aan de overkant, en dan hoor ik de scherpe, blikkerige klank van een aluminium knuppel die een honkbal raakt. De menigte juicht en ik glimlach in mezelf. Dit was de soundtrack van mijn zomeravonden hier met Patrick. We zaten op de veranda te praten, maar onvermijdelijk lokten de geluiden van de wedstrijd aan de overkant een geanimeerd gesprek uit tussen hem en zijn vader over iets wat de week ervoor was gebeurd tijdens een wedstrijd van de New York Yankees.

Ik ruik zout in de lucht van de zee die niet ver weg is en steek intuïtief mijn hand uit naar de zilveren dollar die om mijn hals hangt terwijl ik denk aan hoe Patrick en ik op slechts een paar straten afstand van hier een munt in de oceaan gooiden toen we getrouwd waren. ‘Een bedankje aan het universum voor het beste wat me ooit is overkomen,’ zei Patrick. Ik vraag me af of je het universum je munten mag terugvragen als het leven niet zo uitvalt als je had gepland.

‘Heeft Patrick je ooit het hele verhaal achter de zilveren dollars verteld?’ vraagt Joan, als ze weer met twee glazen ijsthee de veranda op komt. Ik open mijn ogen en zie dat haar blik op de munt rust die ik in mijn hand klem.

Ik schud mijn hoofd. ‘Alleen dat zijn opa, jouw vader, een verzameling had en ze toen hij een kind was begon weg te gooien in de hoop dat dat geluk zou brengen.’

Ze glimlacht. ‘Dat klopt. Het is een traditie die mijn overgrootvader bijna honderd jaar geleden is begonnen, na de geboorte van mijn vader. Hij gaf mijn vader vijftig net geslagen zilveren dollars en legde uit dat elke keer dat hem iets geweldigs overkwam, hij een van de dollars aan het universum moest teruggeven zodat iemand anders er een wens mee kon doen.'

Ik glimlach, herinner me dat Patrick me had verteld dat zijn opa in 1936 op de Brooklyn Bridge stond en een zilveren dollar in het water gooide toen zijn geliefde Yankees de World Series hadden gewonnen. De drie jaar erna wonnen ze die ook en zijn opa geloofde altijd dat het door zijn munten kwam – de voorspoed die teruggegeven was aan het universum – dat die reeks niet werd onderbroken. 'Ik weet nog dat Patrick dat zei. Hij geloofde er echt in.'

Joan knikt. 'Ik ook. Mijn vader zei altijd tegen me dat als je de munten houdt, je de dingen uit balans brengt. Toen ik geboren werd, gaf hij me vijftig zilveren dollars en toen Patrick geboren werd, deed hij hetzelfde. Het draait erom de voorspoed door te geven en de wereld te bedanken voor de goede dingen die je zijn overkomen.'

'Ik vond dat verhaal altijd geweldig.'

'Wist je dat Patrick een munt heeft weggegooid op de ochtend nadat hij jou had ontmoet?' vraagt Joan.

Iets in me roert zich. 'Nee,' fluister ik. 'Dat wist ik niet.'

'Hij heeft me die middag gebeld om het me te vertellen,' zegt ze, met een afwezige blik in haar ogen. 'Ik wist dat je heel bijzonder moest zijn. Hij nam dat soort dingen namelijk niet licht op.'

'Jemig,' mompel ik. Meer kan ik niet uitbrengen door de brok in mijn keel. Ik pak de zilveren dollar om mijn hals weer vast en Joan kijkt me aandachtig aan.

'Weet je,' zegt ze, 'die moet je op een dag teruggooien.'

Ik kijk verbaasd op. 'Maar het was het laatste dat ik van hem heb gekregen.' Ik klem de munt een tikje verdedigend vast.

'Ik weet het. Maar ik weet ook dat hij je die heeft gegeven omdat er iets goeds was gebeurd. En hij wilde de munt teruggooien zodra hij je zijn goede nieuws had verteld.'

Ik knik, en even zie ik zijn gezicht in mijn gedachten, zijn gezichtsuitdrukking toen hij me de munt gaf. Ik vertel het je bij het eten, had hij gezegd. Maar hij kwam niet meer thuis. 'Ik ben er nooit achter gekomen wat hij me wilde vertellen.'

'En misschien zal dat altijd een mysterie blijven. Maar de zilveren dollars zijn niet bedoeld om bewaard te blijven. Niet in onze familie, in elk geval.'

Haar woorden steken me, deels omdat ik me niet kan voorstellen dat ik afstand zal doen van de munt die ik elke dag draag, en deels omdat ik weet dat ze gelijk heeft. 'Ik ben er nog niet klaar voor,' geef ik uiteindelijk toe.

'En dat is helemaal niet erg.' Ze leunt voorover en geeft me een kneepje in mijn hand. 'Maar dat moet je wel zijn. Op een dag moet je dat zijn.'

Ik knik, en even zitten we daar in een aangename stilte. Ik denk aan Patrick en aan hoeveel waarde hij hechtte aan de magie van de zilveren dollars. Maar uiteindelijk was al dat geluk niet voldoende geweest om hem te redden.

Vanaf het honkbalveld aan de overkant klinkt weer een scherpe ping, aluminium tegen leer, en de menigte juicht. 'Patrick had het er altijd over dat hij op een dag coach van de Little League wilde worden,' zegt Joan, waarmee ze de stilte tussen ons verbreekt. 'Hij zou een geweldige coach geweest zijn. Hij was altijd geweldig met kinderen.'

Ik glimlach zwakjes. 'Hij is geweldig met Hannah.' Een fractie van een seconde later besef ik wat ik heb gezegd en ik weersta de aandrang om een hand voor mijn mond te slaan.

'Wie?' Joan kijkt verbaasd.

'Niemand. Sorry,' zeg ik snel. 'Wat ik bedoel, is dat het me heel erg spijt, Joan.'

'Sorry?' Ze kijkt me uitdrukkingsloos aan. 'Wat spijt je?'

Ik staar even naar mijn handen. 'Dat ik geen kind met hem heb gekregen.'

'Kate...' begint ze, maar ik onderbreek haar.

'Ik vond ons te jong.' Dit gesprek heb ik al duizenden keren met mezelf gevoerd, maar nooit hardop. 'Patrick was er klaar voor, maar ik studeerde nog, dus zei ik tegen hem dat ik nog een paar jaar wilde wachten en dat vond hij goed. Ik dacht dat we alle tijd van de wereld hadden.'

'Die had je natuurlijk ook, Kate,' zegt ze sussend. 'Je had op dat moment helemaal gelijk. Hoe kon je weten wat er zou gebeuren? Een kleinkind zou geweldig zijn geweest, maar dat was niet Gods plan. Daar moet je jezelf niet de schuld van geven.'

We zitten even in stilte bij elkaar, verloren in onze eigen gedachten, en dan verbreekt Joan de stilte met de vraag: 'Denk je dat Dan en jij kinderen zullen krijgen?'

Het duurt een paar seconden voordat ik antwoord kan geven. 'Ik kan geen kinderen krijgen,' zeg ik zachtjes. 'Dat ben ik een paar weken geleden te weten gekomen.'

'O, lieverd, wat naar om te horen. Hoe voel je je daaronder?'

'Ik weet het niet,' geef ik toe.

'Is ivf geen optie?'

Ik schud mijn hoofd.

'Een draagmoeder?'

'Niet met een van mijn eitjes.'

'En adoptie dan?' vraagt ze enthousiast. 'Je zou een kind zo'n geweldig thuis geven.'

'Misschien. Ik weet niet goed wat Dan ervan vindt.'

'Wat vind jij ervan?'

Ik denk er even over na. Jarenlang ben ik vergeten dat aan mezelf te vragen. 'Ik denk dat ik moeder wil worden, Joan,' zeg ik zachtjes. 'Ik weet alleen niet of het al te laat is.'

11

Ik word overspoeld door een vloedgolf van dankbaarheid als ik de volgende ochtend mijn ogen opendoe en besef dat ik weer in mijn oude appartement ben en naast Patrick lig.

'Dank je wel,' mompel ik, en Patrick wordt wakker van mijn woorden.

Hij rolt op zijn zij, knippert een paar keer slaperig met zijn ogen en steekt zijn hand naar me uit. 'Zei je iets, schat?' vraagt hij.

'Nee. Ik bedoel, ja, maar niet tegen jou.' Ik aarzel. 'Ik praat gewoon met God, denk ik.'

'O, oké, dat is prima,' zegt Patrick, die me naar zich toetrekt. 'Ik maak een uitzondering voor de grote man daarboven.'

Hij kust me, lang en intens, en ik voel dat zich een tinteling van blijdschap over mijn lichaam verspreidt, maar die wordt onderbroken door een uit mijn borst opwellende snik.

'Kate?' vraagt Patrick. Hij trekt zich terug en kijkt me bezorgd aan. 'Gaat het wel?'

'Ja,' kan ik net uitbrengen. 'Prima.'

'Maar je huilt.'

'Ik... ik mis je zo erg,' zeg ik tegen hem. De wereld flakkert en wordt schemeriger, wat me angst aanjaagt.

Patrick is het zich niet bewust en streelt me over mijn haar. 'Ik ben er toch gewoon, Katielee?'

Ik dwing mezelf om te glimlachen. 'Ja. Dat ben je ook. Natuurlijk ben je dat.' De kamer wordt weer scherp, de kleuren nemen hun bekende, bijna verblindende tint weer aan en ik slaak een zucht van verlichting.

Hij droogt voorzichtig mijn tranen, zijn duim voelt ruw aan op mijn wang. Ik wil net iets anders zeggen, nog iets vragen, maar Patrick draait zich om, kijkt op de wekker en roept: 'Shoot! We zijn laat. We moeten Hannah helpen klaarmaken.'

Ik knipper een paar keer. 'Waarvoor?'

'Voor het kinderkamp.' Hij kijkt me weer bezorgd aan. 'Petes moeder haalt haar op. Weet je nog?'

Hij stapt uit bed zonder op antwoord te wachten en terwijl mijn adem in mijn keel stokt, kijk ik toe hoe hij een grijs T-shirt aantrekt over zijn blote bovenlijf.

'Kom je?' vraagt hij me met een glimlach.

'Ja, hoor,' fluister ik. Ik zou van elke seconde moeten genieten, echt of niet. Ik schraap mijn keel. 'Zal ik pannenkoeken maken voor het ontbijt? Hebben we daar tijd voor?' Ik aarzel en voeg eraan toe: 'Wacht, houdt Hannah wel van pannenkoeken?'

Op het moment dat de woorden uit mijn mond zijn, weet ik dat het antwoord een overtuigend ja is. Ik weet ook onmiddellijk dat haar lievelingspannenkoeken die met pindakaas en bosbessen zijn, een combinatie die we toevallig een keertje uitprobeerden in groep drie en dat ze er liever honing dan stroop op heeft.

'Is de lucht blauw?' vraagt Patrick grinnikend, waarmee hij me een uitleg bespaart.

'Grapje,' antwoord ik zwakjes als hij de kamer uit loopt. Ik trek snel een donzige blauwe ochtendjas aan die ik niet herken, maar waarvan ik weet dat ik hem heerlijk vind.

Ik hoor het water in de wasbak in de badkamer, en iemand die in de gangkast rommelt. 'Mijn gezin,' mompel ik hardop, en ineens weet ik dat ik ermee moet ophouden me af te vragen of ik hier wel hoor. Als ik blijf doen alsof ik mijn plaats in deze wereld elk ogenblik kan kwijtraken, dan gaat dat ook gebeuren.

In de keuken pak ik een koekenpan uit de kast links naast het fornuis, zet het gasfornuis aan en doe een paar klontjes boter in de pan. Dit is echt, houd ik mezelf voor. Ik meng bloem, suiker, gist, slaolie, zout, melk en een ei in een kom en dan doe ik er een halve pot pindakaas doorheen. Ik ben hier echt, denk ik vastberaden. Ik giet lepels beslag in de koekenpan en leg uiteindelijk bevroren bosbessen op elk pannenkoekje als ze beginnen te sissen en bubbelen.

Ik hoor in dit leven, houd ik mezelf voor terwijl de geur van boter en gebakken pannenkoeken de keuken vult. Dat moet wel.

Als ik de eerste lading pannenkoekjes op een bakplaat laat glijden om ze warm te houden in de oven komt Hannah de keuken binnen in een schattige bloemenjurk en paarse Converse-gympen. 'Goedemorgen,' zegt ze, en als ik me omdraai om haar te begroeten, mijn hart zingend van geluk, zie ik voor het eerst dat er een klein langwerpig dingetje op de zijkant van haar hoofd zit, net achter haar rechteroor, bijna helemaal bedekt door haar haar. Daar zat haar knotje de vorige keer dat ik haar zag, daarom had ik het niet gezien. Ze kijkt even de andere kant op en ik zie een identiek dingetje aan de linkerkant.

'Cochleaire implantaten,' zeg ik zachtjes, en hoewel Hannah me een vreemde blik toewerpt, vervaagt de kamer niet, en plotseling stromen de details binnen. Dat ik haar gebarentaal leerde toen ze een peuter was en haar stimuleerde om te liplezen en om te proberen dingen te zeggen. Dat ik net voordat Hannah tweeenhalf was samen met Patrick besloot dat een cochleair implantaat het beste voor haar was. De paniek die je ervaart als moeder toen ze werd geopereerd; de opluchting die ik de weken erna voelde toen ik wist dat mijn dochter dingen begon te horen. De wetenschap dat ze vaak schakelde tussen gebarentaal en gesproken taal als ze met Patrick en mij praat, doordat ze gebarentaal had geleerd voordat ze leerde praten en doordat we haar stimuleerden om de gebarentaal bij te houden, zodat ze altijd met de Dovengemeenschap in contact zou blijven.

'Mama?' vraagt ze hardop en ik zie dat ze me bezorgd aankijkt, waarschijnlijk omdat ik haar met een spatel in mijn hand sta aan te staren.

Ik verman me, glimlach naar haar, en gebaar: *goedemorgen*, een van de gebaren die ik mezelf via internet heb geleerd.

Ze ziet er opgelucht uit en gebaart terug: *je doet weer vreemd*, maar ze glimlacht. Het verbaast me hoe goed ik haar hier kan begrijpen, wat me eraan herinnert dat dit onmogelijk echt kan zijn. Maar ja, het een droom noemen klinkt ook maf, omdat het duidelijk veel meer is dan dat.

Ik probeer me de gebaren te herinneren die Andrew me heeft geleerd voor de zin: *sorry dat ik een beetje raar deed*. Ik wijs naar mezelf, wrijf met gesloten vuist met mijn rechterhand over mijn hart, tik twee keer met mijn duim tegen mijn wijsvinger, maak dan van mijn hand een klauw en beweeg hem van rechts naar links terwijl ik met mijn wijs-, middel- en ringvinger voor mijn gezicht op en neer wiebel.

Hannah kijkt me even aan en ik ben bang dat ik iets verkeerds heb gezegd. Maar dan zegt ze hardop: 'Je doet altijd raar, mama,' en ze lacht. Dan gebaart ze: *zijn de pannenkoeken klaar*?

'Nog een paar minuutjes,' zeg ik. Ik laat nog wat boter in de pan smelten, lepel er vijf dotjes beslag in en leg er bosbessen op. Als ik me omdraai zie ik dat Hannah drie borden uit de kast pakt en drie vorken uit de besteklade.

Ze betrapt me terwijl ik weer naar haar kijk en ze slaat haar ogen ten hemel. 'Wat nou weer, mama?' vraagt ze.

Snel schud ik mijn hoofd en kijk weg. 'Niks,' zeg ik, en ik voeg er in gebarentaal aan toe: *ik hou van je.*

Ze slaat nog eens haar ogen ten hemel. 'Ik hou ook van jou, mafkees,' zegt ze. 'Je hoeft niet te blijven gebaren, hoor. Ik beloof dat ik blijf oefenen met gebarentaal, oké?'

Duh, gebaar ik glimlachend terug, waarbij ik gebruikmaak van Andrews grapje. Ze trekt een gezicht naar me, maar ze lacht wel.

Terwijl ik nog een ronde pannenkoekjes in de oven stop en boter in de koekenpan doe voor de derde lichting, komt Hannah naast me staan en begint snel te praten over iemand die Meggie heet. Ik weet in een flits dat Meggie Hannahs hartsvriendin van school is en dat ik haar mag. Dan gaat ze over op een lange, in gebarentaal uitgevoerde monoloog over een meisje dat Jessica heet en naast wie ze gisteren zat op kamp. *Jessica heeft vorig jaar One Direction ontmoet!* gebaart ze opgewonden, met wijd open ogen. *Cool!*

Ik controleer of Hannah naar me kijkt en dan vraag ik: 'Dus vandaag ga je ook weer met Jessica wat doen?'

Ze schudt haar hoofd. *Alleen als Meggie niet komt*, gebaart ze. *Meggie vindt Jessica niet aardig.*

Patrick komt de keuken binnen, net geschoren en geurend naar zeep. Hij is gekleed voor zijn werk, met een overhemd, een pantalon en instappers. 'Hmmm, pannenkoeken!' roept hij uit. Hij klopt op zijn buik en komt dan achter me staan om me te kietelen, zoals hij altijd deed als we samen in de keuken waren. Hij snuffelt aan mijn nek en ik zucht tevreden.

Gadver, papa en mama, gebaart Hannah, en we moeten allebei lachen.

Tijdens het eten heerst er een aangename stilte, en verbaasd besef ik dat Hannahs samenvoeging van bosbessen en pindakaas een heel goede combinatie is; de wrange bosbessen bieden een perfect tegenwicht aan de zoutige pindakaas.

Na het ontbijt gaan Patrick en ik met Hannah naar buiten, waar een paar minuten later een vrouw in een MPV met een puberjongen op de bijrijdersstoel bij de stoeprand stopt.

Ik geef Hannah zo'n stevige en lange knuffel ten afscheid dat ze zich moet lostrekken, terwijl ze mompelt: 'Mama, doe niet zo klef.' Ze zwaait vanaf de achterbank als de auto wegrijdt en ik blijf haar nakijken lang nadat ze om de hoek verdwenen zijn.

'Gaat het wel?' vraagt Patrick, die zijn hand op mijn schouder legt en er een zacht kneepje in geeft.

Wat ik denk is: nee, helemaal niet, ik ben doodsbang dat ik haar nooit meer zal zien. 'Ik mis haar nu al,' mompel ik.

'Ze komt wel weer terug,' zegt Patrick, die me vreemd aankijkt, waarna hij weer naar de voordeur loopt. 'Ze is terug voordat je er erg in hebt.'

Binnen tref ik hem aan in de slaapkamer, waar hij met zijn gezicht naar het raam een stropdas strikt. Ik staar even naar hem en mijn adem stokt door hoe bekend dit allemaal voelt. Dan loop ik, voordat ik me kan bedenken, de kamer door en leg een hand op zijn schouder. Hij draait zich langzaam om en mompelt: 'Katielee.'

De woorden doen me tintelen en langzaam, opzettelijk, maak ik zijn das los en begin zijn overhemd los te knopen. Hij kijkt me even aan, alsof hij probeert iets te beslissen. 'Katielee,' mompelt hij weer, maar ik zie iets krachtigs in zijn ogen flakkeren.

'Alsjeblieft,' mompel ik terwijl ik opkijk naar de man die ik nooit meer dacht te zien. Dat ene woordje is steno voor duizend onuitgesproken woorden.

Hij aarzelt maar een tel voordat hij me in zijn armen trekt, die sterke armen waar ik van houd en die ik me zo goed herinner, en drukt me tegen zijn borst. Ik hoor zijn hart bonken zoals het dat nooit meer zal doen, en dan glijden zijn handen over mijn huid en liggen we op het bed.

Zijn lichaam voelt anders dan vroeger, steviger, minder soepel, en hij beweegt zich met een zelfvertrouwen dat hij eerder niet had. Het is net alsof hij mijn lichaam al jaren kent in plaats van slechts de twintig dierbare maanden die we samen hadden. Dan duw ik al mijn gedachten weg, al mijn eindeloze analyses, en bedrijf de liefde met mijn man, langzaam en teder, elke cel van mijn lijf staat in brand.

Na afloop val ik neer op Patricks blote borst, de tranen stromen over mijn wangen.

'Dat was geweldig,' mompelt Patrick.

'Ik hou heel veel van je,' antwoord ik. Maar dan denk ik aan Dan, en ik word overvallen door schaamte.

Ik kijk op naar Patrick, in zijn perfect groene ogen, de ogen die ik zo erg mis. Ik kan niet ophouden met huilen, zelfs niet als hij zijn hand onder mijn kin legt en hem langzaam iets omhoog brengt. 'Wat is er, Katielee?' vraagt hij zachtjes. 'Ik ben er toch.'

'Ja,' mompel ik, terwijl de pijn van mijn woorden door mijn hart schiet als een miljoen dolkjes. 'Je bent er.'

12

In de ochtend word ik overspoeld door schuldgevoel als ik me omdraai en Dan diep in slaap naast me zie liggen. De knoop in mijn maag die ontstaat als ik hem zie is niet normaal, en daardoor voel ik me nog naarder over alles.

Terwijl we ons klaarmaken voor ons werk is Dans vriendelijkheid bijna een marteling; ik zou bijna liever willen dat hij afstandelijk was zodat ik er niet aan zou hoeven te denken dat ik hem gisteravond op een bepaalde manier ontrouw ben geweest. Maar is het echt ontrouw als ik me alles heb verbeeld?

Denkbeeldig of niet, terwijl ik mijn tanden poets, voel ik nog steeds hoe Patrick mijn huid aanraakt. Terwijl ik mijn gezicht was, ruik ik zijn muskusachtige aftershave nog steeds op me. Terwijl ik de keuken in loop en alle gedachten aan hem probeer weg te duwen, hoor ik hem nog steeds in mijn oor fluisteren. Ik begrijp gewoon niet hoe die dromen zo pijnlijk echt kunnen aanvoelen.

'Schat, ik wil me nog een keer verontschuldigen voor gisteravond,' zegt Dan tegen me als hij me een dampende beker koffie brengt, precies zoals ik hem graag heb: met koffiemelk met hazelnootsmaak en een zoetje.

'Gisteravond?' vraag ik, zonder te weten waar hij op doelt. Het enige wat ik kan bedenken is dat ik gisteravond de liefde met mijn man heb bedreven.

'De dingen die ik zei. Over de kinderen met wie je wilt werken. Ik had het mis. En het spijt me.'

'O,' weet ik uit te brengen.

Hij gaat tegenover me aan de keukentafel zitten en haalt een hand door zijn haar. 'Ik had het recht niet om je zo te ondervragen. Als ik heel eerlijk ben: ik was jaloers. En ik weet dat dat heel onaantrekkelijk is, en ik doe hard mijn best me niet zo te voelen. Dat is lastig. Je weet wat ik heb meegemaakt, maar dat is geen excuus.'

Ik knik. Toen Dan begin dertig was, was hij getrouwd met een vrouw die Siobhan heette. Ze waren drie jaar bij elkaar, en het eindigde ermee dat ze hem had bedrogen met haar baas. Op ons allereerste afspraakje had hij verteld dat hij daarom bang was om zich te binden en dat hij het moeilijk vond mensen te vertrouwen, maar dat hij eraan werkte. Ik had hem verteld dat ik door de dood van mijn man ook bang was om me te binden, en hij had geglimlacht en gezegd dat we het eerste hadden gevonden dat we gemeen hadden.

'Ik ben Siobhan niet, hoor,' breng ik hem in herinnering.

'Ik weet het. Ik weet zeker dat je me nooit zou bedriegen.'

'Nooit,' mompel ik in mijn koffie, maar ik voel Patricks lippen nog steeds over mijn sleutelbeen gaan, zijn handen op mijn borsten, zijn lichaam tegen het mijne gedrukt.

'Kate?' Dans bezorgde stem zet me met een klap weer op aarde. 'Gaat het wel? Je was even afwezig.'

Ik kijk verbaasd op. 'Sorry. Ik heb gewoon slecht geslapen.'

Hij kijkt bezorgd. 'Kan ik iets doen? Als je wilt dat ik iets van je overneem...'

'Dat is heel aardig van je. Maar het gaat wel.'

'Hé, over die pleegkinderen en die Andrew.' Hij schraapt zijn keel. 'Als het echt belangrijk voor je is...'

'Dan...' begin ik.

'Nee, ik wilde alleen zeggen dat het goed is,' zegt hij snel. 'Ik denk dat je ze echt kunt helpen.'

Op dinsdag ga ik na mijn sessie met Max naar Queens voor een afspraak met Andrew op het hoofdkantoor van St. Anne's Services.

Zoals beloofd heeft hij het papierwerk bespoedigd en heb ik al toestemming om met de kinderen te werken; hij heeft alleen een paar handtekeningen nodig voordat ik mijn eerste cliënt kan ontmoeten.

Terwijl de metro voort dendert en ik door een woordenboek gebarentaal blader dat ik op mijn iPad heb gedownload, voel ik een vlaag van opwinding. Ik heb de afgelopen paar dagen allerlei tijdschriftartikelen bestudeerd over de ontwikkelingen voor dove en hardhorende kinderen in de muziektherapie en het fascineert me. Wat op het eerste gezicht onmogelijk klinkt, is volledig logisch als je de tijd neemt om de kracht van trillingen, ritme en toonhoogte te begrijpen. Ik geloof heel sterk dat muziek een groot geschenk in het leven is, het heeft de macht mensen met elkaar te verbinden zoals woorden dat niet kunnen. Als ik dat geschenk kan delen met maar een paar kinderen, dan heb ik het al goed gedaan.

Andrew wacht op me voor St. Anne's, dat is gehuisvest in een omgebouwde kerk in jarenvijftigstijl op een drukke straathoek in Astoria. Hij zit op het trapje en staat op als hij me ziet aankomen.

'Je hebt het gevonden,' zegt hij. Hij veegt het vuil van zijn verschoten spijkerbroek en grijnst naar me terwijl hij opstaat en naar me toe komt. We schudden elkaar de hand, wat te formeel voelt, en dan omhelst hij me onbeholpen.

Ik glimlach. 'Ik ben volgens mij overdressed, hè?' Hij draagt een Batman-T-shirt dat er oud uitziet, terwijl ik nog steeds een zijden blouse draag, een kokerrok en schoenen met een hakje omdat ik een werkdag achter de rug heb.

'Helemaal niet,' zegt hij. 'Dit zit gewoon comfortabel, voor als ik op mijn knieën met de kinderen ga spelen of dingen repareer bij de kindertehuizen. Ik sta wijd en zijd bekend als de man die kan toveren met een schroevendraaier en een boor.'

'En hier ben ik dan, de vrouw die denkt dat ze levens kan veranderen met een gitaar en een stel sambaballen,' zeg ik met een knipoog, terwijl ik mijn grote canvas tas scheef houd zodat hij de kleine verzameling instrumenten kan zien.

'Nou, dan denk ik dat we een behoorlijk goed stel vormen,' zegt hij. Hij pakt mijn tas van mijn schouder en als ik daartegen protesteer, kijkt hij me alleen maar aan. 'Ik ben dan misschien gekleed als een kind van vijf, ik ben nog steeds een heer. Ik draag je tas voor je.'

'Zolang je van mijn gitaar afblijft, anders moet ik je pijn doen,' werp ik glimlachend tegen.

'Ooo, een gewelddadig typje. Spannend.'

Ik trek een gezicht naar hem en kijk op naar St. Anne's. 'Wonen de kinderen met wie ik aan de slag ga hier?'

Hij schudt zijn hoofd. 'Dit is alleen een administratiekantoor en de plek waar de kinderen en onze medewerkers elkaar kunnen treffen. De meeste van onze kinderen zijn bij particulieren geplaatst, en degenen die geen thuis hebben, wonen in een tehuis van de gemeente, maar we proberen ervoor te zorgen dat ze daar zo kort mogelijk blijven. Eerlijk gezegd heb ik, als je het niet erg vindt, je formulieren hier – je hoeft maar twee dingen te ondertekenen – en dan lopen we een paar straten naar het huis waar Molly en Riajah wonen, twee van de kinderen aan wie ik je graag wil voorstellen. Is dat goed?'

'Ja, hoor.'

Hij geeft me een paar papieren op een klembord – een verklaring dat alle informatie die ik heb aangeleverd waar is, en een officiële verklaring dat ik nooit ben veroordeeld voor een misdrijf – en nadat ik ze heb ondertekend en teruggegeven gaan we op weg.

'Je hebt me nooit verteld waarom je eigenlijk met hardhorende kinderen zou willen werken,' zegt Andrew terwijl we over 35th Street lopen.

Ik denk na over de vraag voordat ik antwoord geef, omdat ik het natuurlijk niet over Hannah kan hebben zonder totaal gestoord te klinken – en gekte staat waarschijnlijk niet hoog op de lijst van kwalificaties die St. Anne's graag bij haar vrijwilligers ziet. 'Ik denk dat muziek iedereen kan helpen,' zeg ik uiteindelijk. 'En er zijn heel veel manieren om muziek te horen waarbij je je oren niet hoeft te gebruiken. Veel mensen verwachten niet dat een kind dat doof of hardhorend is baat kan hebben bij blootstelling aan muziek.'

Op de hoek gaan we linksaf, 34th Street op, en Andrew kijkt me aan. 'Ik zou het super vinden als deze kinderen die verwachting ook logenstraffen,' zegt hij. 'Doofheid en gehoorverlies hebben hun eigen unieke uitdagingen, maar gecombineerd met het feit dat deze kinderen ook in het pleegzorgsysteem zitten, levert dat voor sommigen van hen het risico op dat ze de weg helemaal kwijtraken, snap je?'

'Verloren raken in het systeem, bedoel je?' Ik ken Andrew niet zo goed, maar op de een of andere manier kan ik me niet voorstellen dat hij dat zou laten gebeuren.

'Niet echt. St. Anne's is geweldig en de andere organisaties in de stad die dit werk doen ook. Ik bedoel dat ik bang ben dat ze geen kans krijgen zich tot gezonde, gelukkige kinderen te ontwikkelen. Veel van deze kinderen hebben weinig gevoel van eigenwaarde en sommigen denken dat hun ouders van hen af wilden, zogezegd. Ze hebben vaak uitbarstingen, zijn vaak kwaad. En omdat ze een handicap hebben, zijn ze veel moeilijker permanent te plaatsen dan een doorsneekind. De pool van ouders met de juiste vaardigheden is kleiner.'

'Wat gebeurt er dan met ze?' vraag ik zachtjes.

'Sommigen vinden wel een thuis. Sommige kinderen kunnen terug naar hun biologische ouders. En helaas gaan sommigen van huis naar huis of eindigen in een groepshuis.'

Als hij me voorgaat over het paadje naar een smal bakstenen rijtjeshuis, voegt hij eraan toe: 'Daarom denk ik dat ik dit werk voor altijd zal blijven doen. Ik wil dat deze kinderen weten dat ze altijd een volwassene zullen hebben die om hen geeft, iemand naar wie ze toe kunnen komen als ze iets nodig hebben.'

'Andrew, wat geweldig van je,' breng ik uit, en hij ziet er meteen beschaamd uit.

'Sorry,' zegt hij. 'Dat klonk dom.'

'Nee,' zeg ik zachtjes. 'Helemaal niet. Ik zat net te denken dat ik hoop dat ik ook deel kan blijven uitmaken van het leven van deze kinderen.'

Andrew kijkt verbaasd, maar hij knikt. 'Oké, genoeg sentimenteel gedoe. We gaan je voorstellen aan Riajah en Molly.' Hij belt aan en na een ogenblik doet een vrouw, wier donkere haar met grijs doorschoten is, de deur open. Ze heeft wallen onder haar ogen, maar ze glimlacht. Ze veegt haar handen af aan haar schort en schudt Andrew de hand.

'Sorry,' zegt ze. 'Ik was koekjes aan het bakken. Kom binnen.'

Andrew stapt over de drempel en gebaart dat ik mee moet lopen. 'Sheila,' zegt hij, 'dit is Kate Waithman, de muziektherapeute over wie ik je vertelde. Kate, dit is Sheila Migliavada, koekjesbakker en levensveranderaar.'

'Aangenaam, Kate,' zegt Sheila met een lach en ze sluit de deur achter ons. Binnen geurt het naar vanille. 'Ik ga de meisjes voor je zoeken, en dan ga ik bij de koekjes kijken voordat ze aanbranden.'

'Kate gaat een andere keer echt aan het werk met de meisjes,' zegt Andrew. 'We zijn hier vandaag maar een paar minuten om te kijken of het klikt. Vind je het erg als we naar Molly's kamer gaan?'

'Helemaal niet. De laatste deur rechts.' Ze wijst door een smalle gang en gaat weer naar de keuken.

'Sheila is een van de besten,' legt Andrew uit als we door de gang lopen. 'Ze heeft Molly, die zeven is, en Riajah van tien. Ze wonen al ongeveer een jaar bij haar. Het zijn aardige meisjes. Je kunt waarschijnlijk wel iets met ze.'

Hij lijkt wat zenuwachtig en ik besef dat hij me simpel wil laten beginnen. 'Gaan we eerst met Molly praten?' vraag ik.

Hij knikt. 'Ze heeft het grootste deel van haar gehoor verloren nadat ze op haar vierde een akelige onbehandelde oorontsteking heeft gehad. Ze woonde bij haar moeder, maar de vriend van haar moeder mishandelde haar. Ze is uit huis gehaald en mag pas terug als hij er niet meer woont. Ze gaat niet veel om met de andere kinderen en ze loopt heel erg achter op school, omdat ze daar nergens aan meedoet. Ze gaat deze herfst weer naar de kleuterschool, dus dan zit ze daar met kinderen die een of twee jaar jonger zijn dan zij. Ze is een van degenen om wie ik me zorgen maak.'

'En ze heeft geen cochleaire implantaten?'

'De reden van haar gehoorverlies is die ontsteking, dus dan helpt zo'n implantaat niet,' legt hij uit. 'Dus communiceert ze voornamelijk door gebaren. Maar ik probeer ook met haar aan liplezen en mondelinge uitdrukkingsvaardigheid te werken. Ik denk dat dat in het algemeen goed is voor de sociale ontwikkeling. Misschien zou je met haar aan haar spraak kunnen werken.'

De deur staat op een kiertje, dus Andrew loopt naar binnen en gaat voor Molly staan. Het is een bleek, klein meisje met steil, vlasblond haar. Hij zwaait en ik zie haar gezichtsuitdrukking binnen een seconde veranderen van achterdochtig naar blij naar onzeker. Ik begrijp direct dat ze op haar hoede is, maar Andrew wel vertrouwt.

'Hallo, Molly,' zegt Andrew hardop terwijl hij erbij gebaart. 'Dit is mijn vriendin Kate. Ze is muziektherapeute en komt vandaag bij je op bezoek.'

Molly kijkt boos. 'Nee!' zegt ze heftig, maar het woord klinkt niet goed, de e klinkt meer als een lange ie. Ze gebaart iets naar Andrew wat ik niet begrijp en hij schudt zijn hoofd.

'Ik weet dat je niet van therapeuten houdt, Molly,' zegt hij, terwijl hij nog steeds gebaren maakt. 'Maar Kate is een ander soort therapeut. Ze maakt muziek.'

Molly neemt me achterdochtig op en gebaart dan iets naar Andrew.

Hij draait zijn hoofd naar me toe. 'Ze zegt dat ze me niet gelooft.'

Ik knik en graai in mijn tas. De muziektherapie zelf moet Molly gaan helpen te communiceren, maar eerst moet ik haar zover krijgen dat ze me vertrouwt. 'Dan moet ik mijn instrumenten maar in mijn eentje bespelen,' zeg ik nonchalant. 'Of ik moet Andrew laten meespelen.'

Hij vertaalt wat ik heb gezegd snel in gebarentaal, en dan geef ik hem een xylofoon en een stokje. Ik pak mijn gitaar uit de hoes op mijn rug en tokkel de eerste noten van 'Mary Had a Little

Lamb'. Tot mijn verbazing en opluchting hamert Andrew enthousiast de volgende paar noten op de xylofoon. 'Pianolessen als kind,' zegt hij met een grijns wanneer hij mijn vragende blik ziet. 'Hoewel hiermee mijn repertoire wel uitgeput is.'

Ik lach en dan kijken we allebei naar Molly terwijl we blijven spelen. Ze staart naar ons met haar mond iets open. Het duurt maar heel even, dan steekt ze haar hand uit en zegt hardop: 'Mij!' Als ik niet reageer, stampt ze met haar voet en gebaart iets naar Andrew.

'Je mag van Kate zeker een instrument gebruiken,' zegt Andrew hardop terwijl hij terug gebaart. 'Maar je moet het haar wel beleefd vragen.'

Ze gebaart iets naar me en Andrew zegt zachtjes: 'Ze vraagt om een instrument.'

Molly kijkt van de een naar de ander en voegt er hardop aan toe: 'Alsjeblieft.'

'Goed gedaan, Molly,' zegt Andrew met een goedkeurend knikje. 'Kate?'

Ik glimlach naar het meisje en geef haar twee sambaballen, die ze bijna eerbiedig aanneemt. Ze schudt er een paar keer mee en houdt er dan eentje op zijn kop en inspecteert hem, alsof ze probeert te ontdekken waar het geluid en de trilling vandaan komen.

Dan zegt ze met een plechtige uitdrukking op haar gezicht tegen Andrew: 'Klaar.' Het klinkt eerder als 'Kaa' en ik realiseer me dat er veel werk aan de winkel is.

Ik begin weer heel langzaam 'Mary Had a Little Lamb' te tokkelen en Andrew valt in op de xylofoon. Molly kijkt even naar ons en dan doet ze iets wat me verbaast; ze legt voorzichtig een van de sambaballen neer en loopt naar mij toe. Ik kijk aandachtig naar haar, maar blijf doorspelen. Eerst schudt ze aarzelend met de sambabal die ze in haar rechterhand houdt. Dan steekt ze haar linkerhand uit en raakt de snaren aan op de hals van de gitaar. Ze spert haar ogen open en ik weet dat ze de trilling heeft gevoeld. Haar vingers op de snaren veranderen de noten die ik speel, maar dat vind ik niet erg, ik wil dat ze dat ook voelt.

Na een tijdje begint ze aarzelend met haar sambabal te schudden. Ze schudt precies mee op de maat van het liedje en dat vervult me met opluchting; als ze een intrinsiek ritmegevoel bezit, is het veel gemakkelijker haar te helpen zich mondeling uit te drukken.

Als we uiteindelijk ophouden met spelen – nadat we het refrein wel tien keer hebben herhaald – kijkt Molly me weifelend aan. Ik leg de gitaar neer en gebaar zorgvuldig naar haar wat ik mezelf vandaag in mijn lunchpauze heb geleerd: *goed gedaan.*

Haar gezicht straalt even en dan verdwijnt haar glimlach net zo snel als hij is opgekomen, en ik zie verbaasd dat ze me kwaad aanstaart. Ze kijkt naar Andrew en gebaart iets naar hem.

'Nee, Molly,' zegt hij vriendelijk terwijl hij naar haar gebaart. 'We gaan je niet verlaten. Kate komt volgende week weer terug. Toch, Kate?'

Ik knik heftig.

Molly kijkt me even achterdochtig aan. Dan gebaart ze iets anders naar Andrew.

'Ze wil weten of je je sambaballen weer meeneemt,' zegt hij met een glimlachje tegen me.

'Jazeker.' Ik knik weer en Andrew gebaart naar Molly dat ik met al mijn instrumenten terugkom. Ze kijkt me even aan en dan glimlacht ze bedeesd.

'Oké,' zegt ze hardop. 'Dag.'

'Dag, Molly,' zegt Andrew. Hij gebaart een teken dat op zwaaien lijkt. Ik doe hetzelfde. Molly knikt plechtig en draait zich om als we haar kamer uit gaan.

'Sorry,' zeg ik als we alleen in de gang staan.

'Wat?' Andrew kijkt verbaasd. 'Waarvoor?'

'Het leek waarschijnlijk alsof we bijna geen vooruitgang hebben geboekt. Maar met kinderen kun je beter langzaam beginnen, zodat ze je leren vertrouwen.'

'Kate, ik heb Molly nog nooit zo veel interactie zien hebben met een onbekende, nog nooit. Hoe je het ook doet...' Hij zwijgt en maakt dan zijn zin af: 'Laat ik maar zeggen dat ik vind dat je echt een gave hebt. Ik hoop dat je Riajah ook zover krijgt zich open te stellen.'

'Hoe zit het met haar?'

'Ze werd geboren met een gehoorvermogen van slechts vijf procent,' legt Andrew uit. 'Haar moeder is overleden aan borstkanker toen Riajah pas twee was, en toen heeft haar vader haar afgestaan. Hij kwam op een dag bij de ACS binnenlopen en zei dat hij in zijn eentje geen kind wilde opvoeden. We hebben geprobeerd een familielid te vinden dat haar wilde opnemen, ze heeft namelijk een ontzettend grote familie, maar slechts één tante wilde dat, en dat heeft maar een jaar geduurd. Ze heeft Riajah volledig opgegeven toen die pas vier was. Er viel blijkbaar dat jaar iets voor op Riajahs verjaardagsfeestje en de tante heeft uiteindelijk tegen haar geschreeuwd dat ze dom was en nooit normaal zou zijn. De volgende dag bracht ze haar terug, zoals je een product terugbrengt naar de winkel.'

'Wat afschuwelijk,' mompel ik.

Andrew knikt. 'En dat is iets wat een kind heel erg lang bijblijft. In de zes jaar dat ze bij ons is, is Riajah een paar keer ergens geplaatst geweest. Twee jaar geleden hebben we cochleaire implantaten voor haar kunnen regelen, maar het gaat allemaal erg langzaam. Ze kan prima horen en praten, maar ze gebruikt ook nog steeds heel vaak gebarentaal.'

‘Omdat ze zich daar prettiger bij voelt?’

‘Ik weet het niet,’ zegt Andrew. ‘Ik denk eigenlijk dat het eerder een soort verdedigingsmechanisme is. Dat ze de meeste mensen weg kan houden door te weigeren te communiceren in een taal die zij kunnen begrijpen.’

‘Het arme kind,’ zeg ik.

‘Nèh, probeer het eens zo te zien: nu heeft ze geluk, omdat ze met jou mag werken.’ Hij draait zich om voordat ik kan antwoorden en ik voel dat ik bloos.

Andrew gaat als eerste Riajahs verduisterde kamer binnen en voert snel een gesprek in gebarentaal met haar voordat hij me komt halen. ‘Ik heb haar over jou verteld,’ zegt hij. ‘Ze zegt dat ze niet met jou wil praten, maar dat je wel muziek kunt spelen als je wilt.’ Hij haalt verontschuldigend zijn schouders op.

‘Geen probleem,’ zeg ik tegen hem. Ik loop achter hem aan de kamer in en zie daar Riajah, een gezet Afro-Amerikaans meisje met lang haar in kleine vlechtjes, op de vloer zitten. Ze ziet er ouder uit dan tien, of misschien komt dat alleen maar omdat ze chagrijnig naar me kijkt met die levensmoeë gezichtsuitdrukking van iemand die alles al heeft meegemaakt.

‘Hallo, Riajah,’ zeg ik hardop. Ik glimlach terwijl ik haar met een zwaai en het zorgvuldige vingerspellen van haar naam begroet. Ze trekt een wenkbrauw op, kijkt Andrew aan en gebaart snel iets. Hij zucht en gebaart terug.

‘Wat zei ze?’ vraag ik.

‘Ze wil weten of je psychische problemen hebt,’ zegt hij. ‘Blijkbaar gebaar je niet snel genoeg voor haar.’

Ik kijk de nu zelfgenoegzaam glimlachende Riajah aan. Ik vorm de letter A met mijn rechterhand en beweeg hem in een cirkel pal voor mijn borst, waarmee je in de Amerikaanse gebarentaal zegt: *het spijt me*. Dan maak ik het gebaar voor leren, door een gebaar te maken van mijn linkerhand met de handpalm naar boven gekeerd naar mijn voorhoofd, alsof ik de kennis uit een boek pak en die naar mijn hersens transporteer.

Riajah kijkt me even chagrijnig aan en wendt dan haar blik af.

Ik haal diep adem en zonder te wachten tot ze zich heeft omgedraaid leg ik de tamboerijn op de vloer naast haar, geef Andrew een triangel en begin op mijn gitaar te tokkelen. Ik bedenk niet wat ik ga spelen, maar wat eruit komt is 'Yellow Submarine' van The Beatles, een van de liedjes die ik het liefst met kinderen speel.

'*In the town where I was born...*' zing ik, en Andrew tikt precies tegen de triangel waar het hoort, twee keer na 'town' en twee keer na 'born'. Als ik bij het refrein aankom en Andrew enthousiast op zijn triangel slaat, draait ze zich eindelijk om.

We hebben het refrein drie keer gedaan voordat ze uiteindelijk de tamboerijn pakt en die, met een aandachtige blik op mijn vingers op de snaren, tegen haar hand slaat, eerst aarzelend en daarna met wat meer zelfvertrouwen. Ze slaat niet helemaal ritmisch, maar ze doet in elk geval mee, en dat is meer dan waar ik op had durven hopen bij een eerste bezoek. Ik blijf het refrein herhalen en Andrew blijft dapper de triangel aanslaan. Ik zie zelfs een glimlachje om Riajahs lippen spelen.

Maar bij de vierde keer slaat ze haar blik op en kijkt me even recht aan. Dan betrekt haar gezicht, ze smijt de tamboerijn neer en stampt de kamer uit zonder achterom te kijken.

Andrew en ik houden op met spelen en kijken elkaar aan.

'Het spijt me,' zeg ik hulpeloos. 'Ik weet niet wat er gebeurde. Ik dacht dat we vooruitgang boekten.'

Ik verwacht dat hij teleurgesteld zal kijken, maar in plaats daarvan glimlacht hij naar me. 'Je hébt ook vooruitgang geboekt,' zegt hij.

Ik kijk hem onzeker aan. 'Echt waar?'

We lopen naar Sheila toe in de keuken. Terwijl Andrew haar een samenvatting geeft van de twee korte sessies en ze bespreken welke dag van de week het beste zou uitkomen voor verdere sessies, kijk ik om me heen naar onze omgeving. Sheila's huis staat vol met familiefoto's, waar Molly en Riajah vaak op staan. Sommige foto's zien er ouder uit en daar staan andere kinderen op. Zo te zien heeft Sheila al een tijdje pleegkinderen. Ik zie geen man op de foto's en ik besef wat een kracht het moet kosten om zoiets alleen te doen.

Sheila omhelst me ten afscheid en op weg naar buiten vertelt Andrew me dat er nog een kind is dat hij aan me wil voorstellen, een twaalfjarig meisje. Ze is deze week in de problemen geraakt op school en heeft nu huisarrest, dus misschien zouden we volgende week bij haar langs kunnen gaan.

'Ja, hoor,' zeg ik. 'Ik vond het echt leuk vandaag om met Molly en Riajah te werken.'

'Je deed het ook geweldig.' Hij kijkt naar me. 'Denk je dat je dit misschien regelmatig zou kunnen doen? Ik denk dat de kinderen er echt baat bij zouden hebben.'

'Absoluut,' zeg ik. 'Ik moet even in mijn agenda kijken, maar ik denk dat ik de meeste donderdagavonden wel zou kunnen.'

'Kate, dat zou fantastisch zijn. En wij kunnen zo flexibel zijn als nodig is. We zijn al heel dankbaar voor je tijd. En ik beloof je dat we hier in het budget van volgend jaar wat geld voor proberen te vinden.'

'Maak je daar maar niet druk om,' mompel ik. Normaal gesproken irriteert het me als mensen aannemen dat muziektherapeuten best voor niks willen werken – dan is het net alsof ze vinden dat ons werk niets waard is – maar in dit geval ligt het anders. Ik heb liever dat Andrew het geld rechtstreeks aan de kinderen besteedt en als hij dat geld bijvoorbeeld uitgeeft aan cochleaire implantaten voor kinderen in het systeem, dan heb ik liever dat hij dat blijft doen.

We lopen in stilte naar het metrostation op de hoek van Broadway en 31st Street, en na een ogenblik geeft hij me een por en zegt: 'Hebben jij en je verloofde kinderen?'

Hij kijkt naar mijn ringvinger voordat hij me in de ogen kijkt.

Ik denk aan Hannah, maar dat slaat nergens op. 'Nog niet,' antwoord ik.

'Nou, nu ik je vandaag zo bezig heb gezien met Molly en Riajah,' zegt hij met een warme glimlach, 'misschien is het raar om te zeggen, maar ik denk dat je een heel goede moeder zou zijn.'

'Dank je wel,' zeg ik zacht. De stilte tussen ons als we verderlopen voelt gênant, dus ik snijd snel een ander onderwerp aan. 'Die broer van je over wie je het laatst had, woont hij ook hier in New York?'

De glimlach verdwijnt van zijn gezicht. 'Kevin? Dat is een lang verhaal.'

'Ik heb alle tijd.'

Ik zie direct aan zijn gezichtsuitdrukking dat de lengte van het verhaal niet het probleem is. Ik heb een gevoelige snaar geraakt.

'Sorry,' zeg ik snel. 'Als je het me niet wilt vertellen...'

'Hij is dood,' onderbreekt hij me. Hij kijkt weg en mompelt: 'Toen we nog kinderen waren. We waren aan het voetballen in de voortuin, we schopten met zijn tweeën de bal heen en weer. Het meisje op wie ik gek was kwam langs op de fiets, dus ik hield ermee op om met haar te praten. Ik draaide me even om en Kevin rende zo de straat op, achter de bal aan. Hij... hij hoorde de auto niet die naar hem toeterde.'

'O, Andrew,' zeg ik. De tranen springen me in de ogen.

'Ik was twaalf. Hij was negen,' zegt hij met een ingestudeerd schouderophalen. ‘Het is al heel lang geleden. Maar over zoiets kom je nooit heen, weet je?’

‘Ik weet hoe het voelt om iemand te verliezen,’ zeg ik, hoewel ik Patricks naam niet noem. Het is niet hetzelfde. ‘Maar je moet jezelf niet de schuld geven.’

Hij schudt zijn hoofd. ‘Maar dat is het nou net. Natuurlijk doe ik dat wel. Ik ben degene die zich heeft omgedraaid. Ik had op hem moeten letten. En nu is hij dood en ik mag blijven leven, en dat is niet erg eerlijk, hè?’

Ik open mijn mond om antwoord te geven, maar dat voorkomt hij. ‘Ik had je dat niet allemaal moeten vertellen en mezelf afschilderen als een of andere martelaar. Het gaat goed met me. Ik heb een tijdje therapie gehad en ik heb het verwerkt. Maar het zal altijd deel van me uitmaken.’

‘Ik weet het.’

‘Praten met jou gaat makkelijk, Kate. Dank je voor het luisteren.’ Ik besef dat we bij de trap van het metrostation zijn aangekomen. We blijven even opgelaten staan en dan wijst Andrew omhoog naar de straat en zegt: ‘Ik woon ongeveer tien minuten die kant op. Kun je zelf thuiskomen?’

‘Ja, hoor.’

‘Mooi. Nogmaals bedankt, Kate.’ Hij schudt me de hand. ‘Ik zie je morgen op de cursus.’

Hij glimlacht me halfslachtig toe en loopt weg voordat ik kan antwoorden.

13

Mijn dromen over Patrick en Hannah komen die week niet terug, dus ben ik teleurgesteld en ik mis hen. Als ik op woensdag naar de cursus gebarentaal ga, voel ik me echter wel een beetje dichter bij hen. Of misschien geven Andrews warme glimlach en de snelheid waarmee ik nieuwe woorden en zinnen oppik me gewoon een goed gevoel.

Ik probeer hem na de cursus te pakken te krijgen om verder te praten over zijn broer, maar hij heeft blijkbaar haast en vertrekt zonder een woord te zeggen, en ondertussen zit Amy in mijn oor te tetteren over een of ander datingadvies dat ze van een vriendin had gekregen. Ik heb het gevoel dat ze dit verhaal vertelt om me op subtiele wijze te laten weten dat ze op Andrew aast, en dat ik me gedeisd moet houden. Ze denkt blijkbaar dat er iets speelt tussen ons. 'Je hebt al een verloofde,' beëindigt ze kordaat haar verhaal, 'dus het slaat nergens op dat je buiten de cursus om met Andrew omgaat.'

'Amy, het heeft met werk te maken,' zeg ik met een zucht, maar ze trekt een gezicht en begint weer een monoloog over daten in New York.

Tegen de tijd dat ik mezelf heb losgemaakt van Amy en boven ben gekomen, is Andrew al lang weg en het is stil in de kerk.

Voordat ik vertrek, kijk ik achterom naar Jezus boven het altaar en mompel: 'Dank je wel dat ik weer even bij Patrick mocht zijn. Maar misschien, ik weet het niet hoor, misschien is het niet goed voor me. Misschien moet ik me op mijn echte leven richten. Maar toch bedankt.' Ik sla een kruis en loop snel de warme avond in, met een verward gevoel.

Op zaterdagochtend ben ik me net aan het aankleden om samen met Gina en Susan op bruidsjurkenjacht te gaan als Dan naar me toe komt en me kust.

'Wat zie je er prachtig uit,' zegt hij, en hij draait me om en strijkt mijn haar achter mijn oor. 'Mijn adembenemende aanstaande bruid. Verheug je je erop om een jurk te gaan kopen? Dat is toch een big deal voor vrouwen?'

Ik glimlach. 'Gina en Susan lijken nog opgewondener dan ik.' Ik hoor hoe de woorden klinken en schud snel mijn hoofd. 'Niet dat ik niet opgewonden ben. Ik bedoel alleen dat ze net doen alsof ze me al eeuwen in een witte jurk willen zien.'

Dans glimlach verdwijnt. 'Sinds Patricks dood.'

'Zo bedoelde ik het niet.'

'Ik weet het.' Hij kijkt me even aan en knikt. 'Is er iets?'

'Natuurlijk niet,' zeg ik. 'Hoezo?' Maar als hij nog steeds sceptisch kijkt, voeg ik eraan toe: 'Gedoe met mijn werk. Meer niet.'

Troostend wrijft hij met zijn hand rondjes over mijn rug. 'Je gelooft nooit wat Stephen is overkomen.'

'Is hij weer van een biervat afgevallen?' raad ik, en het is niet helemaal als grapje bedoeld. De beste vriend van Dan is een net gescheiden man van vijfenveertig die lijkt te denken dat hij twintig jaar jonger is. 'Of heeft hij twee ton uitgegeven aan een sportauto terwijl hij dat helemaal niet kan missen? Of heeft hij weer een studente met een vadercomplex overgehaald om met hem mee naar huis te gaan?'

Dan grinnikt. 'Goed om te weten dat je hem zo hoog acht. Maar je zit aardig in de buurt.'

Ik lach. 'O, laat maar horen dan.'

'Hij heeft een meisje zwanger gemaakt,' gaat Dan verder. 'Een meisje met wie hij pas twee keer is uit geweest. Het is toch niet te geloven?'

Ik merk dat de glimlach van mijn gezicht verdwijnt. 'Wat gaat hij doen?'

'Hij heeft aangeboden een abortus te betalen.'

Ik krijg een wee gevoel in mijn maag. 'Wil ze een abortus?'

'Nee, dat is het nou net,' gaat Dan verder. 'Dat weigert ze. Ze is pas vijfentwintig, maar ze zegt dat ze heel graag een kind wil. Dus zet ze de zwangerschap door. Stephen is totaal in paniek.'

'Nou, dat recht heeft ze natuurlijk,' zeg ik. 'Om het kind te laten komen.'

'Natuurlijk,' zegt Dan. 'Maar Stephen is er ondersteboven van. Hij wil geen kind. Niet met een meisje dat hij nauwelijks kent.'

'Dan had hij misschien niet met haar naar bed moeten gaan. Zo worden baby's over het algemeen gemaakt, namelijk.' Ik kan de scherpte niet uit mijn stem houden. Plotseling ben ik woest, terwijl ik weet dat dat niet redelijk is. In theorie ben ik voor abortus, omdat ik vind dat dat iets is tussen een vrouw, haar geweten en haar arts, maar hoe ouder ik word, hoe beter ik besef hoe waardevol het leven is. Dat Stephen dat zo graag zo achteloos weg wil gooien maakt me kwaad, net als de lege blik waarmee Dan nu naar me kijkt.

'Vind je echt dat ze het moeten houden?' vraagt Dan.

'Ik vind dat het mij niet aangaat,' antwoord ik. 'En ik vind dat ik op dit moment niet meer hoef te horen over Stephen die zich per ongeluk aan het voortplanten is.'

Besef kruipt over Dans gezicht. 'O. Dus daar gaat het om.'

Ik kijk hem woedend aan. 'Je zegt het alsof ik belachelijk doe.'

'Je kunt het niet vergelijken met je eigen situatie, Kate. Het is niet hetzelfde.'

Ik krimp ineen door zijn woordkeuze. 'Mijn situatie?' Ik voel dat mijn gezicht warm wordt.

Even kijkt Dan heel verbaasd. 'Ik bedoel, onze situatie,' formuleert hij het opnieuw, maar het is niet overtuigend.

'Nee, dat bedoelde je niet,' mompel ik. Ik weet dat dit een perfecte kans is om te praten – echt te praten – over wat we allebei willen. Maar ik voel de withete irritatie door me heen stromen en ik wil geen ruzie krijgen. Eerlijk gezegd wil ik nooit ruzie maken. Jammer genoeg heeft Dan dezelfde overtuiging, dus bespreken we eigenlijk nooit echt iets. In plaats daarvan gaan we simpelweg niet in op eventuele twistpunten, maar ik begin bang te worden dat de dingen die we onder het tapijt hebben geveegd de dingen zijn waardoor ik me de laatste tijd zo ingeperkt voel, waardoor het soms lijkt alsof ik niet kan ademen.

'Oké, wat kan ik doen om het goed te maken?' vraagt Dan, op zachtere toon. Hij wacht totdat ik opkijk. 'Ik hou van je.'

'Waarom?' hoor ik mezelf vragen.

'Wat zei je?'

'Waarom? Waarom hou je van me?'

Hij haalt een hand door zijn haar. 'Dat doe ik gewoon, Kate. Jezus. Probeer je me vanochtend met opzet te irriteren?'

'Nee.' Eigenlijk weet ik niet zo goed waarmee ik bezig ben, maar ik weet wel dat het niet eerlijk is. Ik weet dat mijn onprettige gevoel om Patrick draait en ik besef dat mijn lang geleden overleden man niet thuishoort in een gesprek met Dan. Maar ik kan niet ophouden. 'Ik denk dat ik probeer te zeggen dat we niet met elkaar praten, Dan. En misschien zouden we dat meer moeten gaan doen.'

'Prima. Dan gaan we praten.' Hij kijkt naar de klok aan de muur. 'Maar kom je dan niet te laat voor je afspraak met de meiden?'

Ik kijk op mijn horloge en trek een grimas. 'O.'

'Hé, ik hou van je. We praten later wel, oké?'

Ik knik. 'Ik hou ook van jou.' Ik voel dat zijn blik op me rust als ik de voordeur uit ga. In de heldere ochtendlijke zonneschijn voelt het belachelijk dat we deze miniconfrontatie hebben gehad, maar ik krijg de knopen in mijn maag niet ontward.

Elisabetta's Bridal Studio lijkt wel uit een sprookje te komen, met aquamarijnblauwe tapijten, rijkversierde ovale spiegels en rij na rij met kant, tule en satijn in allerlei tinten, van wit tot crèmekleurig.

'Wauw!' is het enige wat ik kan uitbrengen als Susan, Gina en ik binnenkomen en een man in een smoking die er nauwelijks ouder uitziet dan achttien als uit het niets tevoorschijn komt met een dienblad vol champagneflûtes. We pakken er ieder een en Susan grijnst naar me.

'Ik wist wel dat je het hier geweldig zou vinden,' zegt ze. 'Het was bijna onmogelijk om een afspraak te maken, maar ik had van een paar mensen nog iets tegoed.'

'Dank je wel,' zeg ik, terwijl ik een blik wissel met Gina. Ik weet zeker dat zij, net als ik, zit te bedenken dat alles in deze winkel ver boven mijn budget is.

Maar Susan, die mijn gezichtsuitdrukking juist interpreteert, geeft een zacht kneepje in mijn arm en zegt: 'Rustig maar, dit is gewoon om een idee te krijgen van wat je mooi vindt. Je stijl zal de afgelopen twaalf jaar wel veranderd zijn, lijkt me.'

Ze glipt weg om te melden dat we er zijn en Gina glimlacht naar me en haalt haar schouders op. 'Ach, dan kunnen we er maar beter van genieten,' zegt ze. 'En trouwens, wie wist dat er gratis champagne bij inbegrepen was?'

Susan komt terug met een glamoureuze vrouw die helemaal in het zwart gekleed is en haar donkere haren opgestoken heeft in een knotje. 'Ik ben Veronica,' zegt ze, met een zwaar accent dat volgens mij Italiaans is. 'En jij bent de bruid, Katherine?'

'Kate,' zeg ik. Ik steek mijn hand uit, maar in plaats daarvan buigt ze naar voren en geeft me luchtkussen op beide wangen, zoals ze in Zuid-Europa doen.

Ik voel me onhandig en lomp als ik me terugtrek.

'Mooi,' zegt ze, terwijl ze me goedkeurend van top tot teen opneemt. 'We gaan beginnen. Weet je al wat voor soort jurk je zou willen?'

Ik schud mijn hoofd. 'Bij mijn eerste bruiloft heb ik een baljurk gedragen, dus...'

Ze schudt bruusk haar hoofd. 'Past niet bij je bouw. Je moet iets hebben wat strakker om de heupen zit. Een mermaidjurk, misschien? Of iets korts en straks. Ik ga een aantal jurken in jouw maat halen.' Ze legt haar vinger tegen haar kin en kijkt me nog wat langer aan. 'Niet wit. Nee, nee, dat zou ongepast zijn na een echtscheiding.'

'Ik ben niet gescheiden,' zeg ik defensief. 'Hij is gestorven. Mijn eerste man is gestorven.'

Ik voel Gina's hand op mijn rug terwijl Veronica haar voorhoofd fronst. 'Excuseer. Ik ging er gewoon van uit. Maar goed, wit is nog steeds niet goed bij een tweede bruiloft. Maar we zullen iets bijzonders voor je vinden.'

Ze pakt een meetlint en meet snel om mijn buste, middel en heupen, en dan verdwijnt ze achter in de winkel.

'Laat je niet opfokken door haar,' zegt Gina zachtjes.

'Ze wist het niet,' zegt Susan verdedigend. 'Hoe had ze dat moeten weten?'

'Het is niet erg,' zeg ik snel. 'We gaan gewoon een jurk zoeken.' Met een jurk zal dit immers helemaal echt voelen. En misschien heb ik dat wel nodig om uit mijn eigen hoofd te komen: een confrontatie met de werkelijkheid.

Even later komt Victoria terug met een kledingrek op wieltjes vol crème- en ivoorkleurige jurken, waarvan sommige eenvoudig en strak zijn en sommige weelderig versierd, met lange sleep en prachtige kraaltjes. 'Soms blijkt de onwaarschijnlijkste jurk aan het rek de jurk die het prachtigst is als je hem aanhebt,' zegt ze tegen me met de ernstige uitdrukking van iemand die een belangrijke wijsheid overbrengt.

Ik knik en pak de eerste aan die ze me geeft, een ivoorkleurige nauwsluitende jurk met een vetersluiting op de rug.

'Er hangt een onderjurk in de kleedkamer en er zijn strapless beha's in allerlei maten,' zegt Veronica. 'Doe het bijbehorende ondergoed maar aan en dan kom ik je zo helpen de jurk dicht te rijgen. Roep maar als je zover bent.'

Ze houdt de deur van de kleedkamer voor me open en ik trek snel de beha en onderjurk aan, waarna ik de jurk over mijn hoofd wurm. Hij valt prachtig over mijn rondingen en ik staar naar mezelf in de spiegel. Even ben ik met stomheid geslagen nu ik mezelf na al die jaren weer in een bruidsjurk zie.

De van zijde gemaakte jurk is totaal anders dan de kanten jurk die ik had uitgekozen voor mijn bruiloft met Patrick en het verbaast me hoe prettig ik me erin voel. Ik moet er ook niet hetzelfde uitzien. Dit is niet hetzelfde. En misschien, heel misschien, betekent dat wel dat het niet erg is dat ik voor Dan niet hetzelfde voel als voor Patrick.

'Hallo, nieuwe ik,' fluister ik met een glimlach tegen mijn spiegelbeeld. 'Hier leef je, in de realiteit. Onthoud dat.'

'Kan ik je komen helpen?' vraagt Veronica aan de andere kant van de deur en ik doe hem open om haar binnen te laten. 'Oeh la la!' roept ze theatraal uit. 'Je ziet er prachtig uit!'

Ik glimlach naar haar in de spiegel terwijl ze de achterkant van de jurk dicht begint te rijgen, en verplaats dan mijn blik weer naar mijn eigen spiegelbeeld. Ik kan me helemaal voorstellen dat ik in deze jurk naar het altaar loop. Ik zie Dan voor me, die stralend naar me kijkt. Dat is toch een goed teken? En terwijl Veronica het lijfje strak aantrekt, merk ik dat ik me een beetje ontspan.

Als ze klaar is, draai ik me om en kijk met een handspiegel naar de achterkant van de jurk, en ze zegt tegen me dat ik er beeldschoon uitzie. Dan leidt ze me naar de showroom, waar Gina me stralend aankijkt en Susan in haar handen klapt. 'Kate, je bent een plaatje!' roept ze uit.

'Je ziet er prachtig uit,' verzucht Gina met wijd open ogen.

Ik draai me om zodat ik mezelf in de drievoudige spiegel kan bekijken en als ik ronddraai, zie ik wat zij zien: de jurk flatteert mijn figuur perfect. In de spiegel zie ik de straat buiten gereflecteerd. Er komt een gestage stroom mensen voorbij, van wie er een paar naar binnen gluren. Ik vraag me af of ze naar mij kijken. Zie ik eruit als een gelukkige bruid die voor het eerst gaat trouwen? Je kunt immers nergens aan zien dat ik weduwe ben. Het zwarte lintje dat ik draag zit om mijn hart.

'Dit zou hem best eens kunnen zijn,' zeg ik tegen Veronica. 'Volgens mij hoef ik er geen een meer te passen.'

'Onzin,' zegt ze. 'Je zult er in elke jurk schitterend uitzien.'

Ik kijk voorzichtig naar het rek met jurken dat op me staat te wachten. 'Moet ik die allemaal passen?'

Ze glimlacht zwakjes. 'Dat doen bruiden nu eenmaal, liefje.'

Susan kijkt me waarschuwend aan. Ik haal mijn schouders op en ga terug de kleedkamer in. In de drie kwartier die volgen slaken Gina en zij bewonderende kreten bij elke jurk die ik aantrek. De knoopjes en kantjes worden met elke jurk ingewikkelder en ik begin het gevoel te krijgen dat het uitvogelen hoe sommige van die jurken dichtgaan hogere wiskunde is.

Dan pakt Veronica een prachtige jurk van het rek en brengt hem naar me toe. 'Dit is mijn lievelingsjurk,' zegt ze. 'Ik denk dat jij hem ook prachtig zult vinden.'

Ik kijk naar de vloeiende lijnen, de geschulpte hartvormige halslijn, de empirelijn en de lange sleep vol details. Ik krijg even geen lucht. 'Venetiaans kant,' mompel ik, en ik wil het aanraken.

'Inderdaad, ja,' zegt Veronica. 'Hoe wist je dat?' vraagt ze verbaasd.

Ik zucht. 'Hij lijkt heel erg op de jurk die ik bij mijn eerste bruiloft droeg.'

'Geweldig!' roept ze uit. Ze snapt het totaal niet. 'Dan zul je deze ook prachtig vinden. Ik denk dat hij je perfect zal passen.'

'Ik wil niet...' begin ik, maar Veronica duwt me toch de kleedkamer in met de jurk en zegt dat ze over twee minuten terug is om me te helpen.

Ik sta eerst ruim een minuut naar de jurk te staren voordat ik aarzelend mijn hand uitsteek en de parelknoopjes op de achterkant aanraak. Ik weet nog dat Patrick twaalf jaar geleden tijdens de receptie over de knoopjes van mijn jurk streek en in mijn oor fluisterde: 'Ik heb zin om deze jurk uit te trekken, mevrouw Waithman.'

Met trillende hand voel ik aan het kant langs de halslijn. Ik herinner me Patricks aanraking nog, zijn warme vingers die mijn huid streelden, pal onder mijn sleutelbeen. 'Ik kan niet geloven dat je voor altijd de mijne zult zijn,' had hij in mijn oor gefluisterd tijdens onze eerste dans als echtpaar.

Mijn zucht wordt onderbroken door Veronica's schrille stem bij de deur van de kleedkamer. 'Ben je klaar om dichtgeknoopt te worden?' vraagt ze.

Ik snuf en veeg mijn ogen af. 'Bijna. Nog heel even.'

Wederom duw ik gewoon de gedachten aan mijn eerste bruiloft weg terwijl ik me in de prachtige ivoorkleurige jurk werk. 'Klaar,' zeg ik door de deur en Veronica stormt naar binnen.

Haar vingers gaan behendig en vlug met de knoopjes in de weer en ik kijk pas weer in de spiegel als ze me naar de grote ruimte heeft gebracht.

'Kate,' zegt Susan zachtjes terwijl Gina naar adem snakt.

Ik kijk naar mijn spiegelbeeld en besef dat de jurk nu ik hem aanheb nog meer op mijn oorspronkelijke lijkt dan toen hij nog op het rek hing. Ik draai me langzaam om zodat ik naar de meiden kan kijken, die me aanstaren.

'Hij lijkt op...' begint Gina.

'Ik weet het,' zeg ik zachtjes.

Ze staren me aan terwijl ik met mijn handen over het tere kant ga. Ik heb het gevoel dat ik in een herinnering sta.

'Je ziet er prachtig uit, Kate,' zegt Susan na een tijdje.

'Dank je.' Mijn stem klinkt hol als ik me weer omkeer naar mijn spiegelbeeld. Terwijl ik naar de jurk staar, waarin ik niet met Dan kan trouwen, vangt iets buiten op straat mijn blik in de spiegel. De wereld om me heen lijkt wel te vertragen als ik een meisje aankijk dat in de etalage van Elisabetta's Bridal Suite kijkt. Ze houdt de hand van een man vast, haar vader denk ik, en ze heeft een droeve blik. Ik ken haar onmiddellijk. Maar wat ik zie kan niet.

'Hannah?' fluister ik, en met bonkend hart draai ik me snel om. Ik zou zweren dat het meisje wier gezicht ik net zag het meisje uit mijn dromen is, maar ik moet het wel mis hebben. Ze kan niet echt zijn.

Het meisje kijkt ook naar mij, met een verwarde blik in haar ogen, terwijl de man haar verder de straat door leidt. Maar is ze in verwarring omdat ze ook denkt dat ze me kent? Of omdat ik een maffe vrouw in een bruidsjurk ben die naar haar kijkt alsof ik gek ben geworden?

'Kate?' zegt Susan, maar haar bezorgde stem klinkt heel ver weg. 'Kate? Wat gebeurt er?'

Ik negeer haar en roep weer 'Hannah!' alsof het meisje me op de een of andere manier door het glas heen kan horen. Maar ze verdwijnt al uit het zicht en de anderen in de winkel – onder wie mijn hartsvriendin en mijn zus – staren me aan alsof ik niet goed snik ben. Misschien ben ik dat ook niet. Maar plotseling maakt het me niet meer uit.

Ik strompel van de verhoging af naar de deur, maar Veronica pakt me met een ijzeren greep beet. 'Niet zo snel!' Haar stem klinkt staccato van boosheid. 'Je kunt niet in een van onze jurken vertrekken als je hem niet betaald hebt!'

'Natuurlijk niet, sorry.' Ik probeer de jurk van me af te pellen, midden in de winkel, en achter me hoor ik Susan roepen dat ik moet ophouden, en Gina vragen wat er aan de hand is, maar hun stemmen klinken heel vaag. Ik krijg de jurk niet uit, de knoopjes zitten te strak en ik kan er niet bij. 'Help me!' roep ik. Susan blijft gewoon staan, maar Gina haast zich naar voren en begint mijn jurk zo snel ze kan open te maken.

Maar tegen de tijd dat ze klaar is en ik de jurk heb uitgetrokken en mijn hoge hakken uitgeschopt, weet ik al dat het te laat is. Ik haast me toch in mijn beha en onderjurk naar de deur en negeer het gefluit en gelach als ik buiten op de stoep sta. 'Hannah!' roep ik. 'Hannah?' Wanhopig zoek ik met mijn blik de straat af, maar het meisje en haar vader zijn niet meer te zien. Ik draai me om en loop weer naar binnen, waar Veronica me vol walging aankijkt en Gina en Susan er bezorgd uitzien.

'Kate?' vraagt Gina na een tijdje. 'Wat gebeurde er nou net?'

'Ik dacht dat ik iemand zag die ik kende,' antwoord ik met trillende stem.

'Oké, we gaan je aankleden en hier weghalen,' zegt Susan op de toon die ze altijd gebruikt wanneer ze de leiding neemt. Ze slaat haar arm om me heen en brengt me terug naar de kleedkamer.

'Als de jurk beschadigd is, moet je ervoor betalen!' roept Veronica ons na.

Susan draait zich om. 'Hij is niet beschadigd,' snauwt ze. 'Als je hem weer wilt ophangen, dan zijn wij zo weg.' Ze sluit de deur van de kleedkamer achter ons en gebaart naar mijn stapel kleren in de hoek.

'Sorry,' zeg ik, 'ik... ik weet niet hoe ik moet verklaren wat er net gebeurde.'

Ik verwacht dat Susan iets snauwerigs zal zeggen over hoezeer ze haar best heeft gedaan om deze afspraak voor me te maken, maar als ik weer opkijk nadat ik mijn shirt over mijn hoofd heb getrokken en mijn spijkerbroek heb dichtgeknoopt, kijkt ze me nog steeds bezorgd aan. 'Gaat het wel?' vraagt ze.

'Ik weet het niet,' mompel ik. Ik ben me er heel goed van bewust dat ik me zojuist heb gedragen als iemand die geestelijk niet helemaal in orde is, maar ik zou het zo weer doen. En dat maakt me precies zo bang als zou moeten.

14

Als we weer buiten zijn, nemen Susan en Gina me mee naar de Starbucks iets verderop, en ondanks alles blijf ik toch de mensen op de stoep goed bekijken in de ijdele hoop dat ik het meisje dat op Hannah leek weer zal zien. Mijn hoofd tolt en mijn mond is droog. Was het meisje in de etalage een hersenspinsel? Of heb ik op de een of andere manier gedroomd over een echt meisje? Hoe dan ook, ik heb het gevoel dat ik gek word.

'Thee?' vraagt Susan als ze me op een stoel in de hoek van de Starbucks heeft laten plaatsnemen. 'Ik denk dat een kop thee wel zal helpen.'

Ik knik zonder iets te zeggen.

Susan kijkt even naar Gina. 'Kom je met me mee om te bestellen, Gina?' vraagt ze. 'Kate, jij redt het wel even, toch?'

'Ja, hoor,' zeg ik met een stem die zelfs mij hol in de oren klinkt.

Ik kijk hoe Gina en Susan zachtjes staan te praten bij de balie van de Starbucks en me een paar steelse, bezorgde blikken toewerpen. Dan draai ik me om om door het raam te kijken. Ik kijk naar de gezichten, maar het is gewoon een zee van onbekende mensen op een zomerse zaterdag. Stelletjes die elkaars hand vasthouden. Kinderen die naast hun moeder huppelen. Vrouwen met enorme tassen van Bloomingdale's en Henri Bendel. Ik voel me ineens pijnlijk, totaal alleen.

Susan onderbreekt mijn gedachten. 'Alsjeblieft, lieverd.' Ze zet een dampende kop thee voor me neer en gaat op de stoel links van me zitten. Gina neemt met een ijskoffie plaats op de stoel aan mijn rechterhand. Ze wisselen een blik.

'Wil je ons vertellen wat dat nou was?' vraagt Gina zachtjes.

Ik neem even de tijd om mijn gedachten te ordenen. 'Weet je nog die dromen waarover ik jullie vertelde?'

'Over Patrick?' vraagt Susan aarzelend, met een blik op Gina.

'Klopt.' Ik sla mijn ogen weer neer. 'Nou, in die dromen komt ook een meisje voor.' Ik haal diep adem. 'En toen we in die bruidsmodezaak waren, zou ik zweren dat ik haar door het raam heb gezien.'

Mijn verklaring wordt met stilte begroet en als ik weer opkijk, zie ik dat ze me allebei aanstaren. 'Ik weet dat het irrationeel klinkt,' zeg ik snel. 'En ik weet dat ze niet echt bestaat. Dat kan helemaal niet. Dat hoeven jullie me niet te vertellen. Maar toen ik dat meisje op straat zag was het net alsof de echte wereld in botsing kwam met de wereld waarvan ik droom. Of misschien is het geen droom.' Ik zwijg en haal diep adem. 'Ik ben gek, hè?'

'Als je zegt: een meisje, wat bedoel je dan precies?' vraagt Susan voorzichtig, en het valt me op dat ze mijn suggestie dat ik gek ben niet van de hand heeft gewezen. 'Zoals iemand van onze leeftijd? Of een kind?'

'Ze is twaalf,' vertel ik hun. 'Nou ja, volgende week wordt ze dertien, eerlijk gezegd. Dan is ze jarig.' Ik glimlach zwakjes voordat het tot me doordringt hoe belachelijk ik klink. 'Sorry, ik weet dat jullie wel moeten denken dat ik gek ben.'

Susan en Gina kijken elkaar even aan. 'Nee. Niet gek,' zegt Gina zachtjes.

Ik kijk weer uit het raam voordat ik verderga: 'Ik droom zo gedetailleerd over haar. Ik bedoel, tot aan de geschilferde paarse lak op haar nagels, de verliefdheid op een van die jongens van One Direction en het feit dat ze hardhorend is.' Ik zwijg en zonder hen in de ogen te kijken voeg ik eraan toe: 'In de dromen die ik heb, is ze mijn dochter.'

Als ik me weer naar hen toekeer, zie ik tot mijn verbazing dat Susan opgelucht kijkt. 'Nou, maar dan snap ik het wel,' zegt ze. 'Je bent gewoon van slag omdat je geen kinderen kunt krijgen. Dit is daar een natuurlijke reactie op, dat je over een klein meisje droomt. Wat betreft haar hardhorendheid, dat komt natuurlijk door die cursus die je bent begonnen.'

'Maar ik had de droom het eerst,' zeg ik zonder haar aan te kijken. 'Voordat ik naar die cursus ging.'

'Kate, ben je hem daarom gaan doen?' vraagt Gina voorzichtig. 'Omdat je over een dove dochter droomde?'

Ik laat mijn hoofd hangen. 'Misschien.'

'Oké,' zegt Gina na een ogenblik stilte. 'Weet je? We brengen je naar huis. Het is een stressvolle ochtend geweest en volgens mij is dit niet de beste dag om naar een jurk te gaan kijken. We kunnen over een paar weken nog een keer gaan.'

'Kunnen we hier nog even blijven zitten?' vraag ik zachtjes. Gina schuift haar stoel dichter bij die van mij en Susan doet hetzelfde.

'Liefje,' zegt Gina, terwijl ze over mijn rug wrijft, 'we kunnen hier zo lang blijven als je wil.'

Uiteindelijk brengt Susan me naar huis en nadat ik haar een afscheidsknuffel heb gegeven en naar de badkamer ben gegaan om ibuprofen te nemen tegen mijn bonkende hoofdpijn, hoor ik haar in de woonkamer zachtjes met Dan praten.

'Ik heb hem verteld dat je heel levendig hebt gedroomd dat je een kind had,' fluistert ze als ik haar naar de deur breng. 'Dat moest hij wel weten.' Ze zwijgt en voegt eraan toe: 'Maar ik heb hem niets over Patrick verteld. Ik denk dat jij dat ook niet moet doen.' Ze knuffelt me ten afscheid met de belofte me vanavond te bellen en voordat ik antwoord kan geven is ze vertrokken.

Ik doe de deur achter haar dicht en loop langzaam de woonkamer in, waar Dan op de bank zit, met zijn ellebogen op zijn knieën en zijn handen gevouwen. 'Schat,' zegt hij als ik binnenkom en hij springt op. 'Gaat het wel?'

Ik knik terwijl hij me tegen zijn borst trekt. Zijn omhelzingen geven me altijd een veilig gevoel en nu sluit ik mijn ogen en leun ontspannen tegen hem aan, gewiegd door het bekende ritme van zijn gestage ademhaling.

'Susan zei dat je erover droomt dat je moeder bent?' vraagt hij zodra ik me heb teruggetrokken. 'Over een meisje van ons?'

Ik knipper bij het woord 'ons', maar het is logisch dat hij daarvan uitgaat. 'Zoiets.'

'En je dacht dat je haar vandaag zag?' vraagt hij voorzichtig.

Ik haal diep adem. 'Ik zag iemand die op het meisje leek over wie ik droomde,' zeg ik tegen hem. 'Ik denk... misschien ben ik wel oververmoeid of zo.' Maar zodra de woorden mijn mond hebben verlaten besef ik dat iets in mij gelooft dat ik Hannah op de een of andere manier echt op straat heb gezien. Maar dat kan helemaal niet.

'Waarom heb je me dat niet verteld?' vraagt hij. 'Die dromen waren blijkbaar zo indringend dat je je voor die cursus hebt opgegeven...'

Ik laat mijn hoofd hangen. 'Ik wist hoe stom het zou klinken.'

'Kate, ik zou willen dat je iets gezegd had. Ik dacht dat je helemaal gek was geworden toen je zonder duidelijke reden besloot gebarentaal te gaan leren. Nu snap ik het.'

'Echt? Vind je niet dat ik gestoord klink?'

Hij zucht. 'Ik vind dat het klinkt alsof je verdrietig bent. En ik vind het heel naar dat je verdrietig bent.' Hij gaat weer op de bank zitten en kijkt even recht voor zich uit. Als ik me ongemakkelijk ga voelen door de stilte, laat ik me naast hem zakken. 'Wat kinderen betreft,' zegt hij na een tijdje. 'Ik... Ik ben bang dat dat een wig tussen ons zal drijven. Ik denk dat we moeten zorgen dat we op dezelfde golflengte zitten.' Hij zwijgt en als ik niets zeg, gaat hij verder. 'Ik ging ervan uit dat je het net zo zag als ik: dat we te oud waren om kinderen te krijgen. Maar dat had ik met je moeten bespreken. Alleen voelde alles met jou zo makkelijk. Ik dacht dat we het hier ook over eens waren.'

'Ja,' stem ik zachtjes met hem in. Maar misschien had het niet makkelijk moeten voelen, besef ik. Misschien is dat wel een van de problemen.

'Kinderen zijn een moeilijk onderwerp voor mij,' vervolgt Dan zonder me aan te kijken. Hij krabt aan zijn achterhoofd en zucht. 'Mijn huwelijk met Siobhan is stukgelopen vanwege vruchtbaarheidsproblemen. Ze wilde een kind. Het lukte niet en daardoor zijn we uit elkaar gedreven.'

'Ik dacht dat jullie uit elkaar waren gegaan omdat ze je had bedrogen.'

'Dat klopt. Maar dat was nadat haar onvervulde kinderwens tussen ons in was komen te staan. Ik wil echt niet dat dat met jou ook gebeurt.'

Ik staar hem aan. 'Ik wilde dat je het me had verteld.'

Hij haalt zijn schouders op. 'Ach ja, jij vertelt ook niet veel over Patrick. Het verleden ligt achter ons, Kate.'

'Maar dat is niet zo,' hoor ik mezelf zeggen. Hij kijkt me vragend aan en ik haal mijn schouders op. 'Ik bedoel dat het verleden niet weg is. Door het verleden bevinden we ons waar we nu zijn. Dus wat er met Siobhan gebeurd is, wat er met Patrick gebeurd is, zijn dingen die van belang zijn.'

'Maar je sluit je af zodra we over iets serieus gaan praten,' zegt Dan zachtjes. 'Je wilt niet over het verleden praten. Je wilt niet over de toekomst praten.' Hij zwijgt. 'Ik heb heel hard mijn best gedaan om me alleen op het hier en nu te richten, Kate. Maar nu lijkt het wel alsof je daardoor boos op me bent.'

'Ik ben niet boos op je,' zeg ik, maar ik weet dat dat niet waar is. De laatste tijd loert er iets duisters onder de oppervlakte en ik heb het ongemakkelijke gevoel dat dat komt doordat ik diep vanbinnen geïrriteerd ben omdat Dan Patrick niet is. Het was niet de bedoeling dat ik oud zou worden met deze succesvolle man die alles goed doet. Het was de bedoeling dat ik een groots, rommelig, magnifiek leven zou leiden met een man wiens fouten even ontwapenend zijn als de rest van hem. Het is gewoon niet eerlijk.

'Tja, jij bent nooit boos, hè?' De klank van zijn stem, plotseling scherp, doet pijn. 'Maar sinds je weet dat je onvruchtbaar bent, doe je de hele tijd prikkelbaar tegen me. Alsof het mijn schuld is.'

'Het is niet jouw schuld.' Mijn antwoord komt automatisch. 'Natuurlijk niet.'

'Dat weet ik wel,' zegt Dan. 'Ik weet alleen niet zeker of jij dat ook weet.'

Ik bijt op mijn lip en kijk naar mijn handen. 'Ik ben er gewoon nog niet klaar voor om het hoofdstuk kinderen helemaal af te sluiten.'

'Kate...' begint hij, maar ik onderbreek hem.

'Nee. Ik moet dit zeggen. Ik denk dat ik pas wist hoe graag ik moeder wilde worden toen ik erachter kwam dat ik geen kinderen kon krijgen,' zeg ik met een klein stemmetje. 'En ik weet dat we daar al eerder over hadden moeten praten, en misschien is het mijn schuld dat we dat niet hebben gedaan. Maar nu... nou, misschien droom ik er daarom van dat ik een dochter heb. Ik weet dat het onlogisch klinkt. Maar ik wil moeder worden, Dan. Dat wil ik echt heel graag. Volgens mij is dat altijd de bedoeling geweest.'

Hij zwijgt even. 'Waar hebben we het dan over? Adoptie?'

Ik knik met ingehouden adem.

'Schat, je bent veertig,' zegt Dan zonder me aan te kijken. 'En ik vijfenveertig. Tegen de tijd dat we het hele voortraject hebben doorlopen... Ik wil gewoon niet dat we oude ouders zijn.'

'Misschien kunnen we een wat ouder kind adopteren.'

'Of we zouden kunnen toegeven dat jouw onvruchtbaarheid een teken is.' Hij klinkt vriendelijk, maar ik krimp ineen bij zijn woorden. 'Misschien is dat wel het lot dat ons vertelt dat het ouderschap niet voor ons is weggelegd.'

'Maar...'

'Ik heb zo veel huwelijken van vrienden ten onder zien gaan vanwege problemen die samenhangen met hun kinderen,' onderbreekt hij me. 'En dat zijn dan hun biologische kinderen.'

Van die woorden gaan mijn haren recht overeind staan. 'Een geadopteerd kind zou niet minder ons eigen kind zijn.'

'Zo bedoel ik het niet. Ik bedoel alleen dat dat extra complicaties zou kunnen geven.'

'Net als een kind dat biologisch van ons zou zijn, Dan,' werp ik tegen. 'Misschien hoort het leven geen feestje te zijn. Misschien komen de mooiste dingen in het leven wel voort uit de grootste uitdagingen. Kinderen maken dingen ingewikkeld. Zo is het nou eenmaal. Maar die complicaties zijn het uiteindelijk allemaal waard. Waarom wil je dat nou niet inzien?'

'Ik wil dat helemaal niet niet inzien, Kate! Ik leg alleen uit hoe ik het zie.'

'Maar je zegt het alsof het een definitieve beslissing is! Alsof ik geen recht heb op een eigen mening!'

'Natuurlijk heb je recht op een eigen mening,' zegt hij met een dramatisch schouderophalen. 'Maar daardoor heb je het nog niet bij het rechte eind.'

Ik staar hem aan. 'Dus nu heb ik het fout omdat ik het anders voel dan jij?'

'Nee, je hebt het mis omdat je niet ineens van koers kunt wijzigen.'

'Ik verander niet van koers! Ik had gewoon nog nooit een besluit genomen.'

Hij kijkt me even aan. 'Ben je niet bang dat we afschuwelijke ouders zouden zijn? We zijn dol op uit eten gaan en reizen en mooie kleren kopen en goede wijn drinken. Wat voor ruimte is er met die levensstijl voor een kind?'

'Dat zijn jouw dingen, niet die van mij,' antwoord ik zachtjes. 'En nee, Dan, volgens mij zou ik geen afschuwelijke moeder zijn.' Ik denk eraan hoeveel ik in mijn dromen van Hannah houd, dat ik een kriebel van blijdschap in mijn ingewanden voel als ik naar haar kijk, dat ze zo'n lief kind is geworden. 'Volgens mij zou ik zelfs een goede moeder zijn.'

'Jammer dat je eierstokken het daar niet mee eens zijn.'

Mijn mond valt open en ik staar hem met wijd open ogen gekwetst aan.

'Shit, sorry,' zegt hij onmiddellijk. 'Ik weet niet waarom ik dat zei.'

Maar ik geef geen antwoord. In plaats daarvan draai ik me om en kijk uit het raam, ik knipper mijn tranen weg. Beneden op straat wemelt het van de mensen die van de warme zomermiddag genieten. Een stel loopt hand in hand voorbij, een vrouw in een korte broek en een tanktop duwt een kinderwagen en trekt een waggelende peuter achter zich aan, twee in leer en kant uitgedoste pubermeisjes slenteren voorbij. Ik richt mijn blik op een man die een glimlachend jochie op zijn schouders heeft, de jongen heeft een honkbalhandschoen aan zijn linkerhand en een Yankeespet op zijn hoofd, en hij kletst opgewonden terwijl de man met een geamuseerde gezichtsuitdrukking luistert.

'En als ik al een kind had?' vraag ik, bijna zonder dat het de bedoeling is.

'Wat zei je?'

'Toen je me ontmoette, bedoel ik,' zeg ik, en ik draai me weer om naar Dan. 'Als Patrick en ik een kind hadden gekregen voordat hij stierf. Als ik een single moeder was, had je me dan nog steeds mee uit gevraagd?'

Hij kijkt me even aan. 'Als ik heel eerlijk ben? Ik denk het niet. Maar Kate, dat is puur hypothetisch. Dus laten we maar blij zijn dat het niet zo was, oké?'

Zonder iets te zeggen knik ik.

Pas als we 's avonds naar bed gaan, en Dan zijn armen om me heen slaat en mompelt dat hij van me houdt, besef ik dat we helemaal niets besloten hebben. We hebben om de hete brei heen gedraaid en ons toen in onze eigen hoeken verschanst, zoals altijd. Misschien doe ik dat al heel lang: een weg bewandelen die nergens heen leidt omdat dat gemakkelijker is dan het verleden los te laten.

Eindelijk val ik in slaap, terwijl ik in gedachten het gezicht van Hannahs dubbelganger achter het raam van de bruidsmodezaak voor me zie.

15

De volgende ochtend weet ik al voor ik mijn ogen open dat ik weer in mijn leven met Patrick ben. Het licht is hier feller en de geur van de lakens op een andere manier vertrouwd. Ook het geluid van de straat buiten is duidelijk anders dan bij het appartement aan Murray Hill dat ik met Dan deel.

'Goeiemorgen,' zeg ik, terwijl ik mijn ogen opendoe en me omdraai naar het gezicht van mijn echtgenoot, dat wordt belicht door de naar binnen schijnende zonnestralen. Hij ziet eruit als een engel, is mijn vluchtige gedachte, tot ik besef hoezeer ik daarmee de spijker op zijn kop sla.

Maar deze keer is de droom, of wat het dan ook is, anders. Hij voelt nog steeds ongelooflijk echt, maar er hangt een troebele mist in de kamer. Het lijkt alsof ik in een vliegtuig zit dat door een slierterige wolk vliegt. Voor het eerst gaat de gedachte door me heen dat ik misschien in de hemel ben. Ik jaag hem vlug weg, want dat zou betekenen dat Hannah ook dood is. En ze kan niet dood zijn, want ze bestaat niet. Patricks oogleden trillen en langzaam opent hij zijn ogen en knippert even tegen het ochtendlicht voor hij zijn blik scherpstelt op mij. 'Katielee,' mompelt hij en hij leunt naar voren voor een zachte kus op mijn lippen. 'Gaat het al wat beter met je hoofd?'

'Mijn hoofd?'

'Je had gisteravond toch hoofdpijn?' vraagt hij met een opgetrokken wenkbrauw.

Dat is het lastige aan alleen glimpen van deze wereld opvangen: ertussenin mis ik zo veel. Maar ook al kan ik me het meeste niet herinneren, ik ben blijkbaar regelmatig aanwezig in deze droomwereld. De tijd lijkt hier te verstrijken met mij erin. Dit maakt me zowel in de war als intens verdrietig.

'Ja,' breng ik uit. 'Die is over.'

Patrick glimlacht naar me en kijkt dan op de wekker. 'Nou, uit de veren. Vanmorgen is Hannahs uitvoering.' Hij geeft me nog een kus en staat op. Ik kijk toe hoe hij een pyjamabroek over zijn boxershort aantrekt en een wit T-shirt over zijn hoofd trekt. 'Wil jij haar gelukspannenkoekjes maken of zal ik het doen?'

Ik ben even stil terwijl de informatie binnenstroomt. Ik weet onmiddellijk dat Patrick het over een piano-uitvoering heeft, dat Hannah dol is op haar lerares, mevrouw Kay, en dat ze enthousiast is over het stuk van Beethoven dat ze gaat opvoeren. Ik ben zo verrast door de plotselinge toestroom van kennis dat ik niet meer kan uitbrengen dan een verward: 'Eh...'

'Ik doe het wel. Kleed jij je maar aan.' Patrick verdwijnt door de slaapkamerdeur voor ik iets kan zeggen en een paar tellen later hoor ik gerammel in de keuken als hij de koekenpan uit het keukenkastje pakt.

Ik stap uit bed en open de deur van de kledingkast. Vreemd genoeg verbaast het me niet om te zien dat mijn kleren een mix zijn van wat ik in mijn echte leven heb en kledingstukken die ik nooit eerder heb gezien. Dat is toch ook eigenlijk wel logisch? Als dit een alternatieve werkelijkheid is, zal ik in de winkels wat van dezelfde kleren hebben gezien en mooi hebben gevonden, gewoon omdat ik dezelfde persoon ben met dezelfde smaak.

Maar ben ik wel dezelfde persoon? Ik bedenk hoe het verlies van Patrick me heeft veranderd. In deze droomwereld ben ik misschien een zorgeloos, gelukkig mens dat alle voorzichtigheid overboord gooit en nog niet weet dat je leven elk moment in iets onherkenbaars kan veranderen. Ik hoop dat ik dat ben. Dat is wie ik was voordat Patrick stierf en mijn wereld instortte.

Ik pak een jurk uit de kast waar mijn blik op valt: het is een midi-jurk gemaakt van een zijdeachtige, donkerpaarse stof met mosgroene krullen erop. Ik vind hem geweldig, maar in mijn echte leven zou ik hem nooit hebben gekocht, want Dan zou me hebben uitgelachen en me een hippie hebben genoemd. Ik slik de vlaag van irritatie weg, gooi de jurk snel over mijn hoofd, trek er een paar sandalen met gespjes bij aan en ga naar de badkamer om mijn gezicht te wassen en me op te maken.

Als ik een paar minuten later de keuken binnenkom, zit Hannah al aan tafel in een blauwe jurk en zwarte Mary Jane-schoenen met lage hakjes. Ze glimlacht als ze me ziet. 'Goeiemorgen,' zegt ze hardop, waarna ze in gebarentaal vraagt: *gaat het al beter met je hoofd?*

Ja, gebaar ik terug door mijn rechterhand te laten knikken terwijl ik met mijn hoofd knik. *Dank je wel.*

Patrick knipoogt naar me als hij met een pan vol pannenkoekjes naar de tafel loopt. 'Bosbessen en pindakaas, stelletje mafkezen,' zegt hij, en hij schept er een paar op Hannahs bord en geeft mij er ook twee.

We trekken allebei een gezicht naar hem, en terwijl Hannah op haar ontbijt aanvalt, gebaar ik zorgvuldig: *je ziet er prachtig uit.*

Ze grijnst en gebaart een bedankje terwijl ze knikt en glimlacht. Ik doe het gebaar na, omdat ik van Andrew heb geleerd dat hoewel de betekenis dichter ligt bij bedankt terugzeggen, het ook de gangbare manier is om *graag gedaan* te zeggen. Ik werp een blik op Patrick, die bij het fornuis naar ons staat te kijken.

Hou van jou, vormt hij zonder geluid met zijn mond. En dat doet mijn hart zo'n pijn dat ik een paar seconden geen adem kan halen.

'En,' zeg ik terwijl ik me weer op Hannah richt en mezelf dwing zo normaal mogelijk te doen, 'ben je klaar voor je uitvoering?'

'Mam!' zegt ze hardop en ze slaat haar ogen ten hemel. 'Ik heb de hele maand elke dag geoefend, dat weet je toch?'

'Ja, natuurlijk.' Op de een of andere manier weet ik dat ze heel goed is, steengoed. En dat ze het heel serieus neemt. Ik weet ook ineens dat ze al vanaf haar derde jaar piano speelt en dat ik haar een half jaar nadat ze haar cochleaire implantaten had gekregen op les heb gedaan omdat ik wilde dat ze aan muziek werd blootgesteld, en dat Patrick en ik er nog ruzie over hebben gehad omdat hij vond dat we haar zouden beïnvloeden door haar te pushen iets te gaan doen waar ze niet zelf om had gevraagd.

Dat doet me er plotseling aan denken dat Patrick en ik in het echte leven soms flinke ruzie hadden. Over belangrijke dingen – waar we zouden gaan wonen, met wie we op vakantie zouden gaan – maar ook over kleine, suffe dingen als wie was vergeten het deksel op de pot mayonaise te doen. En ik durfde ruzie met hem te maken, omdat ik nooit bang was geweest dat hij weg zou gaan.

Waarom durf ik nu dan nooit ruzie met Dan te maken? Of met wie dan ook in mijn leven? De afgelopen twaalf jaar heb ik mezelf als een redelijk en gelijkmoedig mens gezien. Maar stel dat ik er gewoon te schijterig voor was? Stel dat ik zo bang ben om de mensen van wie ik hou te verliezen dat ik langzaam stukjes van mezelf heb weggegeven om confrontaties te vermijden?

'Hallo! Aarde aan mama.'

Ik keer weer terug naar het gesprek dat ik met Hannah aan het voeren ben en glimlach verontschuldigend. 'Sorry, schat.'

Ze trekt een gezicht naar me en gebaart: *je doet weer gek.*

Patrick komt aan tafel zitten en als ik ben uitgegeten, pakt hij met zijn linkerhand mijn rechterhand vast en houdt hem in zijn schoot terwijl hij eet. Ik knijp terug en hoop dat hij weet wat ik daarmee wil zeggen: dat dit moment, wij drietjes samen, perfect is. Ik wil dat het altijd zo blijft.

Aankleden, pap! gebaart Hannah terwijl ze opspringt van tafel. *Straks komen we te laat!*

'Was jij even af, meis?' antwoordt hij. 'Ik ben zo klaar.' Ze knikt en loopt naar de gootsteen. Patrick wenkt me.

Ik zit op de bedrand terwijl hij zijn T-shirt en pyjamabroek uittrekt. Verlangen laait weer op in mijn lijf, en ik moet mezelf eraan herinneren dat we weinig tijd hebben. Toch kan ik er niets aan doen dat ik naar hem hunker.

Hij trekt een kaki broek aan, pakt een wit linnen overhemd uit de kast en knoopt het dicht. 'Je ziet er geweldig uit,' mompel ik.

Hij glimlacht. 'Dat wilde ik net tegen jou zeggen. Je wordt elk jaar mooier, weet je dat?'

Ik snuif. 'Nee, ik word elk jaar ouder en zwaarder en rimpeliger.'

Hij draait met zijn ogen. 'Ten eerste is dat niet waar. En ten tweede is ouder worden juist mooi, want zo is het leven nu eenmaal.'

'O ja,' mompel ik. 'Zo is het leven.' Ik voel me schuldig en dwaas dat ik klaag over de dingen die gewoon bewijs zijn van een leven dat wordt geleefd.

'Sorry, Patrick,' fluister ik in de stilte die achterblijft als hij de kamer uit is.

Buiten stappen we met zijn drieën in een taxi en ik probeer het adres te onthouden dat Patrick aan de chauffeur doorgeeft – 321 Bleecker Street – zodat ik het later in de echte wereld kan opzoeken. Het blijkt een studio op de eerste etage, met hardhouten vloeren, hoge balkenplafonds en een dertigtal verzamelde klapstoeltjes die naar een piano voorin gericht staan. Als we binnen zijn geeft Hannah ons allebei een snelle knuffel en loopt dan naar de andere, druk kletsende tienermeisjes. Een van hen geeft haar een high five en de anderen begroeten haar met een vriendelijke glimlach.

'Wat is dit hier?' fluister ik. Patrick kijkt me raar aan en de ruimte vervaagt een beetje, dus zet ik een onschuldige glimlach op terwijl ik wacht tot mijn brein alle details heeft geladen die me op de een of andere manier al vertrouwd voorkomen. En zomaar ineens weet ik dat dit de studio is van een vrouw genaamd Dolores Kay en dat Hannah het hier geweldig vindt. 'Wat is het hier mooi, bedoelde ik,' verbeter ik mezelf, en de ruimte wordt weer scherp.

Patrick knikt. 'Juffrouw Kay heeft het geweldig opgeknapt.'

Op dat moment onderbreekt een elfachtige vrouw van in de zestig in een zwarte hemdjurk en met gedeeltelijk grijs kortgeknipt haar ons gesprek door een paar toetsen op de piano aan te slaan tot het stil wordt.

'Welkom, vrienden en ouders!' zegt ze met een hoge stem. Ze heeft een Brits accent. 'Voor wie me nog niet kent, ik ben Dolores Kay en dit is natuurlijk onze jaarlijkse zomeruitvoering! Als iedereen wil gaan zitten, kunnen we beginnen!'

Ze loopt doelbewust naar het groepje meiden en Patrick en ik nemen plaats op de tweede rij. 'Hou die maar vrij voor mijn moeder,' zegt hij, en hij knikt naar de stoel naast me. Hij kijkt op zijn horloge. 'Ze zal zo wel komen.'

'Komt je moeder ook?' vraag ik met een glimlach. Ik had niet verwacht een echt persoon in deze droomwereld tegen te komen, maar Joans aanwezigheid zal deze fantasie in elk geval nog een beetje aan de realiteit verankeren. Het verrast me hoe opgetogen ik daarvan word.

'Natuurlijk,' zegt Patrick, en alsof ze wist dat we het over haar hadden, zwiept de deur achter in de ruimte open en komt Joan binnen. Als ze op ons af loopt, kan ik even niets anders doen dan naar haar staren.

'Wat is er met haar?' fluister ik in mezelf voordat Joan bij ons is, en dat geeft Patrick net genoeg tijd om verward naar me te kijken. Maar voordat de woorden mijn mond uit zijn, weet ik het al. Borstkanker. Stadium 2. Tweeënhalve maand geleden geconstateerd nadat ik erop had aangedrongen dat ze een mammogram zou laten maken. Ik ga met mijn duim over de genezende snee in mijn vinger en bedenk: als Joan in deze droomwereld ziek is, heeft ze misschien in de echte wereld ook wel borstkanker.

Haar jukbeenderen steken uit en ze ziet er uitgemergeld en afgetobd uit. 'Hallo,' zegt ze met een stralende glimlach tegen ons. Ze geeft mij een kus op mijn wang en Patrick een op zijn voorhoofd. Dan verrast ze me door de losjes om haar hoofd gewikkelde rode sjaal los te trekken en een geheel kaal hoofd te ontbloten. 'Het is veel te heet voor dat ding!' roept ze uit, en ze wuift zichzelf koelte toe met de *New Yorker* die ze uit haar tas pakt. 'Eén voordeel aan kanker: in de zomer kan ik het koele briesje op mijn hoofd voelen.' Ze knipoogt naar me en voegt eraan toe: 'Je bent een optimist of je bent het niet, toch?'

Ik blijf haar aanstaren tot Patrick me een por geeft en ik bij zinnen kom. 'Joan,' mompel ik, en dan kan ik niks meer zeggen, dus ik trek haar maar dicht tegen me aan voor een knuffel. Ik voel haar magere lijf onder haar loshangende blouse. 'Hoe gaat het met je?'

'O, wel goed hoor,' zegt ze met een zucht. 'Ik heb vandaag toevallig een goeie dag. De chemo is zwaarder voor mijn lijf dan ik had gedacht. Maar dat weet je al. Je hebt alles nu al zo vaak aangehoord.'

Ik haal diep adem en probeer niet te gaan huilen. Ik wil nog meer zeggen, maar mevrouw Kay klapt in haar handen en stelt de eerste leerling voor, zodat de uitvoering kan beginnen. Het meisje heet Hira en is zo te zien ongeveer even oud als Hannah. Terwijl Hira Bachs Prelude nr. 1 in C-groot speelt en hier en daar over een paar noten struikelt, maar wel in het ritme blijft, slaan mijn gedachten op hol. Ik moet Joan bellen zodra ik weer wakker ben. Ik moet zeker weten dat alles goed met haar is. Ik merk bijna niet dat de hoeken van de ruimte vervagen.

Het publiek klapt als Hira klaar is. Na haar komen nog vier anderen. Hannah is als laatste aan de beurt en mevrouw Kay vertelt ons dat ze het eerste deel van Beethovens Pianosonate nr. 32 in C-klein gaat spelen. Ik weet dat het een extreem ingewikkeld stuk is en ik ben bang dat het Hannah niet zal lukken. Het is meer dan een kind, zelfs een getalenteerd kind, aankan.

'Patrick?' mompel ik, maar hij legt zachtjes een vinger op mijn lippen en glimlacht terwijl Hannah de processoren van haar cochleaire implantaten af doet en naast zich op het bankje legt. Als ze begint te spelen, wordt het stil. Als verstijfd kijk ik hoe haar vingers over de toetsen dansen en een ingewikkelde melodie uit de piano trekken. Ze speelt iets langzamer dan ik had verwacht, maar na een poosje besef ik dat het een heel aangenaam tempo is. Dit is duidelijk háár interpretatie van het stuk. Ze legt er iets van zichzelf in. Ik sta paf.

Als ze klaar is, blijft het doodstil in de ruimte, niemand verroert zich. Even vraag ik me af of ik de enige ben die heeft gehoord hoe ontzettend mooi ze speelde. Maar dan barst het applaus los. Een paar ouders gaan zelfs staan en er wordt gefloten. Patrick knijpt in mijn handen en er prikken tranen van trots in mijn ogen.

Als het applaus wegsterft, gaat mevrouw Kay midden in de ruimte staan en gebaart naar de piano, waar Hannah nog verlegen zit te kijken. 'Zoals ik al zei,' zegt haar lerares, 'was dat een van Beethovens Pianosonates. Het was zelfs zijn laatste, vijf jaar voor zijn dood geschreven. Tegen de tijd dat hij dit componeerde was hij bijna helemaal doof.'

Ik hoor een paar mensen verrast tegen elkaar mompelen en ik merk dat ik vooroverbuig om te kunnen horen wat ze nog meer gaat zeggen. 'Daarom,' gaat ze verder, 'is het misschien gepast om u te vertellen dat Hannah, mijn beste leerling, ook doof is. Ze heeft cochleaire implantaten die haar helpen spraak te volgen, maar op muziek hebben ze een ander effect, daarom doet ze ze uit als ze speelt. Hannah noemt Beethoven een grote bron van inspiratie, en net als hij speelde ze het hele stuk met maar een fractie van het gehoor dat de meesten van jullie hebben.'

De zaal lijkt te exploderen in een kakofonie van verbaasde stemmen en uitroepen, en ik voel dat mijn gezicht warm wordt van trots. Maar mag ik wel trots zijn op een meisje van wie ik geen herinnering heb dat ik haar heb opgevoed, een meisje dat ik pas net heb ontmoet?

Patrick onderbreekt mijn gedachten door in mijn hand te knijpen.

'Ik wil blijven,' flap ik eruit voor ik erover kan nadenken. Het wordt meteen donker en vaag om me heen en ik heb onmiddellijk spijt van mijn woorden.

'Wat?' vraagt Patrick van heel ver weg. 'We hebben Hannah beloofd haar en mama mee uit lunchen te nemen, schat.'

'O ja!' zeg ik in het niets. Hij denkt dat ik bedoel dat ik hier in deze zaal wil blijven, in plaats van in dit leven. 'Lunch!' De ruimte wordt weer helder en ik ben opgelucht hier weer te zijn, maar ook verdrietig omdat ik weet dat het maar tijdelijk is. Deze wereld kan nooit de mijne worden.

Na een bord *pierogi* in Veselka, het Oekraïense restaurant aan 2nd Avenue waar Patrick en ik vroeger altijd genoten van een lui zondags ontbijt, zetten we Joan in een taxi naar het station en we besluiten met zijn drieën naar huis te wandelen omdat het een ongewoon frisse zomerdag is; minstens vijftien graden koeler dan gisteren. Terwijl we over 2nd Avenue lopen, komt het in me op dat er in het weerbericht van de echte wereld geen temperatuurdip was voorspeld, wat me er weer extra aan herinnert dat deze droom niet echt is. Ik adem diep in en pak met mijn ene hand die van Hannah en met de andere die van Patrick. Ik ben vastberaden van elke seconde van deze fantasie te genieten voor ze weer vervaagt.

Onderweg naar huis kletst Hannah aan één stuk door en vertelt ons over haar vriendinnen, haar obsessie met One Direction, en haar behoefte – haar woorden – aan een iPhone. Ik zie dat Patrick zijn best doet niet te glimlachen als ze alle voordelen van de telefoon ophemelt, en als hij en ik een geamuseerde blik wisselen, ervaar ik een diep gevoel van verdriet en spijt. De eenvoudige perfectie van dit moment is zoiets waar ik ongetwijfeld niet bij stil had gestaan als dit mijn echte leven was. Maar omdat het het leven is dat ik ben misgelopen, voelt elke verstrijkende seconde als een wonder.

Ik wend mijn blik af en doe alsof ik naar een billboard kijk, zodat ze niet kunnen zien dat de tranen me in de ogen staan.

Later, 's avonds in ons appartement, ben ik stomverbaasd dat ik er nog ben; zo lang ben ik nog niet eerder in deze werkelijkheid geweest. Zou ik vannacht kunnen blijven en hier morgen weer wakker worden? Ik denk dat ik al weet dat het antwoord nee is, maar ik wil in de mogelijkheid blijven geloven.

'Wil jij Hannah instoppen?' vraagt Patrick met een tedere glimlach als ze in een wolk van damp de badkamer uit komt en naar haar kamer sloft. 'Ik ga afwassen.'

'Natuurlijk.' Mijn hart maakt een sprongetje bij het vooruitzicht een paar minuten alleen met haar te zijn om haar te zeggen dat ik van haar hou en dat ik hoop dat ze fijn zal dromen.

Ik loop de gang in en klop op haar deur, kijk dan om het hoekje om te zien of ze is aangekleed. Ze heeft een lang roze nachthemd aan. 'Hannah?' zeg ik luid.

Ze draait zich om. 'Hai, mam,' zegt ze, en ze glimlacht terug. Dan gebaart ze: *ik ga even mijn tanden poetsen*, en ze loopt de kamer uit.

Ik sta in haar kamer diep in en uit te ademen terwijl ik wacht tot ze terugkomt. Ik zie dat haar muren vol hangen met posters van One Direction, een poster van de film van *The Hunger Games* en een paar foto's van Hannah met haar beste vriendinnen, die schots en scheef op de muren bij haar bed hangen. Ik zie op een vel papier een lijstje met 'Hannahs Beste Eigenschappen', geschreven in roze en paarse markeerstift en ondertekend door Meggie. Ik buig voorover en glimlach als ik dingen lees als *Hannah maakt altijd tijd voor haar vriendinnen* en *Hannah knort als ze heel hard moet lachen*. Ik glimlach bedroefd en prent Meggies lijst van Hannahs pluspunten in mijn hoofd. Het voelt ontzettend oneerlijk dat ik niet de kans heb gehad zelf zo'n lijstje te maken.

Maar aan de andere kant heb ik dat toch ook weer wél gedaan. Alle dingen die in Meggies meisjesachtige handschrift staan geschreven met hartjes op de i's, zijn de dingen die ik op de een of andere manier al weet en die ik ook zo geweldig aan Hannah vind. Toch kan ik het gevoel niet onderdrukken dat me de kans is ontnomen om ze zelf te ontdekken in plaats van herinneringen geïmplanteerd te krijgen die niet echt van mij zijn.

Ik duw de droefheid weg en kijk naar de potloodtekeningen die ook aan haar muren hangen. Ik glimlach als ik zie dat ze allemaal zijn ondertekend door Hannah, en ze zijn erg goed. Het zijn tekeningen van allerlei dingen: gezichten van mensen, dieren, zeegezichten, straathoeken. Ik zet een stap dichterbij naar een schets die rechts van haar bed hangt. Het zijn overduidelijk Patrick en ik en we houden allebei een jongere Hannah aan de hand. Zo te zien is ze een jaar of negen en ze straalt helemaal. Aan haar pols zit een touwtje met daaraan een Mickey Mouse-ballon die boven haar zweeft. Achter ons doemt het kasteel van Assepoester op dat aan Main Street in Disney World staat. Ik wacht tot de stroom van herinneringen mijn hoofd vult en ineens weet ik nog dat we naar het kasteel liepen, dat we Mickey Mouse-ijsjes met een laag chocola eroverheen hebben gegeten, dat Hannahs ogen groot werden toen ze over het dek van een piratenschip naar het fictieve Londen onder ons keek in de Peter Pan-attractie. Ik voel dat mijn ogen zich met tranen vullen; de herinneringen lijken zo echt, maar ik snap niet hoe dat kan.

Hannah komt de kamer weer in. Haar haar is nog vochtig en haar gezicht fris geschrobd. Langzaam gebaar ik naar haar: *je kunt goed tekenen*. En dan voeg ik er hardop aan toe: 'Je hebt talent, Hannah. Wat een prachtige tekeningen.'

Ze slaat haar ogen ten hemel. *Je doet weer raar*, gebaart ze. *Je hebt ze al duizend keer gezien*. Maar ik zie dat ze een glimlach verbergt. Het compliment doet haar toch wat.

Deze? gebaar ik met een vragend gezicht als ik naar de schets wijs van ons gezin in Disney World.

Haar gezichtsuitdrukking verzacht. *Mijn lievelingstekening*, gebaart ze terug. 'Dat was de mooiste dag *ever*,' zegt ze hardop. 'De eerste keer dat ik met pap en jou naar Disney World ging.'

'O,' zeg ik met pijn in mijn hart. 'Misschien kunnen we er nog een keertje heen gaan. Dat lijkt me leuk.'

Hannah stapt in bed en glimlacht naar me. *Welterusten, mam*, gebaart ze, waarna ze hevig gaapt.

Welterusten, gebaar ik terug. *Ik hou van je.* Ik herhaal de woorden hardop, vooral om ze zelf te horen.

'Ik ook van jou,' zegt ze. Ze doet haar gehoorapparaten af en legt ze op haar nachtkastje, waarna ze op haar rug gaat liggen en het dekbed optrekt tot haar kin. Ik blijf bij haar zitten tot ze in slaap valt.

Patrick zit in de woonkamer op me te wachten. 'Slaapt ze?' vraagt hij als ik bij hem op de bank ga zitten.

Ik knik. 'We zijn met haar naar Disney World geweest,' zeg ik, en ik denk aan de tekening, onze lachende gezichten en het feit dat Hannah zo knap een moment heeft vastgelegd waar ik graag bij had willen zijn.

Patrick kijkt me gek aan. 'Natuurlijk.'

En dan herinner ik me een gesprek dat we heel vroeger hebben gevoerd, toen we nog maar net samen waren. Patrick vroeg me wat mijn mooiste jeugdherinnering was en toen zei ik dat het die keer was dat Susan en ik ergens eind jaren tachtig met onze ouders naar Disney World waren geweest. Ik weet nog dat hij zei dat als wij ooit een kind zouden hebben, we daar ook heen zouden gaan. 'We hebben alles gedaan wat we van plan waren, hè?' fluister ik, ineens diepbedroefd.

Hij fronst zijn voorhoofd terwijl de kamer iets waziger wordt. 'Natuurlijk, Kate.'

Als hij me bezorgd aankijkt, denk ik aan Joan. 'Patrick, je moeder...' Ik laat mijn stem wegsterven. 'Kan ik iets doen?'

'Je hebt al zo veel gedaan, lieverd. En het gaat al beter met haar,' zegt hij. 'Ik denk dat ik volgende week een paar dagen vrij neem om met haar mee te gaan naar het ziekenhuis.' Hij gaapt en trekt me tegen zich aan. 'Ga je mee naar bed, schat?'

Ik luister even met gesloten ogen naar het kloppen van zijn hart. 'Ik wil nog niet slapen,' mompel ik.

Hij zegt een poosje niets, dan pakt hij mijn hand en gaat met zijn vinger over de levenslijn in mijn handpalm. 'Weet je welke dag het vandaag is?' fluistert hij, en ik ben me ervan bewust dat de randen van mijn gezichtsveld rafelig worden en het dromerige laagje over de kamer neerdaalt.

'Patrick?' zeg ik, maar ik hoor mijn eigen stem niet meer.

'Het is vandaag dertien jaar geleden dat ik je ten huwelijk heb gevraagd,' zegt hij, maar zijn stem is al omgeven door een ruisend geluid dat ik associeer met de zee die de golven weer naar zich toe trekt. 'En toen je ja zei,' gaat hij verder, 'was ik de gelukkigste man van de wereld.'

Iets in me knapt. 'Mag ik deze keer niet blijven?' vraag ik aan God terwijl ik naar boven kijk naar de hemel. 'Alstublieft?'

'Wat?' antwoordt Patrick. Zijn stem klinkt ver weg en verward. En dan is hij weg en is zijn stem niet meer dan een echo in de duisternis.

'Ik hou van je!' roep ik, maar het geluid verdwijnt in de leegte.

'Wat zei je, schat?'

16

'Wat zei je, schat?'

Dans door slaap omfloerste stem snijdt door het waas heen en trekt me naar de oppervlakte. Ik hap naar adem en knipper met mijn ogen in het donker. Ik weet dat ik weer in de werkelijkheid ben. Ik vind het vreselijk dat mijn maag samenknijpt van teleurstelling als ik me omdraai en Dan naast me zie liggen in plaats van Patrick.

'Niks,' mompel ik, en ik dwing mezelf om even diep adem te halen en me te focussen. 'Een droom. Of zoiets. Sorry, ik wilde je niet wakker maken.'

Hij glimlacht en trekt me naar zich toe. 'Nou, ik hou ook van jou, schat.'

Ik realiseer me dat ik de laatste woorden aan Patrick hardop moet hebben uitgesproken en dat Dan denkt dat ze voor hem bedoeld waren. Ik forceer een glimlachje, maar kan ze niet tegen hem herhalen. Telkens wanneer ik een glimp opvang van hoe het leven met Patrick geweest zou zijn, zie ik bij het ontwaken Dan weer ietsje helderder.

Maar is dat echt waar? Is het helderheid die me overvalt, of nutteloze nostalgie naar een verleden dat ik niet kan terugkrijgen? Want wat de bezoekjes aan Patrick en Hannah ook zijn, ze zijn niet echt. Patrick is er niet meer. En Dan is hier. Ik voel me totaal gedesoriënteerd en het komt in me op dat ik misschien al zo lang stilsta met mijn ogen dicht dat ik geen idee meer heb waar ik zou moeten zijn.

'Kate?' zegt Dan vragend, en als ik me weer op zijn gezicht concentreer, zie ik verlangen. Hij steekt zijn hand uit om zachtjes mijn wang te strelen en die hand glijdt vervolgens omlaag naar mijn sleutelbeen en streelt dat tot aan mijn borstbeen en naar de ronding van mijn borst. 'Kate,' fluistert hij, en deze keer is het geen vraag maar een antwoord. Ik sluit mijn ogen om mijn hoofd schoon te vegen terwijl zijn lippen de mijne raken en hij rustig zijn gewicht op me laat zakken. 'Kate,' zegt hij nog een keer, nu diep en smekend, en dat maakt me eindelijk los van de werkelijkheid.

Ik reageer niet, want ik ben bang dat ik Patricks naam zal zeggen, maar ik laat mijn lichaam het overnemen en doe ondertussen mijn best om mijn voortrazende gedachten uit te zetten. Dan, zeg ik tegen mezelf als ik in het moment probeer te komen. Dan is hier. Hij is een goeie vent. Hij houdt van je. Hij wil je.

En het blijkt dat ik hem ook wil. Mijn lijf heeft lang geleden geleerd de herinneringen te verdringen, en dus laat ik het dat nu ook weer doen. Ik laat me meevoeren door de fysieke stroming en vergis me maar één keer, als mijn gedachten zich opdringen en ik mezelf 'Ik kan het niet' hoor mompelen net op het moment dat Dan bij me naar binnen gaat.

Hij stopt en kijkt me bezorgd aan. 'Wat kun je niet?'

Ik ben zo geschrokken dat ik die woorden hardop heb gezegd, dat ik even geen antwoord geef. Maar als ik dat wel doe, zeg ik alleen maar: 'Niets.'

Hij lijkt niet erg overtuigd, maar na een poosje begint hij toch te bewegen, en concentreer ik me op de bewegingen en probeer al het andere te vergeten.

Het blijkt een veel koelere dag dan voorspeld, en als we die ochtend het journaal aanzetten heeft de nieuwslezer het over het onverwachte koudefront. Onderweg naar buiten pak ik een vest en probeer alle vragen uit mijn hoofd te bannen.

Pas later die dag, nadat Dan en ik met onze vrienden Jon en Christine hebben gebruncht, en nadat we met Gina en Wayne naar de film zijn geweest, herinner ik me eindelijk wat er in mijn droom met Joan aan de hand was.

Ik hap hoorbaar naar lucht als we de bioscoop uit lopen. Dan, Gina en Wayne schrikken ervan.

'Wat is er, schatje?' vraagt Dan bezorgd.

'Ik dacht... Ik dacht ineens aan Joan en vroeg me af hoe het met haar is,' zeg ik zwakjes.

'Hoezo dacht je aan Joan dan?' vraagt hij voorzichtig, maar met de stem die je gebruikt als een klein kind iets belachelijks heeft gezegd.

Ik werp een snelle blik op Gina, die me raar aankijkt, en kijk dan weer naar Dan. 'De moeder in de film deed me aan haar denken,' lieg ik.

Hij knikt en lijkt dit te accepteren, en algauw is hij met Wayne in een gesprek over honkbal verwikkeld.

'Gaat het?' fluistert Gina, en ze knijpt in mijn hand.

'Ja, hoor,' zeg ik.

Ze lijkt niet erg overtuigd, maar Dan vraagt: 'Wie gaat er mee iets eten?' en redt me zo van verdere vragen. Wayne zegt dat Gina en hij naar huis moeten omdat hun nanny vanavond zelf plannen heeft, dus zeggen we hen gedag en houdt Dan een taxi aan om naar Little Italy te gaan, waar we altijd het liefst ergens gaan eten.

We bemachtigen een plekje aan een van de lange tafels van Puglia en nadat de ober onze bestelling heeft opgenomen en ons een karaf rode wijn heeft gebracht, excuseer ik me en ga naar het damestoilet. Er is verder niemand, dus ik pak snel mijn telefoon en bel Joan. Als ik haar antwoordapparaat krijg voel ik een steek van bezorgdheid. Ik hang op en bel haar mobiel, maar die neemt ze ook niet op, dus laat ik een bericht achter met de vraag of ze me zo snel mogelijk wil terugbellen. Omdat ik weet dat ik nu toch al irritant bezig ben, bel ik haar vaste toestel weer en laat daar dezelfde boodschap achter, met de toevoeging dat ik haar iets belangrijks te vragen heb.

Als ik mijn telefoon weer in mijn tas heb gestopt, gooi ik snel wat water tegen mijn gezicht om bij te komen en werk daarna mijn lippenstift bij. Ik haal diep adem, knik naar mezelf in de spiegel en ga terug naar Dan.

Tegen de tijd dat ik weer terug ben, staat er knoflookbrood op tafel en als ik ga zitten, geeft Dan me het glas wijn dat hij al voor me heeft ingeschonken. 'Op ons, en op de toekomst,' zegt hij.

Ik hef mijn glas en mompel: 'Op ons.'

'En,' begint hij even later nadat hij een stuk brood heeft gegeten, 'kijk je ernaar uit je moeder deze week te zien?'

Ik knipper een paar keer, beschaamd dat ik bijna was vergeten dat ze op bezoek komt. 'Natuurlijk,' zeg ik. Ik doe een poging om te glimlachen en voeg eraan toe: 'Hoewel we allebei weten dat ze gewoon aan de hitte van Florida wil ontsnappen.' Mijn vader is zeven jaar geleden overleden en daarna heeft mijn moeder besloten een heel andere weg in te slaan en is ze naar het zuiden verhuisd, naar een pensionadodorp op zo'n veertig kilometer afstand van Disney World. Ze gaat drie keer per week naar yoga, doet mee aan hardloopwedstrijden van vijf kilometer en zweert dat ze zich nog nooit van haar leven zo fit heeft gevoeld. Ze heeft ook een niet-aflatende stroom vriendjes versleten, wat ik wel grappig vond tot ze me drie zomers geleden aansprak en zei dat als zij haar leven weer kon oppakken, ik dat ook kon en moest doen. Die dag wist ik dat ze zich geen zorgen meer om me maakte, maar medelijden met me had gekregen. 'Ik neem een ochtend vrij om haar van het vliegveld te halen,' voeg ik eraan toe.

Dan glimlacht. 'Ze heeft hier zo lang gewoond, en nog kan ze niet zelf van het vliegveld naar de stad komen.'

Ik sla mijn ogen ten hemel. 'Volgens mij geniet ze gewoon van de aandacht.'

'Nou, je bent een goeie dochter,' zegt hij zacht. 'En een goed mens, Kate. Ik ben een bofkont.'

'Ik ook,' mompel ik.

'Ik wilde nog sorry zeggen,' zegt hij, 'voor de ruzie van gisteravond. Ik heb denk ik niet goed naar je geluisterd. Ik zeg niet dat ik helemaal geen kinderen wil, oké? Ik heb alleen wat tijd nodig om het te verwerken.'

Ik voel een sprankje hoop. 'Oké.'

'Zit het goed tussen ons?'

Het duurt even voor ik antwoord geef. 'Dat weet ik niet. Maar dat wil ik wel.'

De daaropvolgende anderhalf uur proppen we ons vol met gnocchi bolognese en linguine met witte oestersaus, gevolgd door tiramisu en cannoli. Onze karaf rode wijn is leeg en Dan bestelt twee chocolademartini's voor bij het toetje.

'Hebben we iets te vieren vanavond?' vraagt de ober als hij onze drankjes komt brengen.

Met een door de alcohol aangewakkerde glimlach haalt Dan

zijn schouders op. 'Gewoon een mooie avond in een mooie stad met een mooie vrouw,' antwoordt hij.

We zijn net lachend herinneringen aan het ophalen aan onze reis naar Italië van vorig jaar als de rekening wordt gebracht. Na het eten lopen we over Mulberry Street naar Canal Street om daar een taxi te nemen. Dan heeft een doggybag vast, houdt met zijn andere hand de mijne vast en vertelt hij me een lang, grappig verhaal over een collega wiens reis naar Europa vreselijk in de soep was gelopen.

Pas als we in de taxi op weg naar huis zitten en ons gelach wegsterft, komt de schaamte. Er is niets mis met Dan. Hij is dezelfde vent die hij altijd is geweest. Maar ik kan niet voor altijd twee versies van hetzelfde leven blijven leven. En om eerlijk te zijn, is dit niet de versie die ik verkies.

De avond voordat mijn moeder arriveert, ga ik naar St. Anne's voor mijn derde les gebarentaal bij Andrew. Ik kijk er meer naar uit dan ik had verwacht en ik ben er megatrots op dat ik de afgelopen dagen in mijn vrije tijd gebaren heb opgezocht die ik wilde weten. Ik heb geleerd om *Goed gedaan*, *Probeer nu dit eens*, *piano*, *keyboard*, *gitaar*, *sambabal*, *zing*, *noten* en *muziek* te zeggen. Ik heb er erg veel zin in om weer met de kinderen te werken, dus ik hoop Andrew na de les te kunnen spreken om nog een bezoekje aan Molly en Riajah in te plannen, en een eerste ontmoeting met het andere meisje over wie hij het had.

Ik zit in mijn klapstoel in de kelder van de kerk op Andrew te wachten als Vivian binnenkomt en naast me gaat zitten. Ik kijk op van het dossier dat ik zat te lezen over een nieuwe cliënt die Simon heet en glimlach naar haar.

'Weet jij hoe laat het is?' vraagt ze, en ze wijst op haar pols.

Ik kijk op mijn horloge en zeg dat het twee minuten voor zeven is.

Ze slaakt een vreugdekreet. 'Yes! Het is me eindelijk gelukt om op tijd te zijn!' roept ze uit, en voor het eerst hoor ik dat ze een Engels accent heeft. 'En Andrew is er nog niet?'

'Nee.'

'Dubbel yes!' schreeuwt ze, en ze stompt met haar vuist in de lucht. 'Ik ben meestal de luie student, die veel te laat binnenkomt en de docent onderbreekt. Zoals de vorige keer. En de keer daarvoor. Maar hoezee! Vandaag ben ik op tijd! Het mag wel in de krant.'

Ik lach. 'Heb je al veel van dit soort cursussen gedaan?'

'O, lieverd, ik doe niks anders!' zegt ze terwijl ze de regenjas openritst die ze om onverklaarbare redenen draagt en zich eruit wurmt. 'Hiervoor heb ik een cursus origami gevolgd. En daarvoor programmeren op de computer. Ik ben achtenzestig jaar jong, en weet je wat mijn geheim is? Als je blijft leren, word je nooit oud.'

'Nou, dat lijkt me een heel goeie filosofie,' zeg ik terwijl ze haar regenjas opgevouwen over de rug van haar stoel hangt. 'En waarom ben je Amerikaanse gebarentaal gaan doen?'

'Ik heb al zeventien andere taalcursussen gedaan, inclusief Britse gebarentaal, wat totaal anders is,' zegt ze schouderophalend. 'Ik wil van alles een beetje weten. Amerikaanse gebarentaal stond al een tijdje op mijn lijstje, maar ik had nog geen cursus gevonden die me aansprak. Toen hoorde ik van een vriendin over deze. En jij?' gaat ze verder, zonder ook maar een moment stil te vallen. 'Waarom ben jij hier? Waarom volg jij deze cursus? Voor wie leer je het?'

'Voor mijn dochter,' zeg ik, en dan sla ik mijn hand voor mijn mond. Ik kan niet geloven dat ik zojuist hardop heb toegegeven dat ik deze cursus volg voor een kind dat niet bestaat.

'O, wat goed,' zegt Vivian, maar ze kijkt verward. 'Maar help me het even begrijpen. Waarom dan? Is je dochter pas doof geworden?'

Ik kijk naar mijn schoot. 'Nee, ik heb haar pas net gevonden,' mompel ik.

'Gevonden?'

Ik besef dat ik hoe langer hoe gekker klink. Dus zet ik het recht door de meest logische verklaring te geven die ik kan bedenken. 'Geadopteerd, bedoel ik. Ik heb haar pas geadopteerd.'

'Lieve help!' zegt Vivian, en haar handen vliegen naar haar wangen terwijl ze me stralend aankijkt. 'Wat geweldig, Kate!'

'O. Ja, bedankt,' mompel ik. Ik heb me nog dieper ingegraven.

'Weet je, ik vind dat adoptie een van de meest onvolprezen zegeningen van de wereld is,' gaat ze verder, en ze kijkt er serieus bij. 'Het is toch prachtig dat je een kind een gezin geeft gewoon omdat je het kan! Misschien is dat ook wel de beste manier om een gezin te stichten, vind je ook niet?'

'Ja,' zeg ik zwakjes.

'En,' zegt ze terwijl ze in haar handen klapt. 'Vertel me eens over die dochter van jou. Hoe heet ze?'

'Eh,' begin ik, maar gelukkig hoef ik niet te antwoorden, want Andrew komt binnen gerend met zijn armen vol boeken en papieren.

'Sorry dat ik een beetje laat ben, jongens!' zegt hij, terwijl hij alles op de tafel voor in het geïmproviseerde klaslokaal dumpt.

Er klinkt vergevingsgezind gemompel en dan vraagt hij of er mensen zijn die zelf hebben geoefend.

'Steek je hand op als je buiten de les om aan gebarentaal hebt gewerkt,' zegt hij. Amy's hand schiet omhoog terwijl Vivian en ik een blik wisselen en ook onze hand opsteken.

'Super,' zegt Andrew. 'Amy, jouw hand zag ik als eerste. Heb je iets nieuws geleerd wat je graag met de rest wilt delen?' Als ze knikt, vraagt hij: 'Wil je het ons laten zien?'

Ik zit vandaag achter Amy, dus kan ik niet goed zien wat ze met haar handen doet, maar ik ben wel dichtbij genoeg om te zien dat haar oren rood worden. Ik leun naar voren om te zien wat ze gebaart, en ik voel mijn wenkbrauwen omhooggaan als ik de woorden *eten* – alle vijf de vingers bij elkaar en de hand twee keer richting de mond bewegen – en *met mij* onderscheid.

Andrew kijkt even verbaasd, maar dan zegt hij stralend: 'Amy, wat geweldig. Je hebt leren zeggen: *wil je met me eten?*'

Amy's gezicht is vuurrood. 'Eh, ja.'

Of Andrew heeft het echt niet door of hij kiest ervoor om de vraag te negeren, die bijna honderd procent zeker voor hem was bedoeld, want hij grijnst en zegt: 'Dat is een heel goede, nuttige zin om te kennen. Het is een schande dat ik die zelf nog niet aan jullie heb geleerd. Kom jongens, we gaan hem allemaal leren. Amy, wil je het nog een keer voordoen? Draai je maar om zodat iedereen je kan zien.'

Amy kijkt een beetje beteuterd als ze opstaat en de gebaren voor iedereen herhaalt. Andrew legt zijn rechterhand op de hare om haar – en ons – te laten zien hoe je *wil* nauwkeuriger gebaart. Het is twee naar boven gedraaide handpalmen met gespreide vingers die doen alsof ze iets naar je lichaam toe trekken, bijna alsof je een la opentrekt. Als hij haar aanraakt, trekt Amy gauw haar hand terug alsof ze zich heeft gebrand, waar Andrew weer van schrikt. En dat is het moment waarop hij begrijpt dat ze niet gewoon een zinnetje had geleerd, maar dat ze hem mee uit vroeg.

Hij krijgt ook een kleur en kijkt even naar mij voordat hij zijn keel schraapt. 'Heel goed gedaan, Amy, heel goed,' zegt hij snel. 'Voor de rest: dat is een goeie om thuis te oefenen.'

Snel loopt hij bij Amy weg en gebaart haar te gaan zitten. Als hij weer voor de klas staat, vraagt hij: 'Vivian, Kate? Jullie hadden ook wat geoefend?'

Vivian vertelt hem dat ze 'Ik ga altijd op de thee bij de koningin' heeft geleerd, en daar moeten we allemaal om lachen, en nadat ze het trots heeft gedemonstreerd, richt hij zich tot mij.

'Kate? Wat kun jij ons laten zien?' vraagt hij.

'Ik heb geleerd om te zeggen: "Ik ben heel blij om hier met jou te zijn",' vertel ik. Het is een vrij onschuldig zinnetje, hoewel ik het heb geleerd zodat ik het tegen Hannah kan zeggen wanneer ik haar weer zie; áls ik haar weer zie.

'Super.' Andrew glimlacht hartelijk naar me. 'Laat maar zien.'

Ik wijs op mezelf en probeer daarna de rest van de zin vloeiend te gebaren. *Heel* is twee vredestekens die elkaar raken en zich dan van elkaar verwijderen; *blij* is twee keer met vlakke hand langs het midden van de borst; *hier* is een opwaartse beweging met open, omhoog gedraaide handpalmen; *met jou* is de vingers van twee gesloten vuisten tegen elkaar aan tikken en dan wijzen.

'Geweldig,' mompelt Andrew als ik klaar ben, en dan houdt hij twee opgestoken palmen naar voren en maakt een kloppend gebaar in de lucht. 'Dat is het gebaar voor *geweldig*,' voegt hij eraan toe. 'Kate, je kunt ook nog zeggen: "Ik vind het geweldig om hier bij jou te zijn".'

Ik knik, herhaal dit gebaar en maak het af met *om hier bij jou te zijn*.

Hij knikt enthousiast en zegt: 'Uitstekend! Oké, laten we nu met zijn allen beide zinnen proberen. En bedankt voor je input, Kate.'

Terwijl het klasje Andrews vaardigere herhaling van mijn zinnen imiteert, draait Amy zich om en zegt zonder geluid: *lievelingetje van de meester*. Ze glimlacht, maar haar ogen lachen niet mee.

Een uur later, nadat we twintig nieuwe zinnen, dertig veelvoorkomende woorden en wat geschiedenis van de Amerikaanse gebarentaal hebben geleerd, kijkt Andrew weer op zijn horloge en zegt: 'Goed, jongens, de tijd zit erop. Weer bedankt voor jullie komst. Goed oefenen deze week en dan zie ik jullie volgende week woensdag weer.' We zijn onze spullen aan het pakken als hij er nog aan toevoegt: 'Kate, kan ik jou nog even spreken? Ik wil je iets vragen.'

Hierop kijkt Amy boos mijn kant op, maar ik knik en wacht tot de anderen de deur uit zijn tot ik naar Andrews tafel loop, waar hij met papieren bezig is.

'Je maakt goede vorderingen. En sorry dat ik niet eerder contact met je heb opgenomen. Denk je dat je Molly en Riajah binnenkort weer wilt bezoeken?' vraagt hij. 'Hoe ziet jouw agenda er volgende week uit?'

'Ik heb eigenlijk morgen wel tijd, als dat uitkomt?'

Hij kijkt verrast. 'Wauw, jouw schema is blijkbaar een stuk flexibeler dan dat van mij.'

'Nee, maar mijn moeder komt over, dus heb ik de hele dag vrij genomen om haar van het vliegveld te halen. Morgen zou heel goed uitkomen.'

'Wil je dan geen tijd met je moeder doorbrengen?'

'Ze gaat morgenavond bij mijn zus en haar kinderen eten. Ze ziet ons altijd graag apart. Best maf.' Ik sla mijn ogen ten hemel en voeg eraan toe: 'Ik denk dat ze bij ons allebei roddels over de ander los probeert te krijgen. Dus ga ik echt liever naar Molly en Riajah dan dat ik me thuis ga zitten af te vragen waar mijn zus en moeder over roddelen.'

'Oké, als je het zeker weet,' zegt hij met een glimlach. 'Ik dacht dat we misschien weer twee thuissessies met de meiden kunnen doen. Ik kan Sheila vragen of het uitkomt.'

‘En het andere meisje? Wil je ook iets met haar afspreken?’

‘Ja, graag.’ Hij fronst even geconcentreerd. ‘Als je het goedvindt, ga ik kijken of we voor vrijdag iets met haar kunnen regelen. Misschien kan ik met haar bij je langskomen op je werk. Is dat wat? Dan hoef je deze week niet twee keer naar Queens te komen.’

‘Prima,’ antwoord ik. ‘Mijn assistente kan wel een afspraak inplannen. Ik spreek haar morgen.’

‘Ah, je hebt een assistente,’ zegt hij. ‘Wat een luxe.’

‘Ja, je hebt werkpaarden en je hebt luxepaarden,’ zeg ik, waar hij om moet lachen. ‘Maar ik deel haar wel met drie andere therapeuten, hoor.’

‘Dus eigenlijk ben je toch gewoon meer een paukenpaard,’ zegt hij met een uitgestreken gezicht, en ik moet lachen.

We spreken morgen om vier uur af op zijn kantoor, op loopafstand van het pleeggezin van Molly en Riajah.

‘Hé, ik wilde ook nog mijn verontschuldigingen aanbieden,’ begint hij als ik me net wil omdraaien om te gaan.

‘Waarvoor?’

‘Dat ik je heb opgezadeld met dat verhaal over mijn broer. Dat heb ik jaren aan niemand verteld.’ Hij zwijgt even. ‘Ik weet dat het rouwproces nou wel een keertje klaar moet zijn.’

‘Ten eerste hoef je je nooit te verontschuldigen voor het praten over zoiets. Ik ben juist blij dat je me het hebt verteld.’

‘Echt?’

Ik knik. ‘En ik snap het dat het verlies van een persoon een leegte achterlaat in je leven. Over zoiets kom je nooit heen. Maar je leert er wel mee leven.’

‘Ja, ik denk dat je gelijk hebt.’ Hij glimlacht en ik loop naar de deur. ‘O, en Kate?’ roept hij me na.

Ik draai me om. ‘Ja?’

Hij vangt mijn blik, lacht en gebaart dan langzaam iets naar me wat eindigt met zijn rechterduim en -wijsvinger die zijn linkerwijsvinger omhoogtrekken. 'Tot morgen,' zegt hij erbij.

Het duurt tot ik boven in de kerk ben en naar de uitgang loop tot ik besef dat wat hij naar me gebaarde was: *jij bent heel bijzonder*.

17

Na een lange treinrit naar het vliegveld is het eerste wat mijn moeder zegt als ik haar tref bij de bagageband van JFK: 'Je bent wat aangekomen.'

'Ik vind het ook leuk om jou weer te zien,' zeg ik met een zucht, en ik omhels haar. 'Je doet nog steeds aan yoga, zo te zien.' Haar lichtbruin geverfde haar met honingkleurige highlights ziet er pas geföhnd uit en haar lijf is slank en atletisch. Ik moet toegeven dat ik een beetje jaloers ben; ze is vijfentwintig jaar ouder dan ik, maar ziet er beter uit.

'Jij moet ook snel aan de yoga, lieverd,' zegt ze opgewekt. 'Susan gaat naar een studio in de Upper East Side en het bevalt haar geweldig goed. Het is precies wat je nodig hebt om in vorm te komen voor je bruiloft!'

We wachten tot haar koffers, twee overvolle trolleys, op de bagageband verschijnen, en als we eindelijk in een taxi zitten, vraagt ze: 'Maar hoe gaat het nu echt met je?'

'Het gaat goed, mam,' zeg ik zonder haar aan te kijken.

Ze zwijgt een poosje. 'Susan vertelde wat er in de bruidswinkel is gebeurd.'

Ik schud mijn hoofd en kijk uit het raam zodat ze niets aan mijn gezicht kan aflezen. 'Dat was niks. Ik dacht gewoon dat ik iemand zag die ik kende.'

'Een meisje over wie je had gedroomd? Lieverd, dat klinkt niet gewoon.'

Ik staar weer even uit het raam naar de stadswijken die voorbij glijden. Ik zou willen dat ik nu ergens tussen die torenhoge gebouwen liep, op een straat waar niemand me kent.

'Zijn het misschien de zenuwen?' oppert mijn moeder als de stilte ongemakkelijk wordt. 'Bruiloftstress?'

'Ja,' zeg ik, 'dat zal het zijn.'

'Dat dacht ik al,' zegt ze, en wijs knikkend leunt ze achterover. 'Susan maakte zich zorgen om je, maar ik zei: "Susan, niks aan de hand. Ze moet gewoon een beetje wennen aan het idee dat ze gaat trouwen." Susan begrijpt niet hoe dat voelt, omdat ze al zo lang met Robert getrouwd is, maar wij als ongetrouwde dames begrijpen dat wel. Toch?'

Ik kijk even naar haar. 'Ik ben weduwe, mam. Niet ongetrouwd. En hetzelfde geldt voor jou.'

'Natuurlijk,' zegt ze vlug. 'Maar het is maar hoe je het bekijkt. Ik kies ervoor om niet te blijven hangen in het verdriet om je vaders dood. Weet je, jij kunt daar ook voor kiezen.'

Als mijn moeder haar hoofd draait om uit het raam te kijken, bekijk ik haar profiel en voel een steek van droefheid. Nog geen jaar na mijn vaders dood was mijn moeder naar Florida verhuisd en had ze haar eerste vriendje. 'Het is gewoon haar manier om ermee om te gaan,' zei Susan toen ik destijds mijn zorgen uitte. Maar ik denk dat ze zo snel haar leven weer heeft opgepakt omdat mijn ouders al lang voor mijn vaders dood uit elkaar waren gegroeid. Ik kan me niet voorstellen dat dat ooit bij Patrick en mij zou zijn gebeurd. Ik ben bang dat wat mijn ouders hadden misschien de norm is en dat wat er tussen Patrick en mij was de uitzondering, waardoor ik nog meer ga twijfelen of ik ooit weer zo'n soort liefde zal vinden.

'Dus in die dromen...' begint mijn moeder. Ik knipper een paar keer met mijn ogen en stel scherp op haar gezicht als ze verdergaat, '... zie je Patrick? Of alleen een denkbeeldig doof kind dat je blijkbaar samen met Patrick had gekregen?'

'Allebei,' zeg ik zacht.

Ze is even stil en zegt dan monter: 'Misschien wil dit gewoon zeggen dat je aan kinderen toe bent. Je zou denken dat je dan over Dan zou dromen, maar wie weet hoe het brein werkt, ja toch?' Ze geeft me een por en voegt eraan toe: 'Misschien is dit gewoon een teken dat het tijd wordt om me een kleinkind te schenken voor ik te oud word.'

Ik staar haar even aan. 'Heeft Susan het je dan niet verteld?'

'Wat niet?'

'Dat ik geen kinderen kan krijgen.'

Mijn moeder staart me voor mijn gevoel een volle minuut aan. Dan betrekt haar gezicht en zegt ze zacht: 'Och Katie, dat wist ik niet. Wat is er gebeurd?'

'Er is niets gebeurd.' Ik probeer niet geïrriteerd te klinken. 'Het is gewoon zo.' Ik vat het doktersbezoek voor haar samen maar laat de technische termen die ik zelf toch ook niet begrijp achterwege.

'En Dan vindt het niet erg?' vraagt ze voorzichtig.

Ik schud mijn hoofd. 'Die blijkt niet per se kinderen te hoeven.'

'O.' Ze is weer even stil. 'Nou, dat komt dan goed uit. Maar hoe dan ook, het leven gaat door, hè?' Ze port me weer in mijn zij en zet een vrolijke glimlach op, maar ik ken mijn moeder goed genoeg om mijn eigen verdriet in haar ogen weerspiegeld te zien.

'Ik vind het natuurlijk wel jammer,' voegt ze eraan toe, 'maar je geniet van je vrijheid, toch? Denk eens aan alle dingen die je met je leven kunt doen als je geen kinderen hebt.'

Het is bedoeld om me op te vrolijken, maar het voelt als een klap in mijn gezicht. 'Je hebt gelijk,' zeg ik. Daar wil ik het bij laten, maar dan hoor ik mezelf zeggen: 'Maar we kunnen altijd nog een kind adopteren.'

'Adopteren?'

Ik knik.

Mijn moeder knippert een paar keer met haar ogen. 'Natuurlijk. Ja, dat kan. Maar dat is wel een heel heftige beslissing, lieverd. Je wilt niet halsoverkop aan iets beginnen wat je niet kunt terugdraaien.'

Ik wijs haar op wat ze net zei. 'Maar net wilde je nog dat ik aan een baby begon.'

Ze tuit haar lippen. 'Dat is anders.'

'O ja?'

'Een kwestie van woorden, lieverd,' zegt ze, en hoewel ik niet weet wat ze bedoelt en er vrij zeker van ben dat voor haar hetzelfde geldt, ga ik er niet op in.

Ik check mijn moeder in in het Ritz-Carlton, waar ze per se wilde logeren ondanks het feit dat mijn zus en ik haar onze logeerkamers hebben aangeboden. Terwijl we in de Auden Bistro van het hotel op Susan wachten, bestelt mijn moeder voor ons allebei champagne en als het is gebracht, heft ze haar glas en zegt: 'Op het vergeten van die dromen en verdergaan met je echte leven, en op je bruiloft.'

Ik dwing mezelf te glimlachen en tik mijn glas tegen dat van haar, maar ik zeg niets hardop uit angst dat ik anders de terugkeer naar mijn dromen verknal.

‘Ik ben zo blij voor je, Kate,’ zegt mijn moeder als ze haar eerste slokje heeft genomen. ‘Je vader en ik waren zo bang dat je na Patrick nooit meer iemand zou vinden om gelukkig mee te zijn.’

‘Daar was ik ook bang voor,’ geef ik toe.

‘Maar Dan is het helemaal, hè?’ gaat ze verder. ‘Het is zo’n goeie vent. Wat ontzettend fijn dat je iemand hebt gevonden die perfect bij je past.’

‘Ja, op papier is hij echt perfect, hè?’ zeg ik voor ik er erg in heb. Het verbaast me hoe verbitterd ik klink, en ik zie aan mijn moeders gezicht dat zij het ook heeft gehoord.

‘Ja, natuurlijk,’ zegt ze, en ze kijkt weg. ‘Maar dat is niet belangrijk. Wat belangrijk is, is dat jullie bij elkaar passen.’

‘Waarom?’

Ze kijkt me uitdrukkingsloos aan. ‘Sorry?’

‘Waarom vind je dat we zo goed bij elkaar passen, mam? Al sinds ik Dan net kende zeg je hoe perfect hij voor me is. Maar waarom dan?’ Ik weet niet of ik om bewijs vraag om te rechtvaardigen dat ik bij hem blijf, of dat ik haar probeer de schuld te geven dat ze me zijn kant op heeft geduwd. Hoe dan ook, ze gaat er niet op in.

‘Maar het is toch ook zo?’ vraagt ze. ‘Zeg jij het anders maar, liefje. Hij is jouw verloofde. Wat maakt hem zo perfect?’

‘Niemand is perfect,’ zeg ik in plaats van haar vraag te beantwoorden.

Ze neemt nog een slok champagne en zucht, waarna ze over iets heel anders begint. ‘Het was niet mijn bedoeling om afkeurend te klinken toen je het eerder over adoptie had.’

Ik kijk verbaasd op.

‘Wil Dan het ook?’ gaat ze verder. ‘Een kind adopteren?’

Ik bijt op mijn lip. ‘We hebben het nog niet echt besproken.’

‘Maar als je denkt dat je ooit een kind wilt, moet je wel zorgen dat Dan het ermee eens is.’

Ik adem diep in. 'En als dat niet zo is?'

Mijn moeder is even stil en zegt uiteindelijk: 'Ik ben dol op Dan. En ik weet dat Susan dat ook is. Maar het onderwerp "kinderen" kan een breekpunt voor een huwelijk zijn. Je moet het heel zeker weten. Anders groeit straks de spijt op plekken waarvan je niet eens wist dat ze bestonden.'

Ik doe mijn mond open om te reageren op deze opvallend treffende wijsheid als Susan uit het niets bij de tafel verschijnt, helemaal in het zwart gekleed, met verse highlights in haar haar en een choker van Chanel om haar nek. 'Mam!' roept ze uit, en ze geeft haar een dikke knuffel, waarna ze mij een kus op beide wangen geeft als ik opsta om haar te begroeten. 'Sorry dat ik jullie heb laten wachten. Ik bestel ook even een glas bubbels en dan kunnen we bijkletsen!'

Het gesprek over kinderen en Dan wordt weggespoeld door de vloedgolf van Susans aankomst en hoewel mijn moeder een paar keer onzeker mijn kant opkijkt, gaat ze uiteindelijk compleet op in een gesprek met mijn zus over de voordelen van opera tegenover die van toneel.

Terwijl ze praten probeer ik me te concentreren op wat ze zeggen, maar de woorden van mijn moeder zijn in mijn hoofd blijven hangen. *Je moet het heel zeker weten.* En het komt in me op dat er op dit moment haast niets is waar ik zeker van ben in het leven.

We praten bij tijdens een lange lunch – capellini met krab in tomatencrèmesaus voor mam, een quinoasalade voor Susan en een sandwich met gegrilde kip voor mij – en als ik op mijn horloge kijk zie ik dat het al bijna drie uur is. Ik wilde nog even langs mijn appartement om mijn gitaar op te halen voor ik naar Andrew in Queens ga, en als ik nu niet vertrek, heb ik daar geen tijd meer voor.

‘Het was gezellig,’ zeg ik abrupt, waarmee ik hun gesprek onderbreek, en ik pak een paar briefjes van twintig uit mijn portemonnee en leg ze op tafel, ‘maar ik moet weer aan het werk.’

‘Ik dacht dat je vrij had genomen,’ zegt Susan fronsend.

Ik schud mijn hoofd. ‘Ik heb aan het eind van de middag nog een afspraak. Sorry.’

Mijn moeder schuift mijn geld vastberaden mijn kant weer op en staat erop te trakteren. ‘Kom, schat,’ voegt ze eraan toe. ‘Ik loop even met je mee.’

Ik omhels Susan en ze valt weer aan op haar salade terwijl mijn moeder opstaat en met me meeloopt naar de lobby.

‘Luister eens, schat. Vanavond eet ik bij Susan en de kinderen, en morgenochtend heb ik een beautybehandeling en een lunch met een paar oude vriendinnen van me, maar hebben Dan en jij zin om morgen met me te eten? Is dat goed?’

‘Natuurlijk, mam.’

Ze legt haar handen op mijn schouders en legt haar hoofd in haar nek om me in de ogen te kunnen kijken. ‘Kate,’ zegt ze zacht, ‘wat je ook doet, ik weet dat je de juiste beslissing zult nemen, als je maar je hart volgt.’

‘Dank je,’ mompel ik.

‘Want het zit namelijk zo,’ voegt ze eraan toe, ‘je moet goed luisteren naar wat je hart zegt, dan weet je wat je moet doen.’

De hele metrorit naar Queens denk ik na over wat mijn moeder heeft gezegd, maar uiteindelijk besef ik dat ik mijn hart niet kan horen, want dat is in honderden verdedigingslagen gewikkeld. Ik heb het zo druk gehad met proberen de dingen te doen die ik hoorde te doen, om weer ‘op de rails’ te komen, zoals mijn moeder en zus zouden zeggen, dat ik ben vergeten mijn innerlijke kompas te volgen.

Het is een paar minuten over vier als ik de oprit van St. Anne's op kom hollen. 'Sorry dat ik zo laat ben,' zeg ik.

Net als de vorige keer zit Andrew op het trapje voor het gebouw. Vandaag in een vaalgrijs T-shirt met een al even vale smiley erop, boven een spijkerbroek.

'Drie minuten is niet te laat,' zegt hij, 'en je ziet er trouwens goed uit vandaag.'

'Echt?' Ik kijk bedenkelijk naar mijn kleren. Ik heb toen ik na de lunch langs huis ging even snel een chambray blouse en een zwarte skinnyjeans aangetrokken.

'Veel beter dan zo'n mantelpakje,' zegt hij. 'Vanuit therapeutisch standpunt dan, hè.'

Ik voel dat ik moet glimlachen. 'Op naar Molly en Riajah?'

'Eh, ik heb eigenlijk een verrassinkje voor je.' Hij krabt op zijn hoofd en kijkt ineens een beetje bezorgd. 'Shit, ik bedenk nu pas dat ik je had moeten bellen. Ik kan niet zomaar een afspraak voor je maken zonder het je te zeggen, hè?'

'Met wie?'

'Nou, ik wilde je schema voor morgen niet in de war gooien, helemaal niet nu je moeder in de stad is,' zegt hij. 'Het is al zo aardig van je dat je dit vrijwillig voor ons doet. Dus heb ik vanmiddag wat rondgebeld en dingen verschoven en geregeld dat Molly en Riajah hierheen zijn gekomen zodat je ze nu hier kunt zien en we daarna naar het andere meisje kunnen over wie ik je heb verteld. Als je dat goedvindt?'

'Ja, hoor. Prima.'

'Gelukkig.' Hij lijkt opgelucht. 'Ik beloof dat ik zoiets voortaan eerder zal doorgeven. Maar ik wil gewoon niet dat je te veel van je tijd aan ons verspilt,' zegt hij oprecht.

'Andrew, het is absoluut geen verspilde tijd.'

Hij gebaart me hem te volgen. Vanbinnen is het gebouw huiselijker dan ik had gedacht: er hangen overal kindertekeningen en vlekkerige vingerverfschilderijen aan de muren van de lange gang en als we langs deuropeningen komen, zie ik tientallen kantoortjes vol foto's en vrolijke kleuren. Veel van de kamers zien er gezellig rommelig uit, wat me verbaast; op de een of andere manier had ik me het sterieler en bureaucratischer voorgesteld.

'Dit lijkt me een leuke plek om te werken,' zeg ik als we een hoek om gaan en Andrew een deur voor me opent.

'Het zijn wel lange dagen en ik kan voorlopig nog geen jacht betalen,' zegt hij met een glimlach, 'maar ik kan me geen dankbaarder werk voorstellen.'

Andrew laat me binnen in een vergaderkamer die is bezaaid met speelgoed. Molly en Riajah zitten tegenover elkaar met de lange tafel tussen hen in en negeren elkaar. Molly speelt met een stel barbiepoppen terwijl Riajah over een notitieblok gebogen zit en iets tekent met kleurpotloden. Even voel ik een steek in mijn hart als ik denk aan Hannah en haar tekeningen, maar ik knipper met mijn ogen en duw de gedachte weg. Dit kind heeft me nu nodig; ik mag niet verdwalen in een zelfverzonnen wereld.

'Kate!' Sheila staat op van haar stoel in het midden van de tafel om de kamer door te lopen en me warm te omhelzen. 'Wat leuk je weer te zien. En ik weet dat de meiden er ook naar hebben uitgekeken.'

Ik kijk naar ze. Molly negeert me compleet en Riajah bekijkt me met een behoedzame uitdrukking op haar gezicht. Na een paar seconden richt ze haar blik weer op het notitieblok voor haar en tekent weer verder.

'Ik heb er ook naar uitgekeken,' zeg ik tegen Sheila. 'Bedankt dat je ze hierheen hebt gebracht.'

'O, geen enkel probleem,' zegt ze, en ze wuift het weg. 'Het is goed om een keertje het huis uit te zijn.'

‘We zullen kijken hoe het vandaag gaat,’ zegt Andrew, ‘en als de meiden zich hier prettig voelen, kunnen we er misschien een vaste afspraak van maken.’

‘Volgens mij hebben ze veel gehad aan de sessie van vorige week,’ zegt Sheila. ‘Ik kom ze graag vaker brengen.’

Andrew raakt mijn arm aan. ‘Zullen we met Riajah beginnen? Vind je dat goed? Ik heb verderop in de hal een ongebruikt kantoor voor je gevonden. Zullen we?’

Ik aarzel. ‘Weet je, ik denk dat het beter is als ik het deze keer alleen doe met Riajah,’ zeg ik. ‘Ik heb nog wat nieuwe zinnen in gebarentaal geoefend.’

Hij kijkt verbaasd. ‘Maar het zal nog moeilijk zijn om haar te begrijpen als ze besluit alleen in gebarentaal tegen je te praten.’

Ik schud mijn hoofd. ‘Daar gaat het juist om. Ik wil dat ze móét communiceren door middel van gesproken taal of muziek. Bovendien moet ik haar vertrouwen winnen als we willen dat dit gaat werken, en dat betekent dat ik een-op-een met haar aan de slag moet.’

Andrew kijkt sceptisch, maar dan knikt hij. ‘Oké. Dat klinkt wel logisch.’ Hij zwijgt even. ‘Dus je hebt wat nieuwe zinnen geleerd? In je eentje?’ Hij richt zich tot Sheila en voegt eraan toe: ‘Kate is mijn beste leerlinge.’

Ik voel dat ik bloos, wat natuurlijk maf is. ‘Dit heb ik geleerd.’ Ik haal diep adem en gebaar dan langzaam: *Ik weet dat je het maar dom vindt dat ik niet goed in gebarentaal ben. En dat mag. Maar vandaag gebruiken we gesproken woorden. Vandaag gebruiken we muziek. Je moet mijn taal spreken.*

Andrew kijkt me verbaasd aan. ‘Heb je dat allemaal geleerd alleen maar om met Riajah te kunnen werken?’

‘Ja. Zei ik het goed?’

'Kate, het was foutloos. Waar heb je de tijd vandaan gehaald om te oefenen?'

'In mijn slaap,' zeg ik met een klein glimlachje, en hij lacht en denkt duidelijk dat ik een grapje maak.

'Oké,' zegt hij. 'Dan gaan we het zo doen.' Hij loopt naar Riajah en gaat op zijn knieën bij haar zitten, dan gebaart hij iets zo snel dat ik het niet kan bijhouden. Ik kijk naar zijn handen, en dan naar de hare terwijl ze een vloeiend gebarentaalgesprek voeren. Mijn handgebaren zijn nog onhandig en onzeker, terwijl die van Andrew en Riajah eruitzien als visuele muziek. De gebaren zijn soepel, elegant, doelbewust, en gewoonweg prachtig.

Riajah lijkt te protesteren, maar uiteindelijk slaat ze haar ogen ten hemel en staat op. Andrew knipoogt en gebaart me haar te volgen als ze de ruimte uit loopt.

Zoals beloofd is er een ongebruikte, ongemeubileerde kamer voor ons gereserveerd. Als Andrew het licht aandoet, zie ik dat er alleen twee stoelen staan in de kale en saaie kamer. Ik tik zachtjes met de punt van mijn rechterschoen op de grond en glimlach als ik de grond licht voel vibreren. Deze ruimte is perfect voor ons.

Een kast? gebaart Riajah met een grijns, en ik herken het woord van toen ik gisteravond het gebarentaalwoordenboek heb zitten bekijken.

'Nee, een muziektheater,' zeg ik voordat Andrew de kans krijgt te antwoorden, en zijn wenkbrauwen schieten verrast omhoog. Riajah snuift alleen maar, waarna ze op een van de stoelen gaat zitten en de andere kant op kijkt.

'Nou,' zegt Andrew tegen me terwijl hij onzeker naar Riajah kijkt. 'Dan laat ik jullie maar alleen, als je echt zeker weet dat je je redt.'

‘Dat weet ik zeker,’ zeg ik. ‘O, nog één ding: het kan zijn dat we even een paar minuten flink herrie maken. Is dat erg?’

‘Nee, hoor. Ik zal mijn collega’s inlichten.’ Hij kijkt nog een keer van mij naar Riajah en weer naar mij, maar loopt nog niet naar de deur. ‘Weet je echt heel zeker dat je me niet nodig hebt?’

‘Andrew,’ zeg ik met een glimlach, ‘laat me maar gewoon mijn werk doen.’

Mijn woorden moeten meer vertrouwen uitstralen dan ik voel, want hij knikt eindelijk en loopt naar de gang. ‘Veel plezier,’ zegt hij voordat hij de deur achter zich dichtdoet.

Als hij weg is, kijk ik naar Riajah, die me nog steeds angstvallig negeert. Ik zeg een paar keer haar naam, maar ze is vastberaden te doen alsof ik er niet ben. Ik loop om haar heen tot ik voor haar sta en na een blik op me te hebben geworpen kijkt ze opzettelijk weer weg.

Dat had ik verwacht naar aanleiding van onze vorige ontmoeting, maar deze keer ben ik erop voorbereid. Ik pak mijn iPhone uit mijn tas, samen met twee krachtige Bluetoothboxjes.

‘Riajah, Andrew vertelde me dat je graag naar muziek luistert,’ zeg ik. Geen antwoord.

‘Maar heb je ooit muziek gevóéld?’

Weer geen antwoord.

Ik doorzoek mijn telefoon naar de playlist die ik vandaag heb samengesteld, plug de speakers in en draai het volume hoog, zet alles op de grond en zeg: ‘Want muziek is niet alleen iets wat je met je oren hoort. Je kunt het met al je zintuigen ervaren.’ Ik wacht niet op een reactie, maar druk op Play.

Het Philadelphia Orchestra met een opname van Tsjaikovski’s ‘Ouverture 1812’ schalt door de ruimte. Ik weet dat ik het zo hard heb staan dat Andrew en zijn collega’s verderop in de gang het kunnen horen, maar dat maakt niet uit. Het gaat erom dat het geluid sterk genoeg is om de vloer te laten trillen waarop Riajahs stoel staat. Ze moet het ritme kunnen voelen om te ontdekken dat je niet alleen met je gehoor van muziek kunt genieten. Ik blijf achter haar staan en glimlach als ik haar lichaam onbewust zie reageren op het aanzwellen en afzwakken van de muziek. Telkens wanneer het stuk een crescendo bereikt, zie ik een licht schokje, en tegen het einde beweegt haar borst in het ritme op en neer.

Ik wacht even – ik heb een stilte tussen de nummers geprogrammeerd – en zoals ik al hoopte dat ze zou doen, draait Riajah zich naar me om. *De muziek*, gebaart ze. *Waar?*

Ik geef geen antwoord. Ik glimlach alleen maar naar haar en wacht tot mijn iPhone haar het antwoord bezorgt. Een seconde later gebeurt dat. 'The Way You Move' van Outkast begint en de baslijn laat de vloer trillen. Geschrokken kijkt Riajah nog een keer naar me en dan ziet ze dat ik de tekst van het refrein meezing. Ze knippert een paar keer met haar ogen en draait dan langzaam haar stoel tot ze goed naar me kan kijken.

Als het nummer van Outkast is afgelopen, volgt 'My Generation' van The Who, maar Riajah steekt haar hand op en staat op. Ik druk op Pauze, en dan gebaart ze snel naar me, en ik herken de woorden *wat* en *zing*.

'I like the way you move,' antwoord ik.

Ze gebaart de woorden naar me terug en ik knik. Dan herhaal ik goed articulerend: 'I like the way you move.'

Ze staart me aan en gebaart de woorden weer.

Ik knik en zeg ze weer hardop, maar deze keer zeg ik ze in het ritme en stamp er hard bij op de vloer zodat ze het kan voelen.

Ze gebaart de woorden naar me terug en als antwoord zeg ik ze weer, stampend. Als ik daarmee klaar ben, blijf ik met mijn voet op de grond tikken en wacht tot ze meedoet. Ze kijkt onzeker naar me, maar dan krijg ik een idee. Ik pak mijn iPhone, ga terug naar het begin van het nummer en stamp hard mee met het ritme waarvan ik weet dat ze het kan voelen. Als het liedje bij het refrein aankomt, zing ik 'I like the way you move' mee met de zangpartij. Bij de derde herhaling van het refrein doet Riajah eindelijk ook mee.

Haar stem is schor en lief, en hoewel ze erg vals zingt, zingt ze wel precies in het ritme. Ze kijkt een tijdje naar mijn lippen en mijn tikkende voet, en dan zie ik verbaasd dat ze haar ogen sluit terwijl ze op het volgende refrein wacht. Deze keer kijkt ze niet naar me; ze laat zich op de grond vallen, legt haar beide handen plat neer en zingt perfect getimed mee met de liedtekst.

Als het nummer afgelopen is, druk ik op Stop en wacht tot ze haar ogen weer opendoet.

'Je hebt gezongen,' zeg ik.

Ze kijkt me even aan en glimlacht dan. 'Ik heb gezongen,' zegt ze duidelijk.

Omdat ik de flow waarin ze zit niet wil doorbreken, vraag ik: 'Wat is je lievelingsliedje?'

Ze verrast me door 'You're Beautiful' te noemen, een door een gitaar begeleid liedje van James Blunt van jaren geleden. Ik scrol door mijn iPhone en als ik het heb gevonden, kijk ik op.

'Ken je de hele tekst?' vraag ik.

'Ja,' antwoordt ze hardop. 'Ik vind het mooi.'

'Wat vind je er zo mooi aan?'

Daar denkt ze even over na. 'Hij zingt dat iemand aan je kan denken, ook al kan je diegene niet zien. Misschien houdt er wel iemand van je zonder dat je het weet.'

Ik knik en probeer niet te laten doorschemeren hoe opgetogen ik ben over onze interactie. 'Denk je dat er ergens iemand aan jou denkt, ook al kan je hem of haar nu niet zien?'

Ze haalt haar schouders op.

'Wie bijvoorbeeld?' spoor ik haar aan.

'Misschien iemand die mijn moeder kan zijn of zo.'

Ik voel een brok in mijn keel. 'Wil je het ritme van het nummer voelen?'

Ze knikt.

'Maar je moet wel met me meezingen, anders zet ik hem weer af,' zeg ik. Ik druk op Play en we kijken naar elkaar terwijl de eerste gitaarakkoorden de kamer vullen. Dan klinkt Blunts prachtige schrille stem uit de boxjes en verberg ik een glimlach van trots als Riajah hard 'My life is brilliant' met hem meezingt. Weer perfect in het ritme, al is het vals.

De daaropvolgende drie minuten zingen we samen mee met James Blunt, die tegen de muren echoot, en als de laatste noot wegebt, kijkt ze me aan. 'Het einde is wel een beetje verdrietig,' zegt ze.

'Maar dat is het einde van zijn verhaal,' help ik haar herinneren, 'niet van het jouwe.'

Ze haalt haar schouders op maar ze zegt niets.

'Dus je houdt van muziek?' vraag ik even later.

'Van bepaalde muziek,' zegt ze. Ze schuift haar haar weg boven haar oor en laat de processor van haar rechter cochleaire implantaat zien. 'Een cadeau van St. Anne's,' zegt ze. 'Daardoor kan ik de woorden van de liedjes begrijpen, en dat is vet.'

'Bevallen ze?' vraag ik.

Ze is even stil. 'Soms hou ik ook wel van de stilte,' zegt ze uiteindelijk. 'Maar ik hou ook heel erg van muziek.'

Haar uitdrukking verandert en ze gebaart iets wat ik niet herken, dus gebaar ik terug: *Kun je dat alsjeblieft herhalen? Ik begrijp het niet.*

Er glijdt een wolk over haar gezicht, en net zo snel als ze zich openstelde, slaat ze nu dicht. 'Weet je?' zegt ze hardop. Haar woorden zijn versmolten en rafelig aan de randen. 'Je snapt er helemaal niks van.'

Ze schudt haar hoofd, staat op en loopt de kamer uit voor ik nog iets kan zeggen.

Ik werk ook een half uur met Molly. Ik speel 'If You 're Happy and You Know It', en een liedje van One Direction dat ik met Hannah in gedachten heb gedownload. Molly is minder stuurs dan Riajah, maar er gaapt nog een kloof van wantrouwen tussen ons en ik heb het gevoel dat ik enorm mijn best moet doen om over de muur te klimmen waarachter ze zich bevindt. Ik ben het wel gewend om slechts minuscule vorderingen te maken met cliënten, dus weet ik dat we vooruitgaan. Toch frustreert het me en knaagt ergens het gevoel dat ik hier misschien niet tegenop gewassen ben, vooral met Molly, die geen implantaten heeft en maar heel weinig hoort. Maar ze kan de trillingen wel voelen, houd ik mezelf voor. En geraakt worden door een nummer komt voor een groot deel door het ritme.

Na haar sessie gebaar ik de meisjes gedag en ik besluit het als een kleine overwinning te zien als Molly *dankjewel* terug gebaart. Dan schud ik Sheila de hand. Andrew en ik lopen met hen mee naar de deur van het gebouw, en als ze de geurende avondlucht in zijn gestapt, wenkt hij me het trapje bij de voordeur af.

'Je hebt Riajah laten zingen,' zegt hij ronduit, 'en weer interactie gehad met Molly.'

'Ik wou dat ik meer had kunnen doen...'

'Kate,' zegt hij hoofdschuddend, 'je mag echt heel trots zijn op jezelf. We wisten dat dit een hele klim zou worden. Gelukkig heb je goed klimmateriaal meegebracht.' Hij knipoogt naar me en kijkt dan op zijn horloge. 'We zijn precies op tijd voor onze volgende afspraak. Ga je mee?'

Ik hang mijn tas over mijn schouder en knik.

'Ik denk dat je dit meisje graag zult mogen,' zegt hij. 'Jullie zijn verwante zielen. Ze is een enorm getalenteerd musicus; we noemen haar hier allemaal onze Beethoven. Ze heeft het alleen op dit moment erg moeilijk en niemand van ons lijkt tot haar te kunnen doordringen. Ik dacht dat jij dat misschien wél zou kunnen.'

'Welk instrument speelt ze?'

'Piano,' antwoordt Andrew, en mijn hart klopt in mijn keel. *Een twaalfjarig wonderkind dat van Beethoven houdt?* 'Maar we hebben alleen een goedkoop oud keyboard voor haar te leen, de arme meid,' gaat hij verder. 'En geen budget voor pianolessen.'

'Hoe... Hoe heet ze?' zeg ik met krakende stem. Ik weet dat het onmogelijk is, maar stel nou dat hij 'Hannah' antwoordt? Stel dat de dromen me hierheen hebben geleid? Stel dat ze echt is?

'Allie,' antwoordt hij.

'O,' zeg ik, verbaasd om hoe teleurgesteld ik ben. Doe toch niet zo dom, berisp ik mezelf. Hannah bestaat net zomin als Patrick.

'Zullen we naar haar toe gaan?' vraagt Andrew, zich duidelijk totaal niet bewust van de steken van teleurstelling die door me heen schieten.

'Ga maar voor,' weet ik uit te brengen.

18

Terwijl we over 35th Street lopen en 31st Avenue in slaan, praat Andrew me bij over Allies geschiedenis. Ze zit in de eerste klas en is de afgelopen twee jaar zo nu en dan door pleegzorg opgevangen. Haar vader is niet in beeld en haar moeder is een aantal keer gearresteerd voor kleine drugsvergrijpen. De moeder heeft onlangs een afkickprogramma afgerond en bezoekt Allie twee keer per week volgens de regels voor hereniging.

'Dus ze gaat binnenkort weer bij haar moeder wonen?' vraag ik.

'Dat is de bedoeling als alles goed gaat, hoewel het nog wel even kan duren.' Andrew zucht en stopt zijn handen in zijn zakken. 'Volgens mij is het vaak het beste als het kind teruggaat naar de ouders, toch? Als het goed met de ouder gaat, is het gevoel van stabiliteit vaak goed voor een kind. Maar ik ken haar moeder nog niet en ik ken de situatie ook niet goed genoeg. Ik maak me zorgen om Allie.'

'Je maakt je zorgen over alle kinderen,' zeg ik zacht.

Hij houdt zijn hoofd schuin en kijkt naar me. 'En dat is waarschijnlijk niet heel handig, want ik kan ook niet zorgen dat alles goedkomt. Maar... ja, ik maak me zorgen om ze. Veel. En Allie is een van degenen om wie ik me op dit moment de meeste zorgen maak.'

'Je zei dat ze de laatste tijd lastig is? Heeft ze gedragsproblemen?'

Hij knikt.

'Denk je dat dat is omdat ze zich zorgen maakt over de terugkeer naar haar moeder?'

'Misschien,' zegt Andrew. 'Hoewel daar moeilijk achter te komen is. Maakt ze zich zorgen omdat er thuis een probleem is waar we vanaf zouden moeten weten? Of is ze bang dat haar moeder het gezag opnieuw zal kwijtraken? Wil ze terug of juist niet? Soms is het moeilijk om iets uit die kinderen te krijgen, maar Allies cijfers kelderen, ze heeft in de afgelopen twee maanden drie keer gevochten en ze weigert er met iemand over te praten. Ik hoop dat ze anders zal reageren op jou.'

'Waarom?'

Hij glimlacht. 'Omdat je haar taal spreekt.'

Een paar minuten later arriveren we bij een bescheiden uitziende flat aan 42nd Street. Allies pleeggezin woont op de derde verdieping. Er is geen lift. Als we de trap op lopen, geeft Andrew me een klopje op de rug en zegt: 'Veel succes.' De woorden blijven onheilspellend als een donderwolk hangen terwijl hij aanklopt bij nummer 304.

Een man met rood haar, een volle snor en een sikje doet open en glimlacht als hij Andrew ziet. 'Precies op tijd,' zegt hij. 'Kom binnen.'

Andrew stelt hem aan me voor. Hij is Rodney Greghor, Allies tijdelijke pleegvader. We schudden elkaar de hand en Rodney legt uit dat hij en zijn vrouw Salma veel van de kinderen van St. Anne's in huis nemen van wie wordt verwacht dat ze snel weer naar hun biologische ouders zullen teruggaan.

‘Ons doel is meestal om kinderen in pleeggezinnen te plaatsen waar ze mogelijk permanent kunnen blijven,’ zegt Andrew, ‘maar Rodney en Salma doen alleen de tijdelijke opvang, en daar zijn we ze heel dankbaar voor. Ze zijn dol op die kinderen, maar iedereen weet van tevoren dat het tijdelijk is. Zo voorkomen we dat er adoptieverwachtingen zijn.’

‘We willen die kinderen gewoon een fijn thuis bieden zolang ze bij ons zijn,’ voegt Rodney eraan toe terwijl hij ons voorgaat naar de keuken. ‘Salma is nu niet thuis, maar die zal je de volgende keer wel zien. Ben je er klaar voor om Allie te ontmoeten, Kate? Je kunt nu nog terug.’

‘Ik ben er klaar voor,’ zeg ik.

Rodney aarzelt, en ik krijg het gevoel dat hij me aan het inschatten is. Na een poosje knikt hij bij zichzelf en gebaart ons dan hem door een smalle gang te volgen. ‘Kom maar,’ zegt hij.

De deur van de kamer achter in de gang staat open, maar Rodney klopt evengoed zachtjes en gebaart me hem te volgen. Ik voel in één klap alle lucht uit me ontsnappen als ik rondkijk in een verduisterde kamer die me heel veel aan die van Hannah doet denken; muren vol posters, inclusief dezelfde van One Direction die ik ook in Hannahs kamer heb gezien. En terwijl Hannahs muren waren beplakt met tekeningen, zijn die van Allie bedekt met handgeschreven papiertjes. Ik lees wat er staat op het briefje het dichtst bij de deur.

Hierbinnen is het donker, de hoop is zwak
en toch
doe ik mee
laat van je horen, zeggen ze.
Laat van je horen

'Ze schrijft gedichten,' zegt Rodney, die mijn blik heeft gevolgd. 'Ik heb er weinig verstand van, maar volgens mij zitten er best goeie tussen.'

'Dit is wel een droevige,' mompel ik.

'Ik kan jullie horen, hoor,' klinkt een stem uit de duistere rechterhoek, en ik schrik. Met alle gordijnen dicht en de lichten uit had ik niet gezien dat er iemand zat, maar terwijl mijn ogen aan het donker wennen en ze zich omdraait, kan ik net het silhouet van een meisje ontwaren.

'Kate,' zegt Andrew, 'dit is Allie. Allie, dit is Kate Waithman, de muziektherapeute over wie ik je vertelde.'

'Hoi, Allie,' zeg ik als het meisje opstaat en de vage schijf licht uit de gang in stapt.

We nemen elkaar even op. Allie is een prachtige meid met grote bruine ogen, steil bruin haar dat tot net onder haar schouders valt en fijne gelaatstrekken die me aan een vogel doen denken.

'Muziektherapeute?' vraagt ze. Haar woorden hebben dezelfde ruwheid aan de randen als die van Hannah in mijn droom, maar haar ritme en spraakpatroon kloppen niet. Ik vraag me af of ze nog maar kort cochleaire implantaten heeft. 'Jij?'

'Ja,' zeg ik. 'En ik kijk er erg naar uit om met je te werken.'

Haar ogen knijpen zich ogenblikkelijk tot spleetjes en dan giechelt ze, een verrassend scherp geluid. 'Je liegt,' zegt ze botweg en ze gaat weer terug naar haar donkere hoekje.

Mijn ogen zijn intussen zo aan het gebrekkige licht gewend dat ik haar blijf zien. Ze heeft haar armen over elkaar geslagen en haar rug is kaarsrecht terwijl ze naar de muur staart. Ik werp een blik op Andrew, die alleen maar zijn hoofd schudt.

'Allie...' begint hij, en ze draait zich vliegensvlug om met een kwade blik in haar ogen. Ze gebaart heel snel iets naar hem wat ik niet kan volgen. Hij gebaart terug en ze maakt een briesend geluid en slaat haar ogen ten hemel.

'Wat zei ze?' vraag ik, wat me nog wat honend gesnuif oplevert.

'Ze zegt dat ze geen psychiater nodig heeft,' zegt hij. 'Ik heb uitgelegd dat je dat ook niet bent, maar dat je hier bent om met haar aan haar spraak te werken. Blijkbaar gelooft ze me niet.'

Ik richt me weer tot het meisje. 'Allie,' zeg ik, 'ik kom alleen maar muziek met je luisteren.'

'Ik ga niet over mijn gevoelens praten,' zegt ze met een boze blik.

Ik haal mijn schouders op. 'Ik zeg ook helemaal niet dat dat moet.'

Andrew ziet eruit alsof hij nog iets anders wil zeggen, maar ik wacht niet op wat het zal zijn of hoe Allie daarop zal reageren. In plaats daarvan loop ik naar haar keyboard, dat in de linkerhoek van de kamer op een gammele standaard staat. Ik zet het aan, ga op het krukje zitten dat ervoor staat en begin te spelen.

Ik denk niet na over welke muziek ik ga spelen, maar bijna als vanzelf bewegen mijn vingers over de toetsen op 'How to Save a Life' van The Fray. Ik heb amper een regel gespeeld als ik haar al een reactie heb ontlokt.

'Hé!' zegt ze hardop terwijl ze bij het keyboard gaat staan en me boos aankijkt. 'Dat is van mij!'

Ik kijk even naar haar, maar blijf spelen zonder een noot over te slaan.

Dat is van mij, gebaart ze, nu nog bozer. *Van mij!* Dan schakelt ze weer over naar gesproken taal en zegt weer: 'Van mij!'

'Oké, speel jij er dan maar op,' zeg ik zonder te stoppen. Ik begin aan het refrein terwijl ze met iets geopende mond toekijkt.

'Waarom?' zegt ze uiteindelijk.

Ik stop met spelen en kijk haar aan. 'Als het van jou is, moet je erop spelen,' zeg ik. 'Want als jij het niet doet, doe ik het. Daar zijn instrumenten tenslotte voor.'

'Maar ik zei dat het van mij is,' zegt ze, maar haar protest zwakt af terwijl haar gezichtsuitdrukking verbaasder wordt.

Ik haal mijn schouders op. 'Het is niet van jou als je er niet op speelt. Muzikantenregel.'

Ze kijkt me boos aan en even zijn we verwikkeld in een roerloze staarwedstrijd. Ik begin al te vrezen dat mijn bluf niet gaat werken wanneer Allie eindelijk haar ogen ten hemel slaat en snauwt: 'Opzij.' Ze gaat op het krukje voor het keyboard zitten dat ik snel voor haar vrijmaak.

Ze wacht even, alsof ze zich moet concentreren, en even later explodeert de kamer met geluid: boze toetsaanslagen, stuurse akkoorden, maar allemaal tot een schitterend soepele melodie aaneengeregen die de onsamenhangendheid op de een of andere manier bij elkaar weet te binden. Als ze haar ogen sluit en in de muziek opgaat, wisselen Andrew en ik een blik en kijk ik naar Rodney, die vol ontzag naar Allie staart.

Een paar minuten later komt het nummer abrupt ten einde en draait ze zich grijnzend naar me om. 'Zo,' zegt ze.

Ik geef geen krimp. 'Wat was dat voor nummer?'

Haar linkeroog trekt. 'Het heet "Laat van je horen".'

Ik denk aan het gedicht aan de muur, dat in haar schuine, meisjesachtige handschrift. 'Dat heb je zelf geschreven,' zeg ik.

Ze staart me een lange poos aan. '*So what?*'

'Je hebt talent,' zeg ik. 'En het lijkt me leuk om met je te werken.'

Zonder op antwoord te wachten, draai ik me om en loop de kamer uit, door naar de keuken. Even later komen Andrew en Rodney ook binnen. Rodney krabt op zijn achterhoofd.

'Was dat het?' vraagt hij. 'Is je sessie nu al voorbij?'

Ik knik en kijk onzeker naar Andrew. Tot mijn opluchting zie ik hem glimlachen. Hij kijkt naar Rodney. 'Kate heeft voor elkaar gekregen dat Allie met haar communiceerde,' zegt hij, en er verandert iets in Rodneys gezichtsuitdrukking als hij schoorvoetend een bewonderende blik op me werpt.

'Je had gelijk,' zeg ik tegen Andrew. Mijn hele lijf gonst van de energie. 'Ik hoefde alleen maar haar taal te spreken.'

'Heb je misschien zin om ergens snel wat te eten voor ik weer naar huis ga?' hoor ik mezelf aan Andrew vragen als we onderweg terug naar St. Anne's zijn.

Hij kijkt naar me. 'Vindt je verloofde dat niet erg?'

'Die is vanavond met een vriend naar de kroeg. Hij komt laat thuis.' Omdat ik besef dat het een beetje klinkt alsof ik hem probeer te versieren, voeg ik er snel aan toe: 'Het leek me gewoon leuk om over de vooruitgang van de kinderen te praten. Als je tijd hebt...'

De waarheid is dat ik weet dat ik het niet met Dan over Allie, Riajah en Molly kan hebben, omdat hij niet zou begrijpen hoeveel de sessies met hen voor me betekenen. Andrew wel. Ik ben er nog niet klaar voor om mijn geluksbubbel te verlaten.

Hij grijnst. 'Als je belooft dat ik weer voor je mag bestellen.' Ik werp hem een blik toe en hij houdt zijn handen verdedigend op. 'Niet omdat ik een of andere macho ben. Maar omdat het geweldig was om een paar weken geleden je gezicht te zien toen je de eerste hap van die hamburger nam. Dat wil ik weer, en ik weet precies waar.'

'Nog een hamburgertent?' vraag ik, maar ik kan het niet laten te glimlachen, want het klinkt heerlijk.

'Kom op, zeg!' zegt hij. 'Ik heb een groot repertoire op culinair gebied. Wat vind je van Caraïbisch?'

We belanden in een smal, sjofel Jamaicaans eettentje een aantal straten bij Allies huis vandaan. Ze hebben maar een stuk of tien tafels en de muren zijn zwart, groen en geel geverfd.

'Het schept misschien geen hoge verwachtingen,' zegt Andrew, die mijn gedachten leest, 'maar ik beloof je dat het eten overheerlijk is. Vertrouw je me?'

'Ja, ik vertrouw je.' Ik glimlach omdat het verrassend fijn voelt om dat te zeggen.

'Mooi,' zegt hij, en hij geeft me een por in mijn zij, 'want als ik ergens verstand van heb, dan is het wel van eten, vrouwmens.'

Andrew bestelt *akee* en gedroogde kabeljauw – hij vertelt me dat dat het nationale gerecht van Jamaica is – en broodvrucht en gefrituurde weegbree.

'Broodvrucht?' vraag ik als de serveerster wegloopt om twee witbier voor ons te halen.

'Dat is een vrucht,' zegt hij met een glimlach, 'die aanvoelt en proeft als brood. In Jamaica roosteren ze de hele vrucht en snijden hem daarna in stukken. Het wordt veel gegeten bij akee.'

'Ik durf bijna niet te vragen wat akee is.'

Hij grijnst. 'Akee is een maf uitziende vrucht die aan de boom een beetje lijkt op de klauwen van een krab. Maar als je hem kookt, lijkt het meer op roerei. Het is op Jamaica traditie om hem te serveren met gezouten kabeljauw en een hele zooi groenten en specerijen erbij. Het is effe wat anders, maar zeer zeker een ervaring.'

'Fruit dat naar brood smaakt,' herhaal ik langzaam, 'en fruit dat eruitziet als roerei. Ja, hoor, doodnormaal.'

Hij lacht. 'Ik dacht dat je me vertrouwde?'

De serveerster brengt ons bier en tegen de tijd dat het eten komt, zitten we als oude vrienden te praten en te lachen. Er is iets aan samen zijn met Andrew dat me doet denken aan samen zijn met

Patrick, hoewel de twee mannen heel erg van elkaar verschillen. Ze hebben zelfs erg weinig gemeen. Het is gewoon het rare gevoel dat ik helemaal mezelf kan zijn bij hem. Ik heb het gevoel dat als ik iets stoms zou zeggen, hij op zijn beurt met iets al even belachelijks zou komen, gewoon om me op mijn gemak te stellen.

Ons eten arriveert, en zoals hij beloofde, ziet het hoofdgerecht eruit als roerei met tomaat, paprika en ui erdoorheen. Ik neem een hap en trek mijn neus op als de smaken mijn smaakpapillen bestormen. Het smaakt zout en vissig.

'Je vindt het vies,' zegt Andrew, en zijn gezicht betrekt.

'Nee.' Ik neem nog een hapje. 'Het smaakt wel heel anders dan ik had verwacht, maar het is best lekker.'

Hij kijkt opgelucht. 'En de broodvrucht?'

Ik proef het en knik tijdens het kauwen. 'Smaakt echt naar brood, ja. Maar dan wel heel lekker brood.'

'Dus... Goedgekeurd?'

'Ja, alweer een schot in de roos.'

Hij steekt zijn vuist in de lucht. 'Ik ben de beste!' zegt hij dramatisch, waar ik om moet lachen. 'En,' vraagt hij nadat hij zelf een hap van zijn eten heeft genomen, 'zou die verloofde van jou dit ook lekker vinden?'

Ik moet lachen. 'Nee. Hij eet alleen zoutarm, en ik gok dat dit dat niet is.'

'Heeft hij een hoge bloeddruk?' vraagt hij.

'Nee, hoor. Hij is gewoon geobsedeerd door gezond eten.'

Andrew kijkt verward. 'Maar je zei dat hij die hamburger van een paar weken geleden heerlijk zou hebben gevonden. Die trouwens vast in de top tien staat van het ongezondste voedsel in heel New York.'

Ik kijk naar mijn bord, mijn eetlust plotseling verdwenen. 'Nee. Ik zei dat mijn man die heerlijk zou hebben gevonden.'

'Je man?' Andrew kijkt nog steeds verbaasd, maar ik zie iets in zijn ogen wat me vertelt dat hij precies weet wat ik ga zeggen. Hij heeft ook iemand verloren, en soms is zoiets gewoon te zien.

'Hij heette Patrick,' begin ik.

'O,' zegt hij zacht.

'Hij is twaalf jaar geleden overleden,' ga ik als verdoofd verder. 'Op 18 september is het twaalf jaar. En dit zou echt iets voor hem zijn geweest. En die hamburger van laatst...'

Andrew kijkt even naar me, en ik wacht op de meelevende woorden die steevast volgen als ik iemand vertel dat ik weduwe ben. Maar wat hij doet is zijn hand uitsteken en een kneepje in mijn hand geven. 'Dus toen je zei dat je wist hoe het voelde om iemand te verliezen, meende je het.'

'Ja.'

Hij is weer even stil. 'En hij is degene die je dat advies gaf? Dat je je dromen moest volgen?'

Ik glimlach. 'Ja, dat was hij.'

Andrew knikt. 'Dus hij had een goeie smaak wat eten betreft en hij gaf goed advies. En wat nog meer? Vertel me nog eens wat meer over hem.'

'Echt?' vraag ik verbaasd. De meeste mensen zeggen dat ze het erg voor me vinden en schakelen dan snel over op een ander onderwerp voordat het ongemakkelijk wordt.

Maar Andrew lijkt oprecht geïnteresseerd.

'Was hij bijvoorbeeld een fan van de Mets of van de Yankees?' vraagt hij, en hij geeft me een por.

'De Yankees,' antwoord ik zacht.

'O, gelukkig. En wat nog meer?'

Ik haal diep adem en begin te praten. Ik vertel hem hoe graag Patrick kookte, dat hij graag hout bewerkte, en dat hij zo goed in zijn werk was omdat het hem echt iets kon schelen dat zijn klanten een betere toekomst konden opbouwen. Ik vertel hem hoe Patricks maag midden in de nacht soms keihard kon knorren, dat hij heimelijk dol was op rolschaatsen maar dat hij bang was dat het te meisjesachtig was en dat hij soms een briefje op mijn kussen achterliet waarop stond dat hij van me hield. Ik vertel hem zelfs over de zilveren dollars.

Hij vertelt me over zijn broer, en tegen de tijd dat we onze rekening betalen en vertrekken, zijn we meer dan een uur bezig geweest met verhalen uitwisselen en voelt het alsof er een last van mijn schouders gevallen is. Ik heb in geen tijden gelachen over Patrick. Elk gesprek over hem was bedekt met een deken van verdriet en verlies. Het was fijn om een nieuwe vriend gewoon iets te vertellen over een man die zo'n groot deel van mijn leven heeft uitgemaakt.

'Droom je wel eens over je broer?' vraag ik Andrew als we samen naar de metro lopen.

Het voelt maf om de vraag te stellen, tot hij antwoordt: 'Nee, was dat maar zo. We waren allebei nog zo jong toen hij stierf en hij is al heel lang uit mijn leven verdwenen. Soms ben ik bang dat ik me hem niet goed meer kan herinneren.' Hij zwijgt even en vraagt dan: 'Droom jij over Patrick?'

'Ja,' zeg ik. 'De laatste tijd in elk geval. Heel realistische dromen.'

Hij knikt. 'Denk je dat je onderbewuste je iets duidelijk probeert te maken?'

'Wat dan?'

'Dat weet ik niet. Maar het lijkt vaak alsof ik alleen levendig droom als ik ergens over pieker.' Hij kijkt me aan. 'Pieker je ergens over?'

'Misschien,' zeg ik met een iel stemmetje.

Even lopen we in stilte verder. 'Weet je, ik denk altijd graag dat ik mijn broer eer door te erkennen dat zijn verlies me heeft gemaakt wie ik nu ben,' zegt Andrew.

'Wat bedoel je daar precies mee?'

'Dat een tragedie je verandert. Ik kan me bijvoorbeeld niet voorstellen dat ik hier vanavond met jou zou lopen en met hardhorende kinderen zou werken als dat met Kevin niet was gebeurd. Toen hij overleed liet hij een leegte achter, en ik denk dat wanneer er zo'n leegte is, die gevuld wordt door iets wat je anders maakt dan hoe je eerder was. Het verandert de koers van je leven.'

Ik knik instemmend. 'Verlies kleurt alles.'

'Maar ik ben een beter mens door wat ik heb verloren en door wat ik heb geleerd, snap je?' Hij zwijgt weer, dan: 'Denk je dat het verlies van Patrick jou heeft veranderd?'

'Ja, ik denk het wel.' Ik kijk omhoog naar de hemel en voeg eraan toe: 'Maar volgens mij ben ik nog niet klaar met veranderen.'

Pas als we elkaar ten afscheid hebben omhelsd en ik in de metro naar Manhattan zit, besef ik dat we het helemaal niet over de kinderen van St. Anne's hebben gehad.

19

'Vertel eens over die dromen.' Het is de volgende avond. Mijn moeder buigt zich nieuwsgierig naar voren. 'Snel, voordat Dan terugkomt.'

We eten oesters en drinken champagne in Noemi & Jean, een Franse bistro waarover mijn moeder had gelezen in *New York*. Het is Onafhankelijkheidsdag, maar Dan heeft een hekel aan vuurwerk en mijn moeder houdt niet van mensenmassa's, dus hebben we een rustig en onmiskenbaar onpatriottisch plekje opgezocht. We zijn de enigen. Dan is net naar de wc gegaan en mijn moeders ogen glinsteren van nieuwsgierigheid.

'Er is niet zo veel te vertellen,' zeg ik zwakjes, omdat het gelogen is. De waarheid is dat ik mijn wereldje waarin Patrick en Hannah leven wil beschermen, omdat ik bang ben dat als ik het aan een sceptisch iemand vertel de persoonlijke details belachelijk zullen lijken en de illusie daardoor zal vervliegen.

'O, maar er moet toch wel íéts zijn, lieverd,' dringt ze aan. Ze zwijgt even om een oester met wat geraspte mierikswortel erop naar binnen te werken. 'Susan vertelde dat je er erg last van had.' Ze neemt een slok champagne en leunt achterover op haar stoel.

Ik kijk even naar de wc's omdat Dan elk moment kan terugkomen. 'Het is gewoon suf,' zeg ik snel. 'Ik zie het leven dat ik zou hebben gehad als Patrick niet was overleden.'

'Ben je gelukkig in die droom?'

'Heel gelukkig.' Ik denk goed over mijn volgende woorden na voor ik ze uitspreek. 'Het voelt als het leven dat ik zou moeten hebben, als alles niet was misgegaan. Stel dat Patrick die dag in een andere taxi was gestapt, of dat zijn klant de vergadering had afgezegd? Stel dat hij ziek thuis was geweest? Stel dat ik hem had gevraagd of hij voor hij naar zijn werk ging die stomme lekkende kraan nog even wilde maken, zodat hij vijf minuten later zou zijn geweest? Er zijn zo veel manieren waardoor het allemaal net even anders had kunnen lopen, en maar eentje waardoor het zo is als het nu is. Dat kan toch ook niet kloppen?'

'Jawel, want zo is het nu eenmaal gegaan,' zegt ze zacht. 'Wat gebeurd is, is gebeurd. Je hebt Dan. Jullie hebben een goed leven samen. En je bent toch best gelukkig?'

Ik knik, maar verbaas me over haar woordkeus. 'Best gelukkig?'

'Dat is toch wat de meeste mensen hebben?'

'En als ik meer wil?' vraag ik. Maar het gesprek valt abrupt dood omdat Dan terugkomt.

'Ik onderbreek jullie toch niet, hoop ik, dames?' zegt hij terwijl hij glimlachend gaat zitten.

'Nee, hoor,' antwoordt mijn moeder, terwijl ze naar hem knipoogt. Ze heeft al een zwak voor hem sinds de eerste keer dat hij met me meeging naar Florida om haar te ontmoeten. Als mam besluit dat ze iemand mag, gaat ze flirterig doen. Het is natuurlijk geheel onschuldig, maar nu mijn eigen verwarring alles vertroebelt, irriteren haar gemaakte glimlach en knipperende wimpers me alleen maar.

We verorberen de laatste oesters en champagne en bestellen ons hoofdgerecht en nog meer wijn. Als het gesprek overgaat op trouwplannen, kleurenschema's en lettertypes voor de uitnodigingen, voel ik dat mijn gedachten afdwalen. Ik draai me om en kijk uit het raam. Ik kan net de gloed in de lucht zien van het vuurwerk tientallen straten verderop, en het maakt me verdrietig dat ik het gevoel heb dat ik een buitenstaander ben die naar binnen kijkt zonder echt iets te kunnen zien.

Ik sluit mijn ogen even om mijn hoofd leeg te maken als Dan aan een lang verhaal begint over hoe hij mijn verlovingsring heeft uitgezocht, dat ik al heel vaak heb gehoord. Zijn stem en de geluiden in het restaurant vervagen terwijl ik diep in- en uitadem en er niet aan probeer te denken hoe anders dit perfecte diner voelt dan het heerlijk imperfecte etentje van gisteravond in een Jamaicaans tentje.

En dan, als het me is gelukt om alles weg te denken, schiet er een beeld voor mijn ogen langs, als een heldere foto. Het is een stilstaand beeld: Patrick, Hannah en ik die lachend naar het vuurwerk kijken terwijl de stad om ons heen fonkelt.

Ik hap naar lucht en grijp automatisch de tafel vast ter ondersteuning, maar gooi per ongeluk een glas water om, dat leegloopt op Dans schoot. Hij springt op om servetjes te halen, en ik draai me met een schuldige blik om naar mijn moeder.

'Wat gebeurde er?' vraagt ze op fluistertoon.

'Niks,' zeg ik, maar mijn hart gaat tekeer omdat ik nog nooit een stukje van de droom heb zien verschijnen terwijl ik mijn echte leven leefde. En met de viering van Onafhankelijkheidsdag op de achtergrond is het duidelijk dat het beeld dat ik zag op dit moment plaats hoort te vinden, bijna alsof zich aan de andere kant van de stad een alternatieve versie van mijn leven afspeelt zonder mij.

'Had het iets te maken met de dromen?' vraagt ze achterdochtig.

Ik heb alleen maar tijd om ellendig te knikken voordat Dan terugkomt, die al deppend gaat zitten. 'Jemig, je liet me schrikken, schat,' zegt hij, en hij wrijft over mijn arm.

'Sorry van dat water,' zeg ik.

'Dat geeft niet. Als alles met jou maar goed gaat,' antwoordt hij, waarna hij het gesprek voortzet dat hij voerde met mijn moeder, die nu telkens bezorgd naar me kijkt als Dan even wegkijkt.

Zo te zien horen ze me niet als ik mompel: 'Ik denk eigenlijk dat het helemaal niet goed met me gaat.'

De volgende ochtend haal ik in een taxi mijn moeder op bij het Ritz-Carlton om haar naar het vliegveld te brengen. Ze is stilletjes tijdens de rit, en hoewel ze een paar keer over het weer begint, zegt hoe leuk het was om mijn zus en mij weer te zien en dat ze ernaar uitkijkt gauw weer op bezoek te komen, komt ze pas als we bijna bij JFK zijn met het zwaardere onderwerp op de proppen.

'Wat was dat nou gisteravond, Kate?' vraagt ze. 'In het restaurant? Gebeurt dat wel vaker?'

'Nee, dat was de eerste keer. Ik deed mijn ogen dicht en zag Patrick en Hannah. Ik schrok ervan.'

'Hannah is de dochter?'

Ik knik en kijk weg.

'Lieverd,' zegt ze voorzichtig, 'je hebt altijd al de neiging gehad om een obsessie te ontwikkelen. Weet je nog dat je verliefd was op Jon Bon Jovi? Je was ervan overtuigd dat je met hem zou gaan trouwen...'

'Mam, toen was ik twaalf!'

Ze haalt haar schouders op. 'Ik vraag me gewoon af of dat nu ook aan de hand is, dat je geobsedeerd bent door die dromen omdat je je ergens aan moet vasthouden.'

'Mam, het is geen obsessie. En dit is iets heel anders dan toen met Jon Bon Jovi.'

'Nou, ik denk dat je er goed over moet nadenken wat je wilt,' zegt ze als we haar terminal hebben bereikt. 'Volgens mij raak je in de war van die dromen, Kate. Als je er niet achter komt wat je echt voelt, ben ik bang dat je alles wat je voor jezelf hebt opgebouwd kunt verliezen.'

'Je bedoelt Dan?' vraag ik, en ik probeer niet bitter te klinken. 'Ben je bang dat ik Dan kwijtraak?'

'Nee lieverd, ik ben bang dat je jezelf verliest. Dat je alles kwijtraakt.'

Ze geeft me een knuffel, en als ik weer in de taxi stap en de chauffeur vraag me terug naar Manhattan te brengen, vraag ik me af of je echt iets kunt verliezen als je niets meer te verliezen hebt.

Maar misschien heb ik wél iets te verliezen. Stel dat de dromen een soort boodschap zijn en ik die negeer? Stel dat ik de aanwijzingen in de dromen moet volgen? Ik weet dat het gestoord klinkt, maar er is toch ook niets normaals aan.

'De hoek van Bleecker Street en Grove Street, alstublieft,' hoor ik mezelf tegen de taxichauffeur zeggen als we de duisternis van de Queens-Midtown Tunnel in duiken. 'Breng me naar de hoek van Bleecker Street en Grove Street, graag,' herhaal ik harder.

Dat is de plek waar ik in mijn dromen Hannahs piano-opvoering heb gezien. Ik moet erachter komen of Dolores Kay echt is en of ze echt piano-uitvoeringen houdt op de eerste verdieping van 321 Bleecker Street. Als ze echt bestaat, dan zijn mijn dromen niet alleen maar een gruwelijk wreed trucje van mijn verbeelding. Als ze bestaat, is er misschien hoop dat Hannah ook bestaat.

Een half uur later laat de chauffeur me eruit op de hoek van Grove Street en Bleecker Street. Daar blijf ik even staan, met bonzend hart.

Ik ben er vrij zeker van dat ik hier nog nooit van mijn leven ben geweest – en zeker niet vaak genoeg om te weten hoe het er hier uitziet – maar het straatbeeld ziet er net zo uit als in mijn droom. Blauwe steigers op de hoek ertegenover, waar ze reparaties uitvoeren. Een naaiwinkeltje en een stomerij aan de overkant. Ik heb zelfs over de witte bankjes voor het café op de hoek gedroomd. En daar, precies waar ik wist dat het was, nummer 321; een smal gebouw met een hoge markies. Ik loop er snel heen en kijk op de lijst met bedrijven naast de deur.

Er staan een belastingadvocaat, een kapsalon, een importeur/exporteur en een reclamebureau, maar geen Dolores Kay en niets over een ruimte om piano-uitvoeringen te houden.

Het geeft niet, hou ik mezelf voor. Dat ze niet op de deur staat, betekent nog niet dat ze er niet is.

Mijn hart gaat als een razende tekeer als ik de voordeur openduw, die niet op slot is, en met twee treden tegelijk de trap naar de eerste verdieping neem. Vanuit het trappenhuis ga ik links, zoals ik met Patrick en Hannah heb gedaan, en loop linea recta naar de eerste deur aan de rechterkant, die precies is waar ik wist dat hij zou zijn.

Maar als ik naar binnen stommel, is het geen oefenruimte of muziekstudio. Het is een ruim opgezette kapsalon met hardhouten vloeren, citroengele plafondlampen aan blootliggende balken en een kauwgombellen blazende receptioniste die naar me kijkt alsof ik gek ben zoals ik daar hijgend in de deuropening sta.

'Ehm,' zegt ze langzaam, terwijl ze me van top tot teen bekijkt, 'gaat het wel goed met u, mevrouw?'

'Er staat geen piano,' zeg ik dommig.

'Sorry?' zegt de receptioniste. Ik zie dat de kapsters en de twee klanten in de stoelen allemaal naar me staren. 'Wilde u geknipt worden?'

'Nee,' breng ik na een poosje uit. Ik knipper met mijn ogen en probeer rustig te worden. *Dolores Kay is niet echt. Er is hier niets. Hannah is niet echt. Je bent een dwaas.* 'Be... bedankt,' mompel ik boven het stemmetje in mijn hoofd uit en loop achteruit de deur weer uit voordat iemand nog iets kan zeggen.

Ik ren de trap af en naar buiten, waar ik naar lucht hap. Het voelt alsof ik flauw ga vallen, en even beweegt de stoep onder me. Maar dan voel ik een hand op mijn elleboog en draai me om naar een tienermeisje dat me bezorgd aankijkt.

'Gaat het wel, mevrouw?' vraagt ze.

'J-ja,' breng ik uit, maar ze lijkt niet erg overtuigd. Ik draai me beschaamd de andere kant op en loop met tollend hoofd in zuidelijke richting over Bleecker Street, naar 7th Avenue.

Het duurt een paar minuten voor ik weer een beetje tot mezelf ben gekomen, en dan ga ik in een bushokje zitten om weer helemaal de oude te worden. Ik snap niet dat delen van de droom echt zijn – mijn perfecte herinnering van hoe de winkels aan Bleecker Street eruit zouden zien, bijvoorbeeld – maar dat de belangrijkste delen totaal verzonnen lijken te zijn. Waarom zou ik bijvoorbeeld over de populier bij ons oude appartement dromen terwijl daar nu een ander gezin woont? Waarom kan ik me volledig voorstellen hoe de studio van Dolores Kay eruitziet, om vervolgens te ontdekken dat er een kapsalon in zit?

Bestaat Hannah echt ergens? Hoe kan ik anders verklaren wat ik door het raam van de bruidswinkel zag zonder het allemaal op krankzinnigheid te gooien?

Maar dan komt het in me op dat Dolores Kay nog steeds kan bestaan, ook al bezit ze niet de studio waarvan ik heb gedroomd.

En als ze bestaat, is er een kans dat Hannah ook bestaat. Ik pak mijn iPhone uit mijn tas en vul 'Dolores Kay' in het zoekvak van Google in. De zoekmachine komt met allerlei resultaten, maar mijn hoop vervliegt als ik erdoorheen scrol. Er zijn overlijdensberichten van vrouwen die Dolores Kay heten in Iowa, Pennsylvania en Wisconsin, maar geen van de foto's lijkt op de vrouw uit mijn droom. Er zijn ook een paar Facebook-matches, maar weer komt geen van de Dolores Kays me bekend voor.

Ik typ 'New York' achter de zoekterm en de resultaten worden nog hopelozer. Volkstellingsgegevens uit de jaren veertig van de vorige eeuw. Nog meer overlijdensberichten. Niets wat verband houdt met de pianolerares die ik zo duidelijk heb gezien.

Teleurgesteld typ ik uiteindelijk nog 'pianolerares' achter de zoekterm en druk op Enter. Mijn hart schiet onmiddellijk in mijn keel, want de foto die boven aan het zoekscherm verschijnt is raak. Het is de Dolores Kay die ik in mijn droom heb gezien. Ze is echt.

Alleen is ze dood. Mijn mond is droog als ik op de foto klik en bij haar overlijdensbericht terechtkom. Dolores Kay, lees ik, was een geliefde pianolerares, die op 6 maart 2004 is overleden tijdens een overval van een buurtwinkel in Brooklyn. Net als Patrick was ze op het verkeerde moment op de verkeerde plek. Ze was eenenzestig, staat er in het bericht, en ze had alleen nog een zus, Petula, die in Londen woont. In de laatste jaren was ze begonnen zich te specialiseren in werken met kinderen met een beperking. Ze zal worden gemist door hele generaties pianostudenten, eindigt het bericht.

Ik voel dat ik tril terwijl ik naar het grimmige zwart en wit kijk. Hier moet een logische verklaring voor zijn. Misschien heb ik in 2004 het overlijdensbericht van Dolores Kay zien staan in *The New York Times* en is het op de een of andere manier in mijn hoofd blijven hangen. Hoe kon ik anders weten wie ze was of dat ze kinderen met een beperking pianoles gaf?

Maar door die verklaring voel ik me nog niet beter. Als ik alleen maar over dode mensen droom, betekent dat dan dat Hannah ook ooit heeft bestaan en is gestorven? Misschien is ze ook wel in mijn herinnering blijven hangen door een overlijdensbericht dat ik jaren geleden heb gelezen.

Ik verberg mijn hoofd in mijn handen en negeer het bezorgde gefluister van de twee vrouwen die ook in het bushokje zijn komen zitten en me vanaf de hoek van het bankje aanstaren. Ik vang het woord 'gek' op en vraag me af of ze misschien gelijk hebben.

Maar dan herinner ik me nog iets. Joan is ook in mijn dromen, en zij is absoluut echt. En ze leeft. Maar ze heeft me nog niet teruggebeld. Als ze in het echte leven ook borstkanker heeft, is dat dan een teken dat de dromen meer zijn dan een rijke fantasie? Maar als ze het niet heeft, moet ik misschien wel professionele hulp zoeken. Dat vind ik een eng idee, maar ik heb ook wel het gevoel dat ik de weg aan het kwijtraken ben.

Ik sluit de zoekresultaten van Google en bel Joan, maar ze neemt niet op, dus spreek ik een boodschap in met excuses dat ik zo zeur, maar dat ik me zorgen om haar maak en naar haar toe kom om te kijken of alles goed is. Dan jog ik naar de hoek, waar ik een taxi aanhoud om me naar Penn Station te laten brengen.

Anderhalf uur later, tijdens de wandeling van tien huizenblokken vanaf Glen Cove Station naar Joans huis, overtuig ik mezelf er bijna van dat ik me moet omdraaien en naar huis moet gaan. Joan heeft me tenslotte niet teruggebeld. Misschien wil ze me gewoon niet zien.

Ondanks de lastminutetwijfel sta ik uiteindelijk toch op haar veranda. Ik bel aan, maar binnen blijft het stil. Ik bel nog een keer, voor het geval ze het niet heeft gehoord, maar het is duidelijk dat ze niet thuis is. Nu voel ik me nog dwazer dat ik hier ongevraagd heen ben gekomen, maar ik ga evengoed maar op een van de Adirondackstoelen op haar zitten wachten. Ze is familie, zeg ik tegen mezelf. Ik doe niets verkeerds. Maar als ik echt denk dat ik niets verkeerds doe, waarom heb ik Dan dan niet teruggebeld? Hij heeft twee keer bij me ingesproken sinds ik op de trein ben gestapt, één keer om te vragen of ik thuis zou zijn met het eten en nog een keer om te zeggen dat hij vanmiddag naar Brooklyn zou gaan omdat hij met Stephen had afgesproken.

'Ik ben om zeven uur thuis,' zei hij op mijn voicemail. 'Tenzij jij anders bericht, maak ik vanavond zalm. Hou van je, schat.'

Ik sms hem dat ik wel trek heb in zalm, dan ga ik rustig op Joan zitten wachten terwijl ik probeer het schuldgevoel te verbannen.

Een paar minuten voor drie rijdt haar Volvo eindelijk de oprit op. Ze kijkt verbaasd als ze me op haar veranda ziet zitten.

'Kate, is alles goed?' vraagt ze als ze is uitgestapt, en ze knippert met haar ogen.

'Alles is goed,' verzeker ik haar, terwijl ik van het trapje kom om haar te helpen met de tassen vol boodschappen die ik in haar auto zie.

'Wat doe je dan hier, lieverd? Niet dat ik het niet leuk vind om je te zien.'

We omhelzen elkaar en ik kan er niets aan doen, maar het valt me op dat ze dunner voelt, minder stevig dan ik me herinner. Of beeld ik me dat in?

Projecteer ik nu kanker op haar omdat ik niet wil geloven dat mijn dromen totale verzinsels zijn?

'Ik hoorde steeds maar niets van je,' zeg ik terwijl ik een paar tassen en een pak met acht rollen keukenpapier van de achterbank pak. 'Ik had verder niks te doen vandaag, dus ik dacht: ik ga even langs om te kijken of alles wel goed met je is.'

Ze knippert weer een paar keer terwijl ze de overgebleven tassen pakt en met haar heup het portier dichtduwt. 'Lieverd, met mij is alles goed. Ik ben er gewoon nog niet aan toegekomen om je terug te bellen, sorry.'

Ik loop achter haar aan naar binnen, waar het eruitziet zoals altijd. Ik besef dat ik rondkijk op zoek naar bewijs dat ze ziek is: medicijnen, kruiken, opgestapelde vaat in de gootsteen omdat ze te vermoeid is om het op te ruimen. Maar niets daarvan. Nadat ik haar heb geholpen de boodschappen op te ruimen, zeg ik dat ik even naar het toilet moet en ga naar de badkamer, waar ik in het medicijnkastje naar bewijs zoek. Maar er staat alleen een potje Advil, een flesje met een maagdrankje en iets tegen keelpijn. Met andere woorden: er is niets met haar aan de hand. Ik voel me dwaas.

Ik ga weer naar de keuken, waar Joan de vaatwasser uitlaadt. 'Wil je iets drinken?' vraagt ze. 'IJsthee?'

'Lekker.'

Ik kijk toe terwijl ze twee glazen uit het keukenkastje pakt, er ijs in doet en er koude thee bij schenkt die ze in een kan in de koelkast heeft staan. 'Ga maar in de woonkamer zitten,' zegt ze als ze me een glas aanreikt. 'Ik kom eraan zodra ik hier klaar ben.'

'Kan ik je helpen?' bied ik aan.

'O, lieverd, ik red me wel, hoor. Dank je. Ga maar lekker zitten.'

In de woonkamer word ik overvallen door een oude herinnering. Ik zit op de bank waar Patrick en ik dertien jaar geleden naast elkaar zaten op de avond dat we zijn ouders vertelden dat we ons hadden verloofd. Zijn moeder had van oor tot oor gegrijnsd, zijn vader had gevraagd of ze mochten meebetalen aan de bruiloft. Patrick had me een kus op mijn wang gegeven en mijn hand voor ze omhooggehouden. Ik weet nog dat mijn ring met diamant glinsterde en het licht ving.

Ik kijk nu naar mijn hand, waar Dans ring de plek van die van Patrick heeft ingenomen aan mijn linkerringvinger. Mijn hand ziet er ook ouder uit; de aderen zijn duidelijker zichtbaar dan toen ik zevenentwintig was, en er zitten lijntjes en rimpels die er toen nog niet zaten. De tijd verstrijkt, of we nu willen of niet. 'Kate?' onderbreekt Joan mijn gedachten, en ik kijk op en zie haar naar me staren. 'Is alles wel goed?'

Ik knik en ze glimlacht, maar haar ogen blijven bezorgd staan. 'Het leek of je diep in gedachten verzonken was.'

'Ik dacht aan de dag dat Patrick en ik jullie kwamen vertellen dat we gingen trouwen,' biecht ik op.

Joan gaat met een zucht tegenover me zitten. 'Er is iets waar ik met je over wil praten.'

Mijn hart gaat sneller kloppen en ik buig voorover. Dit is het. Ik weet het gewoon. Ze gaat me nu vertellen dat ze tegen kanker strijdt. 'Dat is prima, Joan,' zeg ik. 'Ik wil ook met jou praten.'

Ze knikt en ademt diep in. 'Kate,' zegt ze langzaam, 'ik vraag me af of ik er niet verkeerd aan doe om zo'n hechte band met je te blijven houden.'

Ik knipper met mijn ogen. 'Wat?'

Ze kijkt naar haar handen. 'Daarom heb ik niet teruggebeld. Sinds je me over die dromen hebt verteld, maak ik me zorgen over de rol die ik in je leven speel. Ik denk dat je pas verder kunt met je leven als je Patrick loslaat en ik vrees dat ik het je, doordat je je verantwoordelijk voor mij voelt, onmogelijk heb gemaakt om dat te doen.'

'Joan,' breng ik met trillende stem uit, 'ik voel me niet verantwoordelijk voor je. Ik hou van je. Je bent mijn schoonmoeder.'

'Maar niet echt meer, toch?' zegt ze, niet onvriendelijk. 'Natuurlijk houd ik van je als van een dochter. En ik zal je altijd dankbaar zijn voor de liefde die je Patrick gaf. Maar ik weet niet of het wel zo gezond is dat je een oude vrouw als ik in je leven houdt.'

Het voelt een beetje alsof ze het uitmaakt. 'Je bent geen oude vrouw, Joan. En ik ben hier niet omdat ik het gevoel heb dat dat moet. Ik ben hier omdat ik heel veel om je geef.'

'Ik geef ook heel veel om jou,' zegt ze. 'Maar ik kan me voorstellen dat Dan geen grote fan is van onze relatie.'

'Hij vindt het niet erg,' zeg ik, hoewel ik weet dat dat niet helemaal waar is.

Droevig schudt ze haar hoofd. 'Ik wil je gewoon niet tot last zijn, Kate. Patrick zou ook niet op je willen blijven drukken. Dat weet je toch wel?'

'Dat weet ik,' zeg ik. 'Maar jij bent me niet tot last en Patrick drukt ook niet op me.'

Joan is even stil, dan knikt ze. 'Waar wilde je over praten? Je zei dat je het ergens over wilde hebben.'

Mijn bezorgdheid voelt nu dwaas, maar ik zeg het toch maar. 'Ik vroeg me af wanneer je voor het laatst een mammogram hebt laten maken.'

Joan kijkt verbaasd. 'Mammogram? Eh, dat is alweer een tijdje geleden, denk ik. Maar ik voel me prima. Waarom vraag je dat?'

Ik kan niet zeggen dat het door de dromen komt. Niet na wat ze net zei. Dus flap ik er maar uit: 'Bij iemand om wie ik veel geef is onlangs borstkanker geconstateerd. Ik... Daardoor moest ik aan jou denken.'

Ze fronst haar voorhoofd. 'Wat vervelend voor je vriendin.'

Ik schud mijn hoofd. 'Beloof me dat je op controle gaat, goed?'

'Kate, ik voel me echt prima.'

'Alsjeblieft. Je moet me zeggen dat je het zult doen. Voor mij.'

Ze staart me aan. 'Oké, dan doe ik het wel.'

'Beloofd?'

'Ja, beloofd.'

‘Snel?’

‘Oké.’ Ze kijkt bezorgd naar me.

‘En je weet zeker dat je je goed voelt?’ hou ik vol.

‘Weet jij zeker dat het wel goed met jou gaat?’

Ik knik vlug. ‘Ja, hoor,’ zeg ik. ‘Met mij is alles goed.’

Ze bestudeert mijn gezicht. ‘Je ziet eruit alsof je niet goed slaapt, lieverd. Doe je een beetje rustig aan? En maak je geen zorgen over mij. Je gaat binnenkort trouwen, dus dit moet een heel speciale en gelukkige tijd zijn.’

‘Dat is het ook,’ zeg ik. *Alleen niet zo gelukkig als de tijd waarin ik over jouw zoon droom*, denk ik erachteraan.

Het eerste deel van de werkweek gaat snel en zonder opmerkelijke gebeurtenissen voorbij. Ik heb afspraken met Max, Leo en een aantal andere cliënten. Op dinsdag hoop ik dat ik in de droomwereld wakker word, want dan is het Hannahs verjaardag. Maar ik ontwaak in het echte leven, dus denk ik de hele dag aan haar en hoop dat ze ergens, in een vreemde alternatieve werkelijkheid, een fijne dag heeft. Op woensdag gaat de gebarentaalles goed; ik pik het snel op en ik moet tot mijn schaamte toegeven dat ik het wel leuk vind om het lievelingetje van de meester te zijn, ook al levert het me dodelijke blikken van Amy op. Na de les spreek ik met Andrew af de volgende dag naar St. Anne’s te komen voor een herhaling van vorige week: afspraken met Riajah en Molly op kantoor, en dan een huisbezoekje aan Allie.

‘Hoe is je week?’ vraagt Andrew als ik donderdag even na vier uur zijn werkkamer binnenkom. Hij is vandaag gekleed in een spijkerbroek en een oud Beatles-shirt en zijn haar zit warrig, alsof hij net uit bed is gestapt.

‘Ik heb je nog geen vierentwintig uur geleden gesproken,’ help ik hem met een glimlach herinneren.

'Ja, maar op dat moment heb ik je niet kunnen vragen hoe het ging,' antwoordt hij, en hij grijnst terug, 'want dan zou ik Amy's toorn over ons hebben uitgeroepen.'

'Ah, dat heb je dus in de gaten?'

'Dat is niet zo moeilijk. Als blikken konden doden... Hoe ze naar je kijkt telkens wanneer je iets tegen me zegt! En daarna kijkt ze naar mij alsof ik een kerstcadeautje ben dat ze wil uitpakken.'

Ik lach. 'Wat bescheiden van je.'

Zijn wenkbrauwen schieten omhoog. 'Ik zei niet dat dat terecht is, ik zeg alleen maar wat ik zie.'

'Ik begrijp haar wel hoor, het is moeilijk om een vrijgezelle vrouw te zijn in New York,' zeg ik, hoewel ik niet weet waarom ik voor Amy opkom. 'Je kunt het haar toch niet kwalijk nemen dat ze haar zinnen heeft gezet op een knappe, slimme, vrijgezelle man?'

Andrew kleurt een beetje rood, en ik voel mijn wangen ook warm worden omdat ik me realiseer dat het flirterig klonk, hoewel dat niet mijn bedoeling was. Dan willen we allebei tegelijkertijd iets zeggen.

'Ik weet niet zo goed...' begint Andrew.

'Het was niet mijn bedoeling om...' zeg ik tegelijkertijd.

We lachen allebei ongemakkelijk, dan zegt hij: 'Jij eerst.'

'Ik wilde zeggen dat ik niet wilde dat het overkwam alsof ik je probeerde te versieren.'

'O, nee. Natuurlijk niet.' Zijn blos is weg, vervangen door een geamuseerde gezichtsuitdrukking. 'Dat moeten we niet hebben. Bovendien geloof ik dat ik luizen heb.'

Ik sla mijn ogen ten hemel. 'Dat dacht ik al. En wat wilde jij zeggen?'

'O, niks.' Hij kijkt op zijn horloge. 'Zullen we gaan kijken of de meiden er al zijn?'

20

De bezoeken aan Molly en Riajah lijken voorbij te vliegen. Molly kiest een banjo uit de acht instrumenten die ik voordat ze binnenkomt over de vloer heb verspreid. Wanneer ze er een paar noten op heeft uitgezocht, laat ik haar een aantal eenvoudige akkoorden zien en dan zingen we samen, een oefening waarmee we haar natuurlijke intonatie kunnen trainen, haar vermogen om te kijken en te herhalen en het gemak waarmee ze met anderen communiceert. Met Riajah gaat het moeilijker, ik probeer dezelfde oefening met haar, maar ze weigert een instrument uit te kiezen, dus uiteindelijk speel ik in mijn eentje op mijn gitaar terwijl zij vanuit de hoek naar me kijkt. Maar aan het einde van de sessie tikt ze met haar voeten en mimet ze de woorden mee met het refrein, en hoewel ze me niet aankijkt als ik wegga, zie ik dit toch als vooruitgang.

Op weg naar Allies pleeggezin vertel ik Andrew over de sessies en wat ik volgende week van plan ben, maar dan valt er de rest van de wandeling een ongemakkelijke stilte over ons, een vreemde tegenstelling tot het gemak dat we doorgaans ervaren. Ik ben opgelucht als we eindelijk bij Allies huis komen, maar dat gevoel verdwijnt als Rodney ons naar Allies kamer brengt en ik zie dat ze al haar gedichten heeft verscheurd.

Als we binnenkomen zit ze voorovergebogen over het toetsenbord van haar computer verwoed te typen en ze hoort ons niet, of ze negeert ons met opzet. 'Allie?' vraag ik hard, maar ze draait zich niet om.

'Zo doet ze al de hele dag,' zegt Rodney zachtjes.

'Heb je enig idee wat er aan de hand is?' vraagt Andrew.

Rodney schudt zijn hoofd. 'Ze wil niet met ons praten. We hebben het geprobeerd, maar ze sluit zich hier gewoon op.'

'Laat mij het eens proberen,' stel ik voor. Ik haal diep adem en glimlach naar de mannen. 'Ik zie jullie zo weer.'

Rodney aarzelt, hij wil duidelijk niet graag weg, maar dat doet hij uiteindelijk toch, gevolgd door een al even onzeker kijkende Andrew. Vanuit de deuropening kijk ik een poosje naar Allie. Haar toetsaanslagen vormen een boos staccato.

Ik loop naar haar computer en als mijn schaduw over haar heen valt, schrikt ze heel erg. 'Allie?' zeg ik hard, terwijl ik probeer mijn stem vriendelijk te houden. 'Is alles oké?'

Ze loopt rood aan en klapt haar laptop dicht, en dan kijkt ze me aan als een hert dat in een stel koplampen staart. Ze zegt niets, ze staart me alleen maar ijzig aan, dus ik vraag na een ogenblik: 'Wat was je aan het schrijven?'

Haar blik wordt woedend terwijl ze de letters *NYB* naar me gebaart. Het duurt even voordat ik begrijp dat ze zegt: *not your business.*

In plaats van te reageren zoals ze waarschijnlijk verwacht, haal ik mijn schouders op en wend me af. Ik bijt even op mijn lip. Mijn gedachten flitsen langs alle mogelijkheden van wat er allemaal aan de hand kan zijn. Ze heeft haar gedichten van de muur gehaald, dus misschien heeft een jongen op wie ze verliefd was haar afgewezen. Maar dan besef ik dat geen van de gedichten waar ik vorige week een glimp van had opgevangen romantisch van aard was. Misschien heeft een leraar kritiek geuit op haar schrijfwerk, maar zou ze daardoor in zo'n slecht humeur zijn?

Ik leg dezelfde instrumenten op haar tapijt die ik eerder met Molly en Riajah heb gebruikt, dan pak ik mijn gitaar en wacht tot ze naar me kijkt. Als ze dat uiteindelijk doet, nog steeds boos, knik ik naar de spullen op de vloer. 'Wil je er eentje uitkiezen?' vraag ik.

Ze schudt heftig haar hoofd en slaat haar ogen ten hemel.

'Het hoeft niet, hoor,' zeg ik tegen haar. 'Maar ik ga wel muziek maken. Ik dacht dat je misschien wilde meedoen.'

Ze lacht snuivend en slaat haar ogen weer ten hemel. Ik doe net alsof het me niet kan schelen en begin langzaam op mijn gitaar te tokkelen, op zoek naar een liedje dat haar iets kan ontlokken.

Ik begin met 'Over You' van Daughtry, voor het geval Allies probleem iets te maken heeft met een jongen, maar ze negeert me alleen maar. Dan ga ik over op 'Puff the Magic Dragon' en ze begint verveeld te kijken. Pas als ik 'Hey Jude' van The Beatles ga spelen, een van de lievelingsnummers van Leo, zie ik eindelijk een glimp van belangstelling op haar gezicht. Als ik het nummer heb gespeeld, laat ik de stilte tussen ons in hangen totdat ze uiteindelijk iets zegt.

Wie is Jude? gebaart ze, nog steeds met een achterdochtige blik in haar ogen.

Het is precies de vraag waarop ik hoopte. 'Jude is John Lennons zoon Julian,' zeg ik tegen haar. 'John Lennon is een van The Beatles.'

'Duh,' zegt ze hardop. 'Iedere sukkel weet wie The Beatles zijn.' Dan zwijgt ze en voegt eraan toe: 'Als hij Julian heet, waarom noemen ze hem dan Jude?'

Ik glimlach. 'Paul McCartney, ook een Beatle, maar dat wist je denk ik al, schreef het nummer voor Julian toen Julians ouders, John en Cynthia, gingen scheiden. Julian was verdrietig en Paul wist dat muziek mensen soms kan helpen. Oorspronkelijk zong hij: *Hey Jules*, zijn bijnaam voor Julian, maar hij veranderde het in *Hey Jude* omdat hij dat beter vond klinken.'

Ze kijkt me even aan. 'Waarom was Julian dan verdrietig?'

Ik haal mijn schouders op. 'Ik denk dat een echtscheiding moeilijk kan zijn voor kinderen,' zeg ik tegen haar. 'Ik denk dat Julian misschien een beetje het gevoel had dat zijn ouders niet om hem gaven, of dat hij werd verlaten door zijn vader en moeder.' Iets in haar gezicht verandert. Ik heb een gevoelige snaar geraakt. 'Ik denk dat Paul McCartney tegen Julian wilde zeggen dat het niet zijn schuld was, dat hij niet de hele wereld op zijn schouders hoefde te dragen en dat het allemaal weer beter zou worden.'

Daar denkt ze even over na. 'En? Werd het beter?'

'Voor Julian?' Ik knik. 'Ja. Hij is nu volwassen en hij is ook muzikant, net als zijn vader.'

'Omdat zijn vader toch van hem hield,' zegt Allie. 'Dat deden zijn vader en moeder allebei.'

Allie draait zich snel om en veegt steels over haar gezicht. Ik wacht tot ze zich weer terugdraait en dan zet ik mijn gitaar neer en gebaar: *wat is er aan de hand?*

'Niets,' snauwt ze. 'En je hoeft niet te gebaren. Ik kan heus wel praten. Ik ben niet stom.'

Ik wacht even voordat ik zachtjes vraag: 'Is er iets met je moeder gebeurd?'

Ze snuift, maar de pijn die even over haar gezicht trekt vertelt me alles wat ik moet weten. 'Nee, er is niets gebeurd,' zegt ze uiteindelijk. Ik neem aan dat ze weer in de contramine gaat, totdat ze even later zegt: 'Dat is het probleem. Geeft ze dan niet om me?

Helemaal niet? Ze komt twee keer per week omdat ze dat moet en ik blijf soms een nacht bij haar slapen in haar nieuwe appartement, maar de rest van de tijd zal het haar een zorg zijn of ik nog leef.'

'Waarom denk je dat?' vraag ik.

Ze knijpt haar ogen tot spleetjes. 'Waarom zou ze anders niet beter haar best doen om alles in orde te maken zodat ik weer naar huis kan komen? Waarom doet ze alles zo langzaam en laat ze me hier in de tussentijd in huis bij een vreemde?'

'Daar kunnen allerlei redenen voor zijn, die niets met jou te maken hebben. Kun je er een bedenken?' Het is mijn taak om haar zover te krijgen dat ze de opties zelf bedenkt en haar gevoelens jegens haar moeder te onderzoeken, maar het is moeilijk om de drang te weerstaan om haar te troosten en tegen haar te zeggen dat ik weet dat haar moeder van haar houdt.

'Ja,' zegt Allie na een stilte. 'Maar ik denk dat het komt doordat ze een hekel aan me heeft.' Ze kijkt naar beneden en ik hoor haar een paar keer snuffen.

Ik wacht tot ze verdergaat, maar als ze dat niet doet, zeg ik: 'Misschien heb je niet het gevoel dat je moeder van je houdt, maar ze heeft op dit moment heel veel problemen, Allie. Soms maken die problemen het moeilijk voor een ouder om liefhebbend te handelen.'

Ze snuift. 'Je weet er helemaal niks van.'

'Je hebt gelijk. Dat weet ik niet. Daarom vraag ik of jij wat redenen kunt bedenken.'

Ze zwijgt even. 'Goed. Misschien moet ze nog wat afhandelen, weet je? Misschien is ze er nog niet aan toe om weer een moeder te zijn. Oké?'

Ik glimlach naar haar. 'Dat klinkt veel waarschijnlijker. Vind je niet?'

Allie trekt een gezicht en kijkt weg. Na een ogenblik kijkt ze me weer aan. 'Ik heb het nagevraagd bij mijn maatschappelijk werkster, weet je. Mijn moeder zou me in september terug kunnen krijgen als ze gewoon volwassen wordt en niet de hele tijd de verkeerde dingen doet. Maar volgens mij kan het haar niet schelen.'

'Wat deed je net op je computer?' vraag ik, met een knikje naar haar laptop. 'Was je haar aan het mailen?'

'Ik weet haar nieuwe e-mailadres niet eens,' bromt ze. 'Maar ik wilde haar de volgende keer dat ze me onder toezicht komt opzoeken een brief geven.'

'Wat zou daarin staan?'

'Dat ze niet zo'n shitmoeder meer moet zijn.'

'Nou, dat lijkt me wel een goeie,' zeg ik. Ze kijkt me aandachtig aan en ik weet dat ze probeert te bepalen of ik sarcastisch ben. Dat ben ik niet. 'Maar stel dat wat je zonet zei waar is? Stel dat ze nog van alles moet afhandelen?'

Allies gezicht vertrekt in een blik vol walging. 'Weet je? Je bent net zoals iedereen. Je zegt dingen die goed klinken, maar het betekent niets.'

Daar denk ik even over na en dan besef ik dat ze helemaal gelijk heeft. Ik spui alleen maar gemeenplaatsen. Dus denk ik nog even na en zeg dan: 'Oké. Wat ze doet, is klote. Heel erg klote.'

Er breekt een piepkleine glimlach door om Allies mond. 'Echt?'

Ik knik. 'Maar stel dat je haar het voordeel van de twijfel geeft? Stel dat ze echt probeert een beter leven voor je te regelen? Zou dat kunnen, denk je?'

Allie geeft geen antwoord. Maar na een ogenblik staat ze op en loopt naar haar keyboard. Eerst doet ze niets, dan steekt ze haar hand uit naar de toetsen en drukt langzaam, aarzelend, de eerste noten van 'Hey Jude' in. Dan kijkt ze op, trekt een wenkbrauw naar me op en zegt: 'Nou?'

Ik glimlach, pak mijn gitaar weer en ga spelen. En in de twintig minuten die volgen spelen we, ik op mijn gitaar en Allie op haar keyboard, steeds maar weer Paul McCartneys prachtige melodie van meer dan vijftig jaar geleden. Na een tijdje hoor ik haar neuriën en in reactie daarop ga ik met de muziek meezingen. Nadat we het nummer een paar keer hebben gespeeld begin ik te improviseren op de tekst, zodat die meer verband houdt met Allies situatie. Dus al snel zingen we allebei op de melodie van 'Hey Jude': 'Hé, mam. Waar was je nou? 'k Wacht al heel lang... tot je me komt halen.'

Als we eindelijk ophouden, met vermoeide vingers, geeft ze me een high five.

Ik kijk net op tijd op om Andrew te zien, die vanuit de deuropening met een glimlach op zijn gezicht naar ons kijkt.

In de dagen die volgen blijft de sessie met Allie me dwarszitten. Ik begin slaapproblemen te krijgen en de dromen – of wat ze ook zijn – keren niet terug. Stilletjes lig ik naast een zacht snurkende Dan en probeer mezelf te dwingen niet aan Allie te denken en in slaap te vallen om Patrick en Hannah weer te zien. Maar de plafondtegels worden vager en de tijd tikt verder totdat de kamer grijs wordt als het eerste ochtendlicht door de verduisterende gordijnen dringt.

De gedachte komt in me op dat ik misschien geen glimp meer zal opvangen van het leven met Patrick en Hannah. Misschien was het meemaken van Hannah een vreemd middel om een doel te bereiken, een indirecte manier om me op Andrews pad te brengen zodat hij me naar Allie zou leiden. Ik voel me bijna onweerstaanbaar tot het meisje aangetrokken. Ik blijf maar over haar nadenken en over manieren waarop ik haar kan helpen, zelfs als Dan me verrast met een weekend in de Hamptons. Ik lig naast hem op het zand en doe alsof ik het tijdschrift *People* lees, terwijl mijn gedachten gaan naar de liedjes die ik met haar wil uitproberen. 's Avonds, als we bij het vuur zitten dat Dan op het strand heeft gemaakt, doe ik net alsof ik luister als hij allerlei verhalen over zijn collega's vertelt, maar eigenlijk ben ik in gedachten bij Allie.

Op dinsdag heb ik in mijn kantoor een sessie met Max en nadat we samen op de xylofoon hebben gespeeld en gepraat over een nieuwe jongen op school die Toby heet en die niet erg aardig tegen hem is, stelt hij me een vraag waar ik verdrietig van word.

'Juf Kate?' zegt hij terwijl hij aan de zoom van zijn shirt plukt. 'Waarom willen sommige ouders hun kinderen niet?'

'Max, waarom vraag je dat?'

'Ik weet het niet. Soms willen ze die gewoon niet.'

'Over wie heb je het?' vraag ik vriendelijk. Als hij niets zegt, vraag ik: 'Over je moeder?'

'Nee, gekkie!' zegt hij, en hij slaat dramatisch zijn ogen ten hemel. 'Ze houdt van me.' Dan betrekt zijn gezicht. 'Maar mijn vader dan? Hij wilde me niet hebben.'

'Hoe kom je daarbij, Max?'

'Toby zei op school tegen me dat mijn vader daarom was weggegaan.'

Ik bijt op mijn lip terwijl ik naar de juiste woorden zoek. Joya voedt Max al in haar eentje op sinds hij tien maanden oud is, nadat zijn vader op een dag naar zijn werk is gegaan en nooit meer is teruggekomen. Drie maanden later liet hij de echtscheidingspapieren afleveren en die heeft Joya ondertekend zonder voor meer kinderalimentatie te strijden, omdat haar in de papieren volledig gezag werd toegekend. Ze heeft me een keer verteld dat ze niet wilde dat Max werd blootgesteld aan een man die zijn vader helemaal niet wilde zijn.

'Ten eerste, Max, denk je echt dat Toby ook maar iets over jouw leven weet?'

Daar denkt hij even over na. 'Misschien niet.'

'Wat denk je dan dat er echt gebeurd is met je vader?' Ik houd mijn adem in, in de hoop dat ik hem niet onbedoeld een pijnlijke richting in duw.

'Ik weet het niet. Mama zegt nooit iets.' Hij zwijgt. 'Misschien wilde mijn vader wel niet mijn vader zijn.'

Ik denk na over een reactie. 'Zou het kunnen dat hij er nog helemaal niet aan toe was om vader te zijn? En dat het niets met jou persoonlijk te maken had?'

Hij kijkt verward. 'Maar hoe kan het dan dat hij vader werd terwijl hij er nog niet aan toe was? Dat is gestoord.'

'Nou ja, het lijkt een beetje op een proefwerk op school,' zeg ik tegen hem. 'Heb je wel eens een proefwerk gemaakt?'

Hij knikt. 'Ik ben heel goed in spelling.'

'Nou, van tevoren studeer je voor zo'n toets, toch?'

Hij knikt weer. 'Dat moet van mama.'

'En studeren is hard werken, hè?'

'Heel hard!'

'Maar als je dan je toets gaat maken, ben je voorbereid, en daarom doe je het goed, toch?'

'Mm-mm,' stemt hij in.

'Nou, het ouderschap lijkt daar een beetje op. Het is heel veel hard werken. Je moet altijd leren en altijd oefenen en je uiterste best doen.'

'Anders krijg je een 1!'

'Precies,' zeg ik. 'Soms zijn mensen er nog niet aan toe om hard te werken. Dus zijn ze er niet echt goed in om ouders te zijn.'

Daar denkt hij zo lang over na dat ik begin te denken dat mijn uitleg een grote misser is. Maar dan glimlacht hij en zegt: 'Dus misschien wilde mijn vader gewoon niet hard werken en oefenen.'

'Juist,' zeg ik langzaam, wensend dat ik hem geen valse hoop heb gegeven. Aan het eind van onze sessie neem ik Joya even terzijde en vertel kort over ons gesprek.

'Ik denk dat het in de aard van mensen ligt om te hopen dat degenen die uit ons leven zijn vertrokken wel weer een keer terug zullen komen,' antwoordt ze met een zucht. 'Misschien moet Max hier gewoon zelf uit komen.' Na haar vertrek echoën haar woorden in mijn hoofd. Misschien moet ik, net zoals Max, het idee dat Patrick voor altijd verdwenen is tot me door laten dringen, en dat hij, hoe hard ik ook hoop, echt niet meer terug zal komen.

'Nou, jij hebt een lekker kleurtje,' zegt Andrew als ik de volgende avond binnenkom bij de cursus gebarentaal. Hij staat voor het lokaal wat papieren door te bladeren als ik aankom, en ik voel me onmiddellijk opgelaten als ik besef dat ik een gesprek onderbreek tussen hem en Amy, de enige andere leerling die er al is.

'Valt het zo op?' vraag ik, en ik hoop dat ik zo bruin ben dat mijn blos niet te zien is. 'Dan was ik dus écht heel bleek.'

'Helemaal niet,' zegt hij met een glimlach. 'Ik ben jaloers dat jij in het weekend blijkbaar op een strand of zo hebt gelegen, terwijl ik allemaal papierwerk moest doen.' Hij zwijgt. 'Nee, wacht! Misschien ben je helemaal niet weggeweest! Misschien ben je wel een zonnebankmeisje. Is het nep?'

Hij plaagt me, en dat maakt mijn wangen nog warmer. 'Nee, sorry dat ik je moet teleurstellen. Dit is van een weekend in de Hamptons.'

Andrew kreunt. 'Ik wist het wel! Nu ben ik echt jaloers.'

'Was je daar met je verloofde?' mengt Amy zich luid in het gesprek. 'Je bent er zeker vaak met hem? Met je verloofde?'

Ik knipper met mijn ogen. 'Ja. Klopt. Zijn neef heeft een timesharehuisje in Montauk.'

Ze fluit. 'Chic, hoor.'

Ik haal mijn schouders op en kijk even naar Andrew. 'Dat vonden wij ook. Tot we arriveerden en merkten dat we een huis met drie slaapkamers moesten delen met vier andere stellen.'

Andrew grinnikt en Amy trekt een gezicht.

'Maar je verloofde verdient toch wel goed, lijkt me?' vraagt ze. 'Als hij in de sociale kringen verkeert waarin Montauk überhaupt een optie is?'

Ze begint me op mijn zenuwen te werken. 'Hij doet het prima,' zeg ik vaag. Het geeft me moed als ik zie dat Andrew achter Amy's rug zijn ogen ten hemel slaat.

'Nou, laat hem dan maar niet lopen,' zegt ze. 'Ik weet dat ik het heerlijk zou vinden als iemand me op weekendjes weg zou trakteren.' Ze probeert Andrew met haar geknipoog te verleiden. Hij ziet er gegeneerd uit en bladert weer door zijn papieren.

Ik ga zitten en als de anderen een voor een binnendruppelen, pakt Amy haar spullen en neemt plaats op de stoel naast de mijne. 'Andrew en jij hebben zo te zien goed contact met elkaar,' fluistert ze zodra Andrew aan de andere kant van de ruimte in een gesprek met Greg verzeild is geraakt.

Ik kijk haar niet aan als ik zeg: 'Ja, we doen wat werk samen. Met pleegkinderen. Meer niet.'

Ze neemt me een tijdje aandachtig op. 'Er speelt dus niets tussen jullie?' vraagt ze.

'Niets.' Ik houd mijn linkerhand omhoog. 'Weet je nog? Ik ben verloofd.'

'Dus je zou het niet erg vinden als ik hem mee uit vroeg?'

Ik aarzel net een milliseconde te lang voordat ik zeg: 'Natuurlijk niet.'

Ze glimlacht zelfgenoegzaam en het is wel duidelijk dat ze mijn kleine aarzeling als bewijs ziet van het feit dat ik stiekem verliefd ben op Andrew. In feite probeer ik een manier te bedenken om haar zonder onbeschoft te zijn te vertellen dat hij niet geïnteresseerd is.

Andrew kijkt me achterdochtig aan als hij de klas tot de orde roept en ik probeer Amy, Andrew en hun mogelijke afspraakje uit mijn hoofd te zetten als ik me op het leren van dertig nieuwe werkwoorden en dertig nieuwe zelfstandige naamwoorden stort. Tegen het eind van de les onderwijst Andrew ons een paar minuten over de zinsopbouw in gebarentaal, en dan maakt hij paren zodat we twintig zinnen kunnen oefenen die hij voor ons op blaadjes heeft voorbereid. Ik ben opgelucht als hij bepaalt dat ik met Vivian moet samenwerken, maar ik voel me ongemakkelijk als ik besef dat hij dus met Amy samenwerkt, omdat we met een oneven aantal zijn.

Na de les zwaai ik vanaf de andere kant van de ruimte naar hem ten afscheid en haast me met gebogen hoofd naar buiten. Ik ben halverwege de hoek van Madison Avenue en 69th Street als ik voetstappen op de stoep hoor en als ik me omdraai, zie ik Andrew naar me toe joggen.

'Wacht even!' zegt hij, terwijl zijn armen vol papieren en boeken gevaarlijk heen en weer zwaaien. 'Je was zo snel weg,' zegt hij als hij me heeft bereikt.

'Ik wilde Amy niet in de weg staan.' Ik kan het niet laten.

'Er is helemaal niets...' begint hij, maar dan schudt hij zijn hoofd. 'Maak je maar geen zorgen. Ik ga echt niet uit met Amy.'

'Ik maakte me ook geen zorgen,' zeg ik te snel.

'Aha,' zegt hij. Hij loopt nu gelijk op met me. 'Maar goed, ik wilde je vertellen dat Molly weer naar haar moeder is. Het was een bevel van de rechtbank dat we helemaal niet hadden verwacht, anders had ik het je wel eerder verteld. Haar maatschappelijk werkster stond erachter, maar we dachten niet dat de rechter het verzoek zou goedkeuren. Het is net vanmiddag gebeurd.'

'Hoe is het met haar?'

'Zo te zien was ze er helemaal opgewonden over,' zegt Andrew. 'Ik heb nog nooit een kind zo snel haar spullen zien pakken.'

'Nou, dat is mooi.' Het verbaast me dat ik een brok in mijn keel heb. Het maakt me van streek om te beseffen dat die kinderen ineens uit mijn leven kunnen verdwijnen. 'Ik had wel afscheid willen nemen.'

'Dat snap ik. Sorry. Maar ik denk dat dit het beste is. De hereniging met haar moeder, bedoel ik. Ik denk dat de moeder geen slecht mens is, en misschien was dit wel de waarschuwing die ze nodig had. Ik denk dat het wel goed komt met Molly.'

'Dat is mooi.' Ik zwijg. 'Maar stel nou dat je je vergist?' Hij kijkt me alleen maar aan.

'Ik bedoel, hoe ga je ermee om dat je het gewoon niet weet?' vraag ik. 'Je zult nooit weten hoe het met Molly gaat tenzij ze weer bij St. Anne's belandt, toch?'

'Dat klopt,' zegt hij na een korte stilte. 'Er zijn natuurlijk wel controlebezoekjes. Maar je hebt gelijk: je kunt niet goed zeggen hoe alles verloopt als je maar een uur bij een gezin bent. Ik denk dat je gewoon moet hopen – en geloven – dat de meeste mensen van nature goed zijn.'

21

De volgende dag word ik voor de eerste keer in tweeënhalve week weer wakker in de te felle, bizar bekende wereld, maar deze keer is het anders dan anders. Ik word niet thuis wakker, naast Patrick. In plaats daarvan lig ik oncomfortabel voorovergezakt op een mahoniehouten bureau, met een stuk papier aan mijn wang geplakt. Terwijl ik met moeite rechtop in mijn stoel ga zitten en verward met mijn ogen knipper, is het enige waardoor ik weet dat ik droom het feit dat de kleuren in de kamer te warm en levendig zijn voor het echte leven. Alles hier lijkt altijd zo vreemd oververzadigd te zijn, alsof iemand een fotorolletje veel te lang aan het licht heeft blootgesteld, zodat de afbeeldingen te fel in elkaar overlopen.

Ik kijk verbaasd om me heen. Waar ben ik? Maar op het moment dat die vraag door mijn hoofd schiet, komt de informatie ineens binnen. Ik weet dat dit mijn kantoor is. Ik weet dat ik in een herenhuis in de Upper East Side ben en dat ik drie dagen per week werk zodat ik bij Hannah thuis kan zijn. Ik weet dat ik me dat kan veroorloven, omdat mijn muziektherapiepraktijk heel succesvol is geworden. De zin *Muziektherapie voor volwassenen:*

discreet, professioneel, genezend flitst door mijn gedachten als een reclameslogan. Een seconde later besef ik dat het dat ook is. Mijn reclameslogan. Maar betekent dat dat ik niet met kinderen werk?

Ik frons mijn voorhoofd en kijk naar de mappen op mijn bureau. Ik maak de bovenste open en lees de aantekeningen, in mijn eigen handschrift, over een zesentwintigjarige patiënt die Travis Worthington III heet. Hij heeft blijkbaar schizofrenie en ik heb samen met zijn psychiater een behandelplan opgesteld. Uit mijn aantekeningen blijkt dat hij het moeilijk vindt zichzelf in woorden uit te drukken, maar dat hij zich via muziek langzaam maar zeker openstelt. Blijkens wat ik heb opgeschreven heeft zijn psychiater onlangs nog een half jaar behandeling bij mij aanbevolen.

De volgende map is voor Samantha Lynn Berkley-Fournier, tweeënveertig, moeder van twee kinderen, die aan een depressie lijdt. Mijn aantekeningen vertellen me dat ze sinds een maand bij me komt en dat we naar muziek hebben gezocht die haar een beetje blij maakt en dat we die dan gebruiken als startpunt om te bespreken hoe ze zich voelt. Mijn ogen puilen bijna uit mijn hoofd als ik naar haar factuuroverzicht blader en zie hoeveel ik per sessie in rekening breng. Het is bijna vier keer zo veel als wat ik in mijn echte leven verdien!

Maar terwijl ik rondkijk in mijn kantoor, vraag ik me plotseling af of ik hier wel gelukkig ben. In het echte leven hangt en staat mijn kantoor vol met tekeningen die kinderen voor me hebben gemaakt, kunstzinnige foto's van muziekinstrumenten die ik in de loop der jaren heb verzameld en snuisterijen die ik van mensen heb gekregen – van kaarsen tot potten jam tot ingelijste honkbalkaartjes. Ik ben dol op de georganiseerde chaos en de kinderen met wie ik werk hebben dan ook iets om naar te kijken. Ik zie alle voorwerpen als mogelijke gespreksingangen met cliënten.

Maar hier is mijn kantoor strak en professioneel, met boeken en medische tijdschriften. Aan de muren hangen mijn ingelijste diploma's en een paar prijzen die ik blijkbaar heb gewonnen. De enige sporen van mijn persoonlijkheid zijn de foto's van Patrick, Hannah en mijn neefje en nichtje op mijn bureau.

Ik leun naar voren en kijk naar de foto van Patrick, een foto waarvan ik plotseling weet dat ik hem een paar jaar geleden tijdens een strandvakantie aan de kust van North Carolina heb genomen. Hij staat tot zijn knieën in het water en lacht als hij recht in de camera kijkt. Nu lijken zijn ogen me te verschroeien vanaf de foto.

'Wat is er met mijn leven gebeurd?' vraag ik hardop, terwijl ik naar zijn afbeelding staar. Ik heb niet het gevoel dat ik me hier per se onvervuld voel, maar het komt voor de eerste keer in me op dat ik de beslissing om met kinderen te gaan werken pas heb genomen na de dood van Patrick in mijn echte leven. Ik had dat nooit gezien als een keuze die beïnvloed werd door zijn dood, maar stel dat het dat wel was? Stel dat het een onderbewuste behoefte was om met cliënten te werken die ik als het meest hulpeloos zag, omdat Patrick op het ogenblik dat hij stierf ook hulpeloos was geweest? Of stel dat ik gewoon troost had gevonden in het werken met kinderen toen ik dacht dat mijn eigen kans om kinderen te krijgen vervlogen was? Had dat toen al een teken voor me moeten zijn dat ik een diepgeworteld verlangen had om moeder te worden?

Met bonkend hart steek ik mijn hand uit naar mijn kantoortelefoon om Patrick te bellen, maar tot mijn verbazing besef ik dat ik zijn nummer niet weet. Ik schud mijn hoofd en pak dan maar mijn mobiele telefoon. Het duurt even voordat ik ontdek dat mijn beveiligingscode onze trouwdatum is, en als ik mijn telefoon ontgrendel zie ik opgelucht dat Patrick als eerste op mijn lijstje met favorieten staat. Ik bel hem, maar hij gaat over en schakelt dan door naar de voicemail. 'Hoi, schat,' zeg ik, aangedaan door het horen van zijn heerlijk bekende stem. 'Kun je me even bellen als je dit hoort? Ik wil je iets vragen.'

Ik hang op en kijk in de agenda op mijn bureau. Mijn volgende sessie is om half drie en het is pas twaalf uur. Plotseling weet ik precies hoe ik de tijd ga vullen. Ik moet naar Queens gaan om me als vrijwilliger aan te melden bij St. Anne's, zodat ik me de volgende keer dat ik hier ben iets prettiger zal voelen bij het werk dat ik doe. En ik moet naar huis om bij Hannah te kijken, te zien of ze er is, want ik kan me niet voorstellen tijd in deze wereld door te brengen zonder haar te zien.

Ik loop snel mijn kantoor uit en zeg tegen mijn assistente, die ik niet herken, maar van wie ik ineens weet dat ze Judith heet, dat ik op tijd terug zal zijn voor mijn volgende afspraak. Zodra ik in de hal ben, bel ik Hannahs mobiele telefoon – het tweede nummer op mijn favorietenlijst – maar hij gaat naar de voicemail. Ik laat een bericht achter en dan sms ik haar: *Misschien ga ik thuis lunchen. Waar ben je?*

Zodra ik op Versturen klik, vervaagt de wereld een beetje, en ik besef te laat dat ik natuurlijk zou moeten weten waar mijn dochter is. Ze is pas net dertien. Dat is te jong om alleen van huis te gaan, toch? Beschaamd ontdek ik dat ik het eigenlijk niet weet.

Bij tante Gina, net als elke ma, wo en do in de zomer, sms't Hannah terug.

Kun je tegen Gina zeggen dat ik rond half twee langskom? sms ik terug.

Oké.

Ik hou van je, schat. Heel veel, voeg ik eraan toe.

Ik ook van jou, mam.

Ik haal diep adem, enorm dankbaar dat ik zo meteen niet alleen Hannah zal zien, maar ook Gina. In deze wereld hebben zij en ik blijkbaar nog een betere band, zo goed dat mijn dochter haar 'tante' noemt en bij haar is als ik werk. Ik vraag me af of haar eerste man nog leeft. Als Patrick en Dolores Kay – die in het echte leven allebei helaas zijn overleden – er zijn, is Bill dat misschien ook. Vreemd genoeg weet ik niet goed welk gevoel me dat geeft, want als Bill niet was gestorven, was Gina nooit met Wayne getrouwd en hadden ze Madison nooit gekregen. En ik kan me geen wereld voorstellen waarin Gina niet Madisons moeder is. Ik sluit mijn ogen en haal diep adem. Hoe meer tijd ik in deze wereld doorbreng, hoe ingewikkelder de vragen worden.

Voor mijn kantoor houd ik een taxi aan en ik geef de chauffeur het adres van St. Anne's. Als we vijfentwintig minuten later voor het bekende gebouw stoppen, slaak ik een zucht van opluchting; het is er nog. Ik ontspan me een beetje door het feit dat het een constante is in beide werelden. Ineens heb ik zin om Andrew te zien, en ik voel me helemaal opgetogen. Hij kent me misschien nog niet, maar net als Joan zal hij een verbinding met mijn echte leven vormen. En misschien kan hij me wel helpen te begrijpen wat er aan de hand is.

Maar als ik bij de receptioniste sta, die ik in het echte leven nooit heb gezien omdat Andrew doorgaans buiten op me staat te wachten, kijkt ze beduusd als ik naar Andrew vraag.

'Er werkt hier niemand die zo heet,' zegt ze niet-begrijpend.

Ik knipper een paar keer met mijn ogen. 'Hij leidt het programma voor dove kinderen.'

'Mevrouw, zo'n programma hebben we hier niet,' zegt de receptioniste.

Ik voel de paniek in me opborrelen. 'En Riajah Daniels dan? En Allie Valcher? En Molly Parise?'

De vrouw kijkt me bezorgd aan. 'Mevrouw, die mensen werken hier allemaal niet.'

‘Nee, dat zijn kinderen,’ zeg ik zachtjes, terwijl ik al achteruitloop. ‘Het zijn kinderen en nu weet ik niet hoe het met ze gaat.’

Ik sta te trillen als ik het stoepje van St. Anne’s bereik. Voor mijn geestesoog zie ik Andrew hier staan, met zijn handen in zijn zakken, een superheldenshirt aan dat hem een charmant jongensachtige uitstraling geeft, zijn glimlach die zijn gezicht opvrolijkt. ‘Waar is hij?’ mompel ik.

Ik ga op de onderste tree zitten en pak mijn iPhone weer. Ik zoek zijn naam en voordat ik naar de tekstresultaten kan scrollen, zie ik zijn foto als zesde opkomen bij de Google-afbeeldingen.

Ik klik er snel op en als hij vergroot wordt, klik ik op de bijbehorende link. Die leidt me naar een profiel in de *Atlanta Journal-Constitution* van twee broers die in een voorstad van Atlanta, Roswell, een restaurant hebben dat Griddle heet. Ik sper mijn ogen open als ik het verhaal lees en een tweede foto vind – van Andrew en een andere man, die volgens het bijschrift zijn broer Kevin is.

In deze wereld leeft Kevin nog. De gedachte maakt me van slag en ik besef meteen dat Andrew zich zonder Kevins dood niet genoodzaakt voelde om met dove kinderen te werken ter ere van zijn broer. Zijn leven heeft een totaal andere loop genomen en dat betekent dat kinderen zoals Riajah en Allie niet een plek als St. Anne’s hebben om voor hen te zorgen. Ik neem aan dat het goed met hen gaat en dat een andere instelling goed voor ze zorgt. Maar ik kan me niet voorstellen dat het hetzelfde is als wanneer er voor je wordt gezorgd door de vriendelijke, hardwerkende Andrew, die zo veel om hen geeft dat het hem pijn doet.

Ik word wee in mijn maag als ik het artikel lees. Griddle, gespecialiseerd in creatieve gegrilde specialiteiten, is blijkbaar negen maanden geleden opengegaan met Andrew als chef-kok en Kevin als manager. Het is hun tweede project samen, na een restaurant, Mojo, dat in 2012 is gesloten.

‘We hopen dat onze oude vrienden van Mojo Griddle een kans willen geven en dat we een belangrijke plek in Roswell gaan innemen,’ wordt Andrew geciteerd. ‘Kevin en ik zijn niet ver hiervandaan opgegroeid en u zult merken dat er unieke bewerkingen van plaatselijke favorieten op het menu staan, die iedereen die zich een jeugd in Georgia herinnert bekend zullen voorkomen.’

Ik vergroot de foto van Andrew en kijk er even naar. Verbeeld ik me nou dat hij er niet zo gelukkig uitziet als in het echte leven? Hij is vijf kilo zwaarder – natuurlijk het resultaat van lange uren werken in een restaurantkeuken – en zijn gezicht heeft meer rimpels, zijn ogen staan vermoeid. Iets in zijn gezichtsuitdrukking is verdrietig, maar misschien is dat een projectie van mezelf. Ik ben immers verdrietig nu ik zie dat hij honderden kilometers verderop woont en geen kans heeft gehad het leven van kinderen te veranderen. Het voelt als verspilling.

Ik klik het artikel weg en stop mijn telefoon weer in mijn tas, dan haal ik diep adem en sta op. Ik loop naar de hoek en houd een taxi aan, en onderweg terug naar Manhattan denk ik aan Andrew en aan het feit dat hij niet is waar hij zou moeten zijn. Elke keer als er een leegte is, wordt die gevuld door iets wat je anders maakt dan hoe je eerder was, zei hij die dag in het Jamaicaanse restaurant. Het verandert de loop van je leven.

Zijn woorden echoën door mijn hoofd terwijl New York buiten aan me voorbijtrekt. Het leven hier is in een bepaald opzicht geweldig, omdat Patrick en Hannah in leven zijn – en Andrews broer niet is gestorven – maar het is ook anders, omdat Andrew noch ik de kans heeft gekregen groei door te maken vanwege ons verlies. We zijn door niets uit onze koers geramd en we hebben niets opnieuw hoeven bezien.

De taxi stopt voor Gina’s huis en nadat ik de chauffeur een paar briefjes van twintig heb gegeven, stap ik uit en staar naar de hemel, die te blauw, te glanzend is. Hij is prachtig, maar ik mis de hemel van waar ik leef. Hoe meer tijd ik doorbreng in deze wereld, hoe meer ik besef dat het echt niet de realiteit kan zijn. De veel te felle kleuren hadden me dat de hele tijd al moeten vertellen. Dit is dan misschien geen droom in de traditionele betekenis, maar het is ook niet het echte leven. De tranen springen me in de ogen en ik loop het stoepje van het appartementengebouw waar Gina woont op en druk op haar zoemer.

'Hallo?' antwoordt een onbekende vrouwenstem.

'Hallo. Ik ben op zoek naar Gina.'

'Er woont hier niemand die zo heet,' zegt de vrouw. Stomverbaasd kijk ik naar de naam naast haar zoemer en zie dat er inderdaad 'Trouba' staat, een naam die ik niet ken.

'O,' zeg ik. 'Sorry.' Als ik in verwarring het trapje af loop, dringt het tot me door dat ik geen flauw idee heb waar Gina zou kunnen zijn. Dit is het enige appartement waar ik haar ooit in heb gekend, ze heeft hier zelfs met Bill gewoond voordat hij stierf.

Ik overweeg om Hannah te sms'en om haar Gina's adres te vragen, maar ik denk dat de droom dan weer verdwijnt, omdat er geen reden is waarom ik dat niet zou weten. Ik kan het Patrick ook niet vragen. Dus ik blijf even op dezelfde plaats op de stoep staan, als een rots in een beekje terwijl de mensen voorbijstromen.

Een tel later gaat mijn telefoon, ik schrik ervan. Opgelucht zie ik dat het Patrick is.

'Hoi, liefje.'

Patricks warme, diepe stem kalmeert me onmiddellijk en ik sluit mijn ogen. 'Hallo.'

'Wat is er aan de hand? Je klinkt niet als jezelf.'

Ik zucht. 'Het is gewoon een lange, verwarrende dag geweest.'

'Wat is er, liefje?'

Ik heb geen idee wat ik daar in vredesnaam op moet antwoorden. Dus stel ik hem maar de vraag die ik vanochtend had, ook al verwacht ik dat ik dan direct uit deze wereld wordt getrokken, zoals het altijd gaat als ik dingen vraag. Maar ik moet het weten.

'Ben ik gelukkig, Patrick?' vraag ik hem. 'Echt en werkelijk gelukkig?'

'Hoe bedoel je, Kate? Natuurlijk ben je gelukkig.' Hij klinkt bezorgd.

'Ik bedoel niet met jou en Hannah. Ik weet dat jullie me gelukkiger maken dan wat ook ter wereld.' Ik zwijg. 'Maar met de rest van mijn leven. Ben ik gelukkig met mijn werk?' De wereld wordt iets schemeriger, en ik weet dat ik me op dun ijs begeef.

Hij zwijgt even. 'Volgens mij wel,' zegt hij. 'Ik bedoel, je bent best gelukkig.'

Het is dezelfde zin die mijn moeder gebruikte in verband met Dan, de zin die me deed steigeren. 'Maar best gelukkig is niet hetzelfde, toch?' vraag ik verdrietig. 'Hoe ben ik op dit punt beland?'

De wereld is nu bijna weg en ik moet mijn uiterste best doen om Patricks stem door de telefoon te horen. Hij klinkt blikkerig en veraf en ik versta niet meer wat hij zegt. Terwijl ik vecht om te blijven, smelten de gezichten om me heen weg en worden de gebouwen vage vlekken.

'Patrick?' roep ik, maar ik weet dat niemand me kan horen, want het ruisende geluid is begonnen. Net voordat de wereld helemaal verdwijnt, besef ik dat ik een keus heb gemaakt. Ik ben deze keer niet lang genoeg gebleven om Patrick en Hannah te zien.

Maar ja, misschien heb ik wel voor het leven gekozen.

22

‘Hoe gaat het met Riajah nu Molly weg is?’ vraagt Andrew donderdagmiddag als we vertrekken na mijn sessie in Sheila’s huis en naar het rijtjeshuis van de Greghors lopen. Ik wil hem een knuffel geven en tegen hem zeggen hoe blij ik ben dat hij dit leven voor zichzelf heeft gekozen, maar ik kan niet over het restaurant in Georgia vertellen zonder over te komen alsof ik gestoord ben. Dus neem ik genoegen met een hartelijke glimlach.

‘Dat komt wel goed,’ zeg ik tegen hem. ‘Ze mist Molly. Maar om eerlijk te zijn denk ik ook dat zij het gevoel heeft dat Molly’s ouders genoeg om haar gaven om haar weer bij zich te nemen. Ik probeer haar uit het hoofd te praten dat ze dat moet vergelijken met haar eigen situatie.’

Hij zucht. ‘Arme meid.’

‘Je hoeft niet met me mee te lopen naar Allie, hoor,’ zeg ik. ‘Je hebt natuurlijk genoeg te doen.’

‘En als ik het nou gewoon leuk vind om met je te mee te lopen?’ vraagt hij.

‘Zet het dan vooral voort,’ zeg ik formeel. Zodra de woorden mijn mond verlaten hebben, voel ik me een idioot, maar Andrew lacht alleen maar.

Bij het huis van de Greghors stelt hij me voor aan Rodneys vrouw, Salma, een slanke vrouw van in de dertig met een olijfkleurige huid, een hartelijke glimlach, een iets scheve neus en grote bruine ogen. Ze pakt mijn hand en zegt dat ze het zo fijn vindt dat ik met Allie werk. Dan gaan Andrew en zij naar de keuken terwijl ik de gang door loop naar Allies kamer.

Ik tref haar aan in kleermakerszit op haar bed, terwijl ze iets op een blocnote tekent. Ze kijkt op als ik binnenkom en het geeft me moed dat ze me niet kwaad aankijkt, maar heel eventjes naar me glimlacht voordat ze verdergaat met waar ze mee bezig is.

'Wat ben je aan het tekenen?' vraag ik.

Ze knippert een paar keer met haar ogen en geeft dan met tegenzin de tekening waaraan ze werkte aan mij. 'Ik ben pas net begonnen,' zegt ze. 'Ik ben niet zo goed.'

Ik kijk naar de schets, die nog niet af is. Zo te zien was Allie een meisje van ongeveer haar leeftijd aan het tekenen, met donker, golvend haar. Ik moet een paar keer met mijn ogen knipperen om mijn zelfbeheersing te vinden. Het haar, ook al is het het werk van een beginner, doet me aan Hannah denken. Of misschien komt het gewoon door het idee dat Allie, die ongeveer even oud is als Hannah, het heeft getekend. Ik zet beelden van de dochter uit mijn dromen – en haar slaapkamer die volhing met prachtige tekeningen – uit mijn hoofd.

'Wat goed, zeg, Allie,' zeg ik.

'Ach,' mompelt ze. 'Mijn vriendin Bella kan het echt goed. Ik ben heel slecht.'

'Dat is niet waar,' zeg ik. 'Deze tekening lijkt best goed.'

Ze trekt een gezicht naar me. 'Lieg toch niet zo. Ik weet niet eens waarom ik het heb geprobeerd. Bella heeft mij getekend, dus ik wilde haar ook tekenen. Maar het lukt me niet. Niet zo goed als zij het kan, in elk geval.'

'Maar het gaat toch om het idee?' vraag ik.

'Dat zeggen mensen zonder talent altijd,' zegt ze.

Als ik geen antwoord geef, kijkt ze op en mompelt: 'Sorry. Niet persoonlijk bedoeld.'

Ik haal mijn schouders op en pak de instrumenten uit mijn tas. Ik hoop dat het me lukt Allie vandaag weer achter het keyboard te krijgen, omdat ze wel wat losser lijkt te worden en een andere, luchtiger versie van zichzelf lijkt te worden als haar vingers de toetsen bespelen.

'Wie is Bella?' vraag ik als ik de xylofoon op de vloer leg en in mijn tas naar het bijpassende stokje zoek.

'Dat is mijn vriendin,' zegt ze. 'Mijn hartsvriendin. En ik ga niet op jouw stomme xylofoon spelen. Ik ben geen baby.'

'Dat zei ik ook niet. Wat wil je dan spelen?'

'Wie zegt dat ik iets wil spelen?'

'O, dat wil je niet? Ook goed,' zeg ik nonchalant. 'Dan speel ik wel op je keyboard terwijl jij tekent.'

Ik weet dat dit een reactie zal uitlokken, dus het verbaast me niets als ze 'Nee!' snauwt en van haar bed springt. Ze wurmt zich langs me heen en gaat achter haar keyboard zitten. Ze wacht even en ik zie haar denken. Dan hamert ze er plotseling de dramatische openingsakkoorden van de Vijfde Symfonie van Beethoven uit. Het geluid is zo hard en plotseling dat ik ervan schrik, waardoor ze grijnst.

Ze speelt een paar minuten en ik luister vol ontzag.

'Beethoven werd ook niet begrepen, weet je?' zegt ze, terwijl ze midden in het stuk stopt. 'Net als ik.'

'Echt waar?' vraag ik onschuldig. De richting die ze nu inslaat bevalt me wel.

‘Heel veel mensen dachten dat hij gemeen was en slechtgehumeurd,’ zegt ze alsof ze me iets toevertrouwt. ‘Maar hij was alleen maar een genie. Hij dacht na over muziek. En hij had geen tijd voor mensen die hem uitlachten.’

‘Lachen mensen jou uit?’ vraag ik vriendelijk.

Ze negeert de vraag. ‘Hij kwam uit Wenen. Wist je dat? Dat is een stad in Oostenrijk. En toen hij doof werd, praatten allerlei mensen die deden alsof ze zijn vriend waren achter zijn rug over hem. Ze dachten dat hij het niet wist omdat hij niet meer kon horen. Maar hij wist het wel. Hij wist het altijd.’

‘Praten mensen over jou omdat ze denken dat je het toch niet kunt horen?’

Ze fronst haar voorhoofd. ‘Het maakt niet meer uit, want Bella gaat nu naar mijn school. En zij is ook doof. Dus als mensen grapjes maken over onze cochleaire implantaten en ons robots noemen, kunnen we ze samen negeren.’

Mijn hart wordt een beetje samengeknepen, zowel vanwege medelijden met Allie als uit dankbaarheid voor de vriendin die in hetzelfde schuitje zit. ‘Bella klinkt aardig,’ zeg ik. ‘Dus zij heeft ook cochleaire implantaten?’

‘Ja.’ Allie gaat met haar linkerhand naar het keyboard en speelt een korte, pakkende melodie die bekend klinkt, maar die ik niet helemaal kan plaatsen. ‘Ze speelt ook piano, alleen is ze beter dan ik. We zijn een soort tweeling.’

Ik glimlach. ‘Het is fijn om zo’n vriendin te hebben.’

Ze speelt nog een couplet van het vreemd bekende liedje en zegt dan: ‘Vandaag zei die eikel van een Tony Beluti op school dat ik een bastaard ben omdat mijn moeder de weg kwijt is en ik niet weet wie mijn vader is. Bella wachtte totdat de leraar zich omdraaide en toen heeft ze een propje papier in zijn oog gespuugd.’

‘Wat een goede vriendin.’

Ze glimlacht. 'De beste.'

'Over je moeder gesproken,' begin ik voorzichtig, 'hoe is het met haar?'

'Ik wil het er niet over hebben,' zegt Allie en ze slaat haar armen over elkaar.

'Oké,' zeg ik. 'Zullen we nog wat muziek spelen?'

Ze ziet er opgelucht uit. 'Cool.'

'Kun je me dat liedje leren dat je net speelde?' vraag ik. 'Het is heel mooi.'

Ze knikt. 'Dat heeft Bella geschreven.'

Tijdens het half uur dat volgt zeggen we geen woord, maar drukken we ons volledig uit met onze instrumenten. Allie speelt keyboard en ik speel de melodie na op mijn gitaar tot we het onder de knie hebben en perfect in harmonie spelen. Uiteindelijk is ons uur samen voorbij en sta ik op om weg te gaan.

'Wat was het enorm leuk vandaag,' zeg ik tegen Allie. 'Tot volgende week, oké?'

Ze knikt en ik draai me om. Maar ze roept: 'Kate?'

Ik draai me weer terug en ze kijkt me even aan, waarna ze *dank je wel* gebaart door met haar hand van haar mond weg te bewegen als een luchtkusje. *Je bent aardig.*

'Jij ook,' zeg ik hardop. Ik blijf bij de deuropening staan en voeg eraan toe: '"Nooit zal ik de dagen vergeten die ik met jou heb doorgebracht. Blijf mijn vriend, net zoals jij me altijd de jouwe zult noemen."'

'Hè?'

'Dat is een citaat van Beethoven,' zeg ik met een glimlach. Ik loop weg voordat ze antwoord kan geven.

Die avond verloopt het gesprek met Dan tijdens het eten stijfjes. Ik voel zijn ongemak in golven van hem af slaan, maar hij houdt ons gesprek over koetjes en kalfjes beleefd. De stiltes tussen het geklets door lijken zich eindeloos uit te strekken.

Ik overweeg om over mijn sessie met Allie te beginnen, alleen maar om het gesprek gaande te houden, maar ik weet dat hij het niet zou begrijpen, dus zeg ik niets. Ik voel me vreemd opgewekt na de interactie met haar van vandaag; ik begin echt te geloven dat ik iets kan betekenen voor deze kinderen, maar als ik eraan denk dat ik dat aan Dan vertel, voelt het net alsof ik daar een stukje van weggeef. Alsof ik een stukje van mezelf weggeef. En ik heb al te veel stukjes van mezelf weggegeven.

Ik draai de verlovingsring aan mijn vinger terwijl ik wacht tot Dan zijn bord leeg heeft, en word weer overvallen door schaamte. Ik had nooit ja tegen hem moeten zeggen, zijn ring nooit moeten aannemen. Ik voelde al twijfels in mijn lijf, maar ik was eraan gewend geraakt die te negeren, omdat ik dacht dat ik geen haast had om tot een besluit te komen.

Eigenlijk, besef ik als Dan aan het kauwen is, had ik het misschien om te beginnen nooit serieus moeten laten worden met hem. De eerste keer dat ik Patrick ontmoette, sprong er onmiddellijk een vonk over tussen ons, een glimp van iets wat steeds feller leek te worden hoe langer we praatten. Ik voelde vlinders en tintelingen en alle dingen waarover je leest in stuiverromannetjes. Maar met Dan waren er geen vlinders. Er waren natuurlijk zenuwen, die ik misschien aanzag voor iets anders. Maar vooral was er het gefluister van de logica. *Hij is geweldig. Hij is perfect voor jou. Het is tijd om verder te gaan.* En achteraf gezien kwam niet al het gefluister alleen maar uit mijn eigen hoofd. De mensen die het bezorgdst over me waren – mijn moeder, Susan, Gina en andere vriendinnen – vonden dat Dan het antwoord was op een vraag die ik eigenlijk niet had gesteld.

In het begin dacht ik dat het alleen maar logisch was dat ik voor hem niet hetzelfde voelde als voor Patrick. Patrick was immers uniek, net als de liefde die we deelden. Maar dat had niet hoeven betekenen dat ik de kans had moeten opgeven om weer vlinders in mijn buik te voelen, noch dat ik mezelf had moeten overhalen verliefd te worden op iemand simpelweg omdat hij er was.

'Waar zit je over te peinzen?' vraagt Dan, die ongemakkelijk naar me glimlacht terwijl hij de laatste hap neemt van de lasagne uit de diepvries die ik in de oven heb gezet toen ik thuiskwam.

Ik glimlach geforceerd terug, pak zijn bord en ontwijk een antwoord. 'Niet belangrijk,' zeg ik, terwijl ik zonder achterom te kijken naar de keuken loop. Ik weet dat ik me weer laf heb teruggetrokken, en hoe langer ik mijn kop in het zand steek, hoe moeilijker het zal zijn de korrels uit mijn ogen te krijgen.

Pas als de rood opgloeiende cijfers van de wekker naast mijn bed aangeven dat het na middernacht is, vraag ik me voor de eerste keer af of Allie een sluimerend moedergevoel in mij heeft wakker gemaakt, en dat alles daartoe te herleiden is. Ben ik zo aan haar gehecht omdat ik weet dat ze een goede moeder nodig heeft en ze me zo veel aan Hannah doet denken? En maakt dat de kloof tussen Dan en mij groter, omdat het hoe meer ik besef dat ik moeder wil worden steeds minder waarschijnlijk is dat hij deel uitmaakt van mijn toekomst?

Ik draai me om en ga met mijn rug naar Dan toe liggen. Het is sowieso stom van me om zo te denken. Allie heeft al een moeder, en dat ben ik niet.

Dan hoor ik dat er een sms'je binnenkomt, een harde ping die dwars door de stilte van onze slaapkamer snijdt. Dan beweegt in zijn slaap en mompelt iets en ik kijk op de klok. 00:37. Wie zou me op dit tijdstip sms'en?

Ik pak de telefoon en draai het scherm weg van Dan om hem niet wakker te maken met het felle licht. Het sms'je dat op het scherm staat komt van een onbekend nummer en er staat: *niemand wil me.*

Ik frons mijn voorhoofd. De afzender moet een verkeerd nummer hebben. Maar net als ik de telefoon weer neerleg, piept hij weer ten teken dat er nog een sms'je is binnengekomen. *jou kan het dus ook niets schelen?*

Wie is dit? typ ik terug.

Het is even stil en dan komt er één woord als reactie: *Beethoven.*

Dan beweegt weer. 'Gaat het, schat?' vraagt hij.

'Eh, ik weet het niet,' zeg ik, terwijl mijn gedachten door mijn hoofd tollen.

Hij mompelt nog iets, draait zich dan weer om en slaapt verder. Ik zit gebogen over mijn telefoon en typ: *Allie??*

Ja, antwoordt ze.

Hoe kom je aan mijn nummer? schrijf ik. Een fractie van een seconde nadat ik op Versturen heb gedrukt, krimp ik ineen. Als er iets aan de hand is, wil ik haar niet afschrikken door haar het gevoel te geven dat ik haar ergens van beschuldig. Mijn telefoon is zo lang stil dat ik een knoop van angst in mijn maag krijg. Als hij weer pingt, ben ik opgelucht.

Andrew heeft het opgeschreven voor mijn pleegmoeder. Ik heb het in de formulieren gezien. Ben je boos?

Nee, antwoord ik. Ik druk op Verstuur en typ dan: *hoe gaat het met je? Waar ben je?*

Het is even stil. Dan komt haar antwoord: *wat kan het jou nou schelen?*

Dat kan me heel veel schelen! reageer ik onmiddellijk. De angst is terug. Er is iets aan de hand. *Ben je thuis?* Als er geen reactie komt, probeer ik het nog een keer. *Allie? Waar ben je?*

Maar er komt geen antwoord. Ik zie op de klok dat er een minuut verstrijkt, dan twee. *Reageer alsjeblieft*, typ ik na drie minuten. Ik ben bang.

Maar ze zegt niets meer. Ik probeer haar te bellen, maar hij gaat direct naar de voicemail. Ik blijf nog even naar mijn telefoon zitten staren, voordat ik Dan zachtjes wakker maak. 'Ik moet je iets vragen,' zeg ik.

Hij draait zich om en als ik mijn bedlampje aandoe, knippert hij tegen het plotselinge licht. 'Wat is er aan de hand?'

Ik vertel hem snel over Allie en de cryptische sms'jes die ik net van haar heb gekregen. 'Wat denk je dat ik moet doen?'

'Het is toch niet echt jouw probleem, schat?' vraagt hij, met een gaap als besluit.

'Natuurlijk wel,' vind ik. 'Ze heeft contact met me gezocht. Stel dat er iets aan de hand is?'

'Ze haalt waarschijnlijk een geintje uit,' zegt Dan. 'Je zei toch dat ze een krengetje was.'

'Dat heb ik nooit gezegd!' roep ik, gekwetst namens Allie.

Hij haalt zijn schouders op. 'Tja, ik weet het niet. Bel die Andrew maar op. Dan handelt hij het wel af. Maar dit is je werk niet, Kate.'

Ik geef geen antwoord en na een ogenblik draait hij zich om en mompelt: 'Doe je het licht uit als je klaar bent?'

Ik wacht nog een paar minuten om te zien of Allie nog terug sms't en dan sta ik zachtjes op, ga naar de keuken en scrol door mijn telefoon totdat ik Andrews mobiele nummer heb gevonden.

'Kate?' zegt hij als hij opneemt, zijn stem dik van de slaap. 'Wat is er aan de hand?'

Op de achtergrond hoor ik een gedempte vrouwenstem vragen wie het is. 'Eh,' begin ik opgelaten, onmiddellijk zenuwachtig.

'Kate? Ben je daar?'

'Sorry dat ik je stoor,' flap ik eruit, 'maar ik heb net een paar vreemde sms'jes van Allie gekregen. Ik denk dat er iets aan de hand is. Zou je Rodney en Salma kunnen bellen zodat ze kunnen kijken hoe het met haar is?'

'Ja, natuurlijk.' Hij klinkt bezorgd en ineens klaarwakker. 'Kan ik je zo terugbellen?'

'Natuurlijk.'

Ik hang op en staar naar de telefoon. De seconden tikken voorbij, worden een minuut. Eindelijk gaat mijn telefoon weer. Ik neem direct op. 'Andrew? Hoe is het met haar?'

'Ik weet het niet.' Zijn stem klinkt ernstig. 'Kate, ze is weg.'

23

Andrew en ik spreken een half uur later af bij Allies huis. Op weg ernaartoe zal ik haar blijven sms'en en bellen.

'Moeten we de politie bellen?' vraag ik hem voordat ik ophang.

'Zo te horen is ze weggelopen,' zegt hij na een korte aarzeling. 'Dat is tegen de regels van St. Anne's, maar laten we het nog een uur aankijken. Ik wil niets doen waardoor haar moeders aanvraag om hernieuwd gezag wordt beïnvloed.'

'Hernieuwd gezag?'

'Ja. Je weet toch dat ze een paar keer per week bij Allie op bezoek komt en bezig is haar terug te krijgen? Ik ben er nog niet over uit of ze nog een kans verdient, maar als het het beste blijkt te zijn en er dan in Allies dossier staat dat ze is weggelopen, dan maakt het de dingen wel ingewikkelder. Dus dat besluit nemen we over een uur, goed? We gaan eerst kijken of we haar kunnen vinden.'

Op weg naar Queens probeer ik op de achterbank van een taxi vier keer Allies telefoon te bellen en ik sms haar nog tien keer, maar er komt geen reactie. Ik begin te denken dat Andrew de situatie niet goed heeft ingeschat; Allie is twaalf en is in haar eentje op pad. Er kan haar van alles gebeuren.

Andrew staat al voor het huis van Allies pleegouders als mijn taxi stopt. 'Rodney en Salma zijn al aan het zoeken,' zegt hij tegen me. Hij houdt het autoportier open als ik de chauffeur betaal en uitstap. 'Zij zijn naar links gegaan. Ik zei dat wij rechtsaf zouden gaan. Die kant op is een straat met bars en restaurants die nog tot laat open zijn.'

'Oké.' We lopen snel de straat af. Na een paar seconden zeg ik: 'Andrew, ik ben bang.'

'Ze redt zich wel. Ze is een slim kind. Er overkomt haar niets.' De woorden komen er gehaast uit, gevolgd door een korte stilte. 'Ja, ik ben ook bang,' geeft hij toe.

We besluiten ons op de hoek op te splitsen en met elkaar in contact te blijven via de mobiele telefoon. Ik ga rechtsaf op 31st Avenue en als ik de lange rij restaurants en bars bereik ben ik al bijna aan het rennen. Ik loop het eerste restaurant binnen dat ik tegenkom, Pace Caldwell's, maar het gaat net sluiten en er zijn geen klanten meer.

'Heb je misschien een meisje van twaalf gezien, met bruine ogen en steil bruin haar?' vraag ik een ober die zich voorbij haast met een stapel borden.

'Nee, mevrouw.'

Ik bedank hem en loop naar buiten, de nacht weer in. Ik hoor hetzelfde bij Italiaans restaurant Prosecco en koffiebar Up Latte die vierentwintig uur per dag open is. Ik loop net langs drie donkere etalages als ik het hoor: pianomuziek uit een restaurant iets verderop. Het duurt een paar seconden voordat ik het nummer herken, maar dan zet ik het op een rennen. Het is het nummer dat Allie speelde de eerste dag dat ik haar ontmoette, het nummer dat ze zelf had geschreven.

Het restaurant heet Simond's en als ik me naar binnen haast, zie ik dat het er schemerig en vervallen is. Er zitten drie mannen van middelbare leeftijd in verschillende staat van dronkenschap aan de bar. In een hoek zit een stel heftig te zoenen en drie bebaarde mannen in flanellen geruite shirts zitten met hun hoofden bij elkaar om een tafeltje, met tien lege bierglazen voor hen. Niemand heeft aandacht voor het meisje in de hoek, dat nu 'Hey Jude' speelt op een piano die zo te zien betere tijden heeft gekend.

Met een zucht van opluchting pak ik mijn telefoon. *Gevonden*, sms ik naar Andrew. *Restaurant Simond's aan 31st Street.* Dan steek ik mijn telefoon weer in mijn zak en doorkruis de ruimte. Allie kijkt niet op als ik naast haar op de pianokruk ga zitten, maar als ik mijn rechterhand over de hare op de toetsen leg, houdt ze op met spelen.

'Allie,' zeg ik zachtjes, 'wat doe je nou?'

Ze maakt geen oogcontact terwijl ze gebaart: *alsof jou dat iets kan schelen.*

Dat doet het zeker wel, gebaar ik terug.

'Nou en,' zegt Allie. 'Je hebt niet eens terug ge-sms't.'

Ik staar haar aan. 'Allie, ik heb je wel honderd keer ge-sms't!' Als ze haar ogen ongelovig dichtknijpt, voeg ik eraan toe: 'Kijk maar op je telefoon als je me niet gelooft.'

In zichzelf mompelend pakt ze haar telefoon uit haar tas en drukt op de Home-knop. Er gebeurt niets. Ze kijkt schaapachtig naar me omhoog. 'Mijn accu is blijkbaar leeg.'

'Tjonge, je hebt echt goed nagedacht over dat hele wegloopgebeuren,' zeg ik.

Ze kijkt me kwaad aan. 'Ik ben helemaal niet weggelopen. Ik moest gewoon even alleen zijn.'

Ik kijk om me heen naar de andere klanten in het restaurant. 'Je bent niet echt alleen.'

'Nou en,' moppert ze. Ze steekt haar hand uit naar de toetsen en speelt met haar rechterhand een paar noten. 'Ik heb mijn moeder gezien,' zegt ze nonchalant.

'Toen ze bij je op bezoek kwam?'

Ze schudt haar hoofd zonder me aan te kijken.

'En? Wat is er gebeurd?' wil ik weten. Als ze geen antwoord geeft, zeg ik: 'Kwam ze bij je op bezoek bij je pleeggezin?'

Allie lacht, een verbitterd geluid. 'Ja, tuurlijk. Nee. Ik ben na school naar haar stomme appartement gegaan. Maar de man die de deur opendeed zei dat ze het druk had. Zei dat mijn moeder even op zichzelf wilde zijn en dat ik naar huis moest gaan.'

'Wat is er toen gebeurd?'

Ze haalt haar schouders op. 'Ik ging naar het zijraam en keek naar binnen. En daar was ze. Ze was helemaal niet alleen. Ze praatte met een andere vrouw en toen moest ze lachen, alsof die vrouw iets grappigs zei.'

'O, Allie.' Ik zucht. 'Dus ze heeft je niet gezien?'

'Echt wel. Ik weet dat ze me zag, omdat ze naar me staarde alsof ze een beroemdheid had gezien of zo. Toen draaide ze haar rug naar me toe. Alsof ik totaal niet belangrijk voor haar was. Alsof ze liever wilde lachen met een of andere onbekende.'

'Allie, misschien heb je je vergist. Misschien zag ze alleen maar haar eigen weerspiegeling in de ruit of zo.'

'Ze zag me wel!' snauwt Allie, zo luid dat het stel in de hoek dat nu aan het poolen is naar ons kijkt. 'Ze zag me wel,' herhaalt ze zachter. 'Het deed haar alleen niks.'

Ik kijk stiekem op mijn horloge en wens dat Andrew er al was. Hij zou wel weten wat te zeggen. Ik heb geen idee, dus laat ik mijn hart maar spreken. 'Misschien klopt het wel wat je hebt gezien,' geef ik toe. 'Maar het is belangrijk dat je weet dat volwassenen soms gewoon fouten maken.'

'Grapje zeker.'

'Wat ik wil zeggen: het is moeilijk om te beseffen dat ouders ook zo hun fouten hebben. Maar iedereen heeft zijn eigen mankementen. Dus als het klopt dat ze je zag en zich toen wegdraaide, hoeft dat nog niet te betekenen dat je haar niets kunt schelen. Je zei dat ze met een verslaving worstelt, misschien doet ze wel heel hard haar best om clean te worden en doet ze nou gewoon vreemd. Heel veel volwassenen hebben problemen en doen daardoor verkeerde dingen.'

'Jij hebt geen problemen,' zegt Allie.

Ik denk even na. 'Misschien wel, hoor.'

'Tuurlijk.' Ze kijkt naar mijn handen en schudt dan haar hoofd. 'Ik geloof je niet.'

'Allie, niemands leven is perfect.'

Ze snuift. 'O, ja? Geef me eens een voorbeeld van een zogenaamd probleem in jouw perfecte leven.' Ze grijnst naar me, er duidelijk van overtuigd dat ik geen bewijs kan leveren.

'Dit gaat niet om mij, Allie. Dit gaat om jou.'

Ze krijgt tranen in haar ogen en ze knippert snel een paar keer. 'Zie je wel? Je zegt maar wat. Je hebt helemaal geen problemen. Je hebt waarschijnlijk een perfecte man en een paar perfecte kinderen en een perfect groot huis. Mensen zoals jij hebben altijd een perfect leven en proberen mensen zoals ik te vertellen wat we moeten doen.'

Ik moet eigenlijk niet persoonlijk worden, maar het is midden in de nacht en niet alleen is mijn geduld bijna op, maar ik denk ook dat het kan helpen als ik Allies stereotiepe beeld van mij kan bijstellen. Dus haal ik diep adem en zeg: 'Ik woon niet in een groot huis en ik heb geen kinderen, omdat ik niet zwanger kan worden.'

Ze kijkt naar me, slaat dan haar ogen neer en mompelt: 'Nou

ja, ik wil wedden dat je man een perfecte prins is met een jacht of een limousine of zo.'

'Mijn man is dood, Allie,' hoor ik mezelf zeggen. Ik voel me onmiddellijk schuldig dat ik te veel vertel, maar aan haar gezichtsuitdrukking zie ik dat ik er goed aan heb gedaan. De triomfantelijke blik op haar gezicht trekt weg.

'Echt waar?' fluistert ze.

Nu krijg ik tranen in mijn ogen en mijn hart bonkt ineens te snel. 'Echt.'

'Wanneer is hij gestorven?' vraagt ze.

'Heel lang geleden.'

Als ze niets zegt, vertel ik verder. 'Op 18 september twaalf jaar geleden.'

'Wat is er met hem gebeurd?'

'Een auto-ongeluk.'

'O.' Ze zwijgt en kijkt op, met een schuldbewuste blik. 'Wat erg voor je.'

'Dank je.' We zijn even stil en dan zeg ik: 'Niemands leven is ooit perfect, Allie. En bijna altijd is er onder de oppervlakte meer gaande dan je weet. Stel dat je moeder zo druk bezig is met clean worden dat ze de grote dingen – zoals jij – er nu helemaal niet bij kan hebben?'

Ze lijkt iets te willen gaan zeggen, maar dan is er wat commotie bij de voordeur; Andrew stormt het restaurant binnen met een bezorgde blik op zijn gezicht. Het duurt even voordat zijn ogen zich aan het licht hebben aangepast en dan kijkt hij de bar rond en ziet ons. Hij ziet er heel even opgelucht uit, maar dan wordt zijn gezichtsuitdrukking grimmig en beent hij met gebalde vuisten naar ons toe.

'Allie!' zegt hij, zijn stem bitser dan ik ooit heb gehoord. 'Waarom doe je in godsnaam zoiets?'

Ze kijkt me aan en heel even zie ik schuldgevoel in haar ogen. Dan is het weg en is het vervangen door iets kouds en verdedigends. Ze steekt haar kin naar voren. 'Alsof dat jou iets kan schelen.'

'Natuurlijk kan het hem schelen, Allie,' val ik in voordat Andrew kan antwoorden. 'Denk je dat hij voor de lol midden in de nacht naar jou op zoek is?'

Ze kijkt hem even aan en kijkt dan weer terug naar mij, maar ze geeft geen antwoord.

'Je hebt geluk dat ik de politie niet heb gebeld!' gaat hij verder. 'Weet je wat er dan gebeurd zou zijn? Dan hadden ze je weggehaald bij de Greghors. En zou je weer in een groepshuis zijn geplaatst totdat je moeder het gezag terug had. Als dat haar lukt. Daar had jouw stunt nog een negatieve invloed op kunnen hebben ook.'

'Jemig, sorry,' mompelt ze.

'Ik zeg het niet graag, maar alle excuses van de wereld veranderen niets aan de feiten als je je echt in de nesten werkt, Allie,' zegt Andrew ferm. 'Ik weet dat je het moeilijk hebt. Maar dit moet ophouden. De gevechten op school, de grote mond tegen je pleegouders en nu dit? Ik ben heel erg teleurgesteld in je.'

Allie lijkt op het punt te staan te gaan huilen. 'Waarom heb je de politie dan niet gebeld?' mompelt ze.

Andrew kijkt me even aan, zijn gezichtsuitdrukking verzacht zich. Hij kijkt weer naar haar en zegt: 'Misschien omdat iedereen een tweede kans verdient.'

Terug in het huis van de Greghors maakt Allie zich klaar om naar bed te gaan, terwijl Andrew en ik aan Rodney en Salma uitleggen waar we haar hebben aangetroffen en dat ze van slag was over haar moeder.

'Het lag dus niet aan ons?' vraagt Salma.

'Nee hoor, helemaal niet,' stelt Andrew haar gerust. 'Allie zit gewoon met wat dingen. Ik denk niet dat dit nog een keer zal gebeuren.'

Salma slaat haar handen in elkaar en kijkt naar Rodney. Na een ogenblik zegt hij: 'Ons was verzekerd dat deze opvang maar voor een paar maanden zou zijn. We kunnen haar niet langer dan dat houden. Dat is de reden waarom we tijdelijke opvang doen.'

'Niet dat we haar weg willen hebben,' haast Salma zich eraan toe te voegen, terwijl mijn hart bloedt voor Allie. 'Het is gewoon zo dat we net te weten zijn gekomen dat ik zwanger ben. En als ze zich zo blijft gedragen...'

'Ik denk van niet,' onderbreekt Andrew haar resoluut. 'En als het goed is gaat ze binnen een maand of twee terug naar haar moeder. Dat weet je.'

'Gefeliciteerd met je zwangerschap,' mompel ik, en Salma glimlacht even naar me, waarna ze haar aandacht weer op Andrew richt. 'Ik weet zeker dat alles in orde komt,' zegt ze, en ik weet dat ze probeert zichzelf ervan te overtuigen.

Andrew knikt en bedankt hen stijfjes voor hun hulp van vanavond.

Dan vraagt hij of ik even bij Allie wil gaan kijken, om te zien of ze klaar is om naar bed te gaan.

Terwijl ik door de gang naar haar kamer loop, heb ik het gevoel dat mijn hart opensplijt en ik vraag me af of Allie misschien deels is weggevlucht omdat ze aanvoelde dat de Greghors een andere weg willen inslaan. Ik vraag me af of ze weet dat ze een kind krijgen, of ze zich al verdrongen voelt door een klein mensje dat er nog niet eens is.

Ik tref Allie aan in bed, in een roze T-shirt en een roze pyjamabroek met hartjes. Met haar frisgewassen gezicht ziet ze er jonger uit dan haar twaalf jaar.

'Gaat het wel?' vraag ik terwijl ik op de rand van haar bed ga zitten. Ze haalt haar schouders op.

'Allie, ik snap waarom je dat van vanavond deed,' begin ik voorzichtig. 'Maar je moet ons vertrouwen. We geven allemaal om je. We zullen voorkomen dat je iets naars overkomt. Als je je weer gekwetst, boos of verdrietig over iets voelt, moet je Andrew of mij bellen, of met Rodney en Salma praten, oké?'

Ze knikt weer en gaat onder de dekens liggen. Ik wil opstaan, maar ze pakt mijn arm beet.

Je hebt het mis over mijn moeder, gebaart ze.

'Hoe bedoel je?' vraag ik hardop.

'Je zei dat ze waarschijnlijk haar best doet clean te blijven,' zegt Allie. 'En dat ze daarom deed alsof ze me niet zag.'

'Ik denk dat je haar het voordeel van de twijfel moet geven.'

'Waarom rookte ze dan meth?'

Ik knipper een paar keer met mijn ogen. 'Wat zei je?'

'Ze rookte iets in een pijp,' gaat Allie met vlakke stem verder. 'Dat moet wel meth zijn geweest. Dat was altijd haar lievelingsdrug. Daarom keek ze weg toen ze me zag, Kate. Niet omdat ik zo belangrijk ben. Maar omdat ik niet belangrijk genoeg ben om voor af te kicken.'

Voordat ik antwoord kan geven, draait ze zich om, doet haar gehoorapparaten af en trekt de lakens over haar hoofd.

'Allie?' zeg ik, en als ik besef dat ze me niet meer kan horen, raak ik zachtjes haar schouder aan. 'Allie?'

'Ga weg!' zegt ze met gedempte stem. 'Laat me met rust!'

Ik blijf nog even staan, voor het geval ze van gedachten verandert, maar er is alleen maar stilte, dus zeg ik: 'We gaan dit in orde maken, Allie.' Ik weet dat ze me niet kan horen, maar ik moest het haar beloven. Ik geef haar een troostend kneepje in haar schouder en draai me om.

In de gang staat Andrew op me te wachten. 'Gaat het met haar?' vraagt hij als we de warme nacht in lopen en teruggaan naar de hoofdstraat zodat ik een taxi kan aanhouden.

Ik schud mijn hoofd. 'Andrew, ze zei dat toen ze haar moeder vandaag zag, die wat rookte.'

Zijn gezicht betrekt. 'Te zien aan je gezichtsuitdrukking hebben we het niet over een sigaret.'

'Volgens Allie was het meth.'

'Verdomme!' Hij haalt een hand door zijn haar. 'Ik hoopte dat ze clean kon blijven. Ik moet hier melding van maken.'

Ik knik. 'Hoeveel langer kan ze hier blijven?'

Hij zucht. 'Hoogstens een paar maanden. De Greghors hebben gelijk, ze hebben zich opgegeven voor tijdelijke opvang. En nu ze een kind krijgen...' Hij schudt zijn hoofd en zucht weer. 'Ik wilde zo graag dat Allie een stabiele basis had.'

Ik zou haar kunnen opvangen. De gedachte komt zo plotseling en helder in me op dat ik ervan schrik. Ik knipper een paar keer en houd mezelf voor dat het een idiote gedachte is. Ik krijg mijn eigen leven niet eens op poten. Maar ja, stel dat ik daar wel in zou slagen? Stel dat ik de stabiele persoon zou worden die ze zo nodig heeft? Mijn hart gaat iets sneller slaan als ik de mogelijkheid overweeg dat de dromen me hierheen leidden, naar Allie.

'... over je man?' Andrew zegt iets, maar ik ben zo in gedachten verzonken dat ik alleen het einde van de zin hoor.

'Wat?' Ik voel dat mijn wangen rood worden.

'Allie zei dat je haar over je man hebt verteld?' herhaalt Andrew met een bezorgde blik op zijn gezicht.

Ineens voel ik me vreselijk. 'Het spijt me heel erg. Ik weet dat ik niet zoiets persoonlijks tegen haar had moeten zeggen. Ik wilde haar alleen maar laten zien dat niemand perfect is en dat zelfs als een leven aan de buitenkant perfect lijkt, het dat in werkelijkheid soms niet is. Maar het spijt me heel erg. Het was onprofessioneel van me en het zal niet weer gebeuren.'

'Kate.' Zijn stem is zacht en ik besef dat ik dol ben op de manier waarop hij mijn naam zegt. 'Het was geen kritiek. Ik wilde je alleen laten weten dat je altijd iemand hebt met wie je kunt praten als je dat ooit wilt.'

'Jou?' vraag ik, en pas als hij in elkaar krimpt dringt tot me door dat dat heel onbeleefd moet hebben geklonken. 'Sorry,' mompel ik. 'Zo bedoelde ik het niet.'

Hij haalt zijn schouders op. 'Ik wil je niet onder druk zetten, maar soms is het beter om met een onbekende te praten dan met iemand die er al vanaf het begin bij betrokken is. Niet dat ik nou echt een onbekende ben. Ik denk graag dat we vrienden aan het worden zijn.' Hij kijkt naar beneden. 'En trouwens, ik sta bij je in het krijt nadat ik je heb opgezadeld met het verhaal over mijn broer.'

'Daarmee heb je me niet opgezadeld,' mompel ik. Ik overweeg heel even hem te vertellen over Dan en de problemen die we hebben, maar het voelt vreemd ontrouw om de zorgen over mijn relatie met een andere man te delen. Maar ja, ik besef wel dat ik ernaar verlang dat iemand tegen me zegt dat dit voorbij gaat.

'Wat is er?' vraagt Andrew, die mijn gedachten leest, zachtjes.

'Niks,' zeg ik snel. Dan zwijg ik en kom ik erop terug. 'Oké, nou, weet je nog dat ik tegen je zei dat ik heel levendige dromen had?'

'Over Patrick,' zegt hij met een knikje, en om een of andere reden schrik ik er bijna van dat hij zich de naam van mijn man nog herinnert.

'Klopt.' Ik kijk hem onzeker aan. 'Nou, die hebben me eraan

herinnerd hoe het voelde om bij hem te zijn. En dat lijkt totaal niet op het gevoel dat ik heb met mijn verloofde, Dan.' Mijn woorden zijn bijna te persoonlijk, te veel, en ik vraag me af of mijn inschattingsvermogen nog wel werkt. 'Niet dat ik niet van mijn verloofde houd,' voeg ik er snel aan toe. 'Dat doe ik wel. Het is gewoon anders.'

Andrew knikt. 'Maar het zal ook wel anders moeten voelen, denk ik,' zegt hij na een stilte. 'De vraag is of je gelukkig bent en of het goed aanvoelt. Daar moet je over nadenken.'

'Dat weet ik,' mompel ik, en ik voel me al stom dat ik iets heb gezegd.

'Moet je horen, wat er met je man is gebeurd heeft je voor altijd veranderd, net als wat er met mijn broer gebeurd is mij heeft veranderd,' zegt hij, en deze keer luister ik echt, omdat het anders aanvoelt dan eerdere adviezen die ik heb gekregen. 'Dus kun je het heden niet vergelijken met het verleden, niet echt, want je bent iemand anders dan toen Patrick nog leefde. Je moet vooruitkijken, naar de dingen die je wilt, niet achterom naar de dingen die je ooit had.'

Ik voel de tranen in mijn ogen prikken. 'Hoe ben je zo wijs geworden?'

Hij lacht. 'Met vallen en opstaan. Vooral dat vallen.'

We zijn bij 31st Street aangekomen en we zeggen niets terwijl Andrew zijn hand opsteekt om een taxi aan te houden. Als die stopt, geeft hij me een knuffel, waarna ik op de achterbank ga zitten.

'Hé, Andrew?' zeg ik net voordat hij het portier van de taxi dichtdoet.

'Ja?'

'Ik denk ook graag dat we vrienden aan het worden zijn.'

24

Op maandagochtend word ik weer wakker in het leven dat ik deel met Patrick en ik ben even zo dankbaar dat ik nauwelijks adem kan halen. Na de afgelopen keer in deze werkelijkheid was ik bang dat ik mijn kans om terug te komen had verpest.

Maar Patrick ligt naast me in ons bed, echt en stevig en warm. Ik voel tranen in mijn ogen als ik mijn hand naar hem uitsteek. Hij beweegt zich en wordt langzaam wakker als ik me in het holletje onder zijn rechterarm nestel.

'Goedemorgen, liefje,' zegt hij, zijn stem nog dik van de slaap. Hij trekt me dichter tegen zich aan en geeft me een kus boven op mijn hoofd.

'Zeg tegen me dat je van me houdt,' dring ik aan, terwijl ik me aan hem vastklamp alsof hij een reddingsvlot is.

Patrick lacht en woelt door mijn haar. 'Ik hou van je, mafkees,' zegt hij. Dan wordt zijn gezichtsuitdrukking zachter, in zijn ooghoeken verschijnen kraaienpootjes die er twaalf jaar geleden nog niet waren. 'Ik wist al voordat ik je ontmoette...' voegt hij eraan toe, terwijl hij me in de ogen kijkt.

'... dat het voorbestemd was dat ik de jouwe zou worden,' fluister ik. Ik luister even naar zijn hartslag, waarna ik vraag: 'Hoe gaat het met je moeder?'

Hij zucht. 'Ik heb haar gisteren gesproken en ze klonk niet zo best. Die chemo eist echt zijn tol. Ik weet niet wat ik zou doen als we haar zouden verliezen.'

'We verliezen haar niet,' zeg ik beslist. 'Ze wordt weer beter.' Ik voel me weer even schuldig over de Joan uit het echte leven, die ik sinds de dag dat ik bij haar op de veranda zat niet meer heb gebeld. Ik ben zo opgegaan in mijn eigen leven en problemen dat ik er niet meer aan heb gedacht. Ik prent me in dat ik haar zo snel mogelijk moet bellen.

Een paar minuten later schenkt Patrick in de keuken een kop koffie voor me in en worstel ik met de woorden die ik wil zeggen. 'Mag ik je iets vragen, Patrick?' vraag ik uiteindelijk. 'Ben ik... Ben ik een goede moeder?'

Hij draait zich om en kijkt me aan.

'Ik bedoel, zie je problemen en tekortkomingen als je naar me kijkt?' ga ik verder, terwijl ik denk aan wat Dan tegen me zei over ons vermogen om ouders te zijn. 'Of ben ik meestal lief voor Hannah? Ben ik er voor haar en heb ik de juiste beslissingen genomen en voelt ze zich geliefd door mij?'

'Natuurlijk, liefje,' zegt hij. 'Hoezo dat ineens?'

Ik haal mijn schouders op. 'Ik weet het niet. Ik denk dat ik aan mezelf twijfel.'

Hij fronst zijn voorhoofd. 'Kate, ik weet niet of ik je dit ooit heb verteld, maar toen ik je Hannah voor het eerst zag vasthouden, wist ik het gewoon.'

'Wat wist je?'

'Ik wist dat dit precies de bedoeling was. Je hebt dat moederinstinct altijd al gehad, denk ik – dat is een van de miljoen dingen die ik zo leuk aan jou vind – maar vanaf het eerste moment dat ik je haar zag vasthouden, leek het alsof alles op zijn plek viel, alsof het universum plotseling helemaal klopte. Je was voorbestemd moeder te worden net zoals regen voorbestemd is om nat te zijn, gras groen en ijs koud.'

Ik glimlach. 'Weet je het zeker?'

'Je bent een geweldige moeder,' antwoordt hij.

Ons gesprek wordt onderbroken door Hannah die de keuken in komt, met een verkreukelde pyjama en haar haren die vreemd alle kanten op pieken.

'Ik heb een nachtmerrie gehad,' zegt ze, terwijl ze in haar ogen wrijft. 'Ik droomde dat...'

Maar voordat ze haar zin kan afmaken, heb ik haar in een stevige omhelzing getrokken. Ik ben zo blij haar te zien, zo opgelucht dat ik in elk geval een paar ogenblikken met haar krijg, dat de rest er niet toe lijkt te doen.

'Jemig, mam, wil je me soms wurgen?' vraagt Hannah, maar als ik haar uiteindelijk loslaat, glimlacht ze.

'Ik ben gewoon zo blij dat ik je moeder ben,' zeg ik tegen haar.

'Okééé,' zegt ze, terwijl ze haar ogen ten hemel slaat en met haar hand een rondje maakt voor haar oor om aan te geven dat ik gek ben. Patrick doet hetzelfde, maar kijkt me ook even bezorgd aan als Hannah haar blik afwendt.

'Oké, genoeg geintjes over mij,' zeg ik, en als ze allebei lachen, klinkt het als muziek in mijn oren.

'Kom op, slome,' zegt Patrick tegen Hannah. 'Pak wat cornflakes en in de benen.'

'Wacht, waar gaat ze heen?' vraag ik, plotseling in paniek bij de gedachte dat mijn al beperkte tijd met haar nog verder bekort gaat worden.

'Wat doe je toch raar, mama,' zegt Hannah voordat Patrick antwoord kan geven. 'Pap en jij hebben een dag vrij genomen, weet je nog? We gaan naar Coney Island. Duh.'

'Met zijn allen?'

'Duh,' zegt ze weer. 'Dat had je beloofd toen ik *Uptown Girls* had gezien.'

'Die film met Brittany Murphy?' Ik herinner me ineens dat ik de film in 2003 heb gezien, net voordat Patrick een jaar dood was. Mijn zus dacht dat het me zou opvrolijken om naar de bioscoop te gaan en een onnozele romantische komedie te kijken. Maar het liefdesverhaal maakte me aan het huilen en we vertrokken voordat de film was afgelopen.

'Het is echt de allerbeste film ooit,' zegt Hannah. 'Hij is natuurlijk wel ouderwets. Maar Jesse Spencer is zo vet. Voor een oude vent. En ik vind dat stuk waarin ze in het pretpark in de theekopjes gaan geweldig.'

'Leuk,' kan ik nog net uitbrengen. Maar wat ik echt denk is dat als iemand me in 2003 had verteld, toen ik met Susan in die donkere bioscoopzaal zat en probeerde niet te huilen, dat ik op een dag in de theekopjes zou gaan met mijn dode man en onze denkbeeldige dochter, ik gedacht zou hebben dat hij niet goed snik was. Maar nu is het dus zover. Bij nader inzien maakt mij dat niet goed snik.

Terwijl Hannah cornflakes in een kom doet, ga ik dichter bij Patrick staan en raak zijn elleboog aan. 'Ik hou van je,' mompel ik.

'Ik hou ook van jou, Katielee.'

Een uur later zitten we in de metro naar Coney Island. Hannah zit tegenover ons, met haar neus in een *young adult*-boek met een stilettohak op de omslag, en Patrick heeft zijn arm om mijn schouders geslagen. We kijken samen in stilte naar onze dochter en ik verbreek hem niet, omdat er niet genoeg woorden in de wereld zijn om te beschrijven hoe dit ogenblik voelt. Patricks warmte naast me. Een dochter van wie we zielsveel houden, die hier bij ons is. Een heel leven dat zich voor ons uitstrekt. Allemaal niet echt.

Het komt in me op hoe alledaags dit ogenblik zou zijn als dit echt het leven was dat ik leidde. Zou ik de tijd nemen om bewonderend te kijken hoe prachtig Hannahs haar eruitziet als het licht erop valt of hoe gelukkig ik ervan word als ik haar ooghoeken iets zie rimpelen elke keer als ze iets grappigs leest? Zou ik erbij stilstaan hoe lekker de geur van Irish Spring in Patricks hals is, of hoe fijn de warmte die me overspoelt als ik de paar verdwaalde haartjes op zijn kaak zie die hij vanochtend bij het scheren heeft overgeslagen? Zou ik erbij stilstaan om te bedenken hoe veilig ik me voel, weggestopt onder zijn arm, alsof niets me kan raken zolang hij er is?

Nee, want voordat ik hem verloor, dacht ik dat we nog een leven vol van dit soort ogenblikken voor ons hadden. Ik hield zielsveel van hem, maar stond er nooit bij stil dat elke seconde die we samen hadden een geschenk was, tot hij dood was.

'Waar denk je aan?' fluistert Patrick als we wegrijden bij de halte 86th Street, de laatste voordat we Coney Island bereiken.

'Aan hoeveel geluk ik heb dat ik hier ben,' zeg ik tegen hem.

Hij glimlacht en geeft me een kneepje in mijn hand, maar hij zegt pas wat als we station Coney Island binnenrijden. 'Dat hebben we allebei.'

Hij staat op en knikt naar Hannah, die haar boek dichtslaat en naar ons glimlacht. 'We hebben altijd gezegd dat we het leven zouden opbouwen dat we wilden hebben,' voegt hij eraan toe. 'En volgens mij zijn we daar aardig in geslaagd, vind je niet?' Ik wil net antwoord geven, maar we stappen al uit de metro en lopen naar de uitgang van het station. Ik laat mezelf meetrekken, meegevoerd door het getij, totdat ik me ga afvragen of dat misschien mijn fout is geweest. Misschien heb ik me altijd laten meevoeren door het getij in plaats van de stroming te gebruiken om de richting op te gaan die ik wil.

Na acht uur op Coney Island, waarin we ons schor schreeuwen in de Sling Shot, giechelend het ritje in de Cyclone doorstaan, duizelig worden in de theekopjes en zo veel hotdogs eten dat we pijn in onze buik krijgen, gaan we naar huis, met een versufte glimlach op ons gezicht geplakt.

'Het is geen Disney World,' vindt Hannah. 'Maar Coney Island is wel cool. Kunnen we volgend weekend nog een keer?'

Patrick trekt alleen maar een wenkbrauw naar haar op en na een tijdje giechelt ze en zegt: 'Oké. Ik laat de hotdogs eerst zakken. Dan hebben we het er nog over.'

Patrick pakt mijn hand terwijl Hannah haar boek uit haar tas pakt en verder gaat lezen. 'Dit was een aardig perfecte dag, nietwaar?' vraagt hij.

'Volmaakt,' stem ik in, terwijl ik mijn hoofd op zijn schouder leg.

Thuis stoppen we Hannah samen in bed en ik voel me met de seconde matter worden. Ik weet dat de droom al aan het vervagen is en ik kan het niet tegenhouden. 'Ik hou van jullie,' zegt Hannah gapend als Patrick door haar haar woelt en ik vooroverbuig om haar een kus op haar warme, gladde wang te geven.

'We houden ook van jou, liefje,' zegt Patrick tegen haar.

Ik weet niet waarom ik het ineens zeg, maar ik hoor mijn woorden voor Patrick uit mijn mond komen. 'Ik wist al voordat ik je ontmoette...' zeg ik tegen Hannah, met pijn in mijn hart.

Ze glimlacht, gaapt en doet haar gehoorapparaat af. Heel even ben ik ervan overtuigd dat ze niet zal antwoorden. Dan gebaart ze: *dat het voorbestemd was dat ik de jouwe zou worden*, en ik merk dat ik plotseling mijn tranen weg knipper. Zij maakt dus ook deel uit van onze geheimtaal. Maar hoe kan ik zo veel van dit meisje houden als ze niet echt bestaat?

Patrick doet Hannahs licht uit en trekt haar deur achter ons dicht, waarna we de gang in lopen. 'Zullen we even in de woonkamer gaan zitten?' zegt hij.

We gaan op onze bank zitten en hij trekt me naar zich toe. Ik leg mijn hoofd op zijn schouder.

'Wat zou je voor Hannah willen als je er niet was?' vraag ik na een tijdje. De kamer vervaagt een beetje, maar ik klamp me geestelijk vast. Ik vraag immers niets vreemds.

'Wil je me kwijt?' plaagt Patrick me, maar als ik niet lach, zegt hij ernstig: 'Ik zou willen dat er voor haar gezorgd werd en dat er iemand van haar hield. Ik zou ook willen dat er voor jou gezorgd werd en dat er iemand van je hield. Ik zou willen dat jullie gelukkig waren, hoe dan ook. Ik zou willen dat jullie bij elkaar zouden blijven en voor de rest van jullie leven van elkaar zouden houden, omdat jullie de twee geweldigste mensen zijn die ik ken.'

Ik begin te huilen, en zodra ik dat doe, kan ik niet meer stoppen. 'Jij bent de geweldigste mens die ik ken,' kan ik tussen het gesnotter door uitbrengen.

'Zoek je ruzie?' vraagt hij met een glimlach.

Ik lach, ondanks mezelf, en hij kust me op mijn wang.

'Kate, je bent echt goed met Hannah,' gaat hij verder, weer op ernstige toon. 'Ze heeft geluk met een moeder als jij. Dat weet je toch wel?'

Ik aarzel. Ik hou van haar, en ook al herinner ik me maar weinig, blijkbaar heb ik mijn best gedaan haar een goed leven te geven en haar geholpen een goed mens te worden. Dat laat me geloven dat ik ergens diep vanbinnen die vaardigheden wel heb, die liggen te wachten tot ik ze ga gebruiken. 'Ja,' zeg ik zachtjes.

'Beloof je dat?'

'Dat beloof ik,' zeg ik.

'Goed.' Hij zwijgt even en ik voel me vermoeider worden, de kamer wordt waziger terwijl hij mijn haren streelt. 'Ik wist al voordat ik je ontmoette...' fluistert hij uiteindelijk, zijn stem al ver weg.

'... dat het voorbestemd was dat ik de jouwe zou worden,' mompel ik. Het is het laatste wat ik me herinner voor ik in slaap val.

25

Als ik wakker word, weet ik eindelijk heel zeker dat ik mijn relatie met Dan moet beëindigen en dat ik dat vandaag moet doen. Ik kan het niet langer uitstellen, niet als ik een kans wil hebben op een goed leven, een echt leven. Ik heb nu al maandenlang – misschien al jarenlang – mijn intuïtie genegeerd, de mening van andere mensen tot de mijne gemaakt. Maar het is tijd om mijn lot in eigen handen te nemen.

Ik kan Patrick niet hebben – niet in de echte wereld – maar dat betekent niet dat ik de toekomst die ik wil niet kan nastreven. Misschien is het tijd om mezelf niet meer in de weg te zitten.

Ik wil moeder worden. Jaren geleden wist ik dat zo zeker, toen Patrick nog leefde. Maar na zijn dood is het net alsof ik niet meer wist wie ik was en waar mijn leven heen ging. Als ik geen kinderen met hem kon krijgen, wat had het dan voor zin?

De dromen hebben me laten zien dat het ouderschap nog steeds is iets waar ik goed in zou kunnen zijn. Door die dromen heb ik mijn leven opnieuw beoordeeld, moest ik alles in een nieuw licht bezien. Ik ben goed met Max en Leo en alle andere kinderen die bij me op de praktijk komen omdat ik niet bang ben om hun taal te spreken of me te verdiepen in wat hen bezighoudt. Ik ben niet bang om mijn hart voor hen open te stellen.

En ik kan me alleen maar voorstellen dat als ik zelf een kind had, die openheid en gereedheid om lief te hebben vermenigvuldigd zouden worden met tien, misschien wel met honderd.

Dat heeft Andrew me ook geleerd. Door me in contact te brengen met kinderen die niet alleen een muziektherapeut nodig hebben, maar die ook enorme behoefte hebben aan een volwassene die aan hun kant staat, heeft hij me doen beseffen dat ik waardevol ben en dat ik het moederinstinct heb waarvan ik altijd bang was dat ik dat ontbeerde. Ik weet hoe ik moet liefhebben. De afgelopen twaalf jaar heb ik het alleen op de verkeerde manier gedaan, omdat ik een beslissing heb genomen – ook al was die onbewust – om mijn hart af te sluiten toen Patrick stierf. Nu is het tijd om het licht binnen te laten.

'We moeten praten,' zeg ik plompverloren als Dan die avond thuiskomt van zijn werk.

'Wat kijk je serieus,' zegt hij met een vage glimlach terwijl hij zijn sleutels ophangt. 'Hoe was je dag?'

'Ik ben niet naar mijn werk gegaan,' zeg ik tegen hem. 'Ik moest over wat dingen nadenken.'

Aan de manier waarop hij zijn blik afwendt, weet hij zo te zien al wat ik ga zeggen. 'Waarover bijvoorbeeld?' vraagt hij op vlakke toon.

Heel even kan ik niets uitbrengen, omdat het natuurlijk niet komt door iets wat Dan verkeerd heeft gedaan. Het is zo dat ik de hele tijd verliefd ben geweest op het idee dat ik verderging met mijn leven. Ik ben nooit echt verliefd geweest op de man met wie ik ben verdergegaan. Dit is allemaal niet eerlijk jegens hem, maar ik kan niet in een relatie blijven alleen maar omdat het makkelijker is om niets te zeggen.

'Het spijt me,' fluister ik. 'Maar ik kan het niet.'

Hij lijkt wel wat overdonderd, maar ook weer niet enorm geschrokken. 'Wat kun je niet?' vraagt hij.

'Met je trouwen,' zeg ik. 'Het spijt me echt heel erg. Het klinkt als een cliché, maar het ligt echt niet aan jou. Het ligt aan mij. Het gaat om het leven waarvan ik weet dat ik het wil leiden, Dan.'

Ik haal de verlovingsring van mijn vinger en houdt die hem voor, maar hij neemt hem niet aan. Het verbaast me om zo veel pijn op zijn gezicht te zien.

'Gaat dit over kinderen? Dump je mij vanwege iets waarvan je een paar maanden geleden niet eens wist dat je het wilde?'

'Nee,' antwoord ik, terwijl ik nog steeds opgelaten de ring vasthoud. 'Niet alleen dat. Het is alles. Het gaat erom dat je een vierkant blokje niet door een rond gat kunt persen, en dat is wat ik steeds heb geprobeerd, Dan. Ik zag het pas toen me de schellen van de ogen vielen. Het spijt me heel erg.'

Zijn blik wordt harder. 'Je weet dat dit niet eerlijk is, toch? In al die tijd dat we bij elkaar zijn heb je het er nooit over gehad dat je een kind wilde. En nu bepaalt dat uit het niets onze relatie?'

'Nee, Dan...' begin ik, maar hij gaat verder alsof ik niets heb gezegd.

'Je kunt niet zomaar van gedachten veranderen!' zegt hij. 'Het is net alsof de afgelopen twee jaar een leugen zijn geweest!'

'Ik heb nooit gelogen,' zeg ik. 'Niet expres. Ik was gewoon niet eerlijk tegenover mezelf.'

'Of tegenover mij,' voegt hij er kil aan toe.

'Het spijt me,' zeg ik. 'Ik wilde je niet kwetsen.'

Hij kijkt me even aan en lacht dan ongelovig. 'Jezus, dit gaat over Pat, nietwaar? Alles draait om Pat. En nu straf je me eindelijk omdat ik hem niet ben.'

'Nee,' zeg ik resoluut, en ik weersta de drang om de bijnaam te verbeteren. 'Dit gaat over jou en mij.'

'Dat is gelul.' Hij slaat zijn armen over elkaar en kijkt me kwaad aan. 'Je bent geobsedeerd door je dode man. Je weet toch dat dat gestoord is? Je weet dat waar je nu mee bezig bent volslagen idioot is?'

'Het gaat niet om hem, het gaat erom dat ik nu weet dat het tussen jou en mij niet goed zat. Ik wil alles, Dan: het hartzeer en de pijn, de ups en de downs, het gevoel dat we gelijkwaardige partners zijn die de wereld samen tegemoet treden. En volgens mij kan ik dat met jou niet hebben.'

'Gelul,' mompelt hij.

'Maar Dan...' begin ik.

'Gelul,' herhaalt hij luider, en hij kijkt op, recht in mijn ogen. 'Dit heeft niets met mij te maken. Dit heeft ermee te maken dat je erachter bent gekomen dat je onvruchtbaar bent en dat het je angst heeft aangejaagd. Dat is alles. Je komt wel tot bezinning.'

Hij zegt het zo zelfvoldaan en met zo veel overtuiging dat ik er kippenvel van krijg.

'Je ziet me echt als een kind, hè?' vraag ik. 'Als iemand die niet zo slim of verstandig is als jij.'

Hij haalt zijn schouders op, maar ik zie een zelfgenoegzaam lachje om zijn mond kruipen. 'Ik wil geen ruzie maken, Kate.'

'Maar dat wil je nooit!' werp ik tegen, terwijl ik mijn stem verhef. 'We maken nooit ruzie! Snap je niet dat dat het probleem is? Ik ben hier net zo schuldig aan als jij, Dan. We hebben nooit over iets echt belangrijks gepraat. We zijn nooit verder gekomen dan de oppervlakte. En dat is geen echte relatie! Dat is niet gezond! Je moet vechten voor de dingen die je aan het hart gaan! En dat vonden we allebei niet belangrijk genoeg, omdat het makkelijker was om er niet voor te vechten!'

Hij staart me aan en ik voel me afschuwelijk, want hij ziet eruit alsof ik hem in zijn gezicht heb geslagen.

'Het spijt me,' zeg ik na een tijdje. 'Ik had niet moeten schreeuwen.' Er valt een stilte tussen ons. Een deel van mij wil het allemaal terugnemen, wil tegen hem zeggen dat ik het mis had, dat we het nog goed kunnen maken. Maar dat is allemaal niet waar.

'Weet je, Kate, je moet hem op een gegeven moment toch loslaten,' zegt Dan na een tijdje, met zijn ogen op die van mij gericht. 'Als je dat niet doet, vind je nooit geluk met iemand. En weet je? Ik heb medelijden met je. Wat jij doet is triest.'

De woorden raken me hard. Ik doe mijn mond open om me weer te verontschuldigen dat ik hem heb gekwetst, maar hij loopt al weg. De deur slaat achter hem dicht en het enige wat over is, is stilte. Langzaam leg ik de verlovingsring op de eettafel en laat de adem los waarvan ik niet wist dat ik hem inhield.

Iets na middernacht komt Dan terug, hij slaapt op de bank en is weer vertrokken – met de ring – als ik de volgende ochtend wakker word. Hij heeft een briefje neergelegd waarop staat dat hij zijn spullen later vandaag laat ophalen door een verhuisbedrijf. Ik ben verdrietig over het afsluiten van weer een hoofdstuk in mijn leven. Maar ik voel me ook vastberaden, en dat gevoel neemt in de loop van de dag alleen nog maar toe.

Het lukt me om Dan de hele ochtend uit mijn gedachten te bannen terwijl ik werk met Leo, Sierra die al lang cliënt bij me is en een nieuw meisje dat Katia heet en hier net met haar ouders vanuit Oost-Europa heen is verhuisd. Haar ouders zijn bang dat ze het Engels niet snel genoeg oppakt, en ze hebben gevraagd of ik met haar kan werken om haar woordenschat door middel van muziek te vergroten. Het is een interessante uitdaging en een perfecte afleiding van mijn privéleven.

Dankzij een afzegging op het laatste moment heb ik twee uur pauze tussen het einde van Katia's sessie en mijn eerste middagafspraak, dus besluit ik een stukje te gaan wandelen om mijn hoofd leeg te maken. Op de een of andere manier brengen mijn voeten me langs Park Avenue, over het drukke Union Square helemaal tot aan ons oude appartement aan Chambers Street, waar ik vruchteloos heen was gegaan toen ik de dromen voor het eerst had gekregen.

Het is bijna één uur als ik er ben en ik blijf even bij de voordeur aarzelen, waarna ik op de zoemer naast ons oude huisnummer druk.

Deze keer reageert er iemand. 'Ja?' klinkt een vrouwenstem krakend door de speakers.

'Eh...' begin ik. Ik heb geen idee hoe ik moet uitleggen waarom ik hier ben.

'Hallo?' vraagt de vrouw.

'Ik heet Kate,' zeg ik snel. 'Ik heb hier vroeger gewoond. Twaalf jaar geleden.'

Het blijft even stil en dan zegt de vrouw: 'Ja?'

'Ik...' Ik zwijg. Ik weet niet wat ik moet zeggen. Uiteindelijk besluit ik voor de waarheid te gaan. 'Mijn man is overleden toen we hier woonden. Daarom ben ik verhuisd. Ik vroeg me af of ik even binnen mocht komen. Ik... ik probeer het verleden achter me te laten.'

De vrouw zegt even niets, dan klinkt haar stem weer krakend door de speaker. 'Ben je alleen?'

'Ja. Ik ben alleen.' Ik voeg er niet aan toe dat dat in meerdere opzichten zo is.

'Oké.' De zoemer klinkt en ik trek de voordeur open voordat

ik mijn actie in twijfel kan trekken. Ik sjok de trappen naar mijn oude voordeur op. De hal is somber kastanjebruin geschilderd, er zijn nieuwe lampen opgehangen en de kapotte zevende tree die Patrick en ik altijd oversloegen is vervangen. Maar de lucht voelt hetzelfde – vochtig en muf – en de bekende geur van het trappenhuis – dennengeur vermengd met de geur van wasmiddel die uit de kelder opstijgt – maakt me kortademig.

De deur van 5F staat open als ik op de vierde verdieping aankom en er staat een vrouw die ongeveer even oud is als ik, met haar handen voor haar buik gevouwen en een sombere uitdrukking op haar gezicht. 'Jij had aangebeld,' zegt ze, terwijl ze haar hand uitsteekt. 'Ik ben Eva Schubert.'

'Kate Waithman,' zeg ik, en ik schud haar de hand.

'O ja, Waithman,' zegt ze. 'Ik herinner me die naam. Wij zijn er na jullie komen wonen.'

'Dan wonen jullie hier al een tijdje,' zeg ik.

Ze knikt. 'Je zei dat je je man was verloren? Dan was je dus heel jong.'

'Negenentwintig.'

Ze bijt op haar lip. 'Wat erg voor je. Dat moet echt verschrikkelijk zijn geweest.' Ze gebaart naar het appartement. 'Wil je binnenkomen?'

Ik loop achter haar aan naar binnen, met bonkend hart, maar mijn bubbel van verwachting spat uiteen zodra we een voet over de drempel hebben gezet. Het appartement ziet er totaal niet bekend uit, afgezien dan van de basisstructuur. Ik besef dat ik had gehoopt dat het er net zo uit zou zien als in mijn dromen, en dat die daardoor op de een of andere manier gelegitimeerd zouden zijn. Maar elk spoor van Patrick en mij is weg.

In de woonkamer, waar onze leigrijze loveseat en bank perfect uitkwamen tegen de witte muren met zwart-witfoto's van de stad, hebben de Schuberts een kastanjebruine bank en twee bruinleren stoelen neergezet. De muren zijn nu lichtgeel en de vloer, die ooit van prachtig oud hardhout was, is nu betegeld. Op elk beschikbaar oppervlak staan kleurrijke familiefoto's. De keuken ziet er ook totaal anders uit: de ontbijtbar is weggehaald zodat het hoekje nu meer wegheeft van een eetkamer, en zelfs onze betrouwbare oude witte apparaten zijn weg, vervangen door roestvrijstaal.

'Het is niet meer van ons,' fluister ik, meer tegen mezelf dan tegen Eva. Ik voel me al een onbekende hier. Maar wat had ik dan gedacht? Dat het er nog net zo zou uitzien als destijds? Dat het er net zo zou uitzien als in mijn dromen? Dat Patrick hier op mij zou wachten?

'Heb je nog iets nodig, Kate?' vraagt Eva even later. 'Kan ik je nog ergens mee helpen?'

'Nee,' zeg ik, terwijl ik me verman en een glimlach forceer. 'Sorry, maar ik moet weer aan het werk. Ik had niet moeten komen. Ik had je niet moeten lastigvallen.'

Eva geeft me een klopje op mijn schouder. 'Het is geen moeite,' zegt ze. 'Ik vind het heel erg van je man. Ik kan het me niet eens voorstellen. Ik hoop dat je vindt waarnaar je op zoek bent.'

Nadat we afscheid hebben genomen en ze de deur achter me heeft dichtgedaan, sta ik even te talmen in de hal. Ik sluit mijn ogen en probeer me precies te herinneren hoe het voelde om hier te staan, om te weten dat ik dit huis deelde met de liefde van mijn leven, dat hij aan de andere kant van de deur op me wachtte.

Maar hij is weg. En het is hoog tijd dat ik de deur naar het verleden dichtdoe.

In de dagen die volgen voel ik me hol vanbinnen, en ergens betwijfel ik mijn beslissing al een beetje. Immers, ook al was Dan niet de juiste voor mij, hij was geen slechte vent. En zonder hem is de eenzaamheid duidelijk voelbaar. Ik had gehoopt dat ik zodra ik niet meer met Dan was meer tijd zou kunnen doorbrengen met Patrick en Hannah, maar sinds maandag val ik niet meer zo makkelijk in slaap, en wanneer ik dat eindelijk wel doe, zijn mijn dromen leeg en donker.

'Is alles wel goed?' vraagt Andrew, die opkijkt van zijn administratie als ik donderdag iets voor vieren zijn kantoor binnen kom lopen.

'Ja hoor,' zeg ik, en ik dwing mezelf te glimlachen.

'Je ziet er alleen zo... verdrietig uit.'

Ik ben verbaasd dat hij dat ziet, maar ik schud alleen maar mijn hoofd en mompel dat ik oververmoeid ben. Ik heb nog niemand verteld dat Dan en ik uit elkaar zijn, ik ben er niet tegen opgewassen dat het geanalyseerd en besproken gaat worden. Dus ik zeg alleen tegen hem: 'Ik slaap slecht.'

'Nare dromen?' vraagt hij.

'Niet echt.' Ik schraap mijn keel. 'Is Riajah er?'

Hij legt zijn pen neer en leunt achterover. 'Ze heeft een nare verkoudheid, dus Sheila houdt haar thuis. Ik heb niet gebeld omdat ik dacht dat je toch wel voor Allie zou komen. Dan heeft ze vandaag wat extra tijd met jou, als je dat aankunt. Is dat goed?'

'Natuurlijk.'

Hij glimlacht. 'Dan loop ik met je mee.'

Als we over 35th Street lopen kletsen we wat over koetjes en kalfjes, en ik heb het gevoel dat Andrew weet dat er iets aan de hand is, maar dat hij zo vriendelijk is me niet uit te horen over wat het is. Hij vertelt me over zijn dag en ik merk dat ik moet lachen als hij uitlegt hoe bang hij is voor de immer groeiende stapel papierwerk in zijn kantoor.

'Hoe ben je hier eigenlijk terechtgekomen?' vraag ik hem, en ik bedenk dat hij in de droomwereld honderden kilometers verderop was beland, in een heel ander leven. Als hij overvallen lijkt door de abrupte verandering van onderwerp, glimlach ik en vul ik aan: 'Bij deze baan, bedoel ik. Je hebt me over je broertje verteld en waarom je gebarentaal kunt. Maar hoe ben je bij St. Anne's terechtgekomen?'

'Ik kwam in New York studeren en ben nooit meer weggegaan,' zegt hij. 'Ik wilde een restaurant openen, dus heb ik business en management gestudeerd, maar nadat ik een paar jaar in de restaurantwereld had gewerkt, was ik gewoon niet gelukkig. Ik vond koken leuk, maar het was niet mijn passie. Ik haalde er geen voldoening uit. Dus ben ik weer gaan studeren: maatschappelijk werk.'

'Dat is nogal wat, zo'n carrièreswitch,' zeg ik met bonkend hart. Ik kon met geen mogelijkheid weten dat hij in de restaurantbranche had gezeten, toch?

Hij haalt zijn schouders op. 'Misschien. Het was een sprong in het duister, maar als ik erop terugkijk, kan ik me niet voorstellen dat mijn leven op een andere manier was gelopen. Soms moet je risico's nemen om op de juiste plek te belanden. In mijn geval ging het erom voor mijn geluk te kiezen. Snap je wat ik bedoel?'

Ik heb een brok in mijn keel. 'Ja,' zeg ik. Ik zwijg. 'Kom je uit Georgia?'

Hij kijkt stomverbaasd. 'Jemig, ik dacht dat ik mijn accent wel kwijt was. Hoor je het nog steeds?'

Ik schud vol ongeloof mijn hoofd. De dromen blijken voortdurend iets meer te zijn dan dat.

'En jij?' vraagt hij even later. 'Hoe ben jij bij muziektherapie gekomen?'

Ik werp een blik op hem. 'Je zou kunnen zeggen dat ik ook voor het geluk heb gekozen. Ik hield altijd van muziek en ik zag mezelf altijd al een keer met kinderen werken, maar mijn ouders vonden dat ik iets in de zakenwereld moest gaan doen, of in de financiële of juridische wereld moest gaan werken, ergens waar ik heel veel geld kon verdienen. Maar toen ontmoette ik Patrick en hij was er zo van overtuigd dat ik moest doen waar ik van hield dat ik eindelijk de moed vatte om mijn baan op te zeggen en me aan te melden voor een studie muziektherapie. Hij herinnerde me er altijd aan dat het goed was om voor geluk te kiezen. Dat het leven daarom moet draaien. Ik ben pas net tot het besef gekomen dat ik zijn advies in de loop der jaren eigenlijk was vergeten.'

'Om gelukkig te zijn?'

Ik knik. 'Ja.'

'Ben je nu gelukkig?'

Daar denk ik over na. 'Ik doe mijn uiterste best,' zeg ik uiteindelijk.

Voor Allies voordeur geeft Andrew me een vriendelijke knuffel ten afscheid en zegt dat hij nog een paar uur administratie moet doen voordat hij naar huis kan.

'Als je ergens over wilt praten of zo, kom je na je sessie met haar maar even langs,' zegt hij. 'Dan ben ik nog wel op kantoor.' Hij kijkt bezorgd.

Ik glimlach. 'Het komt wel goed. Maar dank je wel.'

Rodney begroet me met een handdruk en loopt dan met me mee naar Allies kamer. Ze zit in kleermakerszit op haar bed en kijkt op wanneer ik aankom. *Hallo, Allie*, gebaar ik.

'Je gebaart als een kind van drie,' zegt ze, maar ze glimlacht er wel bij.

Ik weet dat ik hierop moet reageren met een grapje, haar terug moet plagen, maar ik ben niet zo in de stemming, dus haal ik mijn schouders op en zeg: 'Ach, ja, ik ben het nog aan het leren.'

‘Ik laat jullie twee alleen,’ zegt Rodney, waarna hij wegloopt door de gang.

Als ik weer naar Allie kijk, zie ik dat ze haar voorhoofd fronst. ‘Wat is er met jou aan de hand?’ vraagt ze.

Ik schud mijn hoofd. ‘Niks.’

Ze vernauwt haar ogen. ‘Ja hoor, lieg maar tegen me zoals iedereen doet. Lekker dan.’ Ze slaat haar armen over elkaar en draait zich af.

Geschrokken besef ik dat ze denkt dat ik boos op haar ben. ‘Het heeft niks met jou te maken,’ zeg ik, en ze snuift ten antwoord. Ik wacht tot ze me aankijkt, en zeg dan: ‘Ik heb moeilijkheden in mijn privéleven. Ik ben gewoon een beetje verdrietig, meer niet.’

Ze staart me aan. ‘Wat, ben je gedumpt of zo?’

Ik knipper een paar keer stomverbaasd met mijn ogen.

‘Wacht, echt?’ vraagt ze als ik geen antwoord geef. ‘Heb ik gelijk? Ben je gedumpt?’

‘Allie, dit is niet iets waar we over zouden moeten praten. Deze sessies gaan om jou, niet om mij.’

‘Hoe lang had je al iets met hem? Hoe heeft hij je gedumpt?’ Ze zwijgt. ‘Wacht, heb je hém soms gedumpt?’

‘Allie...’ begin ik, en ik probeer streng te klinken.

‘Wat jij wil.’ Ze kijkt me wederom kwaad aan. ‘Dat is niet echt eerlijk, vind je ook niet? Ik moet mijn hart uitstorten en jij zegt niks over jezelf?’

‘Ik zou je heel graag over mijn leven vertellen. Maar het is niet de bedoeling dat we dat hier doen. We moeten het hebben over de dingen die jou dwarszitten.’

Ze kijkt me een tijdje aan. ‘Zoals het feit dat mijn moeder me waarschijnlijk op een dag net zo zal dumpen als deze mysterieuze vent jou heeft gedumpt?’

'Allie, niemand heeft me gedumpt,' antwoord ik. 'Ja, ik had een vent. En ja, we zijn uit elkaar gegaan. Maar dat was omdat we niet bij elkaar pasten. Echt waar, het is iets heel anders dan wat er met jou en je moeder aan de hand is.'

'Waarom, omdat mijn leven met geen mogelijkheid even interessant kan zijn als het jouwe?' snauwt ze. 'Nou, als ik zo belangrijk zou zijn voor mijn moeder, zou ze beter haar best doen.'

'Misschien doet ze zo goed mogelijk haar best,' zeg ik. 'Misschien heeft ze heel veel fouten gemaakt en probeert ze weer uit het gat te klimmen dat ze voor zichzelf heeft gegraven. Het kan goed zijn dat sommige dingen die je moeder mankeert voortkomen uit een ziekte.'

Allie snuift. 'Ja. En het medicijn dat ze neemt is meth. Of crack. Of waar ze zich nu weer op gestort heeft.'

'We weten niet zeker dat ze iets aan het roken was, Allie. Maar zo te horen is ze verslaafd,' zeg ik. 'Het is niet altijd eenvoudig om te stoppen.'

'Ik zou stoppen als ik een kind had.'

'Ik ook,' zeg ik. 'Maar wij zijn niet jouw moeder. En jouw moeder is niet ons. Ze is iemand anders, met haar eigen demonen om tegen te vechten. Doet ze het verkeerde? Ja, absoluut. Maar het is heel belangrijk dat je weet dat het niets met jou te maken heeft.'

Allie plukt aan een los draadje in haar sprei. 'Ja, nou ja, ik heb nooit iemand kunnen vertrouwen, oké?' Haar stem trilt een beetje.

'Allie,' zeg ik. Ik wacht tot ze opkijkt en mijn blik beantwoordt. 'Je kunt mij vertrouwen.'

Ze staart me een tijdje aan en slaat haar ogen dan weer neer. 'Ik weet het,' zegt ze. Dan kijkt ze me recht in mijn ogen en herhaalt: 'Ik weet het.'

'Goed, zullen we muziek gaan maken?' verander ik van onderwerp, en ik glimlach naar haar. Ik ben al veel te persoonlijk met haar geworden, heb haar behandeld als een kind van wie ik houd in plaats van als een cliënt. Ik moet mezelf tot de orde roepen.

Ze haalt haar schouders op. 'Wat jij wil.' Maar ze staat op van het bed en gaat naar haar keyboard. 'Wat wil je spelen?'

'Zeg jij maar. Waarom kies je niet iets met een tekst die gaat over je gevoelens tegenover je moeder?'

'Dat is suf,' mompelt ze. Maar even later zegt ze: 'Goed. Wat vind je van "Because of You"?'

'Van Kelly Clarkson?'

Ze knikt. 'Niet alle woorden gaan over hoe ik me voel, maar sommige wel. En ik ken het niet helemaal.'

'Wil je eerst naar het liedje luisteren?'

Ze knikt en ik download het van iTunes en speel het dan voor ons. Terwijl we luisteren naar Kelly Clarkson die het uitgalmt over iemand die haar heeft teleurgesteld, krijg ik tranen in mijn ogen om Allie. Ik knipper ze snel weg als het liedje ten einde komt.

'In het nummer zegt ze dat ze het moeilijk vindt om mensen te vertrouwen,' zeg ik. 'Voel jij dat ook zo?'

Allie slaat haar ogen neer. 'Kunnen we gewoon het liedje spelen?'

Ik knik. 'Op één voorwaarde. Als je de woorden niet kent, moet je wat verzinnen. En het moet gaan over hoe je je voelt.'

Ze kijkt me even aan. 'Ja. Oké.'

We beginnen aan het nummer, ik speel de harmonie en help haar met haar articulatie. Ik luister aandachtig als ze haar eigen tekst verzint over teleurgesteld raken. Ik blijf anderhalf uur omdat ik helemaal nergens anders hoef te zijn. Als ik mijn gitaar inpak en me klaarmaak om te vertrekken, staat Allie op van achter het keyboard en verrast me met een knuffel. 'Jij verdwijnt toch niet ook op een dag uit mijn leven, hè?' vraagt ze. 'Zoals alle anderen?'

'Nooit,' beloof ik. 'En ik weet ook vrij zeker dat Andrew nergens heen gaat.'

Op de wandeling terug naar de metro haal ik diep adem en bel mijn zus. Het is tijd om de gevolgen onder ogen te zien. Ik moet haar vertellen wat er tussen Dan en mij is gebeurd.

'Hoi,' zeg ik als ze opneemt. 'Heb je even?'

'Natuurlijk,' zegt ze, en ik hoor Calvin op de achtergrond schreeuwen, gevolgd door Susans gedempte stem die tegen hem zegt dat hij stil moet zijn en dat hij anders op de trap moet. 'Wat is er?' vraagt ze, als ze weer in de telefoon praat. 'Gaat het wel?'

'Ja,' antwoord ik. Terwijl ik het zeg, weet ik dat het waar is. 'Maar ik moet je iets vertellen.' Ik haal diep adem. 'Dan en ik zijn sinds afgelopen maandag uit elkaar. De bruiloft is van de baan.'

Het is even stil en ik zie haar voor me in haar keuken, met haar lippen op elkaar geperst, terwijl ze me veroordeelt. Zij is immers altijd degene geweest die perfect was, ik ben degene wier leven één grote puinhoop is. 'Nou,' zegt ze uiteindelijk, 'dan is het maar goed dat we geen trouwjurk hebben gekocht.'

'Ja,' zeg ik op mijn hoede, benieuwd of ze me nu kritiek gaat geven over mijn onverantwoordelijke gedrag.

'Denk je dat je de juiste beslissing hebt genomen?'

'Ja. Echt waar.'

'Dan ben ik trots op je, Kate,' zegt ze, en ik ben zo verbaasd dat ik bijna mijn telefoon laat vallen.

'Ik dacht dat je zou zeggen dat ik onvolwassen en kortzichtig was,' geef ik toe.

'En, ben je dat?' vraagt ze.

'Nee,' zeg ik een beetje stekelig. 'Ik denk dat ik eindelijk mijn verantwoordelijkheid neem om gelukkig te worden.'

'Dan heb je er dus goed aan gedaan,' zegt Susan. 'Gaat het wel?'

'Ja. Volgens mij wel.'

'Goed. Kom het weekend dan maar langs, dan kun je me alles vertellen.'

Als we ophangen, glimlach ik en schud mijn hoofd. Haar reactie was niet zoals ik verwachtte, maar wel waar ik behoefte aan had en daar ben ik dankbaar voor. Een vredig gevoel daalt over me neer als ik door de schemering wandel.

26

In het weekend bel ik Dan een paar keer om mijn excuses aan te bieden, om mezelf nader uit te leggen, maar hij neemt niet op en belt niet terug. Ik ben bang dat hij een hekel aan me heeft en dat kan ik hem niet kwalijk nemen. Bij tijd en wijle heb ik ook een beetje een hekel aan mezelf. Op zondagavond moet ik toegeven dat ik hem voor mezelf bel, niet voor hem. Ik ben op zoek naar absolutie, vergiffenis. En misschien verdien ik dat ook niet.

Maandag rond lunchtijd, na een rusteloos, ontregeld weekend waarin de dromen niet terugkeren, sms ik Gina en vraag of ze vanavond na het werk vrij is. *Ik moet met je praten*, zeg ik tegen haar. Ze sms't terug en vraagt of we bij Hammersmith's zullen afspreken.

'Het is uit met Dan,' zeg ik tegen haar als ik tegenover haar aan het tafeltje ga zitten.

'Ik weet het,' zegt Gina, die naar de tafel kijkt.

'Heeft Susan gebeld?' vraag ik, geïrriteerd door mijn zus en dankbaar dat ik niemand anders het nieuws hoef te vertellen. Susan heeft het onze moeder ongetwijfeld ook al verteld.

‘Ik moest haar beloven dat ik pas iets zou zeggen als jij contact met mij had opgenomen,’ zegt Gina. ‘Sorry. Ik wist niet of ik überhaupt moest bellen. Ze dacht dat je een paar dagen de ruimte nodig had.’

‘Dat klopt wel, ja.’

‘En?’ Gina leunt over de tafel en pakt mijn handen. ‘Hoe gaat het met je? En dan echt?’

‘Weet je wat? Het gaat goed.’

‘Susan zei dat jij het hebt uitgemaakt?’ vraagt ze, en wanneer ik knik, ziet ze er bezorgd uit. ‘Denk je dat dat een goede beslissing was?’

‘Ja,’ zeg ik onmiddellijk. ‘Wat denk jij?’

Ze aarzelt. ‘Ik denk dat het ervan afhangt waarom je het hebt gedaan. Had het te maken met... de dromen?’

Ik haal mijn schouders op. ‘De dromen, of wat het ook waren, hebben me de ogen geopend. Ik denk dat ik zo dankbaar was dat ik eindelijk weer verliefd was dat ik er nooit bij stilgestaan heb dat je best iets voor iemand kunt voelen zonder dat hij de ware is, snap je? Ik denk dat het samenzijn met Patrick, ook al was het niet echt, me er weer aan deed denken hoe ik me voelde als we samen waren. Veilig. Geaccepteerd. Volledig vrij om mezelf te zijn. Zo voelde ik me niet bij Dan. Helemaal niet.’

‘O, Kate,’ zegt Gina verdrietig, maar ik zie herkenning in haar ogen. Oliver komt naar ons toe om onze bestelling op te nemen en brengt even later een gin-tonic voor Gina en een Guinness voor mij. Gina neemt een slok van haar drankje en zegt dan zachtjes: ‘Het spijt me dat ik nooit iets heb gezegd.’

‘Hoe bedoel je?’

Ze zucht. ‘Ik heb Dan altijd leuk gevonden. Maar als ik naar jullie twee samen keek, dacht ik altijd: zo hoort liefde er niet uit te zien. Wayne zei altijd dat ik me er niet mee moest bemoeien, omdat je niet kon weten hoe het er binnen jullie relatie aan toe ging. Nu zou ik willen dat ik wel iets had gezegd.'

Door haar woorden voel ik me nog zekerder dat ik de juiste beslissing heb genomen. 'Weet je? Ik denk dat ik zelf tot dit besef moest komen.' Ik neem een flinke teug van mijn Guinness en veeg afwezig met mijn duimen het condens van de buitenkant van het glas. 'Denk je dat ik ooit weer zoiets zal voelen als voor Patrick?' vraag ik uiteindelijk. 'Of was dat iets wat maar één keer in je leven gebeurt?'

Als ze even niets zegt, voeg ik eraan toe: 'Dat is denk ik misschien de reden waarom ik het zo liet. Ik dacht dat mijn kans om liefde te vinden voorbij was.' Ik krijg een knoop in mijn maag.

Gina neemt nog een slok van haar drankje. 'Herinner je je Donnie nog?'

Het duurt een paar seconden voordat ik besef waarom zijn naam me vaag bekend voorkomt. 'Degene met wie je uitging voor Wayne? In die band? Hoe heetten ze ook alweer? Heavy Metal of zoiets?'

Ze lacht. 'Heavy Leather, volgens mij. Stomme naam. Maar weet je nog hoe dol ik op Donnie was?'

'Ongelooflijk dat ik hem was vergeten! Je was er zo van overtuigd dat hij de vent van je dromen was.' Donnie had zijn middelbare school niet afgemaakt, had vettig zwart haar tot op zijn schouders, spieren met de omvang van bowlingballen en slechts een bescheiden aanleg voor gitaarspelen, hoewel hij altijd opschepte dat er talloze platenproducenten in hem geïnteresseerd waren. 'Ik dacht dat je helemaal gek geworden was,' voeg ik er lachend aan toe.

Ze trekt een gezicht naar me. 'Achteraf gezien was hij degene die zo ver van Bill afstond als maar kon,' zegt ze. 'Het was volslagen maf – hoewel ik ter verdediging wel moet zeggen dat hij heel goed kon zoenen – maar ik denk dat ik het misschien even uit mijn systeem moest krijgen. Ik wilde alleen maar weglopen van alle gedachten over hoe het geweest had kunnen zijn, omdat ik wist dat het leven dat ik had gepland samen met Bill was gestorven. Als ik nu terugkijk denk ik dat ik Donnie misschien nodig had om verder te kunnen. Maar het was niet het juiste moment en hij was niet de juiste kerel.'

'Dat kun je wel zeggen, ja,' mompel ik.

Ze lacht. 'Oké, plaag me maar zo veel je wilt. Maar het zit zo: toen ik heel graag verder wilde met mijn leven, omdat ik dacht dat het zo hoorde, koos ik verkeerd. Toen ik er niet naar op zoek was, toen kwam Wayne voorbij. Nu ben ik gelukkig. Echt gelukkig. En ik denk eigenlijk dat het niet gebeurd zou zijn als ik niet al de nare dingen had doorgemaakt met Donnie.'

Haar woorden zijn een schot in de roos. 'De hobbels in de weg worden soms grappig genoeg een springplank, hè?' zeg ik.

Ze glimlacht. 'In de beste gevallen.'

'Denk je dat mij dat op een dag ook zal gebeuren? Dat ik iemand vind die even goed bij me past als Patrick?'

'Ik denk van wel, maar alleen als je het loslaat,' zegt ze voorzichtig. 'Alleen als je geen haast hebt.'

Het is een goed advies en het geeft me hoop. 'Nou, proost op Donnie,' zeg ik en ik hef mijn glas. Ze trekt een gezicht, dus ik zeg snel: 'Op een goede kusser en een bouwsteen voor een betere toekomst. En ook omdat hij een perfect voorbeeld was van de reden waarom mensen hun haar minstens elke paar dagen moeten wassen.'

Gina lacht, maar als ze haar glas heft, kijkt ze serieus. 'Op een betere toekomst, Kate.'

Twee dagen later sla ik de les gebarentaal over, omdat ik het met Andrew nog niet over mijn relatiebreuk kan hebben. Natuurlijk draai ik mezelf waarschijnlijk een rad voor ogen dat het hem iets kan schelen, maar vorige week bij Allie leek hij aan te voelen dat er iets mis was. Ik ben bang dat hij het nog een keer gaat vragen, en ik ben er nog niet klaar voor om het met iemand anders dan mijn zus en mijn hartsvriendin te bespreken.

Dus ga ik niet naar de cursus, maar ik bel Susan en Gina en vraag of ze zin hebben om uit eten te gaan met zijn drieën. Ze zeggen allebei maar al te graag ja en als ik hen tref bij de ingang van Swifty's in Susans buurt, de Upper East Side, zie ik aan hun gezichten dat ze zich zorgen maken. Ik denk dat ze allebei denken dat ik wanhopig thuis heb gezeten, maar het tegendeel is waar: ik heb in mijn vrije tijd uitgezocht hoe je in de staat New York pleegouder kunt worden en dat heeft me hoop gegeven. Nu ik geen rekening meer met Dan hoef te houden, raak ik er steeds meer van overtuigd dat ik klaar ben voor een kind, en nu lijkt de beste manier om dat te bereiken door me op te geven als pleegouder, met de mogelijkheid van adoptie. Ik zit immers via mijn werk bij St. Anne's al in het pleegzorgsysteem. Daarnaast heb ik in mijn achterhoofd de hoop dat als Allies moeder het niet redt om haar weer terug te krijgen, ik de kans zou kunnen krijgen om me op te werpen als Allies pleegouder.

Gina en Susan lijken vastbesloten alle mogelijke stiltes op te vullen met geklets, waarschijnlijk omdat ze bang zijn voor mijn reactie als ze over Dan beginnen. Ik glimlach en knik mee terwijl mijn zus vertelt over een tekening die Calvin op de opvang had gemaakt en die net op een kinderversie van de Mona Lisa lijkt, en ik lach op alle juiste momenten als Gina een verhaal vertelt over Madison, die zich gisteravond in de voorraadkast op een zak chocoladekoekjes stortte toen mijn vriendin zich even had omgedraaid, maar tegen de tijd dat ik aan mijn tweede Guinness toe ben en Susan is begonnen met een verklaring waarom ze ervan overtuigd is dat Sammie een wonderkind in wiskunde is, luister ik niet meer.

Ik kijk het restaurant door terwijl ik half met mijn aandacht bij de anekdote ben over hoe Sammie Robert hielp met het berekenen van de fooi toen ze zondag gingen brunchen. Susan heeft net theatraal de conclusie getrokken dat haar dochter op het punt staat staartdelingen te snappen als ik een bekende zie aan de andere kant van de bar. Het is Andrew. We kijken elkaar aan en hij grijnst en komt naar ons toe.

'Hé, Kate!' zegt hij als hij bij onze tafel staat, waarmee hij Susans verhaal onderbreekt. Gina en zij kijken verbaasd op, en dan kijken ze allebei naar mij. 'Aan het spijbelen, zie ik,' voegt hij eraan toe.

Hij glimlacht nog steeds en ik kan niet anders dan terug glimlachen als ik antwoord: 'Sorry dat ik de les heb overgeslagen. Ik ben er morgenavond wel voor Riajah en Allie. Dat beloof ik. Ik had gewoon wat tijd met de meiden nodig. Ik had moeten bellen.'

'Nee hoor, helemaal niet,' zegt hij. 'Ik maakte me alleen wat zorgen. Maar zo te zien is er niets aan de hand.'

Hij glimlacht naar de meiden en ik besef dat ik hen niet heb voorgesteld. 'Sorry,' zeg ik, 'dit is mijn zus, Susan, en mijn hartsvriendin, Gina.'

'Aangenaam,' zegt hij, en hij schudt hen de hand.

'En jij bent...?' vraagt Susan, die een wenkbrauw optrekt en nadrukkelijk van hem naar mij kijkt.

Ik voel dat ik bloos als ik snel zeg: 'Dit is Andrew Henson. Hij is de leraar van mijn cursus gebarentaal. En hij werkt met de kinderen bij het pleegzorgbureau waarover ik jullie heb verteld.'

'Ooooo,' zeggen Susan en Gina in koor, terwijl ze blikken wisselen.

'En hoe was de les vanavond?' vraag ik, in een poging het over koetjes en kalfjes te hebben. 'O, zoals altijd. Amy flirtte. Vivian wilde zinnen over een vrij leven vol liefde leren. We hebben je gemist.' Voordat ik daarop kan antwoorden gaat hij opgewekt verder: 'Dus ik verstoor een avondje met de meiden? Hebben jullie het over trouwjurken en trouwgeloftes en... Tja, waar praten meiden over als het om een bruiloft gaat?'

Hij toont een brede glimlach, hij maakt duidelijk een grapje. Susan en Gina krimpen ongemakkelijk ineen en kijken me aan.

Ik schraap mijn keel. 'Eh, niet echt. We gaan niet meer trouwen. Dan en ik zijn uit elkaar.'

Andrew kijkt verbaasd, dan gegeneerd, en het dringt tot me door dat hij zelfs na ons gesprek niet geloofde dat ik de keus zou maken de relatie te beëindigen. Het verbaast me dat dat me kwetst. 'O, Kate, dat wist ik niet,' zegt hij direct. 'Het spijt me heel erg.'

'Maakt niet uit. Het is nu een week geleden. Het gaat wel, hoor.'

'Maar waarom heb je het me niet verteld?' vraagt hij na een lange pauze, wat Susan een wenkbrauw doet optrekken. 'Ik heb je donderdag nog gezien.'

'Ik weet het niet,' mompel ik, met het gevoel dat ik een idioot ben. Er valt een opgelaten stilte.

'Nou,' zegt hij even later, 'nu ik zo'n enorme blunder heb begaan, ga ik mijn schaamte wegspoelen met een drankje. En weet je wat, daar komt mijn afspraakje net aan. En slechts,' hij kijkt op zijn horloge, 'vijfentwintig minuten te laat.'

Ik kijk naar de deur en zie dat een lange, gebruinde vrouw met honingblond haar en een nauwsluitende beige jurk ongeduldig het restaurant door kijkt. Ze lijkt wel een fotomodel. Ik dwing mezelf gespannen om naar Andrew te glimlachen. 'Laat haar maar niet wachten,' zeg ik.

Maar hij maakt geen aanstalten om te vertrekken. 'Kate, ik vind het echt heel naar.'

'Dank je wel,' zeg ik.

Hij knikt, zegt tegen Susan en Gina dat het leuk was hen te ontmoeten en loopt naar zijn afspraakje, die een plekje aan de bar heeft gevonden. Ik kijk hem even verbaasd na. Ben ik jaloers op dat meisje aan de bar? Is ze zijn vriendin? Is zij het meisje dat ik op de achtergrond hoorde toen ik hem die nacht belde over Allie?

Net voordat hij bij haar is, draait hij zich om en glimlacht naar me, en we kijken elkaar even in de ogen. Dan draait hij zich weer om en is het ogenblik voorbij. Ik kijk toe terwijl hij de vrouw op de wang kust, zijn arm losjes om haar middel legt en met haar de hoek om verdwijnt.

Als ik mijn blik eindelijk weer op Susan en Gina richt, kijken ze me allebei met een geamuseerde gezichtsuitdrukking aan.

'Daarom ben je dus zo bezig met gebarentaal,' zegt Gina veelbetekenend.

'Wat? Nee!' Ik voel dat mijn wangen warm worden.

'Je mag best een oogje op iemand hebben,' zegt Susan. Ze kijkt in de richting waarin Andrew is verdwenen en trekt een wenkbrauw op. 'Vooral op iemand die zo lekker is.'

'Hij is niet... Ik ben niet...' Ik besef dat ik stamel. 'Ik zweer dat dat niet de reden is waarom ik die cursus volg,' breng ik uiteindelijk uit.

'Maar je geeft wel toe dat hij lekker is,' zegt Susan me voor.

Ik aarzel even voordat ik zeg: 'Tja, ik ben niet blind.'

Gina en Susan lachen en ik merk dat ze opgelucht zijn.

Na het eten houdt Gina voor het restaurant een taxi aan, en Susan zegt dat ze met me mee zal lopen naar de metro en dat ze daarna een taxi neemt naar huis. Tijdens het wandelen haakt ze haar arm door de mijne. 'Ik wil alleen maar dat je gelukkig bent, zusje,' zegt ze.

Daar denk ik even over na, dan leg ik mijn hoofd op haar schouder en glimlach.

'Ik ben aardig op weg,' zeg ik tegen haar. En dat is echt zo.

De volgende ochtend belt Andrew me, hij laat een bericht achter op mijn voicemail terwijl ik met een cliënt bezig ben. Tijdens mijn lunchpauze bel ik hem terug.

'Gaat het?' is het eerste wat hij vraagt als hij opneemt.

'Ja. Waarom niet?' Ik hoor hoe verdedigend ik klink, hoe afstandelijk. Ik weet niet of ik gewoon geïrriteerd ben doordat hij bezorgd is om mij of dat ik geïrriteerd ben doordat hij de tijd had om bezorgd te zijn terwijl hij de avond doorbracht met een topmodel. Hoe dan ook, ik weet dat ik belachelijk doe.

'We kregen gisteravond niet echt de kans om met elkaar te praten,' zegt hij.

'Was je afspraakje leuk?' Ik kan het niet laten.

Hij lijkt even niet te weten waar ik het over heb. 'Wat? O. Ja hoor, prima,' zegt hij dan. 'Moet je horen, ik wilde alleen even weten hoe het met je ging. Het was zeker wel moeilijk om het uit te maken met iemand met wie je zou gaan trouwen.'

'Eerlijk gezegd had ik al veel eerder moeten besluiten bij Dan weg te gaan.'

'Maar achteraf zie je dat altijd makkelijker, hè?' zegt hij. 'Ik bedoel, je zit nu eenmaal in die relatie, soms is het eenvoudigweg gemakkelijker om gewoon door te gaan.'

'Ook al blijkt dat je stil bent blijven staan,' mompel ik.

'Precies.' Hij schraapt zijn keel. 'Nou, eh, ik belde eigenlijk om je te vertellen dat je vanmiddag niet hoeft te komen. Riajah moet naar de tandarts, dat vertelde Sheila me vanochtend pas, en Allie moet nablijven.'

'Nablijven? Waarvoor?'

'Ze heeft gisteren blijkbaar gespijbeld met haar vriendin en ze zijn gesnapt.'

'Wat?!'

'Ja, het was vrij dom,' zegt Andrew, die precies zegt wat ik denk. 'Ze hebben niets ergs gedaan, ze zijn alleen maar naar de begraafplaats geweest waar de oma van haar vriendin begraven is, maar omdat ze gepakt zijn, hebben ze straf.'

'Jemig,' zeg ik zachtjes. 'Ik kan bijna niet geloven dat ze dit heeft gedaan na wat ze een paar weken geleden heeft uitgevreten.'

'Tja, eerlijk gezegd denk ik dat die voorvallen met elkaar verbonden zijn. Het bezoek van haar moeder een paar dagen geleden ging niet zo lekker, en ik denk dat Allie daardoor een beetje van slag is geraakt.'

De moed zinkt me in de schoenen. 'Hoe kan het dat haar moeder op bezoek mocht komen? Ik dacht dat Allie haar meth had zien roken.'

'Ze was door de drugstest gekomen. Allie heeft het blijkbaar verkeerd gezien.'

'Denk jij dat ze iets rookte?'

Hij zwijgt een tijdje. 'Ik denk niet dat Allie erover zou liegen. Maar het was donker en ze trekt wel vaker overhaaste conclusies.' Hij zwijgt. 'Maar Allie heeft een groter probleem: Salma en Rodney hebben officieel opgezegd.'

'Wat?'

'Ze weet het zelf nog niet. Maar blijkbaar was het spijbelen de laatste druppel. Eerlijk gezegd wilden ze volgens mij al geen pleegouders meer zijn toen ze erachter kwamen dat Salma zwanger was. Het verbaast me dat ze na het voorval van vorige week niet meteen van haar af wilden.'

'O, Andrew.' Ik weet niet wat ik moet zeggen. Net nu Allie begint te leren dat niet iedereen in haar leven haar teleurstelt, doen twee van de mensen die het stabielst zouden moeten zijn precies dat. Mijn hart breekt voor haar. 'Hoe lang mag ze nog bij ze blijven?'

'Maximaal acht weken. Dat zei Salma toen ze belde. Ze bleef maar herhalen dat ze het heel naar vond, maar dat ze het gewoon niet kon verantwoorden om haar bij hen te laten blijven zodra ze zes maanden zwanger was.' Andrew klinkt kwaad.

'Ga je het aan Allie vertellen?' vraag ik.

'Nog niet.' Hij haalt diep adem, en ik hoor de pijn die hij omwille van haar voelt. 'Ik wil eerst bekijken wat haar opties zijn. Acht weken vanaf nu is ongeveer het moment waarop haar moeder het gezag weer terug zou krijgen als ze alle bezoekafspraken nakomt en de maatschappelijk werkster een hereniging goedkeurt, aangenomen dat ze door al haar drugstests heen komt. Maar als dat niet gebeurt, moet ik een ander huis voor haar vinden, en dat gaat misschien niet direct lukken. Misschien moet ze dan eerst een tijdje naar een tehuis.'

'Arme Allie,' mompel ik met een hulpeloos gevoel. 'Weet je zeker dat ik vandaag niet kan komen? Misschien zou een muziektherapiesessie haar helpen als ze zich verward voelt.'

'Nee. Ze moet tot vijf uur nablijven en daarna krijgt ze huisarrest van Salma en Rodney. En trouwens, ze weet nog niet dat ze moet verhuizen en ik heb hun gevraagd voorlopig nog niets te zeggen. Dus vanavond zal het nog wel gaan met haar. Maar ik laat het je weten als ik het haar ga vertellen, oké?'

'Dank je.'

'En hé, over je breuk met Dan...' Hij laat de rest even in de lucht hangen, en ik heb het vreemde gevoel dat hij zenuwachtig is.

'Ja?'

'Voor wat het waard is, ik denk dat je er goed aan hebt gedaan.'

27

De rest van de dag doe ik mijn best mijn gedachten bij het werk te houden, maar om half vijf, de tijd waarop ik naar Queens zou moeten gaan, kan ik alleen nog maar aan Allie denken.

Nou, aan Allie en Hannah, eerlijk gezegd. Ik blijf flarden van mijn wereld met Patrick en Hannah voor me zien, beelden dat ik Hannah instop, dat ik vanaf de andere kant van de ontbijttafel naar haar kijk, dat ik haar gelach hoor als ze ronddraait in de theekopjes op Coney Island. En hoe meer ik erover nadenk, hoe meer ik ervan overtuigd ben dat ik die dingen inderdaad zag om me naar Allie te leiden.

Ik probeer niet meer de glimpen in de andere wereld weg te redeneren; er zijn gewoon te veel verbanden met het echte leven. Maar omdat ik moet toegeven dat Hannah onmogelijk kan bestaan – ondanks het meisje dat ik door de etalage van de bruidsmodewinkel zag – moet ik me wel afvragen wat de dromen me willen zeggen. Misschien moesten ze me laten zien dat ik het verdiende om gelukkiger te zijn dan ik ooit met Dan zou worden, en als dat het geval is, dan hebben ze effect gehad. Maar ik heb nog steeds het gevoel dat er iets is wat ik niet snap, iets onafgemaakts, en ik begin het idee te krijgen dat het over het moederschap gaat.

Ik vraag me heel even af of Patrick ergens daarboven is, waar hij aan de touwtjes trekt en me laat zien welke weg ik moet inslaan. Maar de wereld die ik een paar keer heb ervaren leek voor hem de realiteit te zijn, het is niet zo dat hij zich ervan bewust was dat ik droomde en dat hij me actief iets probeerde te vertellen. Hij was juist verbaasd en verontrust telkens wanneer ik me gedroeg alsof ik er niet hoorde.

Ik haal diep adem, duw aantekeningen die ik probeerde te lezen aan de kant en log in op mijn computer. Ik google een paar minuten hoe je specifiek in de staat New York pleegouder kunt worden, tot ik op een pagina op nyc.gov beland waarop de basis van het hele proces wordt uitgelegd. Ik vul het aanvraagformulier in en print dan ook elk formulier dat ik op de jeugdzorgsite van New York kan vinden. Ik loop de deur uit zonder achterom te kijken.

Om half zeven loop ik door de hoofdingang van St. Anne's Services naar binnen, en ook al is er bijna niemand meer, het verbaast me niet Andrew aan te treffen in zijn kantoor, de stapel papieren op zijn bureau verlicht door een eenzame lamp.

'Hoi,' zeg ik vanuit de deuropening.

Hij kijkt verbaasd op. 'Kate! Wat doe jij hier? Ik zei toch dat je vandaag niet hoefde te komen.'

Ik haal diep adem en bereid me erop voor de woorden uit te spreken die mijn leven kunnen veranderen. 'Andrew, ik wil me aanmelden als pleegouder. Ik wil niet dat Allie naar een tehuis moet of in een huis met onbekenden belandt als haar moeder haar niet terugkrijgt. Als ze een thuis nodig heeft, wil ik degene zijn die het haar geeft.'

Andrew kijkt me alleen maar aan. 'Kate...' zegt hij, terwijl hij zijn hand door zijn haar haalt. Hij zegt niets anders, maar hij ziet eruit alsof hij van slag is.

'Wat is er?' vraag ik als de stilte ongemakkelijk wordt. 'Ik dacht dat je er blij mee zou zijn! Het is de perfecte oplossing voor Allie.'

Hij zwijgt even voordat hij iets zegt. 'Ik weet alleen niet of de timing zo goed is.'

Ik staar hem ongelovig aan. Ik had verwacht dat hij zou opspringen en me een knuffel zou geven, of me er op zijn minst voor zou bedanken dat ik help een veiligheidsnet te spannen voor een van de kinderen om wie hij geeft. Maar in plaats daarvan kijkt hij me aan met een blik die op medelijden lijkt. 'De timing?' vraag ik, in een niet-succesvolle poging het scherpe randje uit mijn stem te houden.

Hij zucht. 'Jij en je verloofde zijn toch net uit elkaar? Ik vind het geweldig dat je graag pleegouder wilt worden, maar dat is een enorme beslissing, en niet eentje die je lichtzinnig kunt nemen.'

'Dit heeft niets met de breuk met Dan te maken!' roep ik uit. 'Dit heeft met mij te maken, en met Allie.'

'Maar Kate, er is geen garantie dat je Allie überhaupt zou krijgen,' zegt hij zacht. 'Ik bedoel, als we beslissen dat dit een goed idee is, dan kan ik het papierwerk versnellen, dan krijg je onmiddellijk een huisbezoek en kun je direct meedoen aan de ouderschapscursus die je moet volgen om goedgekeurd te worden. Maar ook al zetten we er haast achter, en ook al hoeft je achtergrond niet meer nagetrokken te worden, wat tijd zou besparen, dan is dat misschien nog niet snel genoeg. Het hele proces kost tijd en misschien heeft Allie al een thuis nodig voordat je goedkeuring krijgt.'

'Maar...'

‘En trouwens,’ onderbreekt hij me. ‘Je moet in gedachten houden dat haar moeder nog heel erg in het spel is. Ze is niet perfect, maar ze doet al een tijd haar best. Misschien gaat Allie wel terug naar haar, Kate. We weten niet wat er gaat gebeuren. En ik wil niet dat je ergens op gaat hopen en dan uiteindelijk gekwetst wordt.’

‘Ik weet dat het heel goed mogelijk is dat ik haar niet krijg,’ zeg ik, maar wat ik denk is: ik ben ervan overtuigd dat de dromen me hierheen hebben geleid. ‘Maar ik moet de kans grijpen. En als het niet voor Allie is, dan ben ik er voor een ander kind dat een thuis nodig heeft.’

‘Ik weet gewoon niet of je eraan toe bent,’ zegt hij na een tijdje. ‘Je hebt natuurlijk het gevoel dat er een gat in je leven zit nu je verloofde weg is. Dat is normaal. Je voelt je vast ook een beetje eenzaam. Maar Kate, je kunt dat gat niet vullen met een kind.’

Ik voel mijn wangen branden. ‘Hoe kun je nou denken dat dat erachter zit?’ wil ik weten.

‘Ik bedoel alleen maar dat dit het geval zou kunnen zijn,’ zegt hij. ‘En misschien heb je dat zelf niet eens door.’

‘Ik kan bijna niet geloven dat je die dingen zegt!’ roep ik uit, hoewel ik ergens diep vanbinnen zijn ongerustheid wel begrijp. ‘Ik denk nu al maanden aan een kind, en door het werken met jou – met deze kinderen – weet ik het zeker. Ik weet dat de timing niet ideaal is en misschien lijk ik er op papier niet klaar voor te zijn, maar ook al is er maar een kleine kans dat ik Allie een thuis kan geven, dan moet ik dat nu proberen, anders stel ik haar teleur. En is dat niet waar het ouderschap om draait? Risico’s nemen in je eigen leven omdat je weet dat het leven van je kind er beter door wordt? Ik wil dit, Andrew, en het heeft niets te maken met een gat in mijn leven of me eenzaam voelen of iets anders. Het heeft ermee te maken dat ik eraan toe ben moeder te zijn, en dat Allie aan een thuis toe is.’

Hij kijkt me een poosje aan, waarna hij langzaam knikt. 'Laat me er even over nadenken.'

Ik blijf nog een tijdje staan. Ik weet niet of ik boos, gekwetst of hoopvol moet zijn. Ik weet niet of hij echt wil overwegen wat ik net zei of dat hij me alleen maar uit zijn kantoor probeert te krijgen. Dus uiteindelijk kies ik voor een gemompeld 'dankjewel' en vertrek ik zonder nog een woord te zeggen, met het gevoel dat ik zojuist iets heb verloren wat ik nooit gehad heb.

De hele vrijdag denk ik aan wat Andrew zei en ik word heen en weer geslingerd tussen twijfel aan mezelf en het gevoel dat ik zojuist de beste beslissing van mijn leven heb genomen. Ik overweeg zelfs om Andrew te passeren en zelf contact op te nemen met pleegzorg, maar wat me ervan weerhoudt is het feit dat als hij me niet goedkeurt, ik het waarschijnlijk niet verdien. Hij wil immers het beste voor Allie en de andere kinderen met wie hij werkt. En ik ken hem nu goed genoeg om te kunnen zeggen dat zijn gevoel over het algemeen goed zit. Misschien is het daarom zo kwetsend dat zijn eerste reactie twijfel was.

Maar ik blijf hopen dat hij zal inzien dat ik gelijk heb, dat ik me nu in een goede positie bevind. Dus word ik zaterdagochtend vroeg wakker en begin de logeerkamer op te ruimen, die ik voornamelijk als opslagruimte heb gebruikt. Ik zie Allie hier al voor me terwijl ik zakken vul met spullen om naar de tweedehandswinkel te brengen en spullen opzijleg die ik wil bewaren. Terwijl ik doos na doos uit de kast haal, zie ik de muren al bijna volhangen met haar posters en gedichten. Ik zie haar keyboard voor me in de hoek.

'Dank je wel, Patrick,' fluister ik als ik bedenk hoe de dromen me hierheen hebben geleid. 'Als je me alleen nog kunt helpen Andrew mijn kant te laten zien...' Mijn zicht wordt wazig van de tranen en als ik weer door de kamer loop om een lamp weg te zetten die ik nooit mooi heb gevonden, val ik over een van de dozen uit de kast en de spullen vallen eruit. Ik vloek, mijn teen klopt van de pijn, en als ik me vooroverbuig om de papieren op te pakken die ik over de vloer heb verspreid, verstijf ik.

In de kartonnen doos, die op zijn kant is gevallen, zie ik het handgesneden houten doosje dat ik van Patrick had gekregen toen hij me ten huwelijk vroeg, gevuld met honderden papiertjes, met daarop de redenen waarom hij van me hield. Dat heb ik al jaren niet gezien. Ik laat me langzaam op de vloer zakken en pak een van de papiertjes.

Ik hou ervan dat je je uiterste best doet om mensen te helpen, staat erop. Ik pak er nog een en lees in zijn smalle, schuine handschrift: *Ik hou van het kuiltje in je rechterwang als je heel breed glimlacht.*

Ik lees de rest een voor een, waarna ik ze langzaam weer in het doosje stop. Er zijn gewichtige, zoals: *Ik hou ervan dat je altijd naar het goede in mensen zoekt*, en maffe, zoals: *Ik hou ervan dat je dubbelklapt als je heel hard lacht.*

Er zijn ook specifieke: *Ik hou ervan dat toen je moeder haar arm brak, je twee weken bij haar in huis ging wonen om te helpen. Ik hou ervan dat je in groep acht niet van softbal af ging toen je je neus had gebroken nadat er een bal tegenaan was gegooid.*

De laatste die ik opberg raakt me het meest. *Ik hou van het idee dat ik op een dag kinderen met je heb. Je zult een geweldige moeder zijn.*

De tranen stromen over mijn wangen tegen de tijd dat alle papiertjes zijn opgeborgen. Ik pak een kruk, ga op mijn tenen staan en duw de doos zo ver als ik kan naar achteren op de bovenste plank van de kast. Er klinkt een dof rinkelend geluid als hij iets wat achter op de plank ligt tegen de muur duwt, en even later valt er een zilveren dollar op de grond.

Ik kijk er even naar, waarna ik langzaam van de kruk stap en hem oppak. Met uitzondering van de dollar die ik rond mijn hals draag, had ik alle resterende munten na Patricks dood aan Joan gegeven, omdat ze immers haar vaders traditie waren. Dus ik snap niet waar deze vandaan komt. Hoe dan ook, de munten zouden voorspoed in zich dragen, en nu deze – bijna letterlijk – uit de lucht is komen vallen voelt het als een duwtje in de juiste richting.

Elke twijfel dat het een teken is verdwijnt een tel later als mijn telefoon gaat. Ik stop de zilveren dollar in mijn zak en loop snel naar de keuken, waar mijn mobiele telefoon op het aanrecht ligt en oplicht. Ik zie dat het Andrew is.

'Sorry,' zegt hij voordat ik nog maar hallo kan zeggen. Het klinkt alsof hij de woorden heeft geoefend en ze komen er snel uit. 'Ik denk dat je gelijk had. Ik reageerde automatisch op basis van een typische situatie, maar jij bent niet typisch, hè? En ik geloof je als je zegt dat het goed met je gaat. Ik ben het met je eens dat je Allie, en elk ander kind, een fijn thuis zou bieden.'

'Echt waar?' fluister ik met bonkend hart. Ik steek mijn hand in mijn zak en raak de zilveren dollar aan.

'Echt waar,' zegt hij resoluut. 'Ik heb de papierwinkel al in gang gezet. Je moet een officieel aanvraagformulier invullen, dat ik je vandaag zal faxen, als je wilt, maar ik heb je al opgegeven voor een versnelde oudercursus en ik heb contact opgenomen met een collega van me die gaat regelen dat je zo snel mogelijk een huisbezoek krijgt. Maar dan nog zal het minimaal vijf of zes weken duren. En dat is alleen maar omdat ik aan alle touwtjes heb getrokken die ik kon bedenken. Normaal gesproken duurt het goedkeuringsproces een paar maanden, maar ik ben het met je eens dat we ons uiterste best moeten doen om te zorgen dat je beschikbaar bent voor Allie, voor het geval dat een optie blijkt te zijn.'

'Ik weet niet wat ik moet zeggen,' fluister ik.

Hij schraapt zijn keel. 'Ik heb je ook een persoonlijke aanbeveling gegeven, maar je hebt nog twee referenties nodig. Misschien je zus en je vriendin Gina, die ik in dat eettentje heb gezien? Het moeten gewoon twee mensen zijn die je willen aanbevelen en instaan voor je karakter. Dat moeten we dus allemaal in orde maken, en zolang je de komende vijfenhalve week elke dinsdag- en vrijdagavond drie uur lang de cursus volgt, dan zitten we goed op schema.'

'Andrew,' zeg ik zachtjes, 'ik weet niet hoe ik je moet bedanken.'

'Je hoeft me niet te bedanken,' zegt hij. 'Ik moet je zelfs mijn verontschuldigingen aanbieden. Je probeert precies te doen wat ik probeer te doen – deze kinderen een beter leven bieden – en ik heb niet naar je geluisterd zoals ik had moeten doen. Je zult een geweldige pleegmoeder zijn. Dus als je vandaag naar je kantoor gaat, fax ik alle formulieren erheen, oké?'

'Ik ben al onderweg.'

'Fantastisch. Ik heb hier een heel goed gevoel over, Kate.'

Ik sluit mijn ogen en glimlach. 'Ik ook.'

Anderhalf uur later, als ik vanaf mijn kantoor op weg naar huis ben nadat ik al het eerste papierwerk terug naar Andrew heb gefaxt, maak ik een omweg langs de East River en gooi de in de kast gevonden zilveren dollar erin. Ik geef mijn voorspoed terug aan het heelal, net als Patrick altijd deed.

De volgende dag ga ik langs bij Susan om haar te vertellen over Allie en mijn beslissing om pleegouder te worden, en om haar te laten weten dat ik haar op mijn aanvraag heb vermeld als persoonlijke referentie. Terwijl ik aan het praten ben, schieten haar wenkbrauwen omhoog en ze staart me aan.

'Wat is er?' vraag ik uiteindelijk met een zucht.

'Weet je zeker dat je hier klaar voor bent?' vraagt ze. 'Het ouderschap is niet zo makkelijk als het lijkt.'

Ik zet onmiddellijk mijn stekels op. 'Ik heb nooit gezegd dat het makkelijk was. Je weet dat ik elke dag met kinderen werk. Ik begrijp wat een uitdaging het is.'

'Echt?' houdt ze vol. 'Je ziet die kinderen een uur lang. Maar jij bent niet degene die zich zorgen maakt over hoe er eten op tafel komt, of die hun straf geeft, of ervoor zorgt dat ze hun huiswerk doen of goed opgroeien.'

Ik voel dat mijn bloed begint te koken. 'Jij wilt dus zeggen dat ik geen moeder moet worden? Omdat het moeilijk is? En ik daar op de een of andere manier niet voor ben toegerust?'

'Het is alleen zo dat pleegkinderen zo veel problemen hebben,' zegt Susan.

'Dat betekent niet dat ik die problemen niet aankan,' werp ik tegen. 'Ze hebben het alleen moeilijker gehad en minder mensen die voor ze zorgden. Niet iedereen heeft evenveel geluk als Sammie en Calvin.'

'Het is geen geluk,' zegt Susan stijfjes. 'Robert en ik hebben hard ons best gedaan om hun een veilig, stabiel thuis te geven en een goede opvoeding.'

'Ik weet het,' zeg ik. 'Ik bedoel alleen maar dat ze geluk hebben dat ze jullie twee als vader en moeder hebben. Niet alle kinderen krijgen dat soort ouders.'

'Dat is precies mijn punt. En wat denk je dat er gebeurt als een kind opgroeit zonder de normen en waarden die wij onze kinderen hebben meegegeven?'

'Het is niet zo dat deze kinderen geen normen en waarden hebben omdat ze geen traditionele opvoeding hebben gehad,' betoog ik. 'Je klinkt elitair.'

'Nee. Ik klink realistisch. En jij klinkt alsof je met je hoofd in de wolken loopt.'

'Niet iedereen wordt met een zilveren lepel in de mond geboren,' snauw ik. 'Jij toevallig wel, dus misschien vind je het moeilijk te begrijpen. Maar jij hebt alles, Susan. Ik ben alles kwijtgeraakt. En ik doe mijn best om een leven voor mezelf op te bouwen.'

'Ja, je hebt iets tragisch meegemaakt en dat is vreselijk,' werpt Susan tegen. 'Maar je bent veertig. Je moet eens ophouden met treuren om je dode man en lijden onder wat wel of niet had kunnen zijn. En trouwens, hoe wil je ooit nog een relatie krijgen als je ineens pleegmoeder bent? Denk je dat je nog tijd hebt voor afspraakjes? Of dat een vent die bij zijn volle verstand is deze levensstijl zal accepteren?'

En plotseling begrijp ik het. 'Dus daar gaat het om. Je denkt dat ik nooit een vriend zal vinden als ik een kind heb.'

'Een pleegkind, bedoel je.' Ze haalt haar schouders op. 'Goed, Dan was dus niet de ware. Maar ik weet zeker dat er iemand is die dat wel is. Als je dat pleeggedoe doorzet, dan gooi je je eigen glazen in. En trouwens, denk je echt dat je dit kunt? Een kind in je eentje opvoeden?'

'Ja, dat kan ik wel,' zeg ik zachtjes. 'Ik weet dat het moeilijk zal zijn. Maar ik heb een goede baan, ik kan me makkelijk elke dag een paar uur buitenschoolse opvang veroorloven en ik heb hier de ruimte voor in mijn leven. Ik ben nog nooit ergens zo zeker van geweest, Susan. En trouwens, ik heb het niet over pleegzorg voor een baby en dat ik dat kind de rest van zijn of haar leven moet opvoeden. Ik heb het over kortetermijnpleegzorg voor oudere kinderen, en als dat dan permanent zou worden, duurt het nog steeds maar vijf of zes jaar tot dat kind gaat studeren.'

'Als ze dat kunnen,' mompelt ze. 'En het is niet zo dat je verantwoordelijkheden als ouder dan eindigen.'

Ik open mijn mond om te antwoorden, maar ze onderbreekt me.

'Misschien behandel ik je niet eerlijk. En ja, als je me vraagt of ik een persoonlijke referentie voor je wil zijn, natuurlijk. Je bent een schat van een mens, Kate. Maar denk ik dat je hier goed aan doet? Nee. Volgens mij maak je een fout. Ik denk dat je je kans op "ze leefden nog lang en gelukkig" vergooit.'

'Maar het probleem is dat er voor "ze leefden nog lang en gelukkig" een prins nodig is,' zeg ik na een korte stilte. 'Ik heb mijn prins al gehad en als er nog een is, geweldig. Maar ik ga niet zitten wachten tot ik word gered. Het is tijd dat ik degene ben die iemand gaat redden.'

28

In de weken die volgen stort ik me op de voorbereiding om pleegouder te worden. Ik praat met Gina, die me meer steunt dan Susan, en nadat ik de oriëntatiebijeenkomst heb bijgewoond ga ik direct door met de oudercursus, twee keer per week, de verplichte waarvoor Andrew me heeft opgegeven. Veel van wat er wordt onderwezen weet ik al – deels intuïtief, deels door mijn therapeutische achtergrond. Maar in de cursus komen ook dingen aan bod die nieuw voor me zijn, zoals hoe je een pleegkind kunt helpen te integreren in een nieuw thuis, en de juridische verantwoordelijkheden als pleegouder. Ik merk dat ik me Allie voorstel in elk scenario dat de docent schetst en moet mezelf eraan blijven herinneren dat de kans zeker aanwezig is dat ze niet bij mij komt wonen. Maar de dromen keren niet terug en ik krijg steeds sterker het gevoel dat ze me hierheen hebben geleid.

Elke week heb ik in mijn appartement een afspraak met een maatschappelijk werkster die Karen Davidson heet en aan mijn zaak is toegewezen. Normaal gesproken, vertelt ze me, duurt een onderzoek maanden, maar ik word zeer aanbevolen door Andrew en hij heeft benadrukt dat Allies situatie mogelijk heel dringend kan worden, dus doet ze haar best de vaart erin te houden. 'Daarbij begrijp ik dat je al gebarentaal aan het leren bent en dat je ervaring hebt met zowel hardhorende kinderen als met kinderen met een ontwikkelingsachterstand. Dat maakt je heel waardevol voor ons en ik wil graag zorgen dat je zo snel mogelijk bij ons in het systeem komt. Het feit dat je al vrijwilliger bent bij St. Anne's helpt ook.'

Ze bekijkt mijn belastingaanslagen van de laatste jaren, maakt kopieën van mijn geboorteakte, noteert mijn persoonsnummer en wil mijn medische dossier hebben. Ze stelt me ook elke week wel duizenden vragen, zo lijkt het althans, over van alles en nog wat. Waar een kind zou worden ondergebracht (in de logeerkamer), hoe ik voor een kind zou zorgen terwijl ik werk (ik heb al een opvang gevonden) en of ik een relatie heb (waarop het antwoord een helder nee is). En ze onderzoekt alle hoekjes en gaatjes van mijn appartement met samengeperste lippen, terwijl ze aantekeningen maakt op een klembord.

Op Andrews verzoek zeg ik niets tegen Allie over het feit dat ik druk bezig ben goedkeuring te verkrijgen zodat ik pleegouder kan worden. 'We willen niet dat ze hoop krijgt, want het is nog niet zeker,' brengt hij me in herinnering. 'En we willen de vorming van een band met haar moeder niet verstoren.' Dus blijf ik haar gewoon elke donderdag bezoeken, zoals gewoonlijk, en ik merk opgelucht dat ze zich openstelt en verhalen over school en haar hartsvriendin Bella vertelt, die ze altijd 'BFF' noemt in gebarentaal, met haar wijs- en middelvingers gekruist terwijl ze de letters mimet. Ik ben blij om te zien dat haar vriendschap goed gaat en dankbaar dat ze in Bella iemand gevonden heeft die zich kan verplaatsen in zowel haar gehoorproblemen als haar pleegzorgsituatie. Ik moet lachen als ze me begint te vertellen wat zij en Bella allemaal hebben bedacht om de paarsharige Jay Cash over te halen Allie mee uit te vragen.

'Ik heb zelfs nog nooit een jongen gekust,' vertrouwt Allie me op een dag toe. 'Volgens Bella is het nogal smerig, met overal tongen en zo, maar volgens mij heeft zij ook nog nooit iemand gekust, hoewel ze dat niet zal toegeven, dus ik geloof haar eigenlijk niet.'

Met elke stap die Allie vooruit zet, zwelt mijn hart van genegenheid en liefde voor haar, en ik ben opgelucht als ze niet weer over haar moeder begint, hoewel het waarschijnlijk mijn verantwoordelijkheid is om het onderwerp aan te snijden om te zien of ze erover wil praten. Maar ik zie liever een leven voor me waarin ik alles goedmaak voor Allie, waar ik de pijn wegneem van alle keren dat ze gekwetst is.

Dus laat ik me niet afleiden en leid plichtmatig mijn leven. Ik ga elke dinsdag en vrijdag naar de oudercursus, elke woensdag naar Andrews cursus gebarentaal en elke donderdag naar Queens, waar ik werk met Allie, Riajah en een jonge jongen die Tarek heet, die negentig procent gehoorverlies heeft en een paar weken geleden in het pleegzorgsysteem is opgenomen. Op mijn werk maak ik grapjes met Max, ik help Leo met zijn situatie op school en maak muziek met twintig andere kinderen met verschillende uitdagingen waarop ik moet inspelen.

Het leven wordt langzaam maar zeker weer normaal, een nieuw normaal, zonder Dan. Maar de glimpen in de wereld die ik deel met Patrick en Hannah zijn nu verdwenen, en ik mis ze vreselijk. Elke nacht wacht ik tot ik wakker word in een leven waar ik Patrick nog steeds heb en waar Hannah bestaat. Elke ochtend word ik verslagen wakker en mis ik hen opnieuw. Ik probeer Joan een paar keer te bellen, maar we spelen blijkbaar telefoontikkertje: ik krijg elke keer haar voicemail en als ze terugbelt krijgt zij die van mij.

Vier weken na de breuk wil Dan eindelijk een keer met me lunchen, en nadat hij me ruim vijf minuten heeft laten praten, waarin ik me verontschuldig voor het feit dat ik hem heb gekwetst, zegt hij tegen me dat hij er bijna van overtuigd is dat hij nooit van me gehouden heeft. De woorden doen meer pijn dan ik had gedacht.

'Dat kun je toch niet menen,' zeg ik. 'We zijn bijna twee jaar bij elkaar geweest.'

'Ach, het was voor jou toch ook heel makkelijk om eruit te stappen,' zegt hij met een harde blik in zijn ogen. 'Dat getuigt ook niet van veel liefde voor mij, toch?'

'Dan, ik hield wel van je,' zeg ik. 'Nog steeds. Maar dat maakt nog niet meteen dat we de ware zijn voor elkaar.'

Hij slaat zijn ogen ten hemel. 'Bespaar me die psychologische onzin. Je hebt je eigen problemen nog niet onder ogen gezien. Jij hebt heel wat bagage meegebracht in onze relatie, en dat is niet mijn fout. Dat is jouw fout. Honderd procent jouw fout. Ik verdiende iets beters.'

'Ik weet het,' zeg ik zachtjes.

'Dus kun je hier niet gewoon zitten en zeggen dat je van me houdt en verwachten dat ik glimlach en zeg: "Oké, ik vergeef je dat je me als oud vuil hebt behandeld".'

'Maar ik wilde je niet kwetsen,' protesteer ik. 'Ik wil dat je dat weet.'

Hij kijkt weg, maar niet voordat ik de pijn in zijn ogen heb gezien, wat me evenveel pijn doet als al het andere. 'Kate, het kan me geen reet schelen wat je wel of niet wilde.' Hij staat op en gaat weg, nog voordat de ober onze bestelling heeft kunnen opnemen.

Een paar weken later sluit ik de oudercursus af, dus nu hoef ik alleen nog te wachten op de officiële goedkeuring als pleegouder. Ik heb gehoord dat dit het langst kan duren, vanwege de bureaucratische rompslomp, maar ik probeer positief te blijven en te geloven dat het allemaal wel goedkomt.

Augustus maakt plaats voor september, het wordt koeler en de cijfers op de kalender beginnen af te tellen naar de datum van Patricks dood. De dag voor zijn sterfdatum is het woensdag, en Andrew houdt me na de cursus tegen en zegt tegen me – in gebarentaal, die ik echt begin te begrijpen na al die weken – dat ik morgen niet naar St. Anne's hoef te komen.

Waarom niet? gebaar ik zorgvuldig terug.

Omdat het dan 18 september is, gebaart hij.

Ik staar hem een volle minuut aan. 'Je hebt het onthouden,' zeg ik hardop.

'Dat het de sterfdag van je man is? Natuurlijk. Ik wil niet dat je je morgen met ons bezig moet houden. Zorg maar voor jezelf.'

'Dank je,' antwoord ik, maar ik ben een beetje verdrietig dat ik Andrew, Riajah of Allie niet zal zien. Dat betekent een dag alleen met mijn gedachten en mijn verdriet.

'Gaat het wel?' vraagt Andrew hardop als ik me omdraai om weg te gaan. 'Wordt morgen een zware dag voor je?' Voordat ik antwoord kan geven, schudt hij zijn hoofd en zegt: 'Hoor mij nou. Natuurlijk wordt het een zware dag. Wat een ongelooflijk stomme vraag.'

Ik glimlach. 'Het is echt heel aardig van je dat je aan me denkt. En ja, het is altijd zwaar. Maar het wordt elk jaar iets gemakkelijker, weet je? Ik red het wel.'

'Moet je horen, kom maar gewoon naar St. Anne's als je wilt,' zegt hij. 'Ik bedoelde niet dat je niet mocht komen. Ik wilde alleen niet dat je zou moeten werken. Maar als je treurig bent en je wilt praten, ik ben er de hele dag en bijna de hele avond.' Hij stokt en zegt dan: 'Ik bedoel, niet dat je niemand anders hebt om mee te praten. Dat bedoelde ik niet.'

'Ik weet het.'

'Ik bedoelde gewoon, je weet wel, als je nog een vriend nodig hebt, dan ben ik er voor je.'

'Dat is heel aardig van je,' zeg ik tegen hem. 'En het is fijn om te weten dat je om me geeft.'

'Natuurlijk geef ik om je,' zegt hij. 'Ik zeg het niet genoeg, Kate, maar ik vind het echt geweldig wat je allemaal bij ons doet. Soms heb ik het gevoel dat ik je gestrikt heb. Je had je alleen maar opgegeven voor een cursus gebarentaal en voor je het wist had ik je zover gekregen dat je elke week bij ons vrijwilligerswerk kwam doen. Ik voel me een beetje een eikel.'

'Andrew, hou op. Ik vind het geweldig. Werken met die kinderen maakt me echt gelukkig. Ik ben dankbaar dat je me hebt gevraagd om te helpen.'

'Nou,' zegt hij, 'ik sta bij je in het krijt. Dus als je ooit iemand zoekt om een keer 's avonds iets te doen en je bent niet uit met je zus en je vriendin, laat het me dan maar weten. Dan neem ik je een keer mee uit voor weer een geweldig en educatief diner. Om je te bedanken voor het helpen met de kinderen.'

Ik staar hem aan. Vraagt hij me nou mee uit? Die gedachte duw ik snel weg, want ik heb immers zijn vriendin gezien, en zij ziet eruit alsof ze op de cover van een tijdschrift hoort te staan. Hij zal het wel vragen als de ene professional aan een andere, ook al lijkt het wel alsof hij bloost. 'Graag, dat klinkt goed,' zeg ik, omdat het me een leuk idee lijkt, wat zijn motivatie ook is, om weer tijd met hem door te brengen. Ik had niet goed beseft hoe eenzaam ik me zou voelen zonder Dan of de dromen om me bezig te houden. Soms lijken de nachten zich wel een eeuwigheid uit te strekken.

'Cool,' zegt Andrew. Hij geeft me opgelaten een knuffel ten afscheid en herinnert me eraan dat ik hem morgen kan bellen als ik iets nodig heb.

Dank je wel, gebaar ik terug. *Tot volgende week.*

Hij toont een brede glimlach. 'Nou, moet je eens zien, juffertje Vloeiend-in-Gebarentaal. Tot volgende week.'

De volgende dag neem ik vrij, zoals elk jaar op Patricks sterfdag. Ook al doe ik mijn uiterste best om het verleden achter me te laten, het voelt verkeerd om gewoon maar door te leven op de dag dat Patrick is gestorven.

Die ochtend lig ik in bed en vraag me af hoe er in hemelsnaam twaalf hele jaren voorbij kunnen zijn gegaan sinds de dag dat het is gebeurd. In sommige opzichten lijkt het wel alsof het pas een jaar of twee geleden is. In een ander opzicht heb ik soms het gevoel dat Patrick al decennialang dood is.

Ik ben net in de eerste stadia van zelfmedelijden aanbeland als mijn telefoon 'ping' doet, als teken dat er een sms binnenkomt. Verbaasd zie ik dat hij van Allie is.

Met jou alles goed? schrijft ze.

Ja hoor, dank je, schrijf ik terug. Ik weet niet goed of ze me een algemene vraag stelt of dat ze zich Patrick herinnert. Ik heb haar de datum van zijn dood verteld op de avond dat ze was weggelopen.

Ik dacht dat je misschien verdrietig was over je man, sms't ze even later terug, en ik ben heel erg dankbaar.

Dat ben ik ook, antwoord ik. *Heel verdrietig. Maar het helpt echt dat ik weet dat je aan me denkt.*

Nou, ik vind je ook echt aardig, sms't Allie terug na een pauze. *Je bent heel aardig tegen mij.*

Ik vind jou ook heel aardig, sms ik terug. *Je bent een geweldige meid, Allie.*

Eerst geeft Allie geen antwoord, en ik vraag me heel even af of ik iets verkeerds heb gezegd. Maar dan schrijft ze: *Kom maar bij me langs als je straks nog verdrietig bent. Ik kan je opvrolijken.*

Ik glimlach. *Dank je wel, Allie*, schrijf ik terug.

Mijn moeders hoorzitting is vandaag, schrijft ze na een tijdje, en mijn hart slaat een slag over. Waarom heeft Andrew het me niet verteld? *Mijn maatschappelijk werkster zegt dat ze niet weet wat er gaat gebeuren*, voegt ze er even later aan toe.

Ik slik moeizaam. Misschien heeft Andrew niets gezegd omdat hij niet wilde dat ik hoop ging koesteren. Maar ja, misschien is het ook wel omdat hij niet wil dat mijn hart weer gebroken wordt, op de ergste dag van het jaar. *Veel succes*, besluit ik terug te sms'en.

Thx, schrijft Allie terug. *Moet naar de les.*

Na dit gesprek zet ik mijn telefoon uit, ik ga weer liggen en staar naar het plafond. Ik voel me heel alleen. Maar vandaag draait het om Patrick, niet om Allie en haar moeder, en ik laat me niet afleiden door weer iets waar ik geen controle over heb.

Iets over achten draai ik me om en kijk naar de digitale wekker op mijn nachtkastje. Ik kijk hoe de minuten voorbij tikken en ik denk aan het feit dat het leven twaalf jaar geleden voor Patrick en mij zalig was, bijna zonder zorgen. We hadden er geen idee van dat in een paar minuten tijd alles zou veranderen.

Ik kijk nog steeds als de wekker op 8.36 uur springt, een minuut voordat het gebeurde. Ik weet dat ik mezelf kwel, maar ik kan er op de een of andere manier niet mee ophouden.

Het wordt 8.37 uur en net als elk jaar zak ik diep weg. Dit is het ogenblik, twaalf jaar geleden, dat Gennifer Barwin – met een alcoholgehalte in haar bloed van meer dan twee keer de wettelijke limiet – de loop van mijn leven voor altijd veranderde. 'Ik wilde mijn kindje Times Square laten zien, meer niet,' had ze later tegen de politie gezegd toen de ambulance haar meenam. Zij had alleen maar een gebroken arm en haar dochter, die veilig in haar autostoel zat, had letterlijk geen schrammetje.

Ik blijf liggen tot 8.52 uur, het ogenblik waarop Patrick zijn laatste adem uitblies in een kooi van verwrongen metaal, en dan stap ik uit bed, schuifel naar de keuken en maak op de automatische piloot een pot koffie, hoewel ik er eigenlijk geen zin in heb. Om 11.00 uur pak ik eindelijk mijn telefoon weer en bel Susan, mijn moeder en Gina terug. Susan en mijn moeder willen weten hoe het gaat en laten me weten dat ze aan me denken. Het gesprek met Gina is, zoals altijd, een grote opluchting. We huilen samen een paar minuten en dan vertellen we elkaar een paar van onze favoriete grappige verhalen over Patrick en Bill.

'Weet je nog die keer toen we met zijn allen naar de film gingen en Bills jack vast kwam te zitten in de draaideur?' vraagt Gina met een schor lachje. 'Patrick was de enige die het zag en hij en Bill riepen naar de mensen achter ons dat ze de deur moesten tegenhouden, en wij dachten dat ze gek waren geworden.'

'Of die keer dat dat meisje naar ons vieren toe kwam toen we aan het eten waren en er om de een of andere reden van overtuigd was dat Patrick eigenlijk die acteur was, hoe heet die man ook alweer die Mark Darcy speelde?'

Gina lacht. 'O ja! Colin Firth, toch? Omdat ze net een film met hem had gezien en ze vond dat Patrick precies op hem leek?'

'Hij bleef maar tegen haar zeggen dat hij gewoon zomaar iemand was. Maar dat maakte het alleen maar erger, omdat dat meisje bleef volhouden: "Dat is precies wat Colin Firth zou zeggen".'

'God, dat bleef Patrick je nog maandenlang inwrijven, hè?' vraagt Gina, en dan gaat ze verder met een lagere stem, in een imitatie van Patrick die met een Brits accent probeert te praten: 'Ik ben Colin Firth, dus je moet doen wat ik zeg. Ik ben heel beroemd, weet je.'

Ik lach om de herinnering, maar al snel sterft mijn gelach weg, net als dat van haar.

'Ik mis ze echt,' zegt Gina zachtjes.

'Ja, ik ook.'

We hangen op nadat we hebben afgesproken volgende week een keer uit eten te gaan, dan haal ik diep adem en draai Joans nummer.

'Hoe gaat het met je, lieverd?' vraagt ze als ze opneemt.

'Zo ongeveer hetzelfde als elke achttiende september.'

'Het wordt niet echt gemakkelijker, hè?' vraagt ze. 'Elk jaar denken we dat we weer iets verder hersteld zijn en elk jaar blijken we het weer mis te hebben.'

'Precies,' zeg ik. Ik wist dat Joan het zou begrijpen. 'Hoe gaat het met jou?'

We praten een paar minuten over Patrick. Dan denk ik aan mijn dromen en ik vraag haar: 'Hé, heb je dat mammogram nog laten maken waar we het over hadden?'

'O, ja, dat wilde ik je nog vertellen!' roept ze uit. 'Ik heb het laten maken. De mammogrammeneer – hoe heet zo iemand, een radioloog? – zei dat alles er goed uitzag, maar dat een klein plekje hem zorgen baarde, dus er is een biopt genomen. Iedereen was heel optimistisch en ik moet de resultaten nu elk moment krijgen. Er zal wel niets aan de hand zijn, maar dank je wel dat je erop hebt aangedrongen dat ik het liet doen. Het zal veel fijner voelen als ik zeker weet dat er niets aan de hand is.'

'Goed,' zeg ik, maar die biopsie zit me wel dwars. Ik kan het beeld van haar, kaal en verzwakt door chemotherapie, niet van me afzetten. 'Laat het me maar weten als je bericht krijgt van de dokter, oké?'

'Natuurlijk, lieverd,' belooft ze.

Nadat we hebben opgehangen, ga ik in mijn keuken zitten en staar naar mijn kop koffie, die nu koud is. De pijn van het missen van Patrick is vandaag lichamelijk, en dat wordt niet minder, hoeveel ik ook aan hem denk of hoeveel ik ook huil over zijn afwezigheid. 'Patrick, als je me kunt horen,' zeg ik hardop. 'Ik hou van je. Ik ben altijd van je blijven houden. Ik mis je elke dag.' Ik zwijg even en voeg er dan zachtjes aan toe: 'Ik wist al voordat ik je ontmoette...'

Maar het enige antwoord is stilte.

Dan gaat mijn telefoon, ik schrik en zie dat het een onbekend nummer is. Normaal gesproken laat ik die naar de voicemail gaan, maar vandaag ben ik eenzaam en verdrietig, dus neem ik op en zeg hallo.

'Spreek ik met Kate Waithman?' De vrouwenstem aan het andere eind klinkt bekend, maar ik kan hem niet plaatsen.

'Ja...'

'Uitstekend. Met Karen Davidson.'

Mijn hart zit onmiddellijk in mijn keel. 'Karen, natuurlijk.'

'Nou, ik bel met geweldig nieuws. Je bent goedgekeurd als pleegouder. Het is officieel.'

Ik kan het nauwelijks geloven, dus vraag ik haar of ze de woorden wil herhalen, en dat doet ze.

'We denken dat je een geweldige pleegmoeder zult zijn, Kate,' voegt ze eraan toe. 'Gefeliciteerd. We zijn heel blij om je erbij te hebben.'

Mijn hart bonkt twee keer zo snel. 'Word ik pleegmoeder?' fluister ik ongelovig.

'Jazeker,' zegt Karen.

'Denk je dat er een kans is dat ik pleegmoeder word van het meisje met wie ik werk?' vraag ik. 'Allie Valcher?'

Ik hoor Karens glimlach door de telefoon als ze zegt: 'Ik zou niet weten waarom niet, als ze een thuis nodig heeft; je hebt alle gespecialiseerde vaardigheden om met haar te kunnen werken.'

Ik knipper mijn tranen terug en kijk naar de hemel. Daar moet

Patrick op de een of andere manier de hand in hebben gehad. Ik had gelijk. De dromen leidden me hierheen. En dan ook nog op 18 september. 'Karen, ik weet niet hoe ik je moet bedanken.'

'Dat hoeft niet,' zegt ze warm. 'We zijn dankbaar dat je je hart en je huis openstelt voor een kind. We zullen alles later deze week officieel maken, als je tijd hebt om naar mijn kantoor te komen.'

We spreken af voor morgenmiddag twaalf uur, en nadat ze me haar adres heeft gegeven, nemen we afscheid en hang ik op.

In de wolken loop ik de logeerkamer in en sluit mijn ogen. Als alles goed gaat, wordt dit Allies kamer. Ik ga vandaag een bed kopen, een dekbed dat een meisje van haar leeftijd leuk vindt, misschien zelfs een mooie elektrische piano en een Mac met opnamesoftware. Mijn leven staat op het punt te veranderen en dat dat vandaag allemaal gebeurt, is op zijn minst poëtisch en prachtig.

'Dank je wel, Patrick,' fluister ik, en ik voel de aanwezigheid van mijn man. Als ik mijn ogen sluit en me het hard genoeg voorstel, kan ik zijn sterke armen bijna om me heen voelen, zijn warme adem in mijn hals, zijn lichaam tegen het mijne gedrukt. 'Ik weet dat jij dit hebt gedaan. Dank je wel voor Allie.'

29

Ik ben vroeg in de middag bij het warenhuis Macy's aan Herald Square en probeer te kiezen tussen een onderschuifbed van teak en een eiken bed van een meter veertig breed met opbergladen eronder als mijn telefoon gaat. Ik zie dat het Andrew is.

'Hoe gaat het met je?' vraagt hij als ik opneem. 'Omdat het vandaag de, eh, sterfdag is en zo?'

Ik glimlach, dankbaar voor zijn bezorgdheid. 'Eerlijk gezegd gaat het goed.'

'Weet je het zeker?'

'Echt waar.'

'Oké. Goed.' Hij schraapt zijn keel. 'Moet je horen, sorry dat ik je dit nou net vandaag moet vragen. Maar zou je als het enigszins kan nu naar St. Anne's kunnen komen? Ik moet met je praten en dat doe ik liever niet over de telefoon. Als je echt zeker weet dat het goed gaat.'

Mijn hart slaat een slag over. Zou het kunnen dat Allies moeder vandaag niet het gezag heeft teruggekregen en dat Allie een thuis nodig heeft? Mijn thuis? Andrew weet nu intussen natuurlijk dat ik ben goedgekeurd. 'Ja, hoor,' zeg ik tegen hem, en ik probeer te voorkomen dat mijn stem trilt. 'Ik kom meteen. Ik ben er over ongeveer drie kwartier.'

Karen Davidson had aan de telefoon zo optimistisch geklonken, en als ik erover nadenk tijdens de metrorit naar Queens raak ik ervan overtuigd dat Andrew me dit wil vertellen. Misschien heeft hij me gebeld om me te vertellen dat Allie en ik officieel aan elkaar zijn gekoppeld. Kan dat zo snel?

Misschien is 18 september straks niet meer de dag waarop de wereld ten einde kwam, maar is het de dag waarop ik officieel de pleegmoeder van Allie werd. Dat zou een geweldig eind aan mijn verhaal zijn. En ik heb het gevoel dat Patrick dit voor mij gewild zou hebben.

Als ik bij St. Anne's aankom, is Andrew niet in zijn kantoor, dus sms ik hem dat ik er ben en loop dan de gang door. Ik kijk door de ramen van kantoren naar binnen om te zien of hij er is. Als ik bij de vergaderzaal door de deuropening kijk, ben ik verbaasd Allie daar te zien. Ze zit met haar rug naar de deur.

Ik klop zachtjes en loop naar binnen. Haar gezicht licht op als ze zich omdraait. 'Kate!' roept ze. 'Hé, heel erg bedankt!' Ze doorkruist de ruimte en geeft me een knuffel, en als ik haar terug knuffel, weet ik plotseling zeker dat Andrew haar het nieuws al heeft verteld. Allie komt met me mee naar huis. Het komt allemaal uit.

'Bedankt?' vraag ik, alsof ik niet weet waarover het gaat. Maar ik kan niet ophouden met naar haar te grijnzen. 'Waarvoor?'

'Dank je wel dat je tegen me hebt gezegd dat ik mijn moeder niet moest opgeven,' zegt ze.

Er ontstaat een akelig gevoel in mijn buik terwijl ik verward met mijn ogen knipper. 'Wat zei je?'

'De rechter zei dat ze me vandaag mocht komen halen. Kate, ik ga naar huis!'

Dan zie ik pas dat de hoek van de vergaderzaal volstaat met

gehavende koffers, een ingevouwen keyboardstandaard en een keyboard dat op zijn zij staat. Ik kijk van de stapel naar Allie en heel even kan ik niet anders dan staren.

'Kate?' vraagt ze na een tijdje. 'Wat is er aan de hand? Ben je nog steeds verdrietig om je man? Wil je erover praten?'

Ik schud mijn hoofd, nog steeds in shock, terwijl Andrew achter me binnenkomt.

'Kate,' zegt hij, en ik hoor aan de vlakke klank van zijn stem dat hij onmiddellijk beseft wat er is gebeurd. 'Kate, kun je even met me mee komen?' Hij wacht niet op antwoord, hij legt gewoon zachtjes een hand op mijn rug en leidt me de kamer uit. Verbouwereerd blijf ik staan wachten terwijl hij een stapel papieren van een stoel in zijn kantoor haalt, waarna hij me laat plaatsnemen.

'Kate,' begint hij als ik achteroverleun. 'Ik weet niet wat ik moet zeggen.'

'Ik dacht dat je me hierheen had laten komen om me te vertellen dat ik pleegmoeder voor Allie mocht worden,' zeg ik verdoofd. 'Ik ben vandaag gebeld door Karen Davidson. Ik ben goedgekeurd als pleegouder.'

Hij knippert een paar keer met zijn ogen terwijl die informatie tot hem doordringt, en ik zie dat hij zich nog honderd keer naarder voelt. 'O, Kate. Dat wist ik helemaal niet. Ik belde je omdat de rechter Allies moeder het gezag weer heeft verleend, wat betekent dat ze vandaag naar huis gaat. Ik weet dat we dat niet verwacht hadden, maar ik dacht dat je hier wel wilde zijn om afscheid te nemen. Ik heb het je niet over de telefoon verteld omdat ik vond dat ik je dit nieuws persoonlijk moest vertellen. Maar ik dacht dat ik je wel zou spreken voordat je Allie tegenkwam. Jezus, het spijt me.'

'En dan uitgerekend vandaag,' zeg ik.

'O, Kate,' zegt Andrew weer. Hij gaat op zijn hurken naast me zitten en omhelst me onhandig. 'Had ik niet moeten bellen?'

'Jawel,' zeg ik tegen zijn schouder. Hij voelt warm, stevig. Plotseling wil ik hem niet loslaten, maar dat is irrationeel. Alles waar ik me aan vastklamp verdwijnt, dus trek ik me terug voordat hij er de kans toe krijgt. 'Ik ben blij dat ik er ben om afscheid van haar te nemen. Dat moet ik doen.'

'Het is geen afscheid voor altijd. Het is alleen voor voorlopig. Als haar moeder het ermee eens is, zou ik niet weten waarom je niet met haar kunt blijven werken zodra ze haar draai heeft gevonden, als je dat wilt.'

'Ja, oké,' zeg ik vlak. Ik weet dat hij me probeert op te vrolijken, maar ik voel me dood vanbinnen. 'En dat met die meth? Heeft Allie het verkeerd gezien?'

Hij knikt. 'De rechter heeft nog een onaangekondigde drugstest bevolen, maar die was ook helemaal goed. Het was gewoon tabak.'

'Of misschien is haar moeder gewoon goed in het verslaan van het systeem.' Ik haal diep adem en hoop dat ik het mis heb. 'Denk je dat ze deze keer een goede moeder voor Allie zal zijn?'

Andrew kijkt verdrietig terwijl hij zijn schouders ophaalt. 'Ik weet het niet. Ik zou willen dat ik ja kon zeggen. Maar ik heb zo veel van die kinderen zien komen en gaan, en van tevoren weet je bijna nooit of het goed zal uitpakken. Laten we maar hopen dat Allies zaak tot de goede uitkomsten behoort.'

Ik zwijg even en dan zeg ik: 'Ik dacht echt dat ik haar moeder zou worden. Haar pleegmoeder, in elk geval. Ik dacht echt dat dat in de sterren geschreven stond.' Hoe kan ik alles zo verkeerd hebben gehad?

Andrew geeft geen antwoord. Hij omhelst me gewoon nog een keer. Als hij eindelijk opstaat, kijkt hij somber. 'Haar moeder kan er elk moment zijn. Ben je er klaar voor om afscheid te nemen?'

'Ja hoor,' zeg ik, hoewel ik vind dat ik in dit leven al genoeg afscheid heb moeten nemen van mensen.

'Het komt wel goed, Kate,' zegt hij. Hij steekt zijn hand uit en geeft een kneepje in de mijne. 'Ik weet dat het nu heel suf klinkt, maar ik geloof echt dat dingen gebeuren zoals ze zouden moeten gebeuren. Hier moet een reden voor zijn.'

'Dat is inderdaad heel stom,' val ik uit. 'Voor al deze dingen is geen reden. Er is geen reden waarom mijn man moest sterven. Er is geen reden waarom ik geen kind kan krijgen. Er is geen reden dat alles wat belangrijk voor me is wordt weggenomen.'

Ik kijk hem een tijdje woest aan, totdat ik besef dat het niet zijn schuld is. Hij probeert alleen maar te helpen. 'Sorry,' mompel ik.

'Nee, het spijt mij,' fluistert Andrew, en als ik uiteindelijk opkijk, zie ik tranen in zijn ogen. Zijn emotie raakt me meer dan ik verwacht.

'Ik wilde niet zwelgen in zelfmedelijden,' zeg ik, terwijl ik mijn ogen afveeg en een glimlach forceer. 'Kom op, we gaan naar Allie, oké?' Ik sta op en loop snel zijn kantoor uit voordat hij nog iets kan zeggen.

Andrew loopt met me mee de gang door en staat naast me als ik Allie stevig omhels en tegen haar zeg dat alles goed komt, en dat ik zo blij voor haar ben.

'Kom je bij me op bezoek, Kate?' vraagt ze met een bezorgde blik.

'Je kunt me met geen tien paarden weghouden, meid.'

'En mijn piano-uitvoering volgende maand? Kom je daarheen? Bella speelt ook een stuk van Beethoven en Jay komt ook. Dat zei hij in elk geval. Vet, hè?'

Ik knik en ineens voel ik me verdoofd, uitgeput. Ik ben zelfs te moe om mee te gaan in haar opwinding over haar verliefdheid. 'Ik was vergeten dat Bella ook speelt,' kan ik nog net uitbrengen.

Allie knikt enthousiast. 'Zij is echt ongelooflijk goed. Op een schaal van een tot tien is zij een vijftig of zo!'

Ik dwing mezelf om te glimlachen. 'Dat is fantastisch.'

'Dus je komt?' houdt Allie vol. 'Naar mijn recital?'

'Dat zou ik voor geen goud willen missen.'

Op dat moment arriveert Allies moeder, vergezeld door een gekwelde maatschappelijk werker met een grote stapel papieren in zijn armen. Het verbaast me als ik zie hoe jong ze is – achter in de twintig of begin dertig – en dan besef ik dat ze Allie moet hebben gekregen toen ze zelf nog maar een kind was. Dat maakt me, heel irrationeel, verdrietig. Tegen de tijd dat deze vrouw zo oud is als ik, is Allie volwassen en zelfstandig. Ze heeft al die jaren gehad waarin ze een kind had, en ze heeft er al zo veel van verspild. In welk universum is het eerlijk dat zij wel ouder mag zijn en ik niet?

Ik voel dat ik mijn handen van frustratie tot vuisten bal, en alsof Andrew weet hoe ik me voel, legt hij een hand op mijn onderrug en wrijft kleine cirkels. Het is een intiem gebaar voor iemand die ik alleen beroepsmatig ken, maar blijkbaar valt het hem niet op en ik besef dat het me niet uitmaakt. Zijn aanraking troost me nu al.

Ik zie Allies gezicht oplichten en ze stort zich in haar moeders armen. De vrouw, die eruitziet als een iets oudere versie van Allie, lijkt verbaasd, maar ze kijkt ook blijer dan ik had verwacht als ze haar dochter knuffelt. Ik had me haar voorgesteld als de boosdoener die achteloos haar kind had weggeworpen. Maar ik moet toegeven dat de realiteit heel anders zou kunnen zijn. Ze ziet er vriendelijk uit en ik zie tranen in haar ogen terwijl Allie haar blijft vasthouden.

Misschien heeft Andrew gelijk. Misschien doet Allies moeder echt haar best.

'Ik ga het deze keer beter doen,' zegt ze tegen Andrew terwijl ze Allie helpt haar spullen bijeen te rapen. Ze wendt zich tot mij, en hoewel ik weet dat ze geen flauw idee heeft wie ik ben, voegt ze eraan toe: 'Ik zal de moeder zijn die ze verdient. Dat beloof ik.'

Ik kan alleen maar knikken en ik wend me af en verlaat de kamer zonder nog een woord te zeggen, voordat Andrew de kans krijgt ons aan elkaar voor te stellen. Ik weet dat ik haar uiteindelijk wel zal spreken. Ik zal Allie weer zien en misschien blijf ik zelfs wel met haar werken. Maar vandaag kan ik het niet opbrengen.

Ik hoor dat Allie me roept, maar ik draai me niet om. De tranen stromen nu over mijn gezicht en ik wil niet dat ze die ziet. Ik wil niet dat ons afscheid zo verloopt.

Ik trek me terug in Andrews kantoor, waar hij me een paar minuten later aantreft terwijl ik nietsziend uit zijn raam sta te staren.

'Gaat het wel?' vraagt hij voorzichtig.

'Helemaal top.' Ik weet dat ik sarcastisch klink, maar ik kan er niets aan doen. Mijn hart is in duizend stukjes gebroken.

'Zal ik je met een taxi naar huis brengen? Dan blijf ik daarna nog een tijdje bij je.'

Ik draai me om en kijk hem even aan. Hij kijkt ernstig, met een verdrietige blik. 'Andrew...' begin ik.

'Misschien is het beter als je vanavond niet alleen bent,' flapt hij eruit. Dan schudt hij zijn hoofd en zegt: 'Ik was niet aan het flirten, hoor. Ik maak me zorgen om je. Ik zou een paar uur bij je kunnen blijven, ervoor zorgen dat het goed met je ging...'

'Niks aan de hand.'

'Het lijkt me beter als je niet alleen bent,' herhaalt hij, terwijl hij me hulpeloos aankijkt.

Ik glimlach zwakjes naar hem. 'Andrew, ik ben de hele tijd alleen. Waarom zou het vanavond anders zijn?'

Ik loop zonder nog iets te zeggen zijn kantoor uit, houd een taxi aan en staar de hele weg naar huis zwijgend voor me uit.

Voor de tweede keer heb ik op deze dag het gevoel dat ik een stukje van mezelf ben verloren. Twaalf jaar geleden werd de man die met mij een gezin vormde me in een oogwenk afgenomen. Vandaag zag ik hoe het gezin waarop ik hoopte ook in rook opging.

Ik kruip in bed en voor de eerste keer in maanden hoop ik dat ik niet weer in de wereld beland waar Patrick en Hannah bestaan, omdat ik het niet meer vertrouw. Wat wilde die wereld me vertellen als het niet om Allie ging? Ik wil gewoon de donkere troost van een droomloze nacht.

Susan en Gina proberen me in de dagen die volgen vergeefs uit de depressie te trekken waarin ik ben verzonken sinds tot me doorgedrongen is dat ik niet Allies pleegmoeder zal worden. In de loop van een aantal dagen komt langzaam het besef dat Allie me nooit zou hebben gezien als ouder, ook al bleef haar moeder haar teleurstellen. Misschien had ze van me gehouden en was ze me gaan vertrouwen, maar ik zag de manier waarop ze naar haar moeder keek, met ondanks alles zo veel hoop in haar ogen. Het is te laat in haar leven, denk ik, ze kan dat soort liefde niet meer ontwikkelen voor een andere ouder.

Allie en ik sms'en een paar keer heen en weer en ik ben blij om te horen dat het goed met haar lijkt te gaan, ondanks mijn eigen intense gevoelens van verlies. Haar moeder lijkt echt haar best te doen, wat me zowel een opgelucht als jaloers gevoel geeft. Iets in me, een heel egoïstisch deel, wilde dat het allemaal niet was gelukt en dat ik dan degene had kunnen zijn die zich erin gemengd had en Allie had kunnen redden. Maar deze uitkomst, waarin ze naar een blijkbaar liefhebbend thuis is teruggekeerd, is natuurlijk de beste.

Ik doe plichtmatig mijn werk en ontloop twee telefoontjes van Karen Davidson, die berichten voor me achterlaat over een hardhorende puber die net in de pleegzorg is beland.

'Het is echt een lieve meid,' zegt Karen in het eerste bericht. 'Haar oma, die het gezag had, is onlangs gestorven en er zijn geen andere familieleden die haar willen opnemen, dus dit is haar eerste ervaring met pleegzorg. Ze zit nu al drie maanden op een tijdelijke plek, maar ze heeft duidelijk iets permanenters nodig. Ik denk dat jullie twee heel goed bij elkaar zouden passen.'

Uiteindelijk bel ik haar dinsdagavond laat terug en ik ben opgelucht als ik haar antwoordapparaat krijg. 'Ik weet dat ik hierdoor heel wispelturig overkom,' zeg ik, 'maar ik hoopte echt dat ik de pleegmoeder van Allie zou worden, het meisje over wie ik je had verteld. Ik wil echt een kind opnemen, en ik wil het meisje over wie je het had kunnen helpen. Maar ik heb wat tijd nodig. Sorry. Het spijt me heel erg. Ik hoop dat ik hierdoor de dingen niet verpest en ik beloof te bellen zodra ik er klaar voor ben.' Zodra ik ophang, vraag ik me af of ik een enorme fout heb begaan, maar alles voelt nu zo chaotisch. Eerlijk gezegd had ik er waarschijnlijk helemaal niet over moeten nadenken om Allie op te nemen; ik moet eerst mezelf op de rails krijgen.

Ik sla de cursus gebarentaal op woensdag over en laat een bericht achter op Andrews voicemail dat ik het donderdagavond niet red om de afspraak met Riajah en Tarek na te komen. Hij belt terug, maar ik neem niet op, en wanneer ik zijn bericht afluister, waarin hij me vertelt dat hij het volkomen begrijpt en dat ik alle tijd moet nemen die ik nodig heb, geeft me dat nog een naarder gevoel. Vrijdag spreek ik met Susan af voor het happy hour bij Hammersmith's en ze trekt meteen van leer.

'Je moet dit loslaten,' zegt ze tegen me voordat Oliver nog maar de kans heeft gehad om onze drankjes te komen brengen. 'Alles.

De dromen. Geobsedeerd zijn door een kind dat nooit het jouwe zal zijn. Dat hele gedeprimeerde gedoe. Mama en ik maken ons zorgen om je.'

'Het gaat goed met me,' mompel ik. Het irriteert me dat ze denkt dat het zo eenvoudig is, dat ik simpelweg een schakelaar kan omhalen om al mijn problemen mee uit te zetten.

'Nee, het gaat niet goed met je,' zegt Susan resoluut. 'Dat lijkt me wel duidelijk. Moet je horen, ik snap dat je graag een kind wilt. Maar dat kun je op allerlei manieren bereiken. Je bent goedgekeurd als pleegmoeder, Kate. Laat ze weten dat je klaar bent voor een kind. Of bekijk of je een kind kunt adopteren, als dat is wat je wilt. Maar je moet niet blijven doorzeuren over die dromen en over wat ze je volgens jou willen vertellen. Het zijn alleen maar dromen.'

'Je snapt nog steeds niet hoe echt ze waren,' zeg ik. 'Ik was er zo van overtuigd dat ze me vertelden dat Allie me nodig had. En nu is ze weg, de dromen zijn verdwenen en Patrick is dood. Alles voelt aan als een leugen.'

Susan zucht. 'Kate, Patrick is dood. Al twaalf jaar. Het is een tragedie, en we missen hem allemaal. Maar het is niet zo dat hij je in je dromen heeft bezocht. Je moet toch toegeven dat dat belachelijk klinkt. Je was gewoon zenuwachtig voor je bruiloft, omdat je diep vanbinnen wist dat het verkeerd zat, en dat heeft stressdromen uitgelokt. Elke psycholoog kan je dat vertellen. Maar de dromen zijn nu weg en dat is duidelijk een seintje van je hersens dat het tijd is om alles los te laten en verder te gaan met het echte leven.'

'Dat is makkelijker gezegd dan gedaan,' mompel ik.

Als ik die avond weer bij mijn appartementengebouw aankom voel ik me gekwetst en in de war door Susans woorden. Vindt iedereen me sneu? Misschien ben ik dat ook wel. Ik ben zo diep in gedachten verzonken dat ik niet zie dat Andrew op de stoep zit totdat hij mijn naam zegt.

'Wat doe jij hier?' flap ik eruit, en dan voel ik me meteen naar, omdat de woorden onbeschoft klinken en ik ze zo niet had bedoeld. 'Wacht, is er iets met Allie gebeurd?' vraag ik.

'Nee,' zegt hij. 'Met haar is alles in orde, voor zover ik weet.' Hij is iets formeler gekleed dan normaal, met een hemelsblauw overhemd en een grijze pantalon. Zo te zien heeft hij zelfs zijn haar gekamd.

'Je bent helemaal op chic,' zeg ik.

Hij kijkt naar beneden, naar zichzelf, alsof hij verbaasd is als hij ziet wat hij draagt. 'O. Ja. Ik moet naar een diner.'

Ik zie de gebruinde, slanke blonde meid voor me die ergens zit te wachten, waarschijnlijk kwaad dat hij er nog niet is. 'Waarom ben je daar dan niet?'

'Ik heb gebeld en gezegd dat ik wat later zou komen.' We kijken elkaar even aan en dan zegt hij: 'Kate, je hebt de les overgeslagen en je hebt woensdag midden in de nacht een boodschap voor me achtergelaten op mijn kantoortelefoon dat je deze week niet met Riajah en Tarek kon werken. Vandaag kreeg ik een telefoontje van Karen Davidson dat ze een voicemail van jou had gekregen. Je klonk alsof je helemaal van slag was en je zei dat je nog niet klaar was voor een pleegkind. Ik heb je adres opgezocht in je dossier, want ik wilde me ervan vergewissen dat er niets met je aan de hand was.'

Ik staar hem een volle minuut aan, waarna ik mijn hoofd laat hangen. 'Dat is heel aardig van je.' Ik wacht niet op antwoord, maar loop langs hem heen naar de voordeur van mijn appartementencomplex. 'Wil je binnenkomen?'

Hij loopt zonder een woord te zeggen achter me aan. Binnen kijkt hij nieuwsgierig rond terwijl ik hem naar de woonkamer breng, en we gaan tegenover elkaar zitten, ik op de loveseat, hij op de bank. 'Wat een mooi appartement,' zegt hij.

'Dank je.' Ik ben zenuwachtig, voel me opgelaten.

'Kate,' begint hij langzaam, 'je bent van slag. En ik wil dat je erover praat. Gaat dit over Allie?'

Ik bekijk zijn gezicht even, ervan overtuigd dat ik daar een veroordeling zal zien, of misschien medelijden. Maar hij ziet er alleen maar bezorgd uit. Eindelijk wend ik mijn blik af. 'Ja en nee. Ik bedoel, ik dacht dat ik haar zou kunnen helpen.'

'Je hebt haar ook geholpen.'

'Ik bedoel, ik dacht dat ik degene zou zijn die een tijdje voor haar zou gaan zorgen. Die de ouder zou zijn waaraan ze behoefte heeft, snap je? Maar blijkbaar had ze daar helemaal geen behoefte aan. En dat geeft me een...'

Mijn stem sterft weg en Andrew knikt begripvol, wachtend tot ik verderga.

'... verloren gevoel,' eindig ik met een klein stemmetje, en ik voel me suf als ik dat zeg.

'Je bent helemaal niet verloren,' zegt hij na een stilte. 'Van alles wat ik de afgelopen paar maanden heb gezien, komt het op mij over alsof je de weg weer aan het terugvinden bent. Of dat je in elk geval je plekje gevonden hebt.'

'Welk plekje is dat dan?' vraag ik, niet in staat de verbittering uit mijn stem te houden. 'Waar ik oud en alleen ben?'

'Je moet er gewoon op vertrouwen dat het leven zich ontvouwt zoals de bedoeling is,' zegt Andrew, die er blijkbaar voor kiest mijn zelfmedelijden te negeren. 'Misschien was het niet de bedoeling dat Allie bij jou kwam wonen. Misschien was het de bedoeling dat ze jou iets over jezelf liet inzien. Misschien was het de bedoeling dat jij haar in ruil daarvoor hielp te helen. Misschien is dit precies zoals het leven moest lopen.'

‘Niets hiervan is zoals het leven moest lopen!’ roep ik uit. ‘Mijn man had niet moeten sterven! Ik had er niet achter moeten komen dat ik geen kinderen kan krijgen! Ik had op mijn veertigste niet helemaal alleen moeten zijn!’

‘Hoe weet je dat?’ vraagt Andrew. ‘Hoe weet je hoe het had moeten zijn?’

‘Wat bedoel je?’ werp ik tegen. ‘Dat het goed is dat Patrick dood is? Dat ik op de een of andere manier mazzel heb dat het me twaalf jaar heeft gekost om er weer bovenop te komen? Dat de weg die voor me ligt nu alleen maar rozengeur en maneschijn is? Sorry, maar daar geloof ik geen bal van.’

Als ik dit gesprek met Dan zou voeren, zou hij zijn schouders ophalen en met een geïrriteerde uitdrukking op zijn gezicht weglopen. Maar Andrew blijft waar hij is en zegt: ‘Je bent boos. Dat snap ik. En dat is je volste recht. Het leven heeft je teleurgesteld. Maar stel dat de dromen waar je het over had echt waren?’

Ik houd abrupt op met mijn geklaag en kijk hem aan. ‘Wat zei je?’

‘Ik bedoel, wie zijn wij om te zeggen dat ze niet echt zijn? Misschien zijn het niet gewoon dromen. Misschien is er voor ons allemaal wel een heel andere wereld waar we in zouden kunnen wonen. Maar je moet wel kiezen, Kate. Wil je dit leven, dat je nu leidt, waarin je een verschil kunt maken? Of wil je een leven dat had kunnen zijn, waar je niet echt jij bent?’

Ik denk aan de Andrew over wie ik in de droom heb gelezen, de Andrew die niet dezelfde passie leek te hebben als die de man voor me in overvloed heeft. En ik denk aan de slechte dienst die ik Patrick bewijs doordat ik niet in iets beters verander door zijn verlies. Hij verdient beter, en ik ook.

Ik hou lange tijd mijn ogen neergeslagen. Ik weet dat Andrew waarschijnlijk denkt dat ik zielig ben, en ik schaam me. Ik verander van onderwerp omdat ik me ineens mijn manieren herinner. 'Wil je iets drinken, of iets anders?' vraag ik.

'Nee, dank je.' Hij staat op. 'Ik moet naar dat diner. Ik wilde me er alleen maar van overtuigen dat het goed met je ging.'

Ik ben verbaasd door de teleurstelling die ik voel. Maar natuurlijk gaat hij weg. 'Sorry dat ik tegen je heb gesnauwd,' zeg ik zachtjes.

'Kate, je mag snauwen! Je mag in de war zijn. Het leven is heel onlogisch. Jij zou eens wat vaker moeten zeggen wat je denkt. Eerlijkheid staat je sexy.'

'O,' zeg ik, en ik voel mijn wangen branden. 'Goed. Nou, eh... dank je wel dat je even bij me kwam kijken. Dat was aardig.'

'Kate...' begint hij, en hij laat het woord even in de lucht hangen terwijl hij me aankijkt. Mijn borst verkrampt als ik terugkijk. 'Kate,' begint hij uiteindelijk weer, 'zoals jij doet met die kinderen, het is echt geweldig. Dat wilde ik je laten weten. Je zorgt ervoor dat ze zich openstellen, en dat heb ik nog nooit gezien.'

'Dat komt gewoon door de muziek,' mompel ik.

'Nee. Dat komt door jou.'

Die woorden doen me heel veel, vooral ook omdat ik merk dat hij ze echt meent. 'Ik kom volgende week weer naar St. Anne's,' zeg ik. 'Dat beloof ik. Ik had gewoon wat tijd nodig.'

'Ga eens bij Allie op bezoek. Ik denk dat dat voor jullie allebei goed is.'

'Dat zal ik doen,' zeg ik.

Ik laat hem uit en als ik de deur voor hem opendoe en me omdraai om afscheid van hem te nemen, staat hij op slechts een paar centimeter afstand. Het ogenblik is verstild en ik heb het gevoel dat hij op het punt staat me te kussen. Wat nog maffer is, is dat ik dat graag wil.

We kijken elkaar bewegingloos aan, het lijkt wel een minuut

lang, en dan knippert Andrew met zijn ogen, doet een stap achteruit en mompelt: 'Ik moet gaan. Zorg goed voor jezelf, Kate.'

'Ja,' zeg ik terwijl hij in de gang verdwijnt. 'Jij ook.'

En dan is hij weg. Ik kijk hem nog lange tijd na en vraag me af of ik me de spanning tussen ons heb verbeeld.

30

De volgende ochtend ga ik met de trein naar Glen Cove, naar Joan. De hele weg erheen denk ik aan Andrew. Hoe hij eruitzag in dat hemelsblauwe overhemd. Dat hij mijn gevoelens begreep en dat hij niet wegging alleen maar omdat ik mijn frustratie op hem botvierde. Hoe ik me voelde toen hij zo strak in mijn ogen keek bij de deur. Het gevoel van eenzaamheid dat naar binnen sloop toen hij weg was. Zelfs nu ik over Joans oprit loop, naar het huis toe waar ik met Patrick op bezoek kwam, is het Andrews gezicht dat ik in gedachten zie. Vreemd genoeg voel ik me er niet schuldig over.

Ik heb niet gebeld, dus Joan kijkt verbaasd om me te zien als ze de deur opendoet en me daar ziet staan. 'Kate!' roept ze. 'Wat doe jij hier?'

'Ik hoop dat je het niet erg vindt,' zeg ik. 'Ik bedacht alleen dat ik je al een poos niet had gezien. Ik wilde even bij je langs.'

Ze neemt me een tijdje aandachtig op. 'Nou, kom binnen, lieverd.'

Ze gaat me voor de woonkamer in en als we langs de keuken lopen zie ik dat er borden opgestapeld staan in de gootsteen en er een paar lappen op het aanrecht liggen. 'Gaat het wel goed?' vraag ik als we op de bank gaan zitten.

'Hoe wist je het?' vraagt ze gelijk.

'Hoe wist ik wat?'

'Van mijn borstkanker,' zegt ze zachtjes. 'Je zei tegen me dat ik naar de dokter moest gaan, dat je een voorgevoel had. En je had gelijk, Kate. Ze hebben twee dagen geleden gebeld. Ik heb stadium drie. Ik moet maandagochtend naar de oncoloog en de radioloog. Ze willen zo snel mogelijk de behandeling starten. Misschien moet ik ook geopereerd worden, als ze de tumor wat kunnen laten slinken.'

'O, Joan,' fluister ik. Ik word overvallen door een schuldgevoel – ik had beter voor haar moeten zorgen – maar dat duw ik snel weg. *De dromen zijn niet echt, Kate*, houd ik mezelf voor. *Dit is toeval.* Maar toch voel ik me nog steeds vreselijk dat ik er niet eerder bij Joan op heb aangedrongen om een mammogram te laten maken, dromen of geen dromen. Toen Patrick stierf, beloofde ik mezelf dat ik altijd voor zijn ouders zou blijven zorgen. Ik heb het gevoel dat ik heb gefaald.

Alsof Joan mijn gedachten leest, buigt ze voorover en zegt: 'Eerlijk hoor, Kate, ik zou echt geen mammogram hebben laten maken als je niet zo vasthoudend was geweest. Ik voelde me goed en je kent me: als het niet kapot is, zie ik geen reden om het te repareren.'

Ik knik. Joan is een stoïcijns type dat de deur niet platloopt bij de dokter. Ik had moeten vermoeden dat ze zich niet regelmatig liet controleren. 'Dan gaat het dus wel goedkomen? Als je behandeld wordt? De artsen zijn optimistisch?'

Joan kijkt even naar haar handen, waarna ze met een geforceerde glimlach haar ogen opslaat. 'Ze zeiden dat je bij stadium drie borstkanker ongeveer veertig procent overlevingskans hebt.

Maar andere risicofactoren, zoals mijn leeftijd, maken de prognose wat slechter.'

Ik voel dat de tranen me in de ogen springen. 'Het komt wel goed met je. Dat weet ik gewoon.'

'Misschien, liefje. Maar als het verkeerd afloopt, zie ik gewoon mijn man eerder terug. En Patrick.'

'Nee!' zeg ik onmiddellijk. Ik heb ook dagen dat ik wilde dat ik niet hier was, dat ik wilde dat ik al dood was zodat ik weer samen kon zijn met Patrick. Maar ik weet hoe waardevol het leven is. Ik zal niet toestaan dat Joan de handdoek in de ring gooit. 'Je moet ertegen vechten, Joan. Dat moet.'

'Dat zal ik doen, liefje. Natuurlijk ga ik dat doen. Maar ik ben anders dan jij. Ik heb niet zo veel meer om voor te leven.'

'Jawel, hoor,' zeg ik heftig. 'Je hebt mij.'

'Kate, je moet je eigen leven leiden. Je moet je geen zorgen maken over je voormalige schoonmoeder. Echt waar, misschien is dit wel het beste.'

'Je bent helemaal niet mijn voormalige wat dan ook.' Ik haal diep adem. 'Je bent familie van me en dat zal je altijd zijn. En ik vind dat je een tijdje bij mij moet komen wonen.'

Joan kijkt stomverbaasd. 'Wat zei je?'

Mijn gedachten schieten alle kanten op. De dromen, of wat het ook waren, hebben me hierheen geleid, hebben me ertoe aangezet er bij Joan op aan te dringen een mammogram te laten maken. Door de dromen heb ik ingezien dat het niet de bedoeling was dat Dan familie van me zou worden. Ze hebben me ertoe aangezet mijn logeerkamer op te ruimen in afwachting van Allie. Ik weet nu dat dat niet de bedoeling was, maar misschien is het dan hiervoor. Misschien is dit de familie waarvoor ik ruimte moest maken in mijn leven.

'Moet je horen,' zeg ik resoluut, 'ik heb ruimte zat. Het is er gewoon te groot voor mij in mijn eentje nu Dan weg is. En als je voor je chemo toch naar de stad moet, slaat het nergens op als je voortdurend heen en weer moet reizen. Dat zal je nekken. Blijf bij mij, in elk geval tot je klaar bent met je behandeling. Dan vechten we er samen tegen.'

'Kate, ik wil me echt niet opdringen.'

'Hoezo is het je opdringen als ik je uitnodig? Of liever gezegd, erop sta. Kom bij me logeren. Laat me je helpen.'

Joan aarzelt. 'Het zou maar voor een tijdje zijn.'

'Het zou voor zo lang zijn als je wilt,' zeg ik resoluut. Dit is immers wat Patrick zou hebben gewild. Het is wat ik wil.

Ik denk aan wat Andrew gisteravond zei over het maken van een keuze. Ik kan me niet elke keer als het leven moeilijk wordt terugtrekken in een wereld waar ik niet thuishoor, toch? En als er een keuze gemaakt kan worden, moet ik op de plek blijven waar ik Joan kan helpen, waar ik bevriend kan zijn met Allie, waar ik met Max, Leo en Riajah kan blijven werken, waar Andrew maatschappelijk werker is en waar ik mezelf ben.

Ik kies het hier en nu. Als ik Patrick niet meer in mijn leven kan hebben, moet ik een nieuw leven gaan opbouwen zonder hem. Een echt leven.

Misschien is dit hoe ik moet beginnen.

Dinsdag heeft Joan haar huis in Glen Cove afgesloten en is in mijn logeerkamer getrokken, met slechts vier koffers vol kleding, boeken en toiletspullen bij zich.

'Weet je zeker dat dit alles is?' vraag ik als ik haar die ochtend voor mijn werk help haar spullen op te bergen. 'We kunnen vrijdag na mijn werk nog een keer naar je huis gaan, als je wilt.'

'Kate, dit is meer dan genoeg. Ik heb zelfs een winterjas meegenomen voor het geval dat.'

Gisteren ben ik met haar mee geweest naar wat ze een 'strategiesessie' noemde met de oncoloog en radioloog, en daardoor heb ik al een fijner gevoel over alles. De radioloog, dr. Habab, is een vrouw van mijn leeftijd en de oncoloog, dr. Golden, is een man van in de vijftig met een glimlach die kraaienpootjes naast zijn ogen veroorzaakt. Zo te zien zijn ze allebei energiek en vast van plan Joan erdoorheen te helpen.

'Maakt u zich maar geen zorgen, mevrouw Waithman,' zei dr. Habab toen we weggingen, waarbij ze Joan een klopje op haar rug gaf. 'We gaan samenwerken om die kanker een poepie te laten ruiken.'

'O!' riep Joan verbaasd uit.

'Sorry voor mijn grove taal,' zei dr. Habab. 'Maar ik wil dat uw kanker weet dat we hem op de hielen zitten. En we geven het niet op.'

Joan gaf me een kneepje in mijn hand toen we uit de spreekkamer wegliepen en zei: 'Ik vind haar leuk.' Haar eerste chemobehandeling staat voor vrijdag op het programma, en ik heb een paar uur vrij genomen om met haar mee te gaan. Vandaag heb ik met Gina afgesproken om te gaan lunchen, zodat ik haar over alles kan inlichten. Terwijl ik naar ons favoriete Italiaanse restaurantje loop op de hoek van 2nd Avenue en 52nd Street, adem ik de herfstlucht in en ik voel dat mijn tred energieker is dan in tijden.

'Ik weet dat ik ze had weggewuifd, maar misschien probeerden die dromen je inderdaad iets te vertellen,' zegt Gina zodra we zijn gaan zitten. 'Je bent immers gelukkiger dan een paar maanden geleden, toch?'

'Dat klopt,' moet ik toegeven. 'Ik denk dat ik nooit lang genoeg naar mezelf keek om te beseffen dat ik maar een half leven leidde.'

'De dromen hebben je gewekt,' zegt Gina glimlachend.

'Inderdaad.' Op zijn allerminst hebben ze me ervan weerhouden mijn leven gewoon aan me voorbij te laten gaan. Ik weet dat ik me nu in een betere positie bevind, maar toch voel ik me heel alleen, vooral nu de dromen zijn opgehouden. 'Ik heb alleen het gevoel dat ik iets mis,' voeg ik eraan toe. 'Alsof ik mijn leven eindelijk op het juiste spoor heb gekregen, maar nog niet alle stukjes precies op de juiste plek zijn gevallen.'

'Misschien komt dat doordat je je hart nog steeds hebt afgesloten,' zegt ze onschuldig terwijl ze haar menukaart pakt, waardoor ik haar gezicht niet meer kan zien.

'Hoe bedoel je?' vraag ik. 'Gina?'

Als ze de menukaart laat zakken, kijkt ze geamuseerd. 'Die Andrew,' zegt ze eenvoudig.

'Wat is er met hem?'

'Je vindt hem leuk.'

'Wat?' vraag ik. 'Niet waar. Hij is gewoon een collega.'

Gina trekt haar wenkbrauw op, maar ze zegt niets. Ik heb het gevoel dat ze zit te wachten tot ik verderga, dus na een stilte zeg ik: 'Oké dan, hij is een heel aantrekkelijke collega. Die heel aardig is. En goed is met kinderen.'

'En?'

'Oké, ja, hij is best wel geweldig,' geef ik mompelend toe.

Gina kijkt me triomfantelijk aan. 'Waarom maak je dan geen werk van hem?'

'Volgens mij heeft hij al een relatie.'

'Weet je dat zeker?'

Ik aarzel. 'Nee.'

'Wat is dan het ergste wat kan gebeuren? Dat hij tegen je zegt dat hij al een vriendin heeft? Dan heb je het in elk geval geprobeerd.' Ze wacht niet op een antwoord. 'Je moet je leven niet langer aan je voorbij laten gaan, Kate, anders is het straks te laat.'

Haar woorden brengen me even tot zwijgen. 'Oké,' zeg ik uiteindelijk. Ik sla mijn ogen neer en kijk op mijn menukaart totdat ik Gina's hand op die van mij voel.

'Wat is er?' vraagt ze. 'Wat zit je nog meer dwars?'

En dus spreek ik eindelijk de gedachte hardop die al jaren op mijn schouders drukt. 'Ik vind het alleen zo oneerlijk als ik een heel leven zou leiden, een gelukkig leven, terwijl Patrick dat niet heeft kunnen doen. Dit is allemaal zo oneerlijk.'

Het schuldgevoel dat ik had weggedrukt komt naar de oppervlakte en loopt over. Er rolt een traan over mijn rechterwang en ik veeg hem beschaamd weg. Als ik eindelijk weer naar Gina kijk, zie ik dat haar ogen ook waterig zijn.

'Dat moet je loslaten.' Ze klinkt overtuigd. 'Dat was het moeilijkste voor mij, om ermee op te houden het gevoel te hebben dat ik Bill in de steek liet door mijn leven te leiden. Maar dit is wat Bill voor me gewild zou hebben. Dat weet ik gewoon. En Patrick zou dat ook voor jou hebben gewild.'

Ik denk aan de woorden die de droom-Patrick tegen me zei. *Ik zou willen dat jullie gelukkig waren, hoe dan ook.* Waarom had ik niet geluisterd? In plaats daarvan had ik zorgvuldig alleen die boodschappen uit de dromen uitgekozen die ik wilde horen.

Maar stel dat dat het belangrijkste van alles was?

'Maar ik ben helemaal in de war, Gina,' zeg ik. 'Stel dat ik dezelfde fouten maak die ik al eerder heb gemaakt?'

'Denk je dat ik geen fouten maak?' vraagt ze. 'Kate, ik heb talloze fouten gemaakt. Waarschijnlijk wel een miljoen. Net als alle andere mensen. Maar je kunt niets leren als je het niet probeert. Daar bestaat het leven uit. Misschien gingen de dromen daarover, waar ze ook vandaan kwamen. Misschien bracht Patrick je wel in herinnering dat je voluit moest blijven leven. Nu is het aan jou om de rest uit te voeren.'

'En als ik nou niet weet hoe?' vraag ik.

Ze glimlacht. 'Dan zou ik willen voorstellen dat je begint met Andrew en van daaruit je verdere stappen bepaalt.'

Die avond, na mijn laatste sessie van de dag, zit ik in mijn kantoor als een zenuwachtige puber naar de telefoon te staren. Ik heb de hoorn al wel tien keer opgepakt en weer neergelegd. Ik wil Andrew bellen, maar ik ben bang. Doodsbang, zelfs. Maar nu ik er door Gina's woorden toe ben aangezet, heb ik mezelf iets beloofd: ik mag pas naar huis als ik de moed heb gevat hem te bellen.

Ik kijk op mijn horloge. Het is bijna zeven uur, dus het kan zijn dat Andrew al op weg naar huis is. Ik besluit om de laffe uitweg te kiezen en een bericht voor hem achter te laten op zijn werktelefoon. Op die manier is hij weer aan zet. Als hij me terugbelt, zal ik de moed bijeenrapen om hem mee uit te vragen, of zoiets. Als hij het niet doet, weet ik dat ik zo dom was te denken dat ik ooit maar een kans heb gehad.

Voordat ik aan mezelf kan gaan twijfelen, pak ik de telefoon en bel hem, ervan overtuigd dat ik zijn voicemail zal krijgen. Ik ben er totaal niet op voorbereid dat hij opneemt, dus weet ik niet wat ik moet zeggen als hij na de eerste keer overgaan opneemt en hallo zegt.

'Eh...' is het enige wat ik kan uitbrengen.

'Hallo?' zegt Andrew nog een keer.

'Eh...' herhaal ik. Dan haal ik diep adem en flap eruit: 'Hoi, met Kate.' Maar ik zeg het zo snel dat de woorden in elkaar overvloeien tot één woord.

'Kate?' Hij klinkt verbaasd om iets van me te horen. 'Hé. Hoe gaat het?'

'O, goed hoor, ik zat gewoon een beetje te zitten in mijn kantoor, dus ik dacht: ik bel je even, en toen dacht ik dat je misschien al wel weg was, maar toen nam je toch op en nu zit ik met je te praten.' Oké. Ik ratel maar wat. Ik sla mezelf met de hoorn tegen mijn voorhoofd. Concentreer je even, Kate.

'Dank je wel voor je verslag,' zegt Andrew. Ik hoor de glimlach in zijn stem en daardoor ontspan ik me een beetje.

'Dus,' zeg ik.

'Dus,' herhaalt hij.

Ik sluit mijn ogen. 'Ik... eh... wilde je iets vragen.'

'Ik ben een en al oor.'

Ik zwijg even, omdat voor het eerst tot me doordringt hoeveel hij verschilt van Dan. Bij Dan heb ik nooit deze kriebels gevoeld. Nooit. Dat doet me eraan denken dat hier echt iets op het spel staat. En dat is beangstigend. Met Dan kabbelde ik gewoon verder op de automatische piloot terwijl ik mijn gevoel had uitgeschakeld, maar als ik mezelf nu kwetsbaar opstel en Andrew wijst me af, dan doet dat echt pijn.

Maar ja, is dat niet waar het leven om draait? Dat je jezelf openstelt voor de mogelijkheid om gekwetst of teleurgesteld te worden? Patrick zei een keer tegen me: 'Ik vind een leven waarin je je hart niet op het spel zet voor de dingen die ertoe doen niet een leven dat de moeite van het leven waard is.' Die woorden klinken nu in mijn hoofd, alsof Patrick zelf ze in mijn oor fluistert. Vreemd dat zijn stem me nu naar Andrew zou drijven. Maar ja, misschien had Gina wel gelijk. Misschien had hij dit voor mij gewild. Geluk. Een leven dat ten volle wordt geleefd.

'Kate?' vraagt Andrew aarzelend, waarmee hij mijn gedachten onderbreekt. 'Ben je er nog?'

'Wat ik me afvroeg,' begin ik onmiddellijk, 'of ik bedoel, ik denk dat ik je zou willen vragen of je als je geen vriendin hebt misschien een keer...'

'Kate?' onderbreekt Andrew me voordat ik mezelf nog belachelijker maak. 'Ik heb geen vriendin.'

‘O.’ Ik zwijg. ‘Nou, ik bedoel, ik nam aan dat de vrouw met wie ik je in de bar zag...’

‘Dat was geregeld door een vriend van ons. We zijn twee keer uit geweest, maar er sprong geen vonk over.’

Ik frons mijn voorhoofd. Hoe kan er nou geen vonk zijn overgesprongen met een meisje dat wel een topmodel leek? ‘Oké, en dat meisje dan dat ik die nacht op de achtergrond hoorde toen ik je belde over Allie?’

Andrew grinnikt. ‘Dat is een meisje met wie ik een knipperlichtrelatie heb, wat een heel slecht idee was, en dat ook altijd is geweest. Ik heb de volgende ochtend tegen haar gezegd dat we er voor eens en altijd een einde aan moesten maken.’

‘Echt waar?’

‘Ik ben namelijk dol op iemand anders,’ zegt hij tegen me. ‘Ik denk dat ik die nacht pas besefte hoezeer.’

‘O,’ zeg ik, even van mijn stuk. ‘Oké. Nou, dan, eh... als je ooit geïnteresseerd zou zijn, dan zouden we misschien, eh...’

‘O, ik ben zeker geïnteresseerd,’ onderbreekt hij me weer. Wederom hoor ik hem door de telefoon glimlachen.

‘O,’ herhaal ik. Ik haal diep adem, want ik weet dat ik mezelf met de volgende woorden in een nieuwe levensfase stort, waarin mijn beslissingen weer belangrijk zijn, waar mijn hart bij betrokken is, waarin ik voor het eerst in jaren leef. Echt leef. Of ik nou win of verlies, ik doe in elk geval weer mee. ‘Nou, dan wilde ik je dus vragen...’

Andrew houdt me tegen. ‘Kate?’ zegt hij. ‘Je bent hier echt bijzonder slecht in. Maar daar ben ik blij om, want ik wilde degene zijn die jou vroeg. Ik wist alleen niet zeker of je er al aan toe was. Dus... als je eraan toe bent...’

Nu is hij degene die zenuwachtig klinkt, en de trilling in zijn stem doet me glimlachen als hij verdergaat.

‘Zullen we uit eten gaan?’ vraagt hij. ‘Een afspraakje. Een echt afspraakje. Jij en ik. Ik... ik vind je leuk, Kate. En ik zou willen zien wat er tussen ons zou gebeuren, als we het een kans gaven.’ Hij zwijgt en voegt eraan toe: ‘Als je wilt.’

‘Dat wil ik,’ zeg ik zachtjes. Ik sluit mijn ogen en glimlach. Het is een begin. Ik weet niet wat er zal gebeuren met Andrew, maar ik weet wel dat ik er klaar voor ben erachter te komen, van Patrick een prachtig deel van mijn verleden te maken en ervoor te kiezen in het nu te leven en aan de toekomst te bouwen. ‘Wat dacht je van morgenavond?’

‘Ik neem aan dat je bedoelt na de les met je buitensporig charmante en knappe leraar gebarentaal,’ zegt hij heel serieus, ‘van wie je het hele uur voor het afspraakje ongetwijfeld je ogen niet af kunt houden.’

Ik lach. ‘Dat lijkt me wel duidelijk.’

‘Dan is het antwoord ja. Graag, morgenavond. Maar denk maar niet dat je wegkomt met iets informeels omdat het na de les is. Ik ga ergens reserveren en jij krijgt een echt chic eerste afspraakje, jongedame, of je het nou leuk vindt of niet. Ook al gaat Amy dan de rest van de cursus allerlei manieren zitten te bedenken om je om zeep te helpen.’

‘Afgesproken.’ Ik blijf maar glimlachen.

‘Tot morgen dan, Kate. Ik ben heel blij dat je hebt gebeld.’

‘Ik ook.’ Ik hang op en in mijn maag voel ik de fladderende vleugels van honderd vlinders, waarvan ik niet wist dat ze er nog waren. Ik sluit mijn ogen en leun achterover. Ik ben er klaar voor. Dat weet ik nu. ‘Dank je wel, Patrick,’ zeg ik hardop.

En dan wordt de stilte verbroken door een stem bij de deuropening. ‘Wat is er met jou aan de hand?’ Mijn ogen vliegen open en ik zie Allie staan, ze ziet er verwaaid en bezorgd uit.

Ik sta onhandig op. ‘Niets, niets. Wat doe jij hier? Is alles wel goed? Waar is je moeder? Hoe wist je waar mijn kantoor is?'

Ze trekt een gezicht en stapt binnen. 'Ik kan prima overweg met Google, weet je. Je staat gewoon vermeld. Kate Waithman, muziektherapeute. Met adres en al. Daar hoef je geen genie voor te zijn.'

'Oké. Maar waarom heb je me opgezocht? Is er iets gebeurd?' Ik neem Allie snel op. Lichamelijk lijkt er niets aan de hand.

'Ik heb je hulp nodig.'

Mijn hart slaat een slag over. 'Heeft je moeder iets gedaan?' Zodra de woorden uit mijn mond zijn, besef ik dat ik eigenlijk hoop van niet, wat betekent dat ik een belangrijke stap heb gemaakt.

'Nee, dat is het niet. Het gaat heel goed met mijn moeder. Het gaat om mijn beste vriendin.'

'Bella?' vraag ik stomverbaasd.

'Ja. Je weet dat ze ook in de pleegzorg is beland, net als ik, hè?'

'Ja.'

'Haar oma had het gezag, maar die is ongeveer vier maanden geleden gestorven, en toen kon Bella nergens naartoe, dus kwam ze bij jeugdzorg terecht. Ze zijn nog steeds een thuis voor haar aan het zoeken.'

'Wat verdrietig,' mompel ik. 'Maar wat is er dan aan de hand? Gaat het wel goed met Bella?'

Allie schopt met haar sneaker tegen de vloer. 'Technisch gezien wel, ja. Lichamelijk, bedoel ik. Maar ze is op weg om haar moeder te confronteren. Haar biologische moeder. Ze wilde niet naar me luisteren toen ik haar probeerde tegen te houden. Ze heeft al die jaren gedacht dat haar moeder dood was, maar toen zag ze haar een paar maanden geleden achterin zitten bij haar oma's begrafenis. Sinds die tijd is Bella heel, heel kwaad. Haar moeder had geen woord met haar gewisseld!'

'Wat afschuwelijk,' mompel ik.

'Ik weet het, erg hè? Dus wil ze haar gaan vragen waarom ze haar weggedaan heeft toen ze een baby was. Ze wil tegen haar schreeuwen of zo. Ze heeft haar gisteravond eindelijk gevonden op Facebook of Twitter, ik weet niet, en is erachter gekomen waar ze werkt, en ze gaat haar ermee confronteren.'

'O, nee.'

Allie knikt. 'Ik maak me gewoon zorgen om haar. Ik ben bang dat ze gekwetst wordt.'

'En jij wilt haar tegenhouden?'

Allie knikt. 'Wil je me helpen? Ik weet dat het niet jouw taak is of zo, maar ik weet niet wat ik tegen haar moet zeggen, en jij bent er heel goed in om mensen een fijn gevoel te geven. Ik dacht dat jij misschien, nou ja, kon bedenken wat je het beste kon zeggen of zo.'

'O, Allie,' zeg ik. Ze is hierheen gekomen, uit eigen beweging, om te voorkomen dat een vriendin gekwetst zou raken. Ik ben zo trots dat mijn hart er pijn van doet. Ik sta op en pak mijn jack. 'Natuurlijk zal ik je helpen. Kom, we gaan.'

31

Onderweg brengt Allie me op de hoogte. Bella's biologische moeder werkt blijkbaar in een bar aan 1st Avenue, maar vier straten van mijn kantoor vandaan, en ze begint om half acht, dat is over een half uur. Allie hoopt dat we er op tijd kunnen zijn om Bella te onderscheppen en te kalmeren.

'Misschien is het wel goed voor haar om haar moeder ermee te confronteren,' opper ik als de advocaat van de duivel terwijl we over straat rennen. 'Waarom weet je zo zeker dat dit verkeerd gaat uitpakken?'

Allie schudt haar hoofd. 'Uh-huh. Absoluut niet. Haar moeder heeft haar in de steek gelaten toen ze veertien maanden oud was omdat ze doof is. Ze is geen aardige vrouw. Ze heeft haar gewoon weggedaan omdat ze niet perfect was.'

Ik blijf staan en wacht tot Allie ook stopt.

'Wat?' vraagt ze met trillende stem. 'We moeten erheen.'

'Allie,' zeg ik langzaam, 'je weet toch dat je in mijn ogen perfect bent?'

Ze snuft en kijkt weg. 'Nou, dat is stom.'

'Nee, dat is het niet,' zeg ik resoluut. 'Je woont nu bij je moeder, en dat is geweldig. Ik ben blij voor je. Maar ik wil dat je weet dat je bij mij had mogen wonen. Ik had je zonder aarzelen opgenomen. Ik had alles gedaan om te zorgen dat je mijn pleegdochter werd.'

Allie knippert met haar ogen. 'Maar... Ik was in het begin niet eens aardig tegen je.'

'Ik kon door al die stoere lagen heen kijken, meid. Je bent een goed mens en ik hoop dat je dat altijd zult onthouden, wat er ook gebeurt.'

'Ja, nou ja, jij bent ook een goed mens,' zegt ze, en dan verbaast ze me door me een stevige knuffel te geven. 'Kom op. We moeten Bella zoeken.'

Ik knik en we joggen verder. Ik wou dat ik hier betere schoenen voor droeg. Ik heb kleine punthakjes aan en de ballen van mijn voeten beginnen pijn te doen. Allie is zich op haar Conversegympen niet bewust van mijn pijn en is erop gericht haar vriendin te vinden, dus ik doe mijn uiterste best om bij te blijven.

Eindelijk slaan we de hoek om en komen aan op First Avenue. Allie wijst. 'Daar is het. De bar waar Bella's biologische moeder werkt.'

Ik kijk op terwijl ik op adem probeer te komen. Een bord met NICKEL NELLIE's in afbladderende verf hangt boven de deuropening van een bar die me een beetje doet denken aan het sjofele restaurant in Queens waar Allie in juli naartoe gevlucht was. Iets aan deze bar komt me bekend voor, iets wat aan de uithoeken van mijn geheugen trekt, maar ik weet zeker dat ik er nog nooit ben geweest. 'Heb je me ooit over deze bar verteld?' vraag ik Allie. 'Ik heb het gevoel dat ik hem al ken.'

Allie schudt haar hoofd. 'Ik had er tot vandaag nog nooit van gehoord. Bella ook niet.'

'Vreemd,' mompel ik.

'Blijven we gewoon hier op straat wachten om te zien of Bella eraan komt?' vraagt Allie. 'Of zullen we naar binnen gaan? Wat vind jij?'

Ik open mijn mond om antwoord te geven, maar de woorden blijven in mijn keel steken als een vrouw die ik ergens van ken de hoek van 1st Avenue met 57th Street omslaat en naar ons en de ingang van Nickel Nellie's loopt. Ze heeft haar handen in de zakken van haar jack, ze kijkt naar de grond en haar vlassige haar hangt om haar gezicht. Het duurt even voordat ik haar kan plaatsen, vooral omdat ze veel sneller oud is geworden dan ik had verwacht. Maar als ik besef wie het is, blijft mijn hart bijna stilstaan. Ik hap naar adem op het moment dat de vrouw de deur van de bar bereikt, opkijkt en me ziet. Een blik van herkenning flitst over haar gezicht, al snel gevolgd door eentje vol walging.

'Kate,' zegt ze vlak, terwijl ze abrupt blijft staan.

Ik knik, verbluft. Mijn gedachten gaan bijna dertien jaar terug, naar de laatste keer dat ik haar heb gezien.

'Candice?' kan ik uiteindelijk uitbrengen. 'Candice Belazar?' Het is Patricks ex-vriendin, met wie hij vlak voordat hij me ontmoette iets had, de vrouw over wie we ruzie hadden op de avond voor zijn dood. In bepaald opzicht, ook al hadden Patrick en ik het bijgelegd, heb ik het haar nooit vergeven dat ze pijn of geruzie tussen ons had veroorzaakt op onze allerlaatste avond samen.

'Ik vroeg me al af wanneer je zou komen opdagen,' zegt ze, terwijl ze me van top tot teen opneemt met een vreemd gebrek aan verbazing, alsof ze me al verwachtte. 'Het heeft maar twaalf jaar geduurd,' vervolgt ze. 'Maar ja, je had het zeker druk.' Het sarcasme druipt van haar woorden.

'Ben je nog steeds boos op me?' vraag ik. Patrick had het twee maanden voordat hij mij ontmoette uitgemaakt met Candice, maar toch deed ze altijd alsof ik hem van haar had afgepakt.

Ze negeert mijn vraag. 'Is dat jouw kind?' vraagt ze, terwijl ze een hoofdgebaar naar Allie maakt, die ons gesprek met wijd open ogen volgt. 'Dat zal ook niet.'

Ik schud mijn hoofd, totaal overvallen door haar woede, die volslagen misplaatst lijkt.

Allie is nu aan mijn arm aan het trekken, omdat ze me iets wil vertellen, maar ik merk het bijna niet, ik staar alleen maar naar Candice, in een poging uit te vogelen wat hier aan de hand is. 'Candice, ik heb echt geen idee waar je het over hebt,' zeg ik.

Ze slaat haar ogen dramatisch ten hemel. 'Ja ja, alsof je geen idee had dat wat Patrick en ik hadden meer was dan gewoon een scharrel. Niet dat je dat ook maar een bal uitmaakte.'

Ik ben ziedend van woede, en voel me ook bezitterig. 'Sorry dat je gekwetst werd. Maar de relatie tussen Patrick en jou was al voorbij voordat ik hem ontmoette. Jullie zijn helemaal niet zo lang bij elkaar geweest, Candice. Je moet het loslaten.'

Ze lacht. 'O, echt? Dank je wel voor je goede raad.' Ze schudt haar hoofd en een fractie van een seconde zie ik verdriet op haar gezicht, voordat er een zelfgenoegzaam glimlachje voor in de plaats komt. 'Maar goed, het is te laat. Ik heb geen idee waar ze is.'

Ik snap er echt helemaal niets meer van. 'Je hebt geen idee waar wie is?' Ze slaat haar ogen nogmaals dramatisch ten hemel en Allie trekt intussen zo hard aan mijn arm dat ik wel naar haar moet kijken. *Ze is Bella's moeder*, gebaart ze snel. *Waar ken jij haar van?*

Ik staar Allie aan, helemaal perplex. *Bella's moeder?* gebaar ik terug. Ik weet van Allie dat Bella dertien is, wat betekent dat ze een heel jaar voor Patricks dood is geboren. Ik weet absoluut zeker dat als Candice een kind had gekregen, Patrick dat aan me verteld zou hebben. We hielden niets voor elkaar verborgen en hij wist ongetwijfeld dat ik lichtelijk geamuseerd zou zijn als zijn ex zwanger was geworden zo snel nadat ze uit elkaar waren gegaan.

Het is zo, gebaart Allie terug. *Ik heb haar foto op Facebook gezien. Ze is het.*

Candice onderbreekt ons met een minachtend gesnuif. 'Meen je dat nou?' vraagt ze. 'Je hebt gebarentaal geleerd omdat je met een doof kind bent opgezadeld, maar toen mijn kind je nodig had, kon het je allemaal niet schelen?'

Ik negeer haar belediging, omdat ik zo in de war ben door haar woorden. 'Heb je een kind?'

'Dus nu ga je doen alsof je van niets weet? Na al die tijd?'

'Hoe vaak moet ik je nog vertellen dat ik geen flauw idee heb waar je het over hebt?' snauw ik. Maar terwijl ik naar haar kijk, voel ik de knoop in mijn maag ontstaan. Ik weet niet waar ze heen wil, maar wat het ook is, ik heb het gevoel dat het alles zal veranderen. 'Volgens Allie ben je Bella's moeder?'

'Bella?' vraagt Candice. 'Ik heb geen idee wie dat is.'

Allie en ik kijken elkaar verbaasd aan.

'Over wie heb jij het dan?' vraag ik.

'Over Hannah natuurlijk,' zegt Candice, en heel even kan ik geen adem krijgen.

'Hannah?' fluister ik.

'Meen je dat nou?' zegt Candice, die haar handen opheft. 'Waarom doe je alsof dit nieuws voor je is?'

'Hannah?' herhaal ik. 'Vertel je me nou dat Hannah echt bestaat?'

'Wat, dacht je dat ik haar had verzonnen? Nou ja, zeg. Ik ben misschien geen heilige geweest als je ziet hoe ik de zaken heb afgehandeld, maar ik heb Patrick verteld dat ze zijn dochter was, goed? Je kunt me er niet van beschuldigen dat ik het geheim gehouden heb.'

‘Wacht even, wat zei je?’ fluister ik terwijl ik helemaal gevoelloos word. Allie trekt aan mijn hand, maar dat voel ik nauwelijks. Ik kan alleen maar aan Hannah denken. Hannah. Hannah. De naam weerkaatst steeds maar weer in mijn hoofd. Dit is echt. Candice Belazar staat hier voor me en vertelt me dat Patrick een dochter had, die Hannah heet. Ik kan er nog steeds met mijn pet niet bij.

‘Kate!’ snauwt Allie uiteindelijk tegen me, terwijl ze zo hard aan mijn arm rukt dat hij bijna uit de kom schiet. Ik kijk naar beneden en ze gebaart snel tegen me: *Ze heeft het over mijn BFF. Hannah Belazar. Ze noemt zich Bella vanwege haar achternaam.*

Mijn mond valt open terwijl ik naar Allie staar. Langzaam richt ik mijn aandacht weer op Candice. ‘Vertel je me nou dat Patrick een dochter had die Hannah heet?’ vraag ik. ‘Hij had echt een dochter?’

Voor de eerste keer kijkt Candice onzeker. ‘Wacht eens even, dat heeft hij je toch verteld, of niet soms? Hij zei dat hij het jou zou vertellen.’

Mijn hart gaat tekeer en heel even voel ik de scherpe steek van verraad. Als Patrick echt een kind had, hoe kan het dan dat hij het me niet heeft verteld? Dat kan toch niet? We vertelden elkaar alles. De mogelijkheid dat Hannah echt is en dat Patrick haar geheim heeft gehouden gaat mijn verstand te boven. ‘Ze is toch dertien?’ zeg ik uiteindelijk. Net zoals de Hannah in mijn dromen.

Candice kijkt even naar Allie en haalt haar schouders op. ‘Ja. Nou en?’

‘En Patrick heeft vanaf het begin van haar geweten?’ De woorden doen echt pijn als ik ze hardop zeg.

Het duurt even voordat Candice me weer aankijkt, en als ze dat uiteindelijk doet, zie ik schaamte op haar gezicht geschreven staan. ‘Niet echt.’

'Niet echt?'

Ze haalt haar schouders op. 'Ik heb het hem verteld toen ze veertien maanden was, oké? Ik kon het gewoon niet meer. Niet toen ik erachter kwam dat ze doof was.'

Allie verstijft en kijkt haar kwaad aan. Ik ben zo geschokt dat ik niet eens woorden kan vinden om haar te verdedigen.

'Wanneer?' vraag ik uiteindelijk. 'Wanneer heb je het Patrick verteld?'

Candice trekt een grimas en slaat haar ogen neer. 'De dag ervoor. De dag voordat hij overleed. Ik... ik heb hem gevraagd of hij haar in huis wilde nemen.'

En plotseling begrijp ik het. De ruzie die ik die laatste avond had met Patrick. Het feit dat hij te diep verwikkeld was in het gesprek met Candice om te bellen. De manier waarop hij me aankeek toen hij zei dat hij me iets belangrijks te vertellen had.

Hij heeft nooit de kans gehad om me over Hannah te vertellen. Maar hij was het wel van plan.

'Ik vroeg of hij haar wilde hebben,' vervolgt Candice, zich duidelijk niet bewust van de lichamelijke reactie die ik heb op haar nieuws. 'Hij was natuurlijk verbaasd, maar hij zei dat hij haar heel graag wilde hebben als jij het goed vond. Hij zei dat hij met je zou praten.'

'Dat heeft hij ook geprobeerd,' mompelde ik.

Ze negeert me. 'Hij was heel gelukkig, weet je. Heel blij dat hij een kind had, ook al was hij boos dat ik het hem niet had verteld.'

Ik voel me verdoofd. Als Patrick was blijven leven, had hij me die avond gevraagd of Hannah bij ons kon komen wonen. Ik had ja gezegd. Ik zou Hannahs moeder zijn geworden, net als in de dromen. 'Waarom heb je zo lang gewacht?' vraag ik. 'Waarom heb je het hem niet verteld toen je erachter kwam dat je zwanger was?'

Ineens ben ik razend op haar. Misschien was Patricks dood onvermijdelijk. Maar de beslissing van Candice om zijn kind bij hem weg te houden niet. Het zou alles natuurlijk lastiger voor mij hebben gemaakt als Candice in beeld was geweest, maar dan had Patrick de laatste veertien maanden van zijn leven zijn dochter kunnen leren kennen. Dat heeft Candice hem, ons, afgenomen.

Ze haalt haar schouders op en kijkt weg. 'Patrick had me al gedumpt toen ik het te weten kwam, oké? Ik wilde nog enige trots overhouden, snap je? En mijn nieuwe vriendje, Carl, zei dat hij haar als zijn eigen dochter wilde opvoeden, zolang Patrick niets van haar wist. Carl was bezorgd dat Patrick alles voor ons zou verpesten en dat ik dan naar hem terug zou willen of zoiets.'

'Wat was er dan veranderd?'

Ze kijkt me aan alsof ik gek ben. 'Ik heb geen ziektekostenverzekering. En Carl zei dat hij geen geld zou besteden aan een kind dat niet van hem was. Dus had ik niet echt een keus, of wel soms? Ik wilde gewoon doen wat goed voor haar was.'

'Ja, je bent echt een heilige,' mompel ik.

Ze knijpt haar ogen tot spleetjes. 'Jij hebt het recht niet om mij te veroordelen.'

Daar heb ik niet eens een antwoord op. Ik schud vol ongeloof mijn hoofd. 'Wat is er met haar gebeurd? Met Hannah?'

'Weet ik veel. Ik heb haar aan mijn moeder gegeven. En toen ik Tammy en Sandy kreeg, praatte mijn moeder niet meer tegen me. Ze zei dat ik voor hen ook een slechte moeder zou zijn en dat ze geen ruimte had voor drie kinderen. Ik zei dat ze kon opsodemieteren en dat was dat.'

'Tammy en Sandy?'

'Ja. Mijn tweeling. Die normaal is. Niet persoonlijk bedoeld.' Ze kijkt even naar Allie, net als ik. Allie ziet eruit alsof ze Candice in haar gezicht wil stompen. Ik weet niet zeker of ik haar dat kwalijk zou nemen. Misschien zou ik haar zelfs helpen. 'Maar goed,' vervolgt Candice, 'mijn moeder was kwaad dat ik hen hield terwijl ik haar met Hannah opzadelde. Maar ze waren gewoon makkelijker, snap je? Toen ging mijn moeder dood en ik weet niet wat er daarna met Hannah is gebeurd.'

'Je hebt haar dus gewoon het jeugdzorgsysteem in laten gaan?' wil ik weten. 'Je hebt niet eens een poging gedaan haar te vinden?'

'Waag het niet om me zo uit de hoogte te behandelen, Kate. Jij wilde haar ook niet.'

'Dat is niet waar!' zeg ik, terwijl ik mijn vuisten bal. 'Ik wist helemaal niet dat ze bestond! Patrick heeft de kans niet gehad om het me te vertellen. Ik zou haar onmiddellijk hebben opgenomen. Hoe kun je dat nou niet weten?'

Candice ziet er oprecht stomverbaasd uit. 'Ik dacht gewoon...'

Ik open mijn mond om antwoord te geven, maar we worden onderbroken door Allie, die pontificaal tussen ons in gaat staan en zegt: 'Ophouden. Nu meteen. Ze is er. Bella is er.'

Ik draai me om en het ogenblik ontvouwt zich alsof het in slow motion gebeurt. Ik zie Hannah, mijn Hannah, precies zoals ze er in mijn dromen uitzag, vanuit de hoek naar ons toe lopen, met een kaart in haar handen geklemd. Ik kijk ademloos toe als ze opkijkt van de kaart en eerst Candice ziet. Haar lippen trillen een beetje, en ik zie dat ze haar biologische moeder herkent, de vrouw die ze met zichzelf wil confronteren. Ik zie de pijn op haar gezicht.

Maar dan gaat haar blik naar Allie, en ik zie de verwarring over haar perfecte gelaatstrekken gaan. Uiteindelijk kijkt ze naar mij, en op dat moment blijft ze staan.

Een verstijfd ogenblik lang staren Hannah en ik elkaar alleen maar aan. Ik kan me niet bewegen en ik kan geen woorden vinden, maar er gaan duizend gedachten door mijn hoofd. Ik kan niet geloven dat ze echt is. Ze is altijd echt geweest. Kent ze mij ook?

Ik wil het goed zeggen, iets zeggen, om Hannah te vertellen dat ik weet wie ze is zonder haar weg te jagen. Maar niets heeft me hierop kunnen voorbereiden, dus ik sta gewoon te staren. De wereld om me heen voelt wazig aan; ik zie alleen Hannah.

Ze begint weer langzaam naar ons toe te lopen, maar nu ziet ze er verbluft uit. Ze kijkt weer naar Candice, dan naar mij en uiteindelijk naar Allie. *Wat is er aan de hand?* gebaart ze naar haar vriendin.

Allie haalt haar schouders op en kijkt me aan. *Ik weet het niet*, gebaart ze terug naar Hannah. *Volgens mij kent je biologische moeder mijn vriendin.*

Hannahs blik gaat weer even naar mijn gezicht en ze kijkt me achterdochtig aan. Ik zie iets flakkeren in haar o zo bekende ogen. Patricks ogen. Het is wantrouwen, verwarring. Maar er is ook iets anders, een vonk van verre, wazige herkenning. Of misschien beeld ik me dingen in, omdat ik zo graag wil geloven dat Hannah mij ook eerder heeft gezien.

Ken je me? gebaar ik naar haar. Ik moet me tot het uiterste concentreren om te voorkomen dat mijn handen trillen.

'Nee,' zegt Hannah hardop, en haar stem klinkt precies zoals ik wist dat hij zou klinken. 'Wie ben jij? Ben je bevriend met haar?' Ze kijkt Candice vuil aan.

Candice bemoeit zich ermee. 'Wacht eens even, ben je normaal? Kun je praten?'

Ik vind uiteindelijk mijn stem terug en wend me tot Candice. 'Weet je, Candice?' zeg ik. 'Je bent echt een ongelooflijke ezel. Hannah is een normaal kind. Net als Allie. Ze zijn niet abnormaal alleen maar omdat ze hardhorend zijn. Wat een ongelooflijk dom iets om te zeggen. Maar ja, je bent altijd al vrij dom geweest, hè?'

Ik wend me weer tot Hannah, die me met grote en verontruste ogen aankijkt. 'Sorry,' zeg ik, hoewel ik niet eens goed weet waarvoor ik me precies verontschuldig. Ik heb alleen het gevoel dat het universum deze twee meisjes een excuus verschuldigd is en Candice is zeker niet degene die dat gaat aanbieden. 'Hannah, ik hoop dat je weet dat je beter af bent zonder iemand zoals zij in je leven. Ze heeft je een plezier gedaan toen ze niet meer voor je wilde zorgen.'

'Wie ben jij?' vraagt Hannah, die me aanstaart.

Ik schraap mijn keel terwijl de tranen in mijn ogen prikken. Ik weet niet wat ik moet zeggen. Ik betwijfel of Hannah de dromen ook heeft gehad, want als dat zo zou zijn, zou haar reactie denk ik anders zijn geweest. Maar er is wel een vonk van iets in haar ogen, hoewel het niet de onmiddellijke herkenning is waarop ik had gehoopt.

Ik bedenk of ik zal zeggen dat ik gewoon een vriendin van Allie ben, een vriendin die het iets kan schelen wat er met haar gebeurt, maar dat zou niet de hele waarheid zijn. Ik overweeg om haar te zeggen dat ik de vrouw ben die voorbestemd was haar moeder te worden, maar dat zou haar alleen maar afschrikken. Dus in plaats daarvan probeer ik op de best mogelijke manier te vertellen wat ik in mijn hart voel.

'Ik wist al voordat ik je ontmoette...' mompel ik. Ik weet dat ik Hannah in mijn eigen taal, een taal die ze niet zal begrijpen, vertel dat ik van haar houd, dat ik altijd van haar heb gehouden, ook al voordat ik wist dat ze bestond.

Hannah kijkt me alleen maar even aan en ik weet zeker dat ze denkt dat ik gek ben. Misschien denkt ze zelfs dat ik op de een of andere manier samenspan met Candice, dat ik hier ook ben om haar te kwetsen. Maar dan verandert haar gezichtsuitdrukking van tartend naar verward, en ze antwoordt aarzelend: '... dat het voorbestemd was dat ik de jouwe zou worden.' Ze kijkt Allie aan, en dan mij weer.

Mijn hart voelt aan alsof het in duizenden kleuren uiteen zal spatten. 'Hoe wist je dat je dat moest zeggen?' fluister ik.

Hannah schudt langzaam haar hoofd. 'Ik heb geen idee.' Ze bekijkt mijn gezicht aandachtig, alsof ze probeert iets te ontdekken. 'Je kende mijn vader, hè?' vraagt ze uiteindelijk.

'Hoe wist je dat?'

'Geen idee.' Nu ziet ze er een beetje bang uit, en ik weet dat ik mijn hand niet kan uitsteken om haar te troosten, ook al wil ik dat wel. Dat gaat te snel. 'Mijn oma vertelde me dat hij een aardige man was,' gaat ze verder. 'Ze zei dat hij van me had gehouden als hij ooit de kans had gekregen me te leren kennen. Maar toen ging hij dood.'

'Ja,' zeg ik, met een brok in mijn keel. 'Toen ging hij dood. Maar, Hannah, hij zou met heel zijn hart van je hebben gehouden. Dat kan ik je beloven.'

'Kende je hem echt?'

'Ik was zijn vrouw.' Ik vind het afschuwelijk dat die woorden altijd in de verleden tijd zullen staan. Maar dat moet wel. Dat weet ik nu.

'Dus het was de bedoeling dat jij mijn moeder zou worden of zo?'

'Ja. Dat klopt. Ik... Ik denk dat dat misschien nog steeds zo is.'

'Goh, nou...' Hannah werpt een blik op Candice en kijkt dan weg, met een vastberaden uitdrukking op haar gezicht. 'Ik heb nu niemand meer.'

Ik weet dat wat ze vandaag ook tegen Candice wilde zeggen al gezegd is. Er zijn zo veel talen zonder geluid en ik weet zeker dat

Hannah zojuist het boek heeft gesloten over de vrouw die haar ter wereld heeft gebracht.

'Jawel, hoor,' zeg ik tegen haar. 'Je hebt mij. En je hebt een oma die Joan heet, die je heel graag zal willen leren kennen. En een tante Susan en een neefje en nichtje, en ook nog een oma in Florida.'

'Bedoel je nou dat ik familie heb?' Haar onderlip trilt.

'Die heb je altijd gehad.' Ik kijk in de ogen van het meisje dat me zo veel aan Patrick doet denken en aan het leven dat we samen hadden moeten hebben. Ik zie niets van Candice in haar, en daar ben ik blij om. In plaats daarvan zie ik alles wat ik ben verloren en alles wat ik heb gevonden. Dit is het leven dat ik de hele tijd had moeten leiden. Het duurde alleen even voordat ik mijn weg hierheen had gevonden.

EPILOOG

Acht weken later

'Heb je het fijn gehad, liefje?' vraagt Joan als ik op een kille novemberavond stilletjes het appartement binnenkom en probeer geen geluid te maken. Mijn lippen tintelen nog van de kus met Andrew, in de gang.

'Het was best wel perfect,' zeg ik tegen haar.

Joan heeft het opklapbed in de woonkamer al opgemaakt en ze glimlacht naar me terwijl ze een ezelsoor maakt in het boek dat ze aan het lezen was. Ze heeft geen haar meer vanwege de chemokuur, net zoals in de dromen die ik had, maar ze vecht tegen de kanker. Ze heeft een nieuwe reden om te blijven leven.

Hannah.

Hannah, die diep slaapt in de kamer die mijn logeerkamer was, maar die nu van haar is. Hannah, wier bloedonderzoek heeft aangetoond dat ze Patricks kind is, Joans kleinkind. Hannah, voor wie Andrew allerlei gunsten heeft ingeroepen om het adoptieproces te versnellen. Hannah, die ergens in de komende maanden mijn geadopteerde dochter zal worden.

Joan gaapt. 'Weet je, ik vind hem aardig. Andrew is een goed mens. En hij is zo goed met Hannah.'

'Inderdaad,' stem ik met haar in. Ik voel mijn wangen een beetje warm worden als ik eraan toevoeg: 'Ik vind hem ook aardig. Heel erg.'

In Joans glimlach zie ik acceptatie en geluk, en daar ben ik blij om. Ze heeft hem met open armen in ons leven verwelkomd. Volgens mij is ze blij om te zien dat ik eindelijk mijn leven weer oppak; niet zoals met Dan, maar zoals ik het nu doe, met een open hart. Nu ik eindelijk besef dat ik me niet schuldig hoef te voelen omdat ik gelukkig ben en Patrick dat niet zou willen.

Ik weet nu hoeveel geluk ik heb dat ik iemand heb gevonden die alles begrijpt. Andrew behandelt Joan alsof ze een oude vriendin is op wie hij dol is, en daar ben ik heel erg dankbaar voor. Joan hoort immers bij mij. Een minder grootmoedige man zou niet hebben begrepen waarom de moeder van mijn overleden echtgenoot bij mij moet wonen. Maar Andrew heeft geen spoor van onzekerheid vertoond. 'Hoe ze ook in je leven zijn gekomen, familie is familie,' zei hij tegen me op de avond dat ik de situatie aarzelend voor het eerst uitlegde. 'En familie is het allerbelangrijkste, hoe dan ook.' Dat was dat geweest. En hij staat volledig achter mijn beslissing om Hannah te adopteren.

'Hoe laat komt Allie morgenochtend?' vraagt Joan.

'Haar moeder brengt haar om tien uur.' We hebben besloten Thanksgiving dit jaar een dag eerder te vieren zodat Allie het met ons mee kan vieren. Donderdag is ze bij haar moeder, die inderdaad nuchter en clean is gebleven sinds ze het ouderlijk gezag heeft teruggekregen. Hoewel Allie haar nog niet helemaal vertrouwt, gaat het steeds beter. Ze heeft één keer per week een sessie bij mij op kantoor, en ze komt heel vaak naar ons appartement om met Hannah over jongens te praten.

De paarsharige Jay Cash heeft haar blijkbaar eindelijk gekust. 'Ik verheug me er nu al op om te zien hoe de meisjes uitvogelen hoe ze de kalkoen in de oven moeten krijgen,' zegt Joan grinnikend. Allie en Hannah hebben aangeboden voor ons te koken, hoewel het voor het eerst is dat ze dat doen. *Zo heb je alle tijd om met Andrew te flirten*, had Allie vorige week ondeugend naar me gebaard, waardoor mijn wangen natuurlijk rood werden.

'Ongelooflijk, hè, over een maand is het alweer kerst,' voegt Joan eraan toe als ik mijn jack uittrek en de sjaal van mijn nek wikkel. 'Onze eerste Kerstmis samen met Hannah. Wie had gedacht dat dit allemaal mogelijk was?' Ze kijkt even in de verte en voegt er dan aan toe: 'Ik wilde dat Patrick hier kon zijn om dit allemaal te zien.'

'Ik denk dat hij er op een bepaalde manier ook is,' zeg ik tegen haar.

'Ik ook.' Ze gaapt. 'Nou, ik moet gaan slapen, anders heb ik morgen helemaal geen puf meer. Stomme kanker.'

'Stomme kanker,' stem ik met haar in. Ik geef haar een knuffel om haar goedenacht te wensen en nadat ik haar een glas water heb gebracht, geef ik haar een kus op haar wang en doe het licht uit. Ik loop door de gang en doe Hannahs kamerdeur op een kiertje open om te kijken of ze slaapt.

Haar borst rijst en daalt inderdaad in een vredig ritme. Het maanlicht dat door het raam valt verlicht haar fijne gelaatstrekken, die me nu zo bekend zijn als mijn eigen. Ik loop op mijn tenen door haar kamer en trek de dekens om haar schouders, zodat ze het vannacht niet koud krijgt. Ze beweegt en glimlacht in haar slaap en ik vraag me af waarover ze droomt.

Ze zal nooit kunnen verklaren hoe ze de woorden kende die Patrick en ik altijd tegen elkaar zeiden, de woorden die ikzelf tegen haar zei in mijn dromen. Maar als ik zie hoe haar oogleden trillen en haar glimlach breder wordt, vraag ik me af of zij, net als ik, een voorproefje van dit leven heeft gehad voordat ze hier kwam.

Op haar ladekast liggen de twee dingen die me er zonder ook maar enige twijfel van hebben overtuigd dat we bij elkaar gebracht zijn door iets wat we niet kunnen bevatten. De eerste is een ingelijste tekening die ze gemaakt heeft, een afbeelding van een klein meisje en haar ouders in Disney World. Toen ik die voor het eerst zag terwijl ik een paar weken geleden haar spullen uitpakte, snakte ik naar adem.

'Wat is dat?' had ik gevraagd, terwijl ik ernaar staarde alsof ik een geest had gezien. Dat was op een bepaalde manier ook zo.

Ze fronste haar voorhoofd terwijl ze zich omdraaide om ook naar de tekening te kijken. 'Dat heb ik getekend toen ik tien was, nadat ik een droom had gehad dat ik met mensen die in mijn droom mijn vader en moeder waren naar Disney World ging. Dat was waarschijnlijk de meest realistische droom die ik ooit heb gehad.' Ze boog voorover om beter naar de tekening te kijken, toen draaide ze zich om om naar me te kijken, met een stomverbaasde uitdrukking op haar gezicht. 'Wacht eens even, die moeder lijkt best wel wat op jou, hè?'

'Zeker,' zei ik door mijn tranen heen.

Het tweede voorwerp dat op haar kast staat is een potje met zilveren dollars. 'Die vind ik de hele tijd,' antwoordde ze schouderophalend toen ik ernaar vroeg. 'Het is echt heel maf. Dan loop ik over straat, ik kijk naar beneden en daar ligt een zilveren dollar. Alsof ze uit de lucht vallen of zo.'

Ik kijk nu naar de hemel, waar ik me voorstel dat Patrick is. Misschien is Hannahs verklaring van de zilveren dollars zo gek nog niet. Misschien zijn ze wel uit de lucht komen vallen, als wensen van een lang geleden overleden vader die haar wilde helpen haar weg naar huis te vinden. Op een dag zal ik haar het verhaal van de zilveren dollars vertellen en dat haar familie al heel lang de traditie heeft om ze terug te gooien. Maar voorlopig is het voldoende om te weten dat ze er zijn. Ze heeft tijd zat om haar wensen de wereld weer in te sturen.

Ik kus Hannah zachtjes op haar wang, dan doe ik haar slaapkamerdeur achter me dicht en loop naar de woonkamer. De lichten zijn uit en ik hoor Joan al zachtjes snurken, dus trek ik geluidloos mijn jas weer aan, open de deur van mijn appartement en ga naar buiten.

Ik loop over 3rd Avenue naar 42nd Street en pak daar de metro, lijn 5, die vanaf Grand Central Station naar het noorden rijdt. Ik stap uit op 59th Street en loop drie straten naar het westen, naar 5th Avenue, waar ik links afsla en verder loop tot ik op het plein voor het Plaza Hotel sta, met het Sherry-Netherland rechts achter me.

Midden op dat plein staat de Pulitzerfontein, de fontein waar Patrick en ik op de avond van 18 september 2002 een zilveren dollar in zouden gaan gooien. Ik weet nu dat hij me die ochtend de munt had gegeven omdat hij net over het bestaan van Hannah had gehoord. Het was bedoeld ter ere van de dochter die naar hij hoopte snel bij ons zou komen wonen.

Het bronzen standbeeld boven op de fontein stelt Pomona voor, de Romeinse godin van de overvloed, en ik vraag me af of Patrick de munt daarom hierin wilde gooien, omdat ons leven plotseling en onverwacht zo overvloedig vol zou worden. Pomona houdt een fruitmand vast, wat me een beetje doet denken aan de hoorn des overvloeds op Thanksgiving, waardoor het helemaal passend lijkt dat ik op de avond voor Thanksgiving met mijn familie hier ben. Ik had me nooit kunnen voorstellen dat ik op een dag zo veel zou hebben om dankbaar voor te zijn.

Maar ja, er waren eigenlijk altijd dingen in mijn leven om dankbaar voor te zijn, zelfs nadat ik Patrick had verloren. Ik heb alleen de ogenblikken van hoop laten overschaduwen door mijn verdriet. Misschien vielen er wel overal zilveren dollars uit de lucht, net als voor Hannah, als ik mijn ogen maar had geopend en ernaar had gezocht.

Nu tast ik naar de zilveren dollar om mijn nek, die me lange tijd troost heeft geboden. Maar de metalen cirkel is ook een anker geweest. Als ik hem over mijn hoofd trek en er goed naar kijk, ben ik bijna verbaasd om te beseffen dat het alleen maar een munt is, niet anders dan de munten in Hannahs pot. Jarenlang heb ik gedacht dat het Patricks laatste cadeau aan mij was, maar nu weet ik dat ik dat mis had. Hij heeft me Hannah gegeven, en dat is een geschenk voor altijd.

Maar meer nog dan dat: hij heeft me de basis voor een goed leven gegeven, wat ik lang geleden al had moeten beseffen. Hij moedigde me aan mijn dromen te volgen en daarom kan ik vandaag iets betekenen voor andere mensen. Hij hield heel veel van me, waardoor ik heb geleerd – ook al was ik die les een tijdje vergeten – dat iedereen het verdient om op die manier lief te hebben en liefgehad te worden. Hij heeft me geleerd om naar het goede in de wereld te zoeken en om innig dankbaar te zijn als er geweldige dingen gebeuren. En door te sterven heeft hij me nog een geschenk gegeven: hij heeft me in herinnering gebracht hoe waardevol het leven zelf is. 'Ik zal geen seconde meer verspillen,' beloof ik hem hardop terwijl ik naar de zilveren dollar in mijn hand kijk. Langzaam maak ik de sluiting open en haal de munt van de ketting. Hij is koel en glanzend, maar hij is niet magisch. Hij vormt geen deel van Patrick. Patrick is in mijn hart en in mijn dochter en in elk ogenblik van mijn leven, en nu ik dat weet, weet ik dat het tijd is om los te laten.

Je moet het geluk doorgeven, zei Patrick altijd. Dan kan iemand anders een wens doen. Ik kan zijn diepe, geruststellende stem bijna in mijn oor horen als ik de munt vastklem in mijn hand. Ik kijk op naar Pomona en naar de vijf waterbassins die overlopen in het grote bad onderaan. Ik heb een keer gelezen dat de beeldhouwer, Karl Bitter, omgekomen was bij een auto-ongeluk voordat hij de fontein af had en dat iemand anders hem moest afmaken. Dat doet me denken aan Patrick, omdat ik ergens weet dat ik de rest van mijn leven de prachtige dingen waaraan hij was begonnen, de dingen die hij nooit heeft kunnen afmaken, zal voltooien. Het is een voorrecht, besef ik, om een leven ter ere van hem vorm te geven. Maar nu moet ik er ook mijn eigen stempel op drukken.

Ik kijk nog een laatste keer naar de munt, druk er een kus op voor geluk en sluit mijn ogen. Ik haal diep adem en gooi hem naar de fontein, glimlachend als ik het tinkelende geluidje hoor dat hij maakt als hij in het water valt. Ik draai me zonder te kijken om, omdat ik niet wil weten waar de munt is beland. Hij behoort nu iemand anders toe, een ander mens dat geluk nodig heeft.

Als ik naar huis loop, ben ik acht gram lichter, zo zonder de zilveren dollar. Maar er is ook een last van mijn schouders gevallen en voor het eerst in twaalf jaar kijk ik niet om naar het verleden. Ik kijk vooruit naar de toekomst. En ik weet dat die prachtig zal zijn.

Thuis, als ik onder de dekens kruip, merk ik dat ik aan Hannah denk. Hoewel ze net zo is als in mijn dromen, en veel van mijn aanvankelijke kennis over haar daarvandaan is gekomen, geniet ik ook van elk nieuw detail. Het muzikale geluid van haar lach. Het feit dat ze haar duimnagels in een andere kleur lakt dan de rest van haar vingers. De recente verliefdheid op een jongen van school, Eddie Colton. Dat ze een hekel heeft aan champignons maar van doperwtjes houdt. Dat ze een kuiltje heeft in haar rechterwang als ze breed glimlacht, net als ik. Ze houdt zelfs van bosbessen-pindakaaspannenkoeken met honing. 'Dat is mijn lievelingssmaak!' riep ze uit de eerste keer dat ik ze maakte. 'Hoe wist je dat in hemelsnaam?'

De dingen waardoor ik van haar houd zijn oneindig, net zoals Patrick altijd tegen me zei. En ik ben nog maar net begonnen met haar te leren kennen. Met een glimlach op mijn gezicht val ik in slaap.

Als ik wakker word, weet ik direct dat ik terug ben in het felle ochtendlicht van de droom. Patrick ligt naast me, diep in slaap, en heel even kijk ik alleen maar naar hem.

De droom is waziger deze keer, en ik heb het gevoel dat het komt doordat mijn gave om deze wereld te zien, wat hij dan ook is, bijna weg is. Misschien was hij alleen zichtbaar voor mij toen ik hem nodig had. Misschien had Patrick er iets mee te maken dat mij de weg naar Hannah is gewezen, of misschien was het God zelf wel. Hoe dan ook, ik weet dat ik dit leven niet meer nodig heb. Wat ik met Patrick had kan nooit worden overgedaan en er zal altijd een gat in mijn leven zitten op de plek waar hij zich bevond, maar nu heb ik Hannah, en Andrew. En ik weet dat ik vooruit moet en een betere versie van mezelf moet worden. Dat ben ik verschuldigd aan mijn man, die de dertig niet heeft gehaald.

Ik sla mijn armen om hem heen en adem zijn bekende geur in, voor waarschijnlijk de laatste keer. Ik begin te huilen en hij draait zich om, drukt zijn lichaam tegen me aan, met zijn ogen op slechts centimeters afstand van de mijne.

'Katielee?' vraagt hij bezorgd. 'Gaat het wel?'

'Ja,' zeg ik tegen hem, omdat het eindelijk ook zo is. 'Ben je hier echt?' vraag ik even later. Ik raak zijn gezicht aan en weet dat ik door de vraag de droom uit zal gaan. Terwijl de kamer wat matter wordt, voel ik de stoppelbaard op zijn kaak, de warmte van zijn lichaam. Ik hunker ernaar hier voor altijd bij hem te blijven, maar de hunkering is niet zo sterk als normaal, en dat biedt me troost.

'Ik zal hier altijd zijn, Kate,' zegt hij, en ik vraag me af of dat waar is. Misschien gaat iemand wanneer hij eenmaal in je hart zit nooit meer echt weg. 'Waar zou ik anders moeten zijn?'

'In de hemel, misschien,' zeg ik zachtjes terwijl de randen van de kamer nog verder vervagen. 'Of misschien leef je ergens gelukkig in een wereld die had kunnen zijn, ergens aan de andere kant van de hemel.'

'Waar heb je het over?' Hij drukt me dichter tegen zich aan en droogt mijn tranen, maar hij begint al te vervagen en ik kan zijn aanraking op mijn huid al bijna niet meer voelen.

'Ik wil alleen dat je weet dat ik hoe dan ook altijd van je zal blijven houden,' zeg ik tegen hem. 'En ik zal met elke vezel van mijn lijf van Hannah houden. Ik zal altijd voor haar zorgen.'

'Natuurlijk doe je dat,' zegt hij, terwijl hij mijn wang streelt. 'Je bent haar moeder.'

Dat maakt me weer aan het huilen. 'Ja. Dat ben ik inderdaad.'

'Ik zal altijd van je houden, Katielee,' zegt hij na een ogenblik. 'Ik wist al voordat ik je ontmoette...'

Er rollen tranen over mijn gezicht. '... dat het voorbestemd was dat ik de jouwe zou worden,' antwoord ik.

Hij trekt me tegen zich aan en ik sluit mijn ogen. Ik voel zijn warmte om me heen, hoor zijn gestage hartslag en weet dat dit is wat had kunnen zijn.

Maar het is niet zo. Het zal nooit zo zijn. Dat weet ik nu.

'Dank je wel, Patrick,' fluister ik. Ik druk hem een laatste keer stevig tegen me aan. Na vannacht is het tijd om Patrick te laten gaan, om op weg te gaan naar de toekomst en de rest van mijn leven te gaan leiden.

Het is niet het leven dat ik had gepland, maar op de een of andere manier is het het leven dat voorbestemd voor me was. En nu ben ik eindelijk in staat om het ten volle te aanvaarden.

OPMERKING VAN DE AUTEUR

Toen ik aan *Ik wist het al* begon, wist ik maar heel weinig over de onderwerpen die een wezenlijk deel van dit boek zouden gaan uitmaken. Ik had nauwelijks ervaring met pleegzorg (afgezien van een inspirerend artikel voor een tijdschrift dat ik een paar jaar geleden samen met George Diaz, columnist van de *Orlando Sentinel*, en zijn vrouw heb geschreven), ik wist niet veel over muziektherapie (hoewel me dat altijd heeft gefascineerd), en ik kende slechts een paar mensen die hardhorend waren. Het zou een understatement zijn om te zeggen dat ik ontzettend veel geleerd heb van het onderzoek dat ik heb gedaan voor dit boek.

In de kern gaat *Ik wist het al* over Kate Waithman, die haar weg terug vindt naar het leven waarvan het al die tijd de bedoeling was dat ze het had moeten leiden. Maar omdat er in het boek veel details staan over pleegzorg, cochleaire implantaten, doofheid en muziektherapie, wil ik een paar dingen zeggen:

Ten eerste is muziektherapie een heel, heel breed werkterrein. Ik heb het geluk gehad om met Kristen O'Grady, MA, LCAT, MT-BC, te kunnen praten, een muziektherapeute in New York die net als Kate in het boek haar opleiding aan NYU heeft gevolgd. Zij heeft me erop gewezen dat er absoluut geen overeenstemming is over de definitie van muziektherapie, ook niet onder muziektherapeuten zelf.

In het boek legt Kate dit aan Andrew uit, en ik heb mijn uiterste best gedaan om Kates interacties met haar cliënten zo authentiek mogelijk te maken, maar het is belangrijk om in gedachten te houden dat niet alle muziektherapie hetzelfde is. En natuurlijk is Kate zelf ook niet perfect. Ze vertelt Allie bijvoorbeeld te veel details over haar eigen leven als ze af en toe haar professionele objectiviteit loslaat. Ik wil met het boek absoluut niet suggereren dat muziektherapie op die manier beoefend moet worden.

Wat betreft de scènes over pleegzorg had ik het geluk om begeleiding te krijgen van Arlene Goldsmith, LCSW, PhD, die sinds het begin van het in New York gevestigde New Alternatives for Children (NAC) in 1982 er directrice van is. Net zoals het verzonnen St. Anne's Services waarvoor Kate in het boek vrijwilliger is, is NAC een organisatie die hoogwaardige diensten verleent op het gebied van geboorte, pleegzorg en adoptiegezinnen, voornamelijk voor kinderen die medisch kwetsbaar zijn, waaronder degenen met lichamelijke, emotionele en gedragsmatige problemen, evenals ontwikkelingsstoornissen. St. Anne's is niet rechtstreeks gebaseerd op NAC, maar het is erdoor geïnspireerd en ik ben Arlene dankbaar voor de informatie die ze me heeft gegeven.

Als laatste wil ik het nog hebben over doofheid. Zoals Andrew kort in het boek aanhaalt, is er een verschil tussen doof met een kleine letter d en Doof met een hoofdletter D. De eerste term is breder en verwijst naar het daadwerkelijke niet kunnen horen. De tweede term verwijst naar de Dovengemeenschap, een groep mensen met een gezamenlijke cultuur en taal. Sommige mensen in de Dovengemeenschap vinden cochleaire implantaten onnodig en zien de suggestie dat ze nodig zijn zelfs als beledigend. Sommigen hebben weerstand tegen wat zij zien als de implicatie dat gehoorverlies iets is wat hersteld moet worden. Sommigen hebben het gevoel dat ze geen geluid willen – of nodig hebben.

In *Ik wist het al* is Andrew groot voorstander dat kinderen die aan de zorg van St. Anne's zijn toevertrouwd cochleaire implantaten krijgen. Dit is absoluut niet bedoeld als kritiek op meningen over cochleaire implantaten die sommige mensen in de Dovengemeenschap hebben. Het is gewoon Andrews mening: hij heeft het idee dat kinderen in de pleegzorg meer voordelen hebben als ze makkelijker kunnen horen en spreken, aangezien veel pleegkinderen die hardhorend of doof zijn niet het voordeel hebben deel uit te maken van de culturele Dovengemeenschap. Als de kinderen die aan zijn zorg zijn toevertrouwd in huizen zouden worden geplaatst waar de ouders cultureel Doof waren, had hij het misschien anders gezien.

Ik hoop dat je door het lezen van *Ik wist het al* een paar dingen hebt geleerd over muziektherapie, doofheid en pleegzorg. Zoals ik in het 'Dankwoord' zeg: fouten in dit boek zijn van mij en zijn niet afkomstig van de deskundigen die hier genoemd zijn en die de tijd hebben genomen me inzicht te geven in het werk dat ze doen.

Als je meer over muziektherapie wilt weten, is de Amerikaanse Music Therapy Association een goede bron. Hun site is musictherapy.org. Als je meer wilt weten over NAC of pleegzorg in New York, bezoek dan nackidscan.org. En als je geïnteresseerd bent in het fascinerende onderwerp van het gebruiken van muziek om met dove en hardhorende mensen te werken, bezoek dan de liefdadigheidsinstelling van dr. Paul Whittaker: Music and the Deaf op matd.org.uk.

Dank je wel voor het lezen!

DANKWOORD

Duizendmaal dank, zoals gewoonlijk, aan mijn geweldige literaire agent Holly Root en mijn fantastische redactrice, Abby Zidle, die het beste creatieve team vormen dat ik me maar kan voorstellen. Ik ben ook zeer veel dankbaarheid verschuldigd aan Farley Chae en Heather Baror-Shapiro, twee geweldige agenten die tot het uiterste gaan, en aan pr-agente Kristin, 'Kristin-met-een-i' Dwyer, Marla Daniels, Louise Burke, Jennifer Bergstrom, Michele Martin, Liz Psaltis, Melanie Mitzman, Mamie VanLangen, Laurie McGee, Diana Velasquez, Taylor Haggerty, Julianna Wojcik, en de rest van mijn superteam bij Gallery Books en WaxmanLeavell Literary Agency. Ik ben ook mijn buitenlandse redacteurs heel erg dankbaar, vooral Eva Schubert in Duitsland en Elisabetta Migliavada in Italië, die allebei goede vriendinnen van me zijn geworden. Wat een geschenk om met zulke fantastische mensen te werken!

Ik heb het geluk gehad hulp en input voor deze roman te krijgen van een aantal geweldige mensen, onder wie muziektherapeute Kristen O'Grady, gebarentaalexpert Koli Culter, de oprichter van 'Music and the Deaf' Paul Whittaker, gehoorinstrumentenspecialist Collin Andersen, Kari Andersen, Adam Kancher, Pam Kancher, Pamela Tonello, Jack Tonello en de directrice van New Alternatives for Children, Arlene Goldsmith. Ik ben geïnspireerd door het werk dat jullie allemaal doen en ik ben heel dankbaar dat jullie de tijd hebben genomen om me te helpen. Fouten in deze roman zijn van mij afkomstig.

Een van de hoofdthema's van *Ik wist het al* is het belang van familie, dus vind ik het ook belangrijk om mijn eigen familie te bedanken, vooral mijn moeder Carol, mijn vader Rick, mijn zus Karen, mijn broer Dave, mijn zwager Barry, mijn neef James, mijn nicht Chloe, mijn peetzoon Colton en zijn broer Eddie, mijn stiefmoeder Janine, tante Donna, oom Steve, tante Janet, Courtney Harmel, Anne Walls, Fred Walls en de rest van mijn neven en nichten, mijn schoonouders Wanda, Mark, Bob en JoAnn, mijn broer en schoonzus Jarryd en Brittany en de hele familie Trouba, die me in hun midden opgenomen hebben alsof ik een van hen ben (hoewel ik zeker dertig centimeter lengte tekort kom om er goed tussen te passen!). Ook wil ik mijn fantastische vrienden bedanken, die in de loop der jaren net familie zijn geworden, en dan vooral Kristen Bost, Marcie Golgoski, Melixa Carbonell, Lisa Wilkes, Scott Pace, Walter Caldwell, Jon Payne, Christine Payne, Brendan Boyle, Kelly Galea, Amy Ballot, Amy Tan, Courtney Dewey, Amber Draus, Megan Combs, Scott Moore, Megan McDermott Lewis, Trish Stefonek, Robin Gage, Wendy Jo Moyer, Chad Kunerth, Gillian Zucker, Kat Green, Karen Barber, Nancy Jeffrey, Joe Grote, Kathleen Henson, Andrea Jackson, Ben Bledsoe, Jay Cash, Pat Cash Isaacson, Jason Cochran, en Broadway-producent/fantastische filmmanager Andy Cohen. En dank je wel, mijn geweldige schrijversvrienden, vooral de fantastische Wendy Toliver en de andere schrijvers van Swan Valley: Jay Asher, Linda Gerber, Aprilynne Pike, Allison van Diepen en Emily Wing Smith.

Ook dank aan mijn goede vriend Chubby Checker, die me eraan herinnerde hoe belangrijk muziek in het leven kan zijn.

En natuurlijk bedankt aan mijn aardige, intelligente, attente, creatieve en waanzinnig knappe echtgenoot, Jason. Ik heb maar mazzel.